暴《ぼ》流《る》の人
三島由紀夫

Takashi Inoue
井上隆史

平凡社

暴流《ぼる》の人　三島由紀夫

目次

III

装幀　間村俊一
カバー写真　犬塚潔氏提供

暴流《ぼる》の人　三島由紀夫

凡例

- 三島由紀夫の文章の引用は『決定版 三島由紀夫全集』1～42・補巻・別巻（新潮社、二〇〇〇年一一月‐〇六年四月）に拠ることを原則とした。引用文中のルビは旧仮名遣いで付した。
- 外国語文献の引用は原則として私訳を用いた。例外的に邦訳文献を引用した場合には、その文献の書誌情報を本文中に付記した。
- 引用中の省略箇所は〔……〕で示した。
- まとまった引用をする場合、段落の冒頭から引く場合には行頭一字下げで記載した。

はじめに

今から半世紀前、三島由紀夫は憲法改正を訴えて切腹するという衝撃的な死を遂げた。いったい三島とは、三島文学とは何であったか。没後五〇年を迎えるにあたり、あらためてその意味を問い直そうと、まず二〇一九年一一月二一日から三日間にわたりパリ大学で大規模な国際三島由紀夫シンポジウムが開催され、今年（二〇二〇年）三月には、伝説の討論会といわれた東大全共闘との激論が、豊島圭介監督の手によってドキュメンタリー映画として蘇った（『三島由紀夫vs東大全共闘 50年目の真実』）。

私もこの機会に評伝をまとめたいと思った。『決定版 三島由紀夫全集』（新潮社、二〇〇〇―〇六年）を編集した時から少しずつ集めた資料をもとに一昨年の夏に起筆し、一通り書き終えたところで、COVID‐19（新型コロナウイルス感染症）の世界的流行が始まった。いま、この「はじめに」の文章を書き直している時点において私たちはパンデミックのただ中にあり、この本が無事に刊行できるのかどうか、私は不安に思っている。実際、没後五〇年にあわせて国内外で企画された講演会やプロジェクトは、軒並み中止、延期に追い込まれたのである。

ＣＯＶＩＤ‐19は私たちに物事を根底から考え直す機会を与えた。生とは何か。社会とは何か。近代とは何か……。これら極めて根源的な問いが一度に突きつけられた。そうした条件のなかで三島を読み、三島について書くことには、特別の意味があるように思う。三島文学自体が、私たちに物事を根底から考え直させるところがあり、それが現実の状況と共鳴するのだ。このことは、この評伝のひとつの特徴になっているかもしれない。今年の春の時点で私は本書の大半を書き終えていたので、具体的にパンデミックを意識して書いた文章はほとんどないのだが、それでもそう言えると思うのである。

　もちろん、ＣＯＶＩＤ‐19の流行以前から、私はこの本を書くにあたり、従来の三島評伝との違いは何だろうかということを考えていた。既刊の評伝としてよく知られるのは、村松剛の『三島由紀夫の世界』と猪瀬直樹の『ペルソナ　三島由紀夫伝』であろう。

　三〇年近く前、亡くなる四年ほど前だったと思うが、保守系言論人として知られた村松と、私は一度だけ話したことがある。自決後しばらくは、心理的圧迫感ゆえに三島の著書を手に取ることさえできなかったが、いま、ようやく三島を読み直すことができるようになったと言っていた。彼の評伝の特徴は、極端な思想を持ち、スキャンダラスな死に方をしたとも見える三島を、むしろごく普通の親しい友人として描くことにあった。実のところ、三島はそんな枠を突き破る人間なのだが、そうと知って、あえてこれを無視するところが村松にはあった。その点、彼の本は事実を事実として書いていないのだが、『仮面の告白』で描かれる女性のモデルとなった人物と三島自身との恋の顛末を語るその語り口は不思議な熱を帯び、たしかにそこに、意中の人との恋に悩む一人の若者という、私たちと等身大の三島像が立ちあがるのだった。

猪瀬の『ペルソナ』は、官僚の家系に育ち、わずか九ヵ月ほどだが自身も大蔵省に勤めた三島の文学と生涯を、明治以降の日本の官僚組織、いや、もっと広く近代日本の歴史そのものの歪みの反映として読み解く評伝である。『ペルソナ』には英語版もあり、英訳を担当したニューヨーク在住の佐藤紘彰も執筆に加わって、内容がさらに豊かになっている。カリフォルニア大学バークレー校大学院に在籍する私の若い友人は日本の研究者よりはるかに物知りで、聞くと、『ペルソナ』が必読文献になっていて、それで学んだということだった。

もう一冊、重要な評伝がある。右の二著の参照文献にもなっているジョン・ネイスンの*Mishima: A Biography* だ。ネイスンは、三島没後三年ほどでこの本を書いている。いったいなぜ、こんなにわずかな時間で、詳細な評伝を書くことができたのか。以前から、その秘密を知りたいと願っていたが、昨年の秋、冒頭で述べたパリの国際三島由紀夫シンポジウムの場ではじめてネイスンに会った私は、たちまちその人間的魅力に惹き込まれた。彼は三島の『午後の曳航』の英訳者でもある。その後、三島から頼まれた『絹と明察』の翻訳を断って大江健三郎の『個人的な体験』を翻訳したことから関係が疎遠になるが、シンポジウムでは三島文学の魅力を熱く語り、八〇歳を迎えるネイスンが、いまなお三島に深い愛情と敬意を抱いていることがよくわかった。彼は三島の死をどう受け止めてよいのかわからず、敬愛する前駐日大使のエドウィン・O・ライシャワーから評伝執筆を頼まれなければ、この本を書かなかったかもしれないと言っていた。しかし私の見るところ、やはりネイスン自身、三島に対して強い思いがあり、だからこそ、三島研究のバイブルとなっている評伝を書きえたのだと納得したのである。

　これらの著者と比べてみて、私の強みと弱みは何かと考えた。ネイスンや村松のように、私は三島と個人的に親密な付き合いをしたわけではない。三島が亡くなった時、私は七歳の子供に過ぎなかった。また猪瀬のような取材力、構想力もない。これは弱みである。

　しかし、私の前にはこうした優れた評伝があり、三島作品の読解を導いてくれる。くわえて、未発表原稿や創作ノートや書簡など、以前は知られていなかった資料を閲覧、調査できるようになったのも大きな強みだ。その多くは、昨年、開館二〇周年を迎えた山中湖村の三島由紀夫文学館に収蔵され、『決定版 三島由紀夫全集』に収録された。

　たとえば、『仮面の告白』には元になった複数の草稿類があるし、『金閣寺』や『豊饒の海』には多数の創作ノートが残されている。特に『豊饒の海』の創作ノートや執筆前、執筆時に書かれた書簡は重要で、これらを精読することによって、生まれ変わりの小説という形をとりながら、三島がより深いところで、戦後とは何か、日本の近代とは何であったか、そもそも人間とは何であるかという問いを追究しようとしていたことが、見えてくるのである。

　『仮面の告白』や『金閣寺』を読めばわかるように、三島の内面には制御しがたい暴力性が渦巻いていた。また、『豊饒の海』の結末が示すように、すべては幻に過ぎないという冷え冷えしたニヒリズムが三島の精神を蝕《むしば》んでいた。しかし重要なのは、三島はそれを単に個人の問題としてではなく、近代という時代の病、人間存在の闇として問うたことである。事実、死後半世紀を経て、それは私たちすべてが直面する問題となったのだ。三島はいわば、現代を生きているのである。

しかしながら、実際に評伝を書き進めてゆくと、いくつもの難題があった。そもそも、ネイスン、村松、猪瀬の描く三島像はそれぞれ異なり、互いに矛盾することもある。三人の著者はいずれも際立った個性の持ち主だからそれも当然なのだが、そもそも三島その人が多面体で、見る人、接する人ごとに、異なる顔を見せていた。そのうち、どれが贋物でどれが本物かを単純に分類することはできない。新たな評伝を書くからには、この多面体・三島を全体として捉えなければならないと私は考えた。

それは容易なことではなく、徒手空拳で挑んでも、脈絡のないエピソードの寄せ集めになってしまうだろう。それを恐れた私は、個々のエピソードや文脈をつなぎとめるために三つの鍵概念を用意することにした。ここで明かしておくなら、虚無、セバスチャン・コンプレックス、そして全体小説である。詳細は本文で述べてゆくつもりだが、それはこの評伝の論述の骨組みを構成すると同時に、三島由紀夫という存在それ自体の根幹をなす三つの焦点ともなっている、というのが本評伝における私の立場である。

本書の表題「暴流の人」の「暴流」は、「ぼうりゅう」ではなく「ぼる（「ぼうる」とも）」と読む。

恒転如暴流（恒《つね》に転ずること暴流の如し）

右は仏教の唯識の教理をわずか三〇の詩句（頌）でまとめた『唯識三十頌』の一節である。「阿頼耶識《あらやしき》」と呼ばれる根源的な心が休むことなく活動し続けていることを、暴れ狂う河の流れにたとえたものだ。よく知られるように、唯識は『豊饒の海』の骨格をなす思想であるが、そもそも「暴流」という言葉が放つ強烈なイメージそれ自体が、互いに矛盾するいくつもの顔を持ち、激しい曲折に満ちた人生を歩む三島由紀夫という人物その人の比喩となっているのではないか。

私は以上の観点から、「暴流」の語を表題に選んだ。

I

第一章　虚無とセバスチャン・コンプレックス

生誕

三島由紀夫、本名は平岡公威《きみたけ》。彼が生まれたのは一九二五年（大正一四）一月一四日、東京・四谷の自宅であった。

三島について考えるときには、巨視的にものを見る姿勢を忘れてはならない。この年はどういう年であったか。一九二五年は男子普通選挙法が成立し、関東大震災（一九二三年）からの復興が進むなか、ラジオ放送や山手線の環状運転が始まった年である。これが時代の明るい部分だとすれば、同年、治安維持法が成立したのは暗い部分である。

中国では上海の租界警察がデモ隊に発砲して一三人が射殺される事件が勃発した。横光利一が『上海』として小説化した五・三〇事件である。翌年一二月、天皇崩御にともない年号が昭和に改められると、三島は昭和の年数と同時に年齢を重ねることになるが、これは三島が時代と歴史を象徴する存在であることを物語るかのようだ。

ちなみに、ミュンヘン一揆（ヒトラーによるクーデター未遂事件）の鎮圧後に非合法化されていたナチスの再結党が認められ、ヒトラーの『我が闘争』第一巻が発売されたのも一九二五年であった。

そういう時代のなかにあって、三島はどのように育ったのだろう。三島について考える際には、一方で微視的にものを見る姿勢も欠かせない。学習院高等科の課題として書かれた「平岡公威自伝」と題する文章に、「大正十四年一月十四日四谷永住町《ながすみちょう》の家に生れぬ。こゝに住居《すまひ》すること八年」（『決定版 三島由紀夫全集』26。今後引用する三島の文章で同全集において初公表されたもの、また、同全集以外では閲覧困難なものについては『決定版 全集』と略記してその収録巻数を付記する）とあるように、三島は四谷の生家に、学習院初等科三年生進級を控えた一九三三年（昭和八）春まで住んだ。両親、父方の祖父母がともに暮らし、女中六人のほか、書生と下男もいたという。一九二八年には妹・美津子、一九三〇年に弟・千之《ちゆき》を得た。

COVID-19が流行する前（二〇一九年一二月）、私はアルテ・テレビ（フランス、ドイツのテレビ局）の番組 *Invitation au voyage*（二〇二〇年八月二五日配信）の企画で生家があった場所を案内したが、今では、やや密集した都心の住宅街という様子である。では、幼い三島が生活していた頃はどうだったのだろう。『三島由紀夫伝説』を書いた奥野健男は、自身が育った下渋谷（現在の恵比寿南）の山の手の町並みから類推して三島の生家も似たような様子だったとしているが[*1]、本当にそうだろうか。

ちょうど三島が生活していた頃の地図が残されている（『東京市四谷区地籍図』内山模型製図社、

一九三二年八月）。これを眺めると、当時の空気があたりに立ち込めてくるようだ。
生家は当時の住所で四谷区永住町二番地の一角にあり（現・新宿区四谷四丁目二二―一〇〇、一〇八）、地図で確認すると、「二ノ一二」と記された区画の一部にあたる。地図に付された『地籍台帳』によれば、この一帯の所有者は医師、実業家として著名な井田武雄で、平岡宅は借家であった。

生家から南へ細い道を進むと市電・大木戸の停留所に出る。その近くに大きな三叉路があるが、現在で言えば、ここは四谷四丁目交差点にあたる。当時はなかった道が、今では先程の細い道と並行して北方の東長寺西側に向かって延伸している（外苑西通り）。大木戸から新宿に向かう途中にあった松竹座は、もとは理性寺（一九一四年に西永福に移転）の跡地に設けられ「二流芝居」を銘打った大国座で、かつて周囲は多くの待合、芸妓家で賑わっていた。墓地の跡地整理の際には遺骨や土葬用の甕《かめ》が多数発掘され、その甕に溜まった水を毎日飲むと梅毒の薬になるという迷信が芸妓の間で広がったという。

ところが、震災後に新宿界隈が発展すると四谷周辺は廃《すた》れ、大国座は経営立て直しのため一九二九年に松竹と契約してパラマウント映画封切や東京松竹少女歌劇の公演を行ったのである。だが、まもなく松竹は新宿武蔵野館を借り入れてそちらを拠点としたため、旧大国座は再契約を拒否されて一九三七年に競売処分を受けることになった。こうした経緯は『新宿区史 史料編』（新宿区役所、一九五六年三月）に詳しい。

地図を見て面白いのは、東長寺近くの道路沿いに「便所」があることだ。いわゆる辻便所で、その糞尿は化学肥料が普及し始めた当時でも高価で取引された。『仮面の告白』第一章に、「坂を下りて来たのは一人の若者だつた。肥桶を前後に荷《にな》ひ、汚れた手拭で鉢巻をし、血色のよい美しい頬と輝やく目をもち、足で重みを踏みわけながら坂を下りて来た」というよく知られた箇所があるが、汚穢《おわい》屋（糞尿汲取人）の若者は、一般住宅の糞尿を汲んで平岡家の前を通って坂を下り、辻便所のところに停めた牛車に積んだのであろうか。もうひとつ、忘れてならないのは、東長寺の北側の市谷富久町にあった市ヶ谷刑務所である。『奔馬』の主人公・飯沼勲《いさお》が起訴されて収容されるのはこの刑務所だ。

こう見てくると、三島が生まれ育った地域の独特な空気が浮かび上がってくる。奥野が思い描いているのはもう少し上品な家並みだが、三島が生まれ育った四谷はそのような場所ではない。そこには闇と猥雑さが立ち込めている。

祖母と祖父

三島の父方の祖母・夏子（戸籍名・なつ）は旧家の出でプライドが高かった。彼女がこんな生活環境を厭い嫌ったことは、容易に想像できる。

彼女の父・永井岩之丞は、幕府で若年寄を務めた永井玄蕃頭尚志《なおゆき》（「なおむね」、「なおただ」とも）の嗣子で、司法畑を歩み最後には大審院判事を務めた人物である。徳川家に仕えた永井家宗家初代の直勝から数えて一〇代目にあたる。母・鷹（高）は、水戸藩の支藩である常陸《ひたち》宍戸藩の元藩主・松平頼位《よりたか》の側室の娘であった。夏子は一二歳になる一八八八年（明治二一）から五年間、行儀見習という名目で有栖川宮熾仁《ありすがわのみやたるひと》親王邸に預けられるが、有栖川宮家と水戸徳川家は姻戚関係にあり、夏子の宮家預かりは、この筋のはからいと考えられる。村松剛の推測によれば、夏子は熾仁親王の妃（後添えの董子《ただこ》）付を命じられていた[*2]。

熾仁親王は明治新政府で最高職の総裁に就任し、また東征大総督として江戸開城を成し遂げた皇族の重鎮である。和宮親子《かずのみやちかこ》内親王との婚姻が決まっていたにもかかわらず、和宮が公武合体策により降嫁して将軍家茂の室となったため、水戸の徳川斉昭の娘・貞子と結婚したことでもよく知られている。

一八八四年に新築された霞が関の本邸は、鹿鳴館を手掛けたのと同じジョサイア・コンドルの設計で、「絢爛《けんらん》目を奪ふ」（『有栖川宮総記』高松宮、一九四〇年一二月）と評され明治天皇も二度にわたり行幸した。一八九六年には宮内省によって買い上げられて霞関離宮となり、後には、皇太子時代の昭和天皇の東宮御所ともなっている。村松が言うように妃付だったとすれば、夏子はこの本邸に住み込んだのであろう。五年にわたるその生活が夏子の感性に大きな影響を及ぼし、プライドを強く刺激したことは間違いない。

そんな夏子が、宮家預けが終わってすぐに平岡定太郎《さだたろう》（「ていたろう」とも）、すなわち三島の祖父と結婚したのだった。環境の激変である。定太郎は当時、内務省で試補（事務見習い）を務めていた。一八九三年のことで、一八七六年生まれの夏子一七歳、一八六三年（文久三）生まれの定太郎は三〇歳である。

定太郎は兵庫県の、現在の行政区画で言えば加古川市の農民の出である。平岡家の菩提寺・真《しん》福寺《ぷくじ》所蔵の過去帳には「塩屋」ないし「塩物屋」という屋号が記されていたというが、過去帳は複数あり、両様の記載があったと考えられる。現在、真福寺は住職不在という事情もあって、残念ながら、現物を確かめることはできない。ただ、いずれにしても自身の家系について三島の父・梓《あずさ》が、「豪農「塩屋」としての誇り」を堅持していたと記しているのは、[*3] 誤解でなければ誇張で、実際には平岡家は未開墾の土地を開拓しながら沿道で塩漬けの魚などを売る農家であったと思われる。[*4] 五町歩（およそ五ヘクタール）の田畑があり、決して貧しくはないが、「豪農」とまでは言えない。こうした経緯を考えると、夏子との結婚は、本来ならば、ありえない縁組であった。

　しかし、ここで留意すべきは、定太郎の父・太吉が機を見るのに敏であったことである。萬次郎（長男）、定太郎（次男）の兄弟に学問を身につけさせ、東京に送り出したのだ。二人はともに秀才の誉れ高く、弁護士となった萬次郎は一八九八年から一九〇四年まで衆議院議員を務める。『衆議院議員列伝』（山崎謙編、衆議院議員列伝発行所、一九〇一年三月）には次のようにある。

> 君は兵庫県の人万延元年三月八日を以つて播磨国印南郡志方村の内富木村（引用者注・志方村のうち、以前の行政区分で「上富木村」とされていた地域のこと）に生る、幼にして頴悟《えいご》学を好み大志あり、令弟某氏亦篤学なり、於是相倶に戒めて将来大いに為す処あらんとし、君は即ち明治十四年笈を負ふて東都に上り明治法律学校弁に専修学校に入り刻苦励精法律経済の学を研鑽し〔……〕法曹社会に頭角を顕はす、傍ら石川県専門学校の講師を嘱托せられ後進の育

英に従事するもの数年、君が令弟又初志を貫徹し帝国大学を卒業し任ぜられて広島県書記官たり

ここに言う「令弟」こそ定太郎にほかならない。夏子と結婚して以来、彼はたちまち出世して、福島県知事（一九〇六年七月）、樺太庁長官（一九〇八年六月）に就任する。樺太庁は、日露戦争後に樺太南部を獲得した日本の行政機関で、定太郎はその実質的な初代長官として一筋縄ではゆかぬ植民地経営を任され、特に森林資源を生かしたパルプ工業の振興に意を注いだのだった。着任時の内務大臣は立憲政友会の原敬で、定太郎は藩閥に関わらない優秀な人材として原敬に見出され、抜擢されたのである。一九一三年には、南満州鉄道会社の総裁候補にもなった。

ジャーナリストの高原操（蟹堂）の紀行『極北日本　樺太踏査日録』（政教社、一九一二年一二月）に「序」を寄せた夏目漱石は、「蟹堂君が親しく大経営の方針を聴いたといふ平岡長官や、それから君が世話になつたといふ中川第一部長は、二人共予備門時代に於る余の同窓である。平岡君とは夫程親しくはなかつたが、中川君とは別懇の間柄であつた」と記しているが、この「平岡君」は定太郎である。

もともと夏子と定太郎の家格の差は大きく、本来であれば両者の縁組はありえないものだった。だが、以上を踏まえて考えると、夏子の家系が幕府とつながりがあるということは、実はそれが衰亡しつつある家系であったことを意味し、定太郎こそ新時代に台頭してきた新階級の人間だったことがわかる。家格の逆転と言ってよい。

夏子にとっては、さらに追い打ちをかける事態が起こった。そのプライドの源泉となった有栖川宮家は、後を継ぐべき栽仁王《たねひとおう》が一九〇八年に二〇歳の若さで薨去《こうきょ》したため、栽仁王の父である威仁《たけひと》親王が亡くなった一九一三年七月に断絶が確定してしまうのである（正式に断絶したのは一九二四年。ちなみに威仁親王の死は『春の雪』で点景されるエピソードの一つとなっている）。

転落

しかし、不運にも定太郎の転落はここから始まった。夏子から見れば、不本意ながらも頼らざるをえなくなった夫・定太郎に、あらためて手酷く裏切られる形となる。『仮面の告白』の記述を見てみよう。

震災の翌々年に私は生れた。

その十年まへ、祖父が植民地の長官時代に起つた疑獄事件で、部下の罪を引受けて職を退いてから（私は美辞麗句を弄してゐるのではない。祖父がもつてゐたやうな、人間に対する愚かな信頼の完璧さは、私の半生でも他に比べられるものを見なかつた。）私の家は殆ど鼻歌まじりと言ひたいほどの気楽な速度で、傾斜の上を辷《すべ》りだした。莫大な借財、差押、家屋敷の売却、それから窮迫が加はるにつれ暗い衝動のやうにますますもえさかる病的な虚栄。

——かうして私が生れたのは、土地柄のあまりよくない町の一角にある古い借家だつた。

戯画化され脚色もされているが、これは平岡家の実態を忠実に伝えている。一九一四年四月、反政友会系の大隈重信内閣が成立すると、原敬の懐刀と言われた定太郎を陥れる策謀が企てられ、同年六月、定太郎は長官辞職を余儀なくされたのだ。定太郎から辞意を伝えられた六月三日、原敬は日記に「余は平岡の何等非難を受くべき事実なきを認むる」と記し、さらに政府のやり方を次のように断じている（『原敬日記』4、福村出版、一九八一年九月）。

〔……〕政府の仕向は如何にも陋劣にして〔……〕平岡を陥るゝ為めに、平岡が政友会の為めに漁場を利用して選挙費用を作りたりとて報知、やまとの如き御用新聞に掲載せしめて無根の風説を流布し、因て以て平岡を傷け遂に其職を去らしむるか、又は之を口実に休職を命ずるが如き手段を取らんとするもの〔……〕

その後定太郎は公金横領の罪に問われることになった。これは濡れ衣であり裁判では無罪判決が下るが、樺太庁発行の切手、印紙の販売手数料の操作が裏目に出て生じた赤字を補うため約一〇万円を私費で支払ったことや、関わった事業の思惑が外れたことなどから平岡家は経済的に逼《ひっ》迫《ぱく》する。住居も本郷東片町、麹町富士見と転々として、一九一九年、先述のように闇と猥雑さが立ち込め、『仮面の告白』の表現に倣えば「土地柄のあまりよくない」四谷区永住町に移転することになったのだった。

さらに、困窮した定太郎の焦りを原敬が「利用」する形になったのは不幸な巡り合わせである。

というのは、一九一八年、日本ではじめて本格的な政党内閣を組織した原敬にとって喫緊《きっきん》の課題であった資金調達を支える役割として、定太郎は満州で阿片《あへん》の取引に関わるようになったのだ。それが、一九二一年二月一八日の『大阪毎日新聞』で暴露され、このことが一因となって、日本最初の現職首相の暗殺事件となる原敬刺殺（一九二一年一一月）が引き起こされた可能性を猪瀬直樹は示唆している。

　後ろ盾を失った定太郎は、以後歴史の表面から姿を消す。いや、一度だけ世間を賑わしたことがあった。一九三三年、一家は信濃町（当時の町名では西信濃町）の小さな借家に移り住むが、その翌年五月、明治天皇の御宸筆《しんぴつ》とされる「國家」と記された書《しょ》の由来書を捏造して売り捌いた詐欺事件を首謀した疑いで検挙されたのだ。これも、「人間に対する愚かな信頼の完璧さ」ゆえ、都合よく利用されたのであろう。証拠薄弱により二ヵ月後に不起訴となるものの、上京後、日本の急速な近代化を象徴するかのように出世街道を走り続けた定太郎は、こうして挫折の果てに地位と名誉のすべてを失った。三島由紀夫が九歳、学習院初等科四年のときである。幸い、初等科内では特に話題になることはなかったようだが[*5]、家族の心痛はただ事ではなかったと察せられる。

　夏子の立場から言えば、かつて明治天皇の信任が厚かった有栖川宮家で少女時代を過ごしたことが誇りであったのに、いまや天皇の書をめぐる詐欺事件の首謀者一家に零落したわけである。付言するなら、一家の移り住んだ信濃町は四谷より「土地柄」はよかったかもしれないが、もともと永井家宗家二代の尚政（信濃守）の下屋敷があった土地である。その地に子孫の自分が借家住まいを強いられるのも、この上なく不本意だったはずだ。『仮面の告白』に「祖母は、祖父を憎み蔑んでゐた。彼女は狷介《けんかい》不屈な、或る狂ほしい詩的な魂だつた」とあるように、夏子の癇性はよく知られているが、一連の事情を考慮すれば、それも無理からぬことだと思われてならない。

　そんな夏子にとって、唯一の心の支えとなった存在があった。それこそは公威、後の三島由紀夫であった。彼女は息子夫婦から初孫を奪い取る。そして、失われたきらびやかな夢、幾重にも屈折したプライド、何事も思うようにならぬ憤怒《ふんぬ》……、これらありとあらゆる情念を、すべて三島に注ぎ込んだのである。

夏子と倭文重

　ところがこのことが、家庭内に新たな緊張を引き起こすことになった。定太郎と夏子の一人息子・梓は一八九四年に生まれ、東京帝国大学法学部を卒業して農商務省に入省（同期に岸信介がいる。一九二五年に農商務省が農林省と商工省に分割された際、梓は農林省に、岸は商工省に配属された）。そして、漢学者で後に開成中学校校長となる橋健三の次女として一九〇五年に生まれた倭文重《しずえ》と結婚する。一九二四年のことで、このとき梓は二九歳、倭文重は一九歳であった。公威が生まれるのはその翌年だが、この初孫を夏子は独占したのである。

　『仮面の告白』には、「父母は二階に住んでゐた。二階で赤ん坊を育てるのは危険だといふ口実の下に、生れて四十九日目に祖母は母の手から私を奪ひとつた。しじゆう閉《た》て切つた・病気と老いの匂ひにむせかへる祖母の病室で、その病床に床を並べて私は育てられた」とあり、さらに次のようにも記されている。

祖母が私の病弱をいたはるために、また、私がわるい事をおぼえないやうにとの顧慮から、近所の男の子たちと遊ぶことを禁じたので、私の遊び相手は女中や看護婦を除けば、祖母が近所の女の子のうちから私のために選んでくれた三人の女の子だけだつた。ちよつとした騒音、戸のはげしい開け閉《た》て、おもちやの喇叭《らつぱ》、角力《すまふ》、あらゆる際立つた音や響きは、祖母の右膝の神経痛に障るので、私たちの遊びは女の子が普通にする以上に物静かなものでなければならなかつた。

ちなみに夏子の神経痛について、それが定太郎の淋病に起因する可能性を梓は匂わせている。*6 幼年期の公威の暮らしぶりについては、三島の死後に倭文重が公開した自身の当時の手記にも詳しい。たとえば一九二八年（昭和三）八月の項には次のようにある。三島は三歳である。

朝起き、身仕度をしていると可愛い坊やの声が聞えてくる。一刻も早く顔を見たいが、呼んだら一大事だからじっと我慢している。仕方なく寝室の次の間のしめられた襖の前にじっと待っている。一時間がすぎた。とうとう待ち切れずに、唐紙をそっと指一本の隙間をあけてのぞいた。目ざとく見つけた坊やは、「あっお母様だ」と大声を出した。その瞬間、しんとした部屋の中から不気味な間隔を置いて、やっぱり心配していた通りの事が起きたのだ。「そんなにお母様がいいなら、さあ早くお行き。さあそっちへお行き。折角楽しく二人で話をしているのにねえ、もう来ないでいい。早く早くお行き」このねえが、なんとも凄味のある独得の節廻しで私の耳をつんざいた。ああやっぱり、もう一寸我慢すればよかったのにと後悔したが、もはやおそい[*7]。

信濃町に移ると、平岡家は二軒離れた二棟を借りたが、そこでも三島は夏子と生活をともにした。

これほど不自然な成育環境は、ちょっと考えられない。幼時の三島は病弱で、習慣性の嘔吐に苦しんだが（自家中毒）、これもストレス性のものだったと思われる。

しかし、ここが重要な点なのだが、三島はただ一方的に抑圧されていたのかといえば、必ずしもそうではなかった。むしろ彼は、ストレスに満ち逃げ場のないこの環境を進んで受け入れつつ、同時に、後年の文学世界の母胎となる内面の宇宙を着実に生み出しつつあったように思われるのである。

倭文重の手記については、三島もまた自伝的小篇「椅子」（『別冊文藝春秋』一九五一年三月）で引用しており、そこには「朝から午後まで、うす暗い八畳の祖母の病室にとぢこめられて、きちんと坐つて、一心に絵を画いてゐるこの子供。それをじつと見てゐなければならない若い母親が私だ。思ひきり駈け出したいだらう。大きい声で歌も歌ひたいだらう。さう思ふとこつちの手足がむずむずして来る」、「自分の身体の延長としか思へない我子を、よりによつて常人とは頭脳の機能的にちがふしかも赤の他人〔……〕が、病的に育ててゐる」などとあるのだが、しかし、三島は同じ小篇の中で母の考えを次のように否定しているのだ。

> 母のさまざまな感情移入には誤算があつた。私は外へ出て遊びたかつたり乱暴を働らきたかつたりするのを我慢しながら、病人の枕許に音も立てずに坐つてゐたのではない。私はさうしてゐるのが好きだつたのだ。〔……〕祖母の病的な絶望的な執拗な愛情が満更でもなかつたのだ。

　しかも三島は、なんでも祖母・夏子の言いなりになっていたわけではなかった。『千夜一夜譚』をはじめ、童話として書き直されたものであっても子供にとって健全とは思えない書籍を、夏子や梓は三島から取り上げた。ところがそのことによって、むしろ「受身一点張であつた夢想からぬけ出して、私は夢想への勇気を教はつた」と三島は言う。これは、一九三七年に千葉県の鵜原海岸で避暑をした経験をもとに終戦をまたいで書かれた自伝的短篇小説「岬にての物語」（『群像』一九四六年一一月）からの引用だが、同作品によれば、「幼年期から少年期にかけて〔……〕夢想のために永の一日を費すことをも惜しまぬやうな性質《たち》であつた」主人公は、「千夜一夜譚は与へられた書物に俟《ま》つべくもなく、私自身の手で書かれるべきであつた」と決意するに至るのである。

　たしかに三島は、夏子によって幽閉と言ってよい状況に置かれた。しかしそのことは単に三島の存在を抑圧したわけではなく、むしろ想像力の飛翔を助けたのである。

紙上紙芝居

想像力によって三島が育んだ内面宇宙は、具体的にはどのようなものだったのだろうか。当時の三島が書き残した資料を通じて、この点について考えてみよう。

一九三一年四月、四谷にある学習院初等科に入学した三島は、建て替えのため校舎が目白に仮移転する一九三六年一学期末まで四谷に通ったが、一〇歳になった一九三五年、ちょうど初等科四年から五年の時期に書かれた画文集が残されている（『決定版 全集』37、口絵）。これは学校の課題とは別に自由に作られたものだが、その最終ページに、「長き千夜の物語、華やかにも終りを告ぐ」との記載があり、「私自身の手で書かれるべき」「千夜一夜譚」（「岬にての物語」）の一つ、と見ることができる。そのなかでひときわ目を引くのは、「紙上紙芝居。世界の驚異」と題する作品で、これはMGM（メトロ・ゴールドウィン・メイヤー）の架空の映画「世界の驚異」を「夢」という邦題で紙上映画にて上映するという凝った趣向になっている。だが、ここで特に注目したいのは、その結末だ。

映画の舞台は海の彼方の極楽島である。三島は海や帆船、極楽島の花や鳥を描き、「胡蝶は花に舞ひ、小鳥は梢に歌ふ。楽しき島のうららなる春。今宵も唄ふ夜鳴鶯」などと書き添えている。だが島に秋が訪れる。すると、「すゝきのゆれるも物悲しき、むせびなくヴァイオリンの音のやうに、かなでゆく秋の調べ」という詩文とともに、淋しげな秋の風景が描かれる。ここからストーリーは意外な展開をみせる。驚くべきことに、ノートの次ページには火の消えた蠟燭《ろうそく》が描かれ、「やはり美しい夢はつかめなかつた。あゝ果てゆく幻想。〔……〕らうそくの火はきえて了つた。

そして目も《ママ》前は何もかもまつくらだ」と記されているのだ。そして最後に、MGMのトレードマークであるライオンを模した絵が描かれているのである。

三島は自身の映画体験について、「家が四谷にあつたので、主に武蔵野館に行つた。〔……〕家では芝居は教育にわるいと云つて中学に入るまで見せてくれなかつたが、映画はいくらでも見てよかつたのはふしぎであつた」（「私の洋画経歴」、『スクリーン』一九五三年九月）と回顧しており、「紙上紙芝居。世界の驚異」は、こうした体験をもとに、『ナイチンゲール』、『マッチ売りの少女』などの童話や、「秋の日の／ヴィオロンの／ためいきの／身にしみて／ひたぶるに／うら悲し。」（上田敏訳。「／」は改行を示す。以下同）の一節で名高いヴェルレーヌの詩「秋の歌（落葉）」を真似てつくったメルヘン図画であるように思われる。

そうではあるが、最後にあえて火の消えた蠟燭を描き、それまでの筋立てを全否定してしまう結末は、一〇歳の少年の作品としては異様で、単なる模倣とは言えない。まるで『豊饒の海』最終章のどんでん返しを連想させる不気味なエンディングで、ここにはすでに三島独自の宇宙の核心的要素の一つが、はからずも露呈している。私はそれを端的に「虚無」と呼ぶことにしたい。それが顔をのぞかせているのである。

ちなみに、三島のクラス主管（担任）は、六年間を通じて鈴木弘一であった。東京高等師範学校卒の鈴木は教育熱心な教師で、皇太子（現・上皇明仁）を教えたことでも知られるが、その鈴木から見て、初等科時代の三島は、特に注目すべき能力の持主とは言えなかったようである。初等科一年の成績は「国語（読方）中上、算術・中、図画・中、手工・中、唱歌・中、体操・中、

平均評点・乙、操行・中、授業日数二二三、欠席日数四〇、欠課時数一、裁定・及」、四年生の成績は「国語（読方）中、（綴方）中上、（書方）中、算術・中、理科・中、地理・中、図画・中上、手工・中、唱歌・中、体操・中、平均評点・乙、操行・中、授業日数二一六、欠席日数三三、欠課時数三〇、遅刻度数三、裁定・及」。いずれも体調不良による欠席が多い。

三島は肺門リンパ腺炎に罹患していた。私がインタビューした三島より二級下の同窓生・嶋裕は、「初等科の頃の平岡さんは、顔色もあんまり良くない〔……〕目立たない人のようでした」と回顧している。[*8] 学習院初等科幼年図書館発行の文集『小ざくら』を見ると、三島の詩や短歌、俳句は掲載されているが、「僕の住んでゐる区のお話――四谷区」（『小ざくら』一九三五年五月）という共同執筆の文章をのぞくと綴方（作文）の掲載はない。『小ざくら』では写実的、実証的な綴方が模範とされて優先的に取り上げられ、その選に漏れた者は詩、短歌、俳句などが掲載されたというから、初等科時代の三島は、教師の評価基準にもそぐわなかったのである。

しかし、三島は学校や学科とは別のところで、独自の宇宙を生み出しつつあったのだった。

詩「斜陽」

一九三七年、三島は目白の学習院中等科に進学する。日中戦争開始の年であり、前年には二・二六事件が起こるなど昭和史の激動が始まっていたが、三島の個人史のうえでも特筆すべき年であった。というのも、中等科進学を迎えるとともに、三島ははじめて祖父母を信濃町に残して、両親、妹、弟とともに渋谷区大山町（現・渋谷区松濤）の借家で暮らすようになるのである。ただし家は小さく、二階の三畳強の部屋が三島の部屋であった。父・梓は、同年秋から一九四一年まで大阪に単身赴任した。

変化は学校でもあった。俳文学研究者で俳人としても知られる国語教員・岩田九郎に文才を認められた三島は学業成績も上昇し、次第に周囲から一目置かれる存在になってゆくのである。八歳年長で当時高等科三年であった坊城俊民《ぼうじようとしたみ》も三島の異才に注目した。[*9] その坊城の推薦もあって学習院輔仁会文芸部発行の『輔仁会《ほじんかい》雑誌』160（一九三七年一二月）に三島の創作詩が数篇掲載されるが、そこでは虚無が単に露呈するのではなく、すでに詩的表現として巧みに形象化されている。一例をあげる（末尾の括弧内の数字は、創作日を昭和の年号で示したもので、昭和一二年八月のことである）。

斜陽

紅い円盆のやうな陽が、
緑の木と木の間に
落ちかけてゐる。
今にも隠れて了ひさうで、
まだ出てゐる。

然《しか》し、
私が一寸後を向いて居たら、
いつの間にか、
燃え切つてゐて、
煙草の吸殻のやうに、
ぽつんと、
赤い色が残つてゐるだけだつた。

（一二・八）

「斜陽」というテーマ自体は、学習院の課題としてありふれたものだったようである。たとえば、およそ一年前の『小ざくら』（一九三六年七月）には、初等科時代からの三島の同期生・北条浩（後に第四代創価学会会長となる）による同タイトルの詩「斜陽」が掲載されている。

斜陽

蛙の鳴く音《ね》も遠く近くに
田のあぜみちにれんげの花が
草の中には田舎や一つ

細き小道を辿る人影
小鳥の飛ぶむれ夕日をうけて
山のかげに春の陽《ひ》暮れつゝ

右の二つの詩世界の相違は明らかである。北条作品では、夕陽に照らされた情景が写生画のように描写される。だが三島が描くのは、「斜陽」というよりも、むしろ夕陽に照らされた情景の不在、いや、むしろ斜陽そのものの喪失である。その詩趣は、後年の三島が愛した永福門院《えいふくもんいん》の秀歌「花の上にしばし映ろふ夕づく日入るともなしに影消えにけり」（東健《あずまたかし》宛一九四三年六月一三日付書簡に三島がこの和歌を好んだことが記されている。『決定版 全集』38。今後、特に断らないかぎり書簡は同書に収められたものである）に近いが、しかし、永福門院が穏やかな時間の経過に従って夕陽が消えゆく情景を詠うのに対し、三島詩の場合には、「私」が「一寸後を向いて」いる間に「陽」は「燃え切つて」しまう。ここでは、時間は穏やかに流れるのではなく分断され、空間も北条作品のような広がりを失って砕片と化している。このように、三島は言葉を駆使して虚無を形象化している。その表現力は秀逸だ。「斜陽」は機知や技巧にとどまらない、確かな詩的実質を備えているのである。

「紙上紙芝居。世界の驚異」といい「斜陽」といい、こういうものを書く少年は、いったい何者であろう。そこには祖父母の影響が認められるが、それはしばしば指摘される農民出身の平岡の血筋に潜む野趣でも、有栖川宮家で夏子が接した優雅さでもない。むろん、それらが三島に大きな影響を与えたのは間違いないが、それ以上にいま指摘したいのは、文字通り立身出世してきた祖父・定太郎の壮絶な転落と、夢もプライドもすべて粉々に打ち砕かれた夏子の深い絶望である。

三島が育った四谷や信濃町の家には、これら負の要因が渦巻いていた。それが幼い感性を異様に研ぎ澄まし、三島は同じ斜陽を詠いながらも、北条の子供らしい作品とも、永福門院の優雅な秀歌とも異なる独特の世界を生み出したのではないだろうか。

もっと大胆に言うなら、人間が築いてゆく歴史の本質はそもそも虚無なのかもしれないし、宇宙の始原も本当は虚無なのかもしれない。そのことを常に、すでに知っていたからこそ、三島は四谷や信濃町の家に渦巻く負の要因に押し潰されることなく対抗し、これを時空の分断、砕片化という次元において形象化することができたのではないだろうか。

セバスチャンと洗礼者ヨハネ

もし、三島の内面宇宙が楕円《だえん》の形体をしているとすれば、その焦点の一つは虚無である。だが、楕円にはもう一つ焦点がある。それは何だろうか。

先述のように、一九三七年秋から父・梓は大阪に赴任する。松濤の借家に住む三島は、すでに祖父母とは別居している。そんなある日、同年春にヨーロッパ諸国に出張した梓の外国土産の画集を、三島は三畳強の自室に持ち込んで一人で眺めていた。もう一つの焦点は、そこに姿を現わした。この体験は、後に次のように言語化される。

――私は残り少なの或る頁を左へひらいた。するとその一角から、私のために、そこで私を待ちかまへてゐたとしか思はれない一つの画像が現はれた。

それはゼノアのパラッツォ・ロッソに所蔵されてゐるグイド・レーニの「聖《サン》セバスチャン」であつた。〔……〕その絵を見た刹那、私の全存在は、或る異教的な歓喜に押しゆるがされた。私の血液は奔騰し、私の器官は憤怒の色をたたへた。この巨大な・張り裂けるばかりになつた私の一部は、今までになく激しく私の行使を待つて、私の無知をなじり、憤ろしく息づいてゐた。私の手はしらずしらず、誰にも教へられぬ動きをはじめた。私の内部から暗い輝やかしいものの足早に攻め昇つて来る気配が感じられた。と思ふ間《ま》に、それはめくるめく酩酊を伴つて迸《ほとばし》つた。……

言うまでもなく『仮面の告白』の一節で、三世紀ローマのキリスト者セバスチャンの殉教図を見た主人公が、はじめて射精を体験する場面である。ここに示される性と死の暴力的な融合こそ、三島独自の宇宙のもう一つの焦点なのだった。官能的な殉教の愉悦を描いたグイド・レーニのセバスチャンに、三島はそれを見出したのである。澁澤龍彦の命名に倣ってこれをセバスチャン・コンプレックスと呼ぶことにしよう。[*10] ここでいう「コンプレックス」とは劣等感のことではなく、性と死にまつわる観念や衝動が複雑に絡み合った複合体のことである。

オスカー・ワイルドの『サロメ』も、三島にとって同じ意味を持っていた。聖書における洗礼者ヨハネの斬首の話を、切り落とされた首を抱いて口づけするサロメの狂的な恋の物語として描いたこの戯曲について、三島はこう語っている。

> 十一、二歳のころであらうか、本屋で、岩波文庫のワイルドの「サロメ」を見た。ビァズレエの挿絵がいたく私を魅した。家へかへつて読んで、雷に搏《う》たれたやうに感じた。〔……〕悪は野放しにされ、官能と美は解放され、教訓臭はどこにもなかつたのである。
>
> （「ラディゲに憑《つ》かれて――私の読書遍歴」、『日本読書新聞』一九五六年二月二〇日）

セバスチャンと洗礼者ヨハネとの出会い。それは三島にとって、存在の根底に関わる出来事であった。そこではセクシャリティと死の欲望が分かちがたく結びついている。それはどこに由来するのだろう。思い起こされるのは、三島生誕の地、四谷界隈の土地柄だ。先に触れた汚穢屋のエピソードや、土葬用の甕に溜まった水が梅毒の薬になるという迷信である。一方、新宿に出れば、『仮面の告白』でも描かれる奇術師・松旭斎天勝《てんかつ》の魅惑の舞台があった（三島が見たのは新宿新歌舞伎座での公演である）。これらはすべて、後のセバスチャン体験、サロメ―ヨハネ体験を用意するかのようだ。

しかし、性と死の暴力的な結合の淵源はさらに深く、こう言ってよければ人類の未生以前にまで遡る。それを触知する並外れた感性の強度があったからこそ、三島は祖母・夏子の圧迫や四谷界隈の土地の深い闇と均衡を保ってきたのではないか。つまり、鋭敏な虚無感覚について指摘したのと同様の構造が、ここに認められるのである。

私は三島独自の宇宙の焦点として、虚無とセバスチャン・コンプレックスをあげようと思う。この二つの焦点は、これから書き進めてゆく評伝の個々のエピソードや文脈をつなぎとめる留め金の役割を担う概念でもある。三島由紀夫はあまりにも多面体の存在で、何か鍵概念を用意しなければ、すべて脈絡を失ってバラバラになりかねないのだ。実を言うと、「はじめに」で少し触れたように、三島という人と文学について考えるためには、もう一つ留め金が必要になると私は考えているが、それについては順を追って論じてゆきたい。

＊1　奥野健男『三島由紀夫伝説』（新潮社、一九九三年二月）。
＊2　村松剛『三島由紀夫の世界』（新潮社、一九九〇年九月）。
＊3　平岡梓『伜・三島由紀夫』（文藝春秋、一九七二年五月）。
＊4　猪瀬直樹『ペルソナ 三島由紀夫伝』（文藝春秋、一九九五年一一月）。
＊5　インタビュー「三島由紀夫の学習院時代――二級下の嶋裕氏に聞く」（聞き手・井上隆史、松本徹『三島由紀夫研究』2、二〇〇六年六月）。
＊6　平岡前掲書。
＊7　平岡倭文重「暴流《ぼる》のごとく――三島由紀夫七回忌に」（『新潮』一九七六年一二月）。
＊8　嶋裕への前掲インタビュー。嶋は次のようなエピソードも続けて伝えている。
それとね、これは私しか知らないことだと思うんですが、ＪＲの四ツ谷駅にトンネルがあるん

ですよ。信濃町の方に行くと、すぐトンネルがあるんですね。あの上がちょうど初等科の運動場になっているんですけどね。その線路沿いに細い道があって。その途中で人声でわぁわぁ彼が泣いていた。それを不思議と覚えているんです。もう、百メートルくらい先から聞こえてくるような。

――何年生ぐらい？

五年生ぐらいですね。「何だよ、上級生のくせに泣いている！」と思った記憶があるんです。泣く原因が何だったのか今となってはわからないんですけどね。

＊9　坊城俊民『焔の幻影――回想三島由紀夫』（角川書店、一九七一年一一月）。

＊10　澁澤龍彦『三島由紀夫おぼえがき』（立風書房、一九八三年一二月）。澁澤の表記は「セバスティアン・コンプレックス」で、その主意は自己懲罰である。本書ではむしろ暴力的な性衝動の意味でこれを用いる。

第二章「詩を書く少年」の時代

創作詩集と川路柳虹

こうして内面の宇宙を育んでいった三島は、初等科時代とはうって変わって学内で独特の存在感を示すようになる。同窓生の嶋裕は、先にも引用したインタビューで、「宿題で「和歌を作れ」なんて言われると、あの人のところに頼みに行った。そうすると、すぐサラサラっとあの人は書いてくれるんで、重宝がられていた」と語っている[*1]。

また、学校の課題とは別に、三島はノートや、原稿用紙を糸で留めた自製の帳面に、多くの詩を書き記すようになった。初等科時代のものも含めると、『笹舟』と題するものから『馬とその序曲』まで、現在、一六冊確認されており、重複が多く数え方にもよるが、そこには五〇〇篇以上の作品が収められている。このうち何篇かは『輔仁会雑誌』に掲載され、詩「斜陽」も、そのようなもののひとつである。

『公威詩集Ⅱ』と題された自作詩集に書き記され、『輔仁会雑誌』１６５（一九四〇年三月）掲載の「小曲集」に収められた二篇を紹介しよう。

明るい樫

青い杯と物憂いほゝゑみ
あなたの睫《まつげ》 あなたの瞼
銀粉をふりかけたつれない眠り。

うづもれた宝石のまたゝき
そして笑ひ声を立てながら
走つてゆく帆船

あゝ海よ、オレンジ色の夏雲よ。
時あつて毛虫たちは、
桜の葉をレエスに変へる。

さて、わたしのこの小石は
明るい樫をこえてゆき、
海をみに行く。

（一四・七・二四）

不信

かくも透明《す》きたる硝子《ガラス》さへ、
その切口は青いのだ
ましてや君の双の目《まみ》
あまたの恋も蔵《かく》せよう。

（一五・一・二六）

現実を越えゆく想像力の飛翔と巧みな機知。中等科三年の作品として、たしかに秀作である。根っからの役人気質である父・梓はわが子の詩作への傾倒を理解しようとせず、これに強く反対したが、その梓の知人の紹介により、一九四〇年（昭和一五）初夏、三島は母・倭文重とともに川路《かわじ》柳虹《りゅうこう》を訪れる。川路は一九〇七年（明治四〇）、虫のたかったごみ捨て場を描く「塵溜《はきだめ》」（のちに「塵塚」と改題）を発表し、自然主義に基づく口語自由詩の先駆者と位置づけられる詩人である。しかし実際には、ヴェルレーヌを翻訳し、ダダイズムを紹介し、美術評論も手掛けるなど広範な領域で活躍し、後進の指導にも熱心であった。三島が訪れた頃は弟子の離反などにより同時代の詩壇の中心を離れていたが、気さくな態度で三島を迎え、以後その作品を添削、指導した。

ニセモノの詩

ところが、このことがかえって、詩作から距離を置くきっかけを三島にもたらすことになった。一九四〇年一一月末から親しく交際した学習院の先輩・東健（筆名・東文彦）宛の三島書簡（一九四一年一月一四日付。三島一六歳の誕生日）には、「もう少し子供つぽい素直な目で物を眺めてゐたうございました。川路さんはそれを進歩がないと言はれましたけれども、結局さうしてゐた方が徐々な進歩があつたやうに思はれます。本当のところ、そろそろ詩が書けなくなるのでせう」とあり、川路の指導を受けて以来、自由に詩を書けなくなった戸惑いが滲み出ている（あるいはこんな成り行きこそ、梓の秘かに求めたものだったかもしれない）。後年発表された自伝的短篇「詩を書く少年」（『文学界』一九五四年八月）には、詩作の幸せを味わい尽くした少年が、やがてそれは錯覚で、自分は贋物の詩人にすぎなかったと自覚するに至る経緯が綴られている。

いったい何がいけなかったのだろう。「詩を書く少年」には詩作に耽溺する幸福とその幸福が失われゆく悲哀が見事に描出されているが、自作の難点そのものが分析的に論じられているわけではない。この際一歩踏み込んで、三島自身が直面したものの明確な自己批判を避けたと思われる問題点を検討しておこう。

第一に、厳しい言い方になるが、想像力の飛翔といっても、結局のところ三島詩は表面的な言葉遊びの域を出ていない。

先に引用した「明るい樫」や「不信」はたしかに秀作であるが、西脇順三郎の「天気」、萩原朔太郎の「題のない歌」、佐藤春夫の「少年の日」などの影響は歴然としている。

天気　　　　西脇順三郎

（覆された宝石）のやうな朝
何人か戸口にて誰かとさゝやく
それは神の生誕の日。

題のない歌　　　　萩原朔太郎

南洋の日にやけた裸《はだ》か女のやうに
夏草の茂つてゐる波止場の向うへ　ふしぎな赤錆びた汽船がはひつてきた
ふはふはとした雲が白く立ちのぼつて

船員のすふ煙草のけむりがさびしがつてる。
わたしは鶉のやうに羽ばたきながら
さうして丈の高い野茨の上を飛びまはつた
ああ　雲よ　船よ　どこに彼女は航海の碇をすてたか
ふしぎな情熱になやみながら
わたしは沈黙の墓地をたづねあるいた
それはこの草叢《くさむら》の風に吹かれてゐる
しづかに　錆びついた　恋愛鳥の木乃伊《ミイラ》であつた。

少年の日　　佐藤春夫

1

野ゆき山ゆき海辺ゆき
真ひるの丘べ花を敷き
つぶら瞳の君ゆゑに
うれひは青し空よりも。

2

影おほき林をたどり
夢ふかきみ瞳を恋ひ
あたたかき真昼の丘べ
花を敷き、あはれ若き日。

3

君が瞳はつぶらにて
君が心は知りがたし。
君をはなれて唯ひとり
月夜の海に石を投ぐ。

4

君は夜な夜な毛糸編む
銀の編み棒に編む糸は
かぐろなる糸あかき糸
そのラムプ敷き誰がものぞ。

当時すでに西脇、朔太郎や佐藤の作品に触れていた三島は、目にした詩句、気に入った表現を記憶し、特に「模倣」と意識することもなく、それらをモザイクのように組み合わせて作品を生み出すことができたのだ。

それもたしかに才能に違いない。しかしそのとき、『カンタベリー物語』のなかの「尼寺の長の話」に付されたバーン＝ジョーンズの挿絵のイメージとキーツの物語詩「エンディミオン」の詩句を結びつけることによって斬新な抒情を生み出した西脇詩の知的構成（澤正宏『西脇順三郎のモダニズム――「ギリシア的抒情詩」全篇を読む』双文社出版、二〇〇二年九月）や、朔太郎固有の暗く厳しい情念と、そこから離脱する詩的イメージとの執拗な循環関係、谷崎潤一郎夫人千代をめぐる複雑な恋愛関係を背景に、あえてそれに逆らって少年時代の感傷を表現する佐藤詩の方法論は欠落してしまう。実のところ、詩の実体はそうした構成や方法論のなかに秘められているのだが、三島作品においてはその部分が空白になっている。川路もそのことをただちに見抜いたに違いない。

第二に、突き詰めて考えればこれと同じ話になるが、「明るい樫」も「不信」も、虚無とセバスチャン・コンプレックスという三島独自の内面宇宙の焦点とはかけ離れたところで作られている。

「図ごと」

もっとも、この焦点に迫る作品もないわけではない。詩「斜陽」は先述のように虚無を巧みに捉えていたが、ほかに江藤淳が「三島由紀夫氏の主調音がかくされている」[*2]と評したことで広く知られるようになった詩「凶《まが》ごと」も、例としてあげるにふさわしい。この詩は、「明るい樫」、「不信」とともに詩集『公威詩集Ⅱ』に収められているが、当時は活字化されることがなく、後年、『三島由紀夫選集』1（新潮社、一九五七年一一月）の巻頭で三島本人がはじめて公表したものである。

凶ごと

わたくしは夕な夕な
窓に立ち椿事を待つた、
凶変のだう悪な砂塵が
夜の虹のやうに町並の
むかうからおしよせてくるのを。

枯木かれ木の
海綿めいた
乾きの間《あひ》には
薔薇輝石色に
夕空がうかんできた……

濃沃度《のうヨード》丁幾《チンキ》を混ぜたる、
夕焼の凶ごとの色みれば
わが胸は支那繻子《じゅす》の扉を閉ざし
空には悲惨きはまる
黒奴たちあらはれきて
夜もすがら争《いさか》ひ合ひ
星の血を滴《したた》らしつゝ
夜の犇《ひしめ》きで閨《ねや》にひゞいた。

わたしは凶ごとを待つてゐる
吉報は凶報だつた
けふも轢死《れきし》人の額《ぬか》は黒く
わが血はどす赤く凍結した……。

（一五・一・一五）

ここには抑えがたい暴力衝動が現われ出ている。しかしまた、ちょうど詩「斜陽」の夕陽が一瞬のうちに消え去るのと同様、「夕焼の凶ごと」もたちまち消え去ってしまう。それは訪れるかに見えて、実はその都度遠ざかって無となる幻影なのであり、だからこそ「わたくしは夕な夕な」待ち続けなければならない。この意味において、「凶ごと」は虚無とセバスチャン・コンプレックスという二つの焦点を見事に形象化した作品であるようにも見える。

だが、この作品が第一部「昼の館」、第二部「訃音」という明暗の対比を強調する二部構成からなる別の自作詩集に収められていることにも、目を向けなければならない。それは、三島の詩心が、虚無とセバスチャン・コンプレックスの形象化を深めることよりも、明暗のコントラストを際立たせるレトリックへの興味や、洗練さを気取る背伸びへの誘惑にとらわれていた事実を示唆する。この二部構成の詩集全篇の表題として、「凶ごと」ではなく、第一部「昼の館」に収められた「明るい樫」が選ばれていることを考えると、そこにはみずからの内面宇宙の実態を誤りなく捉えることを恐れ、むしろこれを巧妙に避けようとする心理が働いていたと見ることもできる。

この種の詩作が増えるにしたがって、「斜陽」のような詩的結晶に恵まれる機会は乏しくなっていった。こうした事情を考慮するなら、想像力と機知において秀でていたように見えた三島詩は、実のところ内面宇宙の深淵を表現する役割を担うには不十分な器《うつわ》だったと言わなければなるまい。

三島が熱心に詩作したのは一九三七年から一九四一年までで、やがて詩から離れてゆくのだが、そこにはこのような経緯があった。後年みずから回顧するように、「少年時代にあれほど私をうきうきさせ、そのあとであれほど私を苦しめてきた詩は、実はニセモノの詩で、抒情の悪酔だつた」のだ（『私の遍歴時代』講談社、一九六四年四月）。

坊城俊民と東健

ここで当時の三島の友人関係に目を向けると興味深い構図が浮かび上がってくる。

先述のように一九三七年、三島の才能を見抜いて声をかけたのは八歳年長の坊城俊民であった。坊城は自伝的短篇「詩を書く少年」に描かれる先輩Rのモデルとなる人物である。ついで一九四〇年一一月、五歳年長の東健からの書簡によって三島と東の交流が始まる。

東は三島と同様、幼時から自家中毒や肺門リンパ腺炎に苦しみ、一九三八年に学習院中等科を首席で卒業したものの、翌年肺結核を発病して学校に通えず病臥の状態が続いていた。しかし病苦に抗って坊城との共著本『幼い詩人・夜宴』（小山書店、一九四〇年一月）を刊行する。ところが、その際坊城が志賀直哉に序文の寄稿を求めたところ断られてしまったことから生じた行き違いもあり、東と坊城の間には次第に溝が深まっていった。

そうしたなか、東ははじめて三島に手紙を出し、三島の小説「彩絵《だみえ》硝子《ガラス》」（『輔仁会雑誌』１６６、一九四〇年一一月）読後の感銘を伝えた。一九四〇年一一月三〇日付書簡（『三島由紀夫展』図録、毎日新聞社、一九七九年一月）がそれで、「彩絵硝子」の内容分析は次章で行うことにして、いまはその書簡の一節を見てみよう。

正直のところ、同じ雑誌に作品を並べてゐるものとして、僕は君に恐れを抱いた。僕の方が少しぐらゐ年長だからと云っても大きな顔は出来ない。少くとも、君の独得な感性の世界（少し変な言葉）は真似出来ない。〔……〕君の世界には何か立ち入り難いものがある。心ない批評が君を不必要に駆り立てることを恐れる。

当時、三島は詩作に行き詰まり、新たな拠りどころとして小説の世界に足を踏み入れようと足《あ》掻《が》いていた。東もまた、死と向き合いつつ文学に身を挺する覚悟だった。現在未確認のものを含め三島から東に宛てた書簡は二〇〇通近くとも伝えられるが、[*3]二人にとって書簡のやり取りは生きるための命綱のようなものだったと言っても過言ではない。

逆に坊城は次第に二人から遠ざけられていった。右に引用した東からの初書簡には、「坊城さんはこのごろ大変のぼせてゐるらしい。前に坊城さんから君のことを少し聞いた。今、僕がいきなり君に手紙を出したなど丶聞いたら変な顔をするかもしれない」と書かれている。三島もまた、一九四一年一二月二七日付書簡でこう言っている。

――一寸お話がちがひますけれども坊城さんはどうしてゐられるのでせうか。こんなことを申すと、まだ理解し合ふ道があると思つてゐるのかとお叱りを受けさうですが、私としても、あんな我儘な方とはどのみち長く理解することはできないと思ふもの丶、時々なんとなくまだ整理しきれないものが胸にのこつてゐるやうないやな気持がいたします。〔……〕それにしてももう一度、おつきあひしようなどといふ気は、いくら根気のよい私でもさらさらなくなりました。

後にも触れるが、こうした流れの延長上において、一九四二年七月、東、三島は学習院から東京帝国大学（文学部美学美術史学科）に入学した徳川義恭《よしやす》とともに同人誌『赤絵』を刊行し、そのとき坊城は誘われなかった。翌年六月には『赤絵』第二号が刊行され、やはり坊城は誘われなかった。その年の一〇月八日に東は二三歳で永眠する。

人間関係という点で見ると、三島は坊城を捨てて東に乗り換えたとも言える。いささかドライな割り切り方のように見えるが、ここで気づくのは、三島が坊城を離れて東と親交を深めてゆく経緯が、詩から小説へと三島が歩みを転じてゆく過程と並行していることだ。三島にとって坊城は、捨て去るべき「ニセモノの詩」を象徴する役割を担わされてしまったと言うことができるかもしれない。

ただし、三島と坊城の関係は、これで完全に断たれたわけではなかった。先述の東との共著に収められた坊城の「夜宴」は、ヴィリエ・ド・リラダン伯の城にバイロン卿とシェリー、「私」やギリシアの神々が集まったという設定の散文詩であるが、これを踏まえた三島の中断稿「坊城伯の夜宴――わが友　坊城俊民氏に」（『決定版　全集』20）が残されている。執筆は太平洋戦争末期と推定され、内容は第五章で取り上げる詩「夜告げ鳥――憧憬との訣別と輪廻への愛について」（一九四五年五月二五日執筆、『東雲』一九四五年七月）や生前未発表の欠損稿「二千六百五年に於ける詩論」（一九四五年六月執筆、『決定版　全集』36）と重なるところがある。そしてそこで展開するモチーフは、『豊饒の海』四部作と、もっとも深いところで照応しているのだ。自決のおよそ一週間前に、別れを告げる手紙を三島が坊城に送っていることも見逃せない。そうだとすれば、なるほど三島にとって坊城は「ニセモノの詩」を象徴する存在だったかもしれないが、たしかに一時は「ニセモノの詩」によって夢のような幸福がもたらされたのであり、その経験が一段深いところで鉱脈となって、後年の三島文学の源泉であり続けたことも否定できないのである。その経緯については、本書のなかで次第に明らかになるだろう。

　これに対し三島は「東健兄を哭す」を『輔仁会雑誌』１６９（一九四三年一二月）に書いてから、三島自身の死の直前に編まれた『東文彦作品集』（講談社、一九七一年三月）に「序」を寄せるまでのあいだ、東についてほとんど何も語っていない。だがそれは、親しく書簡のやり取りをした年長の友人に対する冷淡さを意味するものではまったくない。三島にとって坊城が「ニセモノの詩」を象徴していたとすれば、東は小説を追求する熱意と困苦を象徴する役割を担っていた。その意味で東は、むしろ三島の内面における対話の相手として生き続けていたのではないか。三島自身、これから生涯にわたって小説を書くことの喜びと苦しみを味わい続けることになるからだ。三島は東の命日にお参りを続け、しかもそれを誰にも言わずにいたという。[*4] このことは、東に対する三島の思いを象徴している。

＊1　第一章＊5、嶋裕への前掲インタビュー。

＊2　江藤淳「三島由紀夫の家」(『群像』一九六一年六月)。
＊3　犬塚潔「東文彦宛三島由紀夫書簡の謎」(『新潮』二〇〇七年一月)。犬塚氏によれば、実際には二〇〇通を超えていたと推測される。
＊4　持丸博・佐藤松男『証言　三島由紀夫・福田恆存　たった一度の対決』(文藝春秋、二〇一〇年一〇月)。

第三章　小説家・三島由紀夫の誕生前夜

「花ざかりの森」以前の三段階

三島が詩作の指導を受けた川路柳虹にはじめて会ったのは一九四〇年（昭和一五）だが、まもなく三島は川路を離れ、小説の世界へと転身する。その第一歩は、筆名・三島由紀夫を名乗って学習院外の雑誌『文芸文化』39―42（一九四一年九―一二月。中等科五年）に「花ざかりの森」を連載することによって踏み出された。東と文通を始めてから一年も経っていないことを考えると、驚くべきダイナミックな変貌である。わずか一六歳の少年に、なぜこのような大きな飛躍が可能だったのか。そこには容易ならぬ葛藤と緊張の劇があったに違いない。ここは小説家・三島由紀夫の誕生に至るドラマとして大事なところなので、その経緯を詳しく辿ってみよう。

実は「花ざかりの森」以前にも三島は詩作と並行して小説に手を染めており、以下の六篇を『輔仁会雑誌』に発表している。概略とともに以下に列記することにしよう。

『輔仁会雑誌』161（一九三八年三月）　中等科一年

「酸模《すかんぽう》——秋彦の幼き思ひ出」／脱獄囚と小児（秋彦）の心の交流を描く童話風の小篇。

「座禅物語」／みずからに従う者たちを犠牲にしてただひとり悟りを得た坊主の話を、坊主に仕えた少年の子孫が語る。

『輔仁会雑誌』162（一九三八年七月）　中等科一年

「墓参帰り」／実父母を喪った少年が、継母、伯母と父の墓参りに行く。

「暁鐘聖歌《ぎようしようせいか》」／散文詩として発表。イエスの「荒野の誘惑」の話を悪魔の立場から描く。

『輔仁会雑誌』163（一九三九年三月）　中等科二年

小説掲載なし

『輔仁会雑誌』164（一九三九年一一月）　中等科三年

「館」第一回／連載一回目。「今様ねろ」と呼ばれた欧州の残虐な公爵の話を、扈従《こしよう》として公爵に仕える少年が語る。文体は『大鏡』の説話体を模す。

『輔仁会雑誌』165（一九四〇年三月）　中等科三年

小説掲載なし

『輔仁会雑誌』１６６（一九四〇年一一月）中等科四年

「彩絵硝子《だみえガラス》」／禎之助《ていのすけ》と秋子という宗方男爵夫妻の心情と、夫妻が預かっている禎之助の甥・狷之助《けんのすけ》と里見家の娘・則子の恋を、並行して描く。

以上を見ると二つの問いが浮かび上がる。

第一に小説発表のない、いわば空白時期をどう考えるべきかという問いである。具体的には、『輔仁会雑誌』１６３、１６５の時期と、「彩絵硝子」発表以降、「花ざかりの森」発表に至るまでの一〇ヵ月ほどの期間である。

実は、『輔仁会雑誌』１６３には戯曲「東の博士たち」（イエスの誕生を、これに怯えて幼児虐殺を行うヘロデ王の立場から描く）や詩篇が、『輔仁会雑誌』１６５には先述の詩「明るい樫」、「不信」を含む「小曲集」が掲載されている。また、『輔仁会雑誌』１６７の刊行は『輔仁会雑誌』１６６からおよそ一年後の一九四一年一二月で、そこには「抒情詩抄」と題する六篇の詩（「鳥」を一貫するイメージとする連作の形になっている）と散文詩「馬とその序曲」が掲載されている。つまり、三島は小説ではないジャンルの作品は発表しているわけだが、この時期の実態がもっと詳しくわかれば、「花ざかりの森」以前の時期を、より丁寧に分析することができるようになるだろう。

第二に、ここで発表された小説作品は、主題も構成もまちまちのように見えるが、そこに一貫したテーマや方法論の展開を探り当てることはできるのであろうか。もっと言うなら、詩が巧妙に避けた虚無とセバスチャン・コンプレックスは、小説においてどのように描かれているのか。あるいは描かれていないのか。

この内面宇宙の二つの焦点のおかげで、三島家に渦巻く負の要因や四谷界隈の土地柄との均衡が保たれ、三島の存在が守られるということを私は言った。そう考えるなら、この焦点は自己防衛のための「道具」であって、それ自体は直接的な問いの対象にならないかに見える。しかし、内面宇宙の焦点そのものが深刻な闇を孕むとすれば、いずれはこれを主題として扱うことを三島に迫るであろうし、事実そうなのであった。

この二つの問いに答えるため、やや話が細かくなってしまうが、戯曲も含め、私的に書き進められたものの未発表に終わった作品や中断稿、学習院の課題として提出された文章にも目を通すことにしよう。これらの資料は山中湖村の三島由紀夫文学館に収められて調査、研究が進められているが、このうち主なものを、推定される執筆時期にしたがって整理してみる（『決定版 全集』15、20、21参照）。

（「酸模」、「座禅物語」、「墓参帰り」、「暁鐘聖歌」）

「春光」（中等科二年の課題作文）／祖父母と孫の穏やかな生活情景を綴る。三島自身の現実の状況よりはるかに華美に脚色され、春光を浴びて庭を歩む祖父の姿を描いて幕となる。

「路程」（私的原稿）／聖書に基づく詩劇で「東の博士たち」の母胎となった。表題は「イエス・キリストは成長して行くが、路程は終つてはゐない」といふ天使ガブリエルの台詞にちなむ。

「基督《キリスト》降誕記」（私的原稿。中断か）／「東の博士たち」と同趣向の戯曲。

（「館」第一回）

「館」第二回（未完に終わり、未掲載のまま残された原稿）／謀反者を殺害した公爵は、内心、より過激な謀反を待ち望むようになる。そして前例のない宴を企画するが、扈従は公爵の心の空白を見抜く。

「心のかゞやき」（未完の私的原稿）／玲子未亡人、秋原子爵、晃敏、晃敏の婚約者・澄子の四人の恋愛心理小説。

「公園前」（私的原稿）／社長夫人の「あたし」、社長の友人・玲二郎、専門学校生の「僕」、社長専属のタイピスト・素子をめぐる恋愛心理小説。語り手が「あたし」、「僕」、素子の順に交代し、最後に個々のエピソードが互いに照応するなど、構成上の工夫が凝らされている。

「雨季」（未完の私的原稿）／次項「鳥瞰図」の前身。

「鳥瞰図」（未完の私的原稿）／守雅と守雅の妻、守雅夫妻が預かっている甥・陵太郎と則子を中心に彼らの恋愛心理を描く小説。「彩絵硝子」の前身。情緒不安定な陵太郎の内面描写は、かつて『仮面の告白』の「私」が書いた文章として、『仮面の告白』の作中に引用されている。

（「彩絵硝子」　この時以降、東と交際する）

「でんしや」（中等科四年の課題作文）／「花ざかりの森」（その一）で扱われるのと同じ幼年期のエピソードが綴られている。

「屋敷」（未完の私的原稿）／伯父、伯父の家の女中・おまん、伯父に預けられた「私」（一馬）をめぐる小説。「私」の友人・千吉が神輿の下敷きになって事故死するエピソードは、『仮面の告白』（第一章）で描かれる神輿が庭に踏み入るエピソードと同型である。後に（一九四三、四四年頃か）「幼年時」と改題。

「花山院」（中等科四年の課題作文）／『大鏡』の花山院の出家の場面の小説化。

「ミラノ或ひはルツェルンの物語」（未完の私的原稿）／ルツェルン在住の文貞、文貞の子息・一馬、一馬を預かって養育する伯父をめぐる小説。「屋敷」の筋立てを一馬の父の側から書き直そうとしたものか。

以上、「酸模」が発表された一九三八年から「花ざかりの森」が発表された一九四一年までの主な作品を、私的な習作も含めて概観した。では、先掲の二つの問いについて、順に考えてゆこう。

第一に小説の空白期間に関してだが、『輔仁会雑誌』１６３の時期には、作文「春光」をのぞけば、たしかに小説と呼びうるものは書かれていない。先に掲げた「暁鐘聖歌」は、「路程」、「基督降誕記」、「東の博士たち」と同様、聖書に由来する詩劇とみなすこともできるので、そう考えると、そもそも三島は「館」以前には、「四つの処女作」（『文学の世界』一九四八年一二月）という短文でみずから第一の処女作としてあげた「酸模」以外には、小説を書いていないことになる（ちなみに、三島があげた他の三つの処女作は「彩絵硝子」、「煙草」、『盗賊』である）。

一方、『輔仁会雑誌』１６５の時期には、発表こそされていないが、多数の小説が書かれていることがわかった。これでは小説の空白期間とは言えない。一九四一年九月、三島は学習院の師・清水文雄に「心のかゞやき」や「公園前」など、「花ざかりの森」以前の旧稿を示しているが、その際に書かれた清水宛書簡（一九四一年九月一七日付、未発送）によれば、このころ三島はラディゲの『ドルジェル伯の舞踏会』、『肉体の悪魔』やジョイスの『ユリシーズ』の強い影響下で習作を続けていた。「彩絵硝子」は、その延長上における最初の結実だったのである。

さらにこのとき以降も三島は熱心に執筆を続け、課題作文「でんしゃ」のように、そこに、

「花ざかりの森」でも用いられる素材を見出すこともできる。また、右の清水宛書簡によれば三島は未完原稿「屋敷」についても清水に読んでもらいたかったようで、その際「「屋敷」はプルウストに熱中した最近の作ですが、いくぶん「花ざかりの森」の母胎となつた所もあり〔……〕プルウスト式な退屈さを、わざと衒つたやうなところもあります。子供の世界へのこれははじめての復帰でした」と記している。

こう考えるなら、「花ざかりの森」以前の時期については、これを「館」が中断するまでの前・習作期、その後「彩絵硝子」執筆までの習作期Ⅰ、それ以降「花ざかりの森」以前を習作期Ⅱという具合に、三期に分けることができるであろう。

清水文雄との出会いと夏子の死

続いて第二の問いを検討する前に、今後留意しておくべき二つの事柄について指摘しておきたい。

ひとつめは、今も触れた清水文雄との出会いである。一九三八年、三島が中等科二年に進級した年、その文学上の最初の師となる清水文雄が国語教師として学習院に赴任し、翌年には三島が在籍する中等科三年の国文法と作文の担当教師になったのだ。ただし、本当の意味で三島と清水との関係が深まるのは「花ざかりの森」の初稿を書き終えた一九四一年七月一九日前後からだった。この点については、のちに詳しく取り上げることにしよう。

もうひとつ見逃せないことがある。三島が担当教師としての清水に出会うちょうど三ヵ月前のことだが、一九三九年一月一八日、祖母・夏子が潰瘍出血のために死去したのだ。享年六二歳であった。三島作品の成立時期と照らし合わせると、ちょうど『輔仁会雑誌』163に戯曲「東の博士たち」を発表する直前にあたる。祖母の葬儀のときの肩を落とした三島の写真が残されているが、そのときの感懐を直接記した文章を、三島は書いていない。いったい夏子の死は、三島作品にどのような影響を与えたのであろうか。この点にも留意しつつ、考察を進めてゆこう。

「館」の主題

さて、第二の問いは、虚無とセバスチャン・コンプレックスという三島独自の内面宇宙の二つの焦点に関わるものである。ここで第一に注目しなければならないのは『輔仁会雑誌』164に掲載された「館」第一回であり、さらに見逃せないのは、その掲載が、一回のみで中断してしまったことだ。

「今様ねろ」と呼ばれる公爵は「わしはおのれのこの手で、とぎすましたするどい刃を握《にぎり》、相手に近付、わしの手がなまあたゝかい血潮でぬれそぼるのを見たいのだ」と語る残虐な人物だが、ある晩、犠牲者の目前で柱に縛りつけられた扈従は、自分も処刑されるものと覚悟する。そのとき扈従の心に思いがけないことが起こる。引用文中の「くわいらく」とは「快楽」のことだ。

> すると、おそろしいくわいらくがはじまりましたのでございまする。てまへは懸命にそれから目を移さうといたしながらも、不図みてしまひましたり、すさまじいにほひをかいだりい

たしましたりしてをりますうちに、いきがだんだんにはやうなつてくるのをかんじましたが、やがて、なにもかもわからずあたりいちめんはくらやみとなり、そのうちに、赤、緑、灰色、朱色、銀色などのいりまじつたいろの塔がくる〳〵〳〵とはげしうまはつてをるやうにかんじますと、いつのまにやら、てまへの前にみにくいひとのおもてがあまたおかれてござりましたのがいつせいにおきあがつておほひかぶさつて来るのでござりました。

右は、「館」第一回からの引用である。このとき扈従は助かるが、公爵の残虐な行為はとどまることがない。未発表に終わった続篇においては、壁、床はもちろん調度に至るまで赤一面に塗り潰された大広間で宴が催されることになる。その開宴直前、こちらに向かって階段を下りてくる公爵の様子を窺う扈従は、こう思う。

〔……〕てまへにもにこ〳〵と微笑みながら下りて来られる殿さまのおんうしろの、あまりに広くひろがつた壁のいん気な白さが、そのまゝ殿のおこゝろのやうにも思はれ、うらさびしい、お気の毒なことに思つたのでございます。ひとり〳〵のれいをうけたまうて広間の方へあゆんでゆかれるとのさまの、日にむかふ御ぐしの一本々々が不思議にふるへてをられるやうにも見え、またいくぶんまへこゞみのおん背《そびら》の灰白に、うらゝかなはずの春の日をばさびしげにうけていらつしやるさまがめうにあはれを催したことでございました。

このあと起こるに違いない血みどろの惨劇を予測させる右の場面をもって「館」の第二回原稿は終わっている。当時の手帳によれば、一九三九年九月二八日の時点では「館」は第三回まで予定されていたことがわかる。しかし、三島の筆はここで止まってしまった。第三回が書かれることはなく、第二回原稿も公表されなかった。

　このことは何を意味するのだろうか。

　幼時以来、三島は内面宇宙を育み、逆に内面宇宙も三島を育んできた。その本質を三島はすでに触知していたはずである。だが、本当のところ、それが何を意味するのか、「館」を執筆する過程で三島ははじめてその恐ろしさに直面したのではないか。虚無とセバスチャン・コンプレックスという三島の二つの内面宇宙の焦点が、いま小説「館」の主題として姿を現わして作者を凝視し、見据えられた三島は慄然として身動きが取れなくなる。私にはそう思われてならない。

　あえて「館」を書き続けようとするならば、そのとき、現実生活を生き抜くために必要な自己防衛の「道具」であったはずの虚無とセバスチャン・コンプレックスは、単なる「道具」ではすまずに小説表現という枠を超えて氾濫し、作者である三島の存在を根底から脅かすことになる。

　牧歌的童話とも見える「酸模」を除けば、事実上最初の小説とも言える「館」の執筆と中断は、こうした事態の到来を意味していた。

ワイルドから「館」へ

　その兆候は、「館」以前の前・習作期においても認められる。

確かに「酸模」と「館」との内容的な隔たりは大きい。だが、「酸模」における秋彦―脱獄囚の関係が、扈従―公爵の原型であることに気づくと、ここに一筋の線が見えてくる。同じ関係は、「座禅物語」における少年―少年が仕えた坊主、「墓参帰り」における少年―亡父にも認められる。

くわえて指摘しなければならないのは、「酸模」は四谷の生家に近い市ヶ谷刑務所近辺を散策した四、五歳頃の三島自身の経験に基づいているが[*1]、その内容は童話風に作り替えられている、という事実である。何かこの変換を助けたものはないだろうか。話の内容の類似性からすぐに思いつくのは、偏屈な大男と手足に聖痕を持つ小児との心の交流を描くワイルドの童話「わがままな大男」である。「酸模」は、三島が自身の幼時体験を、ワイルドを読むことを通じて変容させたものだと言える。

一方、「暁鐘聖歌」、「路程」、「基督降誕記」、「東の博士たち」など一連の詩劇も、ワイルドの影響が濃厚である。これらはいずれも『サロメ』同様に、聖書に素材を求めているからだ。

こう考えると、三島が前・習作期の初期から、ワイルドに導かれるようにして少しずつ「館」に向かって歩みを進めていた様子が窺える。

だが、さらにもう一押し必要であろう。「酸模」に認めらる抒情性や「春光」に描かれた穏やかな情景を、「うらゝかなはずの春の日をばさびしげにうけていらつしやる」（「館」第二回の末尾）公爵の残虐な物語に変貌させるような、何か強烈な一押しが。

そこには、三島の生活を圧迫してきた祖母・夏子の死が関わっているに違いない。先述のように、夏子が亡くなるのは、ちょうど戯曲「東の博士たち」が発表される直前にあたる。その死がきっかけとなって、パンドラの箱が開いたのではないだろうか。夏子の死の影響は、やはり小さなものではなかったのだ。そう考えると、「館」第二回に描かれる赤一面に塗り潰された大広間は、有栖川宮の霞が関の本邸が、三島の想像世界のなかで作り替えられたものであるようにも思われてくる（実はこのことは、史実のなかで形を変えて実現する。これについては後で触れる）。

「心のかゞやき」、「公園前」におけるラディゲとジョイス

「館」を書き始め、しかしまもなく収拾のつかぬ混乱に陥ることを恐れて作品を放棄するに至った一四歳の三島であるが、そこで小説執筆をやめたわけではなかった。それは先述の習作期Ⅰにあたるが、この時期は前半・後半の二期に分けることができる。

前半に書かれたのは「心のかゞやき」と「公園前」である。執筆はそれぞれ一九三九年秋（「館」の中断直後と推定される）から一九四〇年三月にかけて、一九四〇年一月から三月にかけてである。いずれも群像劇的な特徴も持つ架空の恋愛心理小説だが、作風も内容も「館」とはまったく異なり、なぜこのようなものを三島が熱心に書いたのか、にわかには理解しがたい。これをどう考えるべきであろうか。

ここで、先に触れた清水宛書簡（一九四一年九月一七日付）において三島が、この二作はラディゲやジョイスの強い影響下で書かれたと告白していることを思い起こそう。

このうちラディゲに関して三島は後年、堀口大學訳『ドルジェル伯の舞踏会』を取り上げて、「少年の私をはじめに惹きつけたものは〔……〕訳文の湛へてゐる独得の乾燥したエレガンスで

あつた」（「一冊の本――ラディゲ「ドルヂェル伯の舞踏会」」、『朝日新聞』一九六三年一二月一日）と述べている。

早熟の天才ラディゲは、一六歳から一八歳までの間に自身の恋愛体験から着想を得て人妻と少年の不倫の恋を描く『肉体の悪魔』を執筆した。その後、『ドルジェル伯の舞踏会』では社交界を舞台とする三角関係の恋愛心理を書いたが、直後に腸チフスに罹患し二〇歳で死去する。その作品の翻訳文体に惹かれたと三島は言うのである。

だが、その背景にはより深い意味が横たわっていた。これについて、「わが魅せられたるもの」（『新女苑』一九五六年四月）という文章で、三島は次のように記している。言い方は平易だが、ここで語られていることは習作期の三島を考えるうえで、極めて重要なことだ。

> 少年期にわれわれが急に哲学的な本を読みたくなつたり、知的なものに憧がれを感じたりするのは、私にいはせればやはり一種の衝動なのであつて、ニキビの出盛りの少年が自分の中に衝動の不安と性の不安を感じることによつて、それを制御しかつ操る術を自得しなければ人生が破滅するであらうといふ恐怖を持つに至る、《ママ》時期の目覚めだと思はれるのである。〔……〕さて私にもさういふやうにして、自分の不安に対する闘ひとか、自分の不安を制御する知恵とかいふものに対する本能的な憧がれが湧いてきたのであるが、レイモン・ラディゲの小説はさういふものに実に完全に答へてくれたのである。つまり二十歳の少年がそんなにも自分の衝動を整理し、よけいなものを排除し、それほど平静に作品の抽象世界を築き上

げてゐるといふ成功した一例は私にはまるで奇跡であり、驚きであり、一種の神秘であつた。つまり、少年時代にはいかに自分がむづかしい本を読み、知的な力を蓄へてもそれを追ひ越すものがあつて、それと追ひ越すものとの闘ひがいつも破れさうになるといふ不安の中に繰り拡げられていくのであるがレイモン・ラディゲはそれと見事に闘つて、あたかも悪竜をねぢ伏せるやうに、自分の中に完全な秩序をつくり上げてゐたのである。

さらに後年の講演でも、三島は文学的出発期を回顧して、「私は〔……〕自分が一番心配だ。これはどうなるだろう、自分という人間は。放っといたらバラバラに壊れちゃう。何とか観念世界に自分というものを維持しなければ自分がバラバラになっちゃうという危険を感じた」（「国家革新の原理――学生とのティーチ・イン」その二、主催・早稲田大学尚史会、一九六八年一〇月三日）と語っている。こういう言い方を私は誇張とは思わない。ここには、「館」を中断した三島が、一見切実さなど感じられない架空の恋愛小説を書かねばならなかった心理的必然性が率直に打ち明けられている。

　すなわち、「館」を書き続けることは、三島自身の内面宇宙が堰《せき》を超えて溢れ出る危険を冒すことを意味した。そこで、「自分がバラバラになっちゃう」という文字通りの存在解体の危機に直面した三島は、ひとまず恋愛心理小説という枠組みのなかに立て籠って自分を維持しようとした。もしくは、そのような自己統御の才知にたけていたラディゲに、みずからを同一化しようとしたのだ。

いや、三島はラディゲ以上を目指したのかもしれない。そこでジョイスが問題となる。ラディゲに比べればジョイスの投げかける問題ははるかに大きく、それが後年の三島の小説創作に、一般に言われている以上に深く関わっていることについては後述するが、いま注目すべきは、『ユリシーズ』における意識の流れの技法、複数の語りや文体の転換、低俗なエピソードの挿入、これらの要素を踏まえたうえでの、作品全体の入念な構成である。一般にモダニズムと称されるこうしたジョイスの方法が、「心のかゞやき」と「公園前」、特に「公園前」の執筆に際して参照されている。スケールははるかに小さいが、三島自身の考えでは、「公園前」の最後に付された素子の独白は、『ユリシーズ』第一八挿話のモリーの独白に対応するのである。

その出来栄えが稚拙な模倣の域を出ていないのはやむをえないところである。なにしろ、三島はまだ一五歳だ。先述の清水宛書簡でも、「心のかゞやき」と「公園前」について、それぞれ「文章表現すべて未熟の一語につきます」、「読むだに戦慄に値ひします」と記している。しかし、なぜ彼がこのような架空の恋愛心理小説を執筆しなければならなかったのか、その内的必然性と経緯は、十分に了解することができるのである。

「鳥瞰図」から「彩絵硝子」へ

ついで習作期Ⅰの後半を見てみよう。この時期の注目すべき作品は一九四〇年三月から七月にかけて執筆されたものの未完に終わった「鳥瞰図」である。「鳥瞰図」も大きな意味で言えば、「心のかゞやき」、「公園前」と同様の恋愛心理小説なのだが、次の点において前作と大きく異なる。

それは、登場人物たちが均等に描かれているわけではなく、父と家族が満州に赴いたため伯父・守雅のもとに預けられることになった少年・陵太郎に主人公的な役割が与えられていることである。陵太郎は「宇宙の亀裂からなかを覗きこんだやうな恐怖」に襲われたり、「実在しない音の錯覚がきこえ」たりする情緒不安定な少年だが、やがて「じぶんを器械にしてしまふのが、いちばん手つとりばやい鎮静剤」だと考えるに至る。しかしそれは彼を自己欺瞞の罠に陥れてしまう。たとえば、園遊会における陵太郎の心中は、次のように描写されている（これは守雅がそのように想像していると解釈することもできる）。

……陵太郎はみしらぬ友の仲間に、なんのためらふところなくはひつて行つた。彼は少しでも快活に振舞ふ――あるひは振舞つてみせることで、あの理由のない憂鬱や倦怠をおしこめられたと信じてゐた。信仰の最良な要素である盲信が、彼をある白熱した静止のかたちにおいてゐた。他愛のない冗談や戯《ざ》れ事に加はりながら絶えず思ふことに……「俺はいまふさいでもゐない、たいくつでもない」と。これを彼は、「憂ひをわすれてゐる」と称してゐた。

ぐるりのひとびとは、しじゆう、自分が幸福なのだらうか、これでも陽気なのか、といふ疑問になやみつゞけてゐる。疑問といふ事実がもつともたしかなものであるやうに、これが幸福の、正当なあり方だ。

然《しか》るに陵太郎ひとりは、「陽気なのだ」と定義づけ、確信のなかに自分をおいてゐる。

かうした順序で、ひとびとのこゝろは、彼のいはゆる「確かな陽気さ」のはうへ傾いてゆく。
たうとう、仄かではあるが真実であつたものが、勁《つよ》くして偽りの機械のなかにとじこめられる。機械は力づよく動きだす。さうしてひとびとは、自分が「自己欺瞞の部屋」のなかにゐるのに気附かない。……

先に「鳥瞰図」の一部が『仮面の告白』に引かれていると述べたが、それは右の部分である。引用された『仮面の告白』における文脈は、同性愛を自覚した主人公が、そのような自覚を自己否定する意識の詐術をみずから分析するところで（『仮面の告白』第三章）、「私が現在の考へで当時の私を分析してゐるにすぎないといふ誹《そし》りを免れるために、十六歳当時の私自身が書いたものの一節を写しておかう」として、そのまま引用されているのである。「鳥瞰図」の陵太郎は同性愛者として設定されてはいないけれども、本質的には『仮面の告白』の主人公そのものであり、このことが人物設定を無理に仮構したところもある「心のかゞやき」、「公園前」にはない「鳥瞰図」の力の源泉となっている。

だが、この構図は本作の発展形である「彩絵硝子」ではそのままの形では生かされなかった。「鳥瞰図」の守雅とその妻の名を、それぞれ禎之助と秋子、陵太郎の名を狷之助と改め、則子は則子のままで、この四人の関係を「鳥瞰図」のように特定の一人（狷之助）に偏ることなく描くかたちで構成し直したのが「彩絵硝子」である。そこでは狷之助の内面が具体的に記される場面は少なく、『仮面の告白』で引用されたような心理の詳細な描写は削除された。この改作に際しては、三島自身が自注し（「自己改造の試み――重い文体と鷗外への傾倒」、『文学界』一九五六年八月）、村松剛も詳しく分析しているように、[*2]堀辰雄の影響が顕著である。

後述するように、「花ざかりの森」の前後の時期において堀辰雄が三島に与えた影響はたいへん大きいのだが、「彩絵硝子」に関して言えば、親世代（禎之助と秋子）と子世代（狷之助、則子）の物語の間に認められる並行関係は、堀辰雄の「聖家族」（一九三〇年）における九鬼（芥川をモデルとする）―細木未亡人の物語、河野（堀をモデルとする）―絹子の物語の間に認められる並行関係の構造的模倣である。

では、この時期「鳥瞰図」が書かれ、しかし未完に終わって「彩絵硝子」として再創作された経緯は、何を意味するのだろうか。

陵太郎の造形からわかるように、「心のかゞやき」、「公園前」ではあえて深入りすることが避けられた三島自身の内面宇宙が、「鳥瞰図」では主題として再び姿を現わそうとしている。陵太郎が本質的には『仮面の告白』の主人公そのものだとすれば、虚無、セバスチャン・コンプレックスという主題と同性愛とが分かちがたく結びついていることも理解されよう。これは、いずれ正面から向き合わねばならない三島にとって極めて本質的な問題であり、そのことを予覚した三島が、ここで習作期Ⅰ前半の「心のかゞやき」、「公園前」の世界から一歩先へと歩みを進めたと見ることもできる。

だが、当時の三島にとって、この主題を小説化するのはまだ荷が重かったはずで、未完に終わったのは当然であった。この重過ぎる課題を慎重に脇によけ、全体をいわば堀辰雄的な世界というオブラートで包んで『輔仁会雑誌』誌上に提示されたのが「彩絵硝子」だったと言える。先述のように、東健はこれを評して「君の世界には何か立ち入り難いものがある」と述べているが、作品の鍵を直感的に捉えたコメントであった。

ここで、堀辰雄を模倣するという一種の型枠を得て安心したせいか、「彩絵硝子」にはいくつもの仕掛けや遊び心も見受けられる。各エピソードを「化」の字から始めていることや、「空色の靴下留」という形象の扱い方（「靴下留」の描写は『ユリシーズ』の第一三挿話「ナウシカア」にちなむものか）などがそれにあたるが、もっとも興味深いのは、三島自身の似姿と言える甥の狷之助が預けられる禎之助・秋子夫妻が、定太郎・夏子のパロディーとなっていることであろう。

「彩絵硝子」が書かれた一九四〇年の時点において、すでに妻・夏子を失った（夏子の死は一九三九年一月）定太郎は、息子・梓の家族とは別に信濃町で生活していたのだが、時に三島が同居することもあったようで、先に引いた「四つの処女作」という文章で「彩絵硝子」を「第二の処女作」と呼んだ三島は、「信濃町の家の二階で、息もつかずに書いた。あんなに胸にいろ〳〵のものが溢れたことはない」と記している。

このとき三島は、まさに定太郎の家に「預けられ」ながら、実際には零落した祖父とすでに死んだ祖母を、宗方男爵夫妻として作品世界内に登場させたわけである。その描き方は、ちょうど作文「春光」がそうであったように華美に脚色されているが、これは祖父母に対するオマージュというよりも、むしろアイロニーであろう。禎之助・秋子という命名が定太郎・夏子の名をもじったものであるのは言うまでもなく、甥の名が、「狷介」の語にちなむと思われる「狷之助」であるのも、悪意の籠った悪戯《いたずら》心の現われである。

以上の内容を整理しよう。三島は前・習作期の「館」や習作期Ⅰの後半における「鳥瞰図」において、虚無とセバスチャン・コンプレックスという内面宇宙の核を主題として扱うように迫られている。しかし、この時点ではまだ準備が整わず、うかつにそこに立ち入ることは危険過ぎた。そこで三島は、臨界の手前に踏みとどまった。そして、微妙な均衡の上に立って「彩絵硝子」という小説世界を結晶させ、祖父・定太郎と祖母・夏子の存在を、作品創作のための素材と化すことにも成功している。三島が「彩絵硝子」について「本当の意味での処女作だと考へてゐる」（「四つの処女作」）と述べているのも至当なことであった。

「彩絵硝子」から「花ざかりの森」へ

次に習作期Ⅱについて検討しよう。この時期の三島は、小説を活字化して発表することはなかったが、伯父に預けられた甥、という設定を保ちつつ、熱心に習作を続けていた。そこでラディゲ、ジョイスについで意味を持つようになったのはプルーストである。

もっとも、一五、一六歳の三島にプルーストの『失われた時を求めて』を読みこなせたかといえばそれは難しかったし、そもそもこの作品の全邦訳がはじめて完成するのは戦後、一九五五年一〇月のことである（新潮社）。しかし、『定本三島由紀夫書誌』所載の蔵書目録[*3]によれば、三島は井上究一郎が『心の間歇』の表題でまとめた新書形式の『失われた時を求めて』ダイジェスト版（抜粋訳）の第二版（弘文堂書房、一九四〇年二月）を所持しており、一九四一年二月一日付東健宛書簡では、この本を東に紹介するとともに、五来達訳による『失はれし時を索めて』1（スワン家の方I　コンブレエ、三笠書房、一九三七年五月）を苦労して古本屋で入手したことを綴っている。

当時の習作へのプルーストの影響は、ただちに見て取ることができる。たとえば、未完原稿「屋敷」に語り手の幼年時のエピソードが書き込まれているのは、『失われた時を求めて』に語り手の幼年時の記憶が描かれていることとの模倣である。また、課題作文「でんしや」冒頭に描かれる主人公が眠りに入ろうとする場面は、『失われた時を求めて』全篇の書き出しに触発されたものであろう。

しかし、プルーストの影響はこの点にとどまらず、これから見てゆくように、他の要因とも複合的に関わり合いながら、「花ざかりの森」へと展開してゆくのである。ただし、その展開は連続的なものとは言えない。むしろ、実際に「花ざかりの森」を執筆してゆく過程で、突如、飛躍が起こったようにも見える。しかも、それは二重の飛躍であった。そこで成し遂げられることになる文学的達成の本質は、どのようなものか。そのとき、内面宇宙の焦点となる虚無とセバスチャン・コンプレックスは、どのように扱われることになるのか。

次章でこの点を詳しく分析してゆくことにしよう。

＊1　平岡前掲書。

＊2　村松前掲書。
＊3　島崎博・三島瑤子編『定本三島由紀夫書誌』（薔薇十字社、一九七二年一月）所載の蔵書目録。

第四章　「花ざかりの森」と『文芸文化』

「花ざかりの森」の時間構造

一般に「花ざかりの森」は三島由紀夫の処女作と言われている。事実、それは三島という筆名を冠した最初の作品である。学習院の学外に発表された最初の小説であり、一九四四年（昭和一九）一〇月に刊行された三島にとって最初の単行本の表題ともなった。その内容も形式も、三島以外の者には書けない個性的な作品である。

だが先述の「四つの処女作」において、三島はこの作品の名をあげていない。一九六八年に刊行された自選短篇集『花ざかりの森・憂国』（新潮文庫）に付された自作解説では、「後年の私の幾多の長編小説の主題の萌芽が、ことごとく含まれてゐる」と自注する「中世に於ける一殺人常習者の遺せる哲学的日記の抜萃」（原題「夜の車」。『文芸文化』70＝終刊号、一九四四年八月）と比較して、「花ざかりの森」について次のように述べている。

> もう一つの戦時中の作品「花ざかりの森」を、これと比べて、私はもはや愛さない。一九四一年に書かれたこのリルケ風な小説には、今では何だか浪曼派の悪影響と、若年寄のやうな気取りばかりが目について仕方がない。十六歳の少年は、独創性へ手をのばさうとして、どうしても手が届かないので、仕方なしに気取つてゐるやうなところがある。因みに言ふが、本短編集の題名をどうしても「花ざかりの森」としたい出版社の意向によつて、私はやむなくこれを選んだ。

これを読んで、三島は晩年になってはじめて「花ざかりの森」を自己否定するに至ったと考えるのは誤読である。後述のように、少なくとも「夜の車」が書かれた一九四四年夏の時点で、すでに三島はこの作品に対して明確な違和感を抱いており、その原点は、さらに遡ることができるように思われるのだ。「花ざかりの森」が小説家・三島由紀夫の誕生を告げる重要作品であること、そこにその後の三島文学の根幹を規定するものがあるのは間違いないが、そう指摘するだけではすまない問題がここに潜んでいる。

「花ざかりの森」は『文芸文化』に四回にわたって連載された。概略は以下のようである。

『文芸文化』39（一九四一年九月）

序の巻　語り手の「わたし」は、「追憶は「現在」のもつとも清純な証なのだ」と考える。

その一　追憶の対象として「わたし」の幼年期が回想される。課題作文「でんしや」の内容が組み込まれている。

『文芸文化』40（一九四一年一〇月）

その二　「わたし」の遠い祖先である「きりしたん」の熙明《ひろあき》夫人の物語。

『文芸文化』41（一九四一年一一月）

その三（上）　平安朝の殿上人（「わたし」のさらに遠い祖先）を愛した女人について語られる。

『文芸文化』42（一九四一年一二月）

その三（下）　「わたし」の祖母の叔母の生涯について語られる。「まらうど」（客人）がすでに年老いたこの女性を訪ねて面会する場面で小説は閉じられる。この「まらうど」は、実は語り手の「わたし」の分身であり、いやそれよりも、「わたし」が「まらうど」という三人称の人格へと転身すると言ったほうがよい。こうして時空を超えて「追憶」と「現在」が合致、融合する。

少し具体的に内容を見てみよう。

「序の巻」の冒頭、「もともとこの土地はわたし自身とも、またわたしの血すぢのうへにも、なんのゆかりもない土地にすぎないのに、いつかはわたし自身、さうしてわたし以後の血すぢに、なにか深い聯関をもたぬものでもあるまい」と予感させる土地へやってきた「わたし」は、「その二」では、「わたしは武家と公家の祖先をもつてゐる。そのどちらのふるさとへ赴《ゆ》くときも、わたしたちの列車にそうて、美くしい河がみえかくれする〔……〕」。祖母と母において、川は地下をながれた。父において、それはせせらぎになつた。わたしにおいて、——ああそれが滔々とした大川にならないでなにになららう」と確信して、祖先たちを追憶してゆく。

ここで「その一」に描かれる「わたし」の回想は三島自身の幼年期を脚色したものだが、「その二」以降はごく一部をのぞき虚構である。事実から出発して虚構へと連続的に遷移、発展してゆく構成は本作の特徴のひとつだが、それ以上に注目すべきは、その時間構造である。それは、未完原稿「屋敷」のように、単に語り手の過去のエピソードが書き込まれている、というだけのものではない。作中における「わたし」のまなざしは、常に自分自身の過去に、さらに祖先たちの過去に向けられている。だが、「なんのゆかりもない土地」と新たな「聯関」を持つことを予感し、祖先からの系譜がこの「わたし」において「滔々とした大川」になることを予知している点において、「わたし」のまなざしは、未来にも向けられている。むしろ「わたし」にとって、未来志向と過去志向は別のものではなく、それが相俟って、「わたし」の現在が生きられている。このような時間構造こそ、注目に値する。

プルースト、リルケ、堀辰雄

この点について作者の三島はたいへん意識的である。この発想の一端は、『失われた時を求めて』に触発されたものであろう。プルーストの作品の語り手も、単に過去のエピソードを綴っているわけではない。

『失われた時を求めて』において重要なこと。それは、記憶と追憶（つまり過去）こそが生の核心的な契機であるとはいうものの、その本質はこれから刊行されるべき小説（つまり未来）においてはじめて発現するはずであり、そのような思いが、今（現在）まさに綴られることによって存在が回復する、という時間構造である。その語り手がかつて滞在した田舎町のコンブレーには二つの散歩道があって、ひとつは新興のブルジョワ的なものを象徴する「スワン家の方」（実はその背景にユダヤ世界が横たわる）、もうひとつは衰退しつつある上流階級を象徴する「ゲルマントの方」（カトリック世界を反映する）であった。

そして、『失われた時を求めて』の巻末でジルベルトとサン＝ルーの娘に会った語り手は、「スワン家の方」と「ゲルマントの方」との二つが、この娘において見事に合流していることを知る。この位置づけは、「武家と公家の祖先をもつ」という「花ざかりの森」の「わたし」の設定に対応する。この構造は極めて論理的に形作られているのである。

他方、「花ざかりの森」を読む者は、そこに論理のシャープさよりも、連綿と続く文体の曖昧さのようなものを感じるであろう。この点に関して言えば、三島はプルースト以上にリルケの影響を受けている。一九四一年八月五日付東健宛書簡には、次のようにある。後年の自注で「このリルケ風な小説」と呼んだゆえんである。

二、三年前、ラディゲに熱中してゐた頃は、あの櫛のやうに端麗な首尾一貫さに心をうばはれ、自分の以後進んでゆく道はこの外にはない。又これが最も自分に適したものである、と自認してゐたのが、この頃は麻のやうに乱れた美くしさに心をうばはれ始めました。「マ

> ルテの手記」がそれです。〔……〕かぞへきれぬエピソオドの集成が醸し出す、あのふしぎな平静と惑乱との調和、さういふものが、ただの平静よりも美しく思はれてきました。

それにしても、詩から小説の世界に転じようとして以来の三島の足取りの速さには目を見張るものがある。影響を受けた海外の作家も、ラディゲ、ジョイス、プルースト、リルケ……と多彩である。見てきたように、彼らの作品が創作の道しるべとなったのは三島自身の内的必然性によるが、それは当時日本で知りうる世界文学の最先端にも触れていた。三島がまだ一四、一五、一六歳の少年であったことを考えると、驚きを禁じえないのである。

三島を導いた先達の名をあげるなら、堀辰雄を欠くことはできない。「彩絵硝子」における堀の影響については先述したが、ラディゲ、ジョイス、プルースト、リルケはいずれも堀が大きな影響を受けた作家であった。「花ざかりの森」以降、三島は自作に日本の古典文芸を取り入れてゆくが、そこにも「かげろふの日記」、「ほととぎす」、「曠野」などの古典文芸を再創作した堀の影が認められる。このように堀に着目すると、「花ざかりの森」執筆期の前後をつなぐ一貫した線が浮かび上がってくる。

しかしその一方で、「花ざかりの森」以前の習作期Ⅱと「花ざかりの森」以降の世界との間には、ある飛躍があるのも事実である。独特な時間構造が生み出されたことはその飛躍の第一段である。だが、後に見るように（本章後半）、さらなる飛躍がこれに続いた。それは何を意味するのか。ここで問われなければならないのが、「花ざかりの森」が掲載された『文芸文化』という雑誌である。

清水文雄と蓮田善明

『文芸文化』は蓮田《はすだ》善明《ぜんめい》（発行兼編輯人）、清水文雄、栗山理一、池田勉により一九三八年七月に創刊された国文学雑誌である（終刊は一九四四年八月）。蓮田ら四名は、広島高等師範学校、広島文理科大学の同窓生で、いずれも斎藤清衛に師事していた。斎藤は東京帝国大学国文科卒の研究者だが、一九三三年に広島高等師範教授を辞し、種田山頭火に倣って国内外を漂泊。『文芸文化』創刊に際しては、最重要の精神的支柱の一人となった。『文芸文化』の「創刊の辞」（池田勉による）には次のようにある。

> 伝統の権威地に墜ちて、古典を顕彰するの醇風も亦地を払つて空しい。日本精神の声高く宣伝せらるるあれど、時に現実粉飾の政論にすぎず。芸文の古典は可惜《おしむべし》、功利一片の具と化して、無法なる截断に任され、所謂《いはゆる》国文学の研究は普及せるも、故なき分析と批判とに曝されて、古典精神の全貌は顕彰せらるべくもない。嗚呼、古典の権威は地に墜ちたり。今にして之が復活を想ひ、古典の黎明を呼ぶにあらざれば、我が古典の精神は終に喪はれんのみ。〔……〕今や我等の義務と責任は、この伝統への心からなる感謝と安んじての信従とであらねばならぬ。寧ろ今日の日に在つては、伝統は神さびて厳しく命ずるを聴く。かく命ずる伝統の何ものであらうとも、内に命ぜらるる厳しさを我等は信ずる。

されば我等はもはや伝統について語る必要を認めない。伝統をして自ら権威を以て語らしめ、我等はそれへの信頼を告白し、以て古典精神の指導に聴くべきである。

文学史的には、同誌は保田與重郎を中心とする雑誌『コギト』（一九三二年三月―四四年九月）、『日本浪曼派』（一九三五年三月―三八年八月）の周辺に位置づけられるが、この二誌では事実上排除されている国文学研究を基本に、研究と批評、さらには創作をも合体させようとしている点では、『コギト』、『日本浪曼派』を補うというより、むしろこれを批判しようとする面も備えていた。

なお、「かく命ずる伝統の何ものであらうとも、内に命ぜらるる厳しさを我等は信ずる」の一節は、斎藤清衛とともに同誌の精神的支柱となった伊東静雄の詩「わがひとに与ふる哀歌」の「かく誘ふものの何ものであらうとも／私たちの内の／誘はるる清らかさを私は信ずる」にちなむ。

くしくも、『文芸文化』が創刊された一九三八年は清水文雄が成城高等学校を退職し学習院に赴任した年であり、かわりに蓮田善明が台湾台中商業学校から成城高等学校に転任した年でもあった。ただし同年一〇月、蓮田は応召して郷里熊本の歩兵第一三連隊第二中隊に陸軍歩兵少尉として入隊する。

ちなみに清水は一九〇三年六月生まれである。一九二九年に広島高等師範学校を卒業して広島文理科大学入学。一九三二年に同大を卒業し（卒業論文は「和泉式部集の研究」）、成城高等学校に赴任した。高師入学までは学業、生活の苦労があったが、その後の経歴は順調で、文理大を第一回生として卒業すると同時に結婚もしている。

一方、蓮田は一九〇四年七月生まれで、清水より一年若い。清水より早く一九二七年に広島高等師範卒業後、鹿児島歩兵第四五連隊に幹部候補生として入隊。その後、岐阜、長野の中学教員を経て（この間、結婚、長男の誕生を得る）、一九三二年に広島文理科大学に入学し、国語学や『古事記』を研究した。

一九三五年に同大を卒業し上京を希望するが、肺門リンパ腺炎の療養と奨学金返済のため、給与面で優遇される台湾に不本意ながら赴任。一九三八年の成城高等学校への転任は、すでに同校に六年勤務した清水の後任としてであった。ところが着任後わずか半年で召集令状を受けるのである。時局は日中戦争の発端となる盧溝橋事件から一年を経て、国家総動員法が施行された年であった。

蓮田の側から清水を見ると、恩義を感じると同時に、自身の不遇をかこってもおかしくない立場である。しかし、互いに篤い信頼を寄せ、その中核に国文学への熱意と雑誌『文芸文化』が位置していた。

清水文雄の国文学観

さて、清水が学習院に赴任した年、三島は中等科二年であった。翌一九三九年、清水は中等科三年の国文法と作文の担当教師として三島の授業を受け持つ。さらに一九四〇年、新設された寄宿舎（中等科三年生の希望者を収容する青雲寮）の舎監になると、三島はそこをよく訪ねてきたという[*1]。

では、清水の国文学観はどのようなものだったのだろうか。清水は「学問の故里とは何であるか。それは虚心に〔……〕作品を読むときおぼえた、胸のときめくやうなあの感動である」（「和泉式部日記の作者について」、『文芸文化』43、一九四二年一月）と言う。清水による作品解釈の具体例を見てみよう。

たとえば「みやび――風流論討究第五稿」（『文芸文化』9、一九三九年三月）という文章では、『伊勢物語』第一段（元服したばかりの男が美しい姉妹を思慕し歌を詠む話）における男の初恋の心境が、「欝結した思ひ」、「欝情」として捉えられている。そして、男は先蹤《せんしよう》（本歌）を追って新たに歌を詠むことによって「欝情」を「文芸」として表現することを「希求」し、それは「この思ひを相手の女に汲み取つてもらひたいと冀《こひねが》ふ心と別ではなかつた」とされる。

あるいは『更級日記』を論じた「憧憬の姿勢――更級日記 二」（『文芸文化』18、一九三九年一二月）では、都に多数あると言われる「物語」に憧れた田舎育ちの少女がようやく上京した時、「京は少女の前に廃墟のやうな荒涼さで現前し」、「それは正に幻滅のみぢめさ」以外の何ものでもなかったが、だからこそかえって、「美しい「物語」の世界へのあこがれの思ひははげしく掻き立てられ」、「「夢」を思ふ心情の切なさが、やがてのび〳〵と翼をひろげるのであつた」という。

ここでは「希求」や「憧憬」という未来志向が強調されているが、その未来志向は先蹤となる歌や既存の物語への傾倒という過去志向によって裏づけられている。そして、この両者が相俟って現在が生きられ、さらには、「欝結した思ひ」や「廃墟のやうな荒涼さ」に満ちた現実が乗り越えられるのである（この時間構造は神道の「中今《なかいま》」の概念に重ねることができる）。

これは「古典の権威は地に堕ちた」という現実に抗って「古典の黎明を呼ぶ」という『文芸文化』の理念を、作品解釈という次元において具体的に実践するものだと言える（古典＝過去志向、黎明＝未来志向）。同時に、「花ざかりの森」の時間構造とも見事に共鳴しているが、これについては、清水の文学観は学習院での授業にもおのずと反映していたに違いないので、その影響を受けた三島が、自身の作品世界に、清水文雄―『文芸文化』の理念に沿う時間構造を取り入れたと見るべきかもしれない。先述のように「花ざかりの森」の時間構造は一面においてプルーストに触発されたものだが、それが、清水―『文芸文化』に接することによってよりいっそう明確な形を帯びて、「花ざかりの森」の作品世界の生誕へとつながるのである。

ただし、「古典の権威は地に墜ちた」という『文芸文化』同人の現実認識、および清水が『伊勢物語』や『更級日記』の世界に「欝情」や「廃墟のやうな荒涼さ」を読み取っていることを、三島自身がどのように受け止めていたかという点については、後に再検討する必要がある（本章の最後に触れる）。

「花ざかりの森」掲載の経緯

では、「花ざかりの森」はいかなる経緯で『文芸文化』に掲載されるに至ったのであろうか。

三島が清水に「花ざかりの森」の原稿を送ったのは、一九四一年七月である（七月二八日付封書）。

その際三島は、「これは秋の輔仁会雑誌に出す心積でをりますが、何か御高評の御こと葉たまはれば幸ひに存じます」と書き記している。原稿を得た清水は、直後に行われた伊豆・修善寺の新井旅館での『文芸文化』編集会議にこれを持参し、閲読した同人によって『文芸文化』への掲載が決まった。実は、これと前後して清水は佐藤春夫にも「花ざかりの森」の閲読を乞い、佐藤はただ一篇のみの作品だけによっては未来の作家の誕生を予見しがたい旨を答えたという。こうした経緯は清水、栗山、池田ら同人がそれぞれ伝える通りである。[2] 初稿擱筆《かくひつ》直後にすでに原稿を読んでもらっていた東健に対しては、三島は八月五日付書簡で、「花ざかりの森」が『文芸文化』に掲載されることになったことを報告している。ただし三島は、「その三」を中心に書き換え、推敲を続けていた。[3]

ここで清水に対して三島が言った「輔仁会雑誌に出す心積」という言葉を額面通りに受け取ってよいかどうか。容易には判断できないところだ。後述のように一九四一年の『文芸文化』は新機軸を打ち出そうとしており、三島は直接的ではないにせよ清水からの何らかの誘いに応じて、あえて『文芸文化』の理念に沿うように意識しながら「花ざかりの森」を書いたとも考えられるのである。『私の遍歴時代』で三島は、『文芸文化』を「国文学界のヌーヴェル・ヴァーグ」と評している。その新潮流に加わることで、学習院の枠を飛び出したいという思いから「花ざかりの森」を書いて清水に閲読を求めた可能性も否定できないであろう。

他方、『文芸文化』の側に目を転ずれば、同誌が国文学研究を基本に、批評、創作にまで領野を広げようとしていたことは先に触れたが、実際に創作作品を数えるなら、数篇の詩、短歌、俳句をのぞくと、四篇の小説しか掲載されていない。そしてそれはすべて三島の作品なのである（「花ざかりの森」、「みのもの月」、「世々に残さん」、「夜の車」）。もし小説風の随想、評論というところまで含めると、国文学者、俳人で『山頭火全集』（春陽堂書店）を斎藤清衛らと編集したことでも知られる高藤武馬が南蛮寺万造の筆名で大伴家持を描いた「越の海」（31、一九四一年一月）や、同人の池田勉が建速須《たけはやす》佐《さ》之《の》男命《おのみこと》について、「僕は放逐せらるべき運命であつた」というふうに「僕」を主人公として語り始める「建速須佐之男命」（38、一九四一年八月）などは小説と数えることもできよう。だが、作品として不足があり、雑誌『文芸文化』として、理想にかなう小説作品を待ち望んでいたという事情があるのではないか。そこへ、「越の海」、「建速須佐之男命」の発表と同年の夏、清水が教え子・三島の原稿を持ち込んだ。このことが、「花ざかりの森」初回掲載号の編集後記に記された「「花ざかりの森」の作者は全くの年少者である。〔……〕われわれ自身の年少者といふやうなものである」、「悠久な日本の歴史の請《まを》し子である。我々より歳は遥に少いがすでに成熟したものの誕生である」という、よく知られた蓮田の三島讃辞につながるのである。

蓮田個人の立場から見ても、小説家としての三島の出現に深く期するところがあったに違いない。

当時の蓮田の動静を振り返るなら、一九三八年に召集令状を受けた蓮田は、翌年四月に中国に向かい湖南省洞庭湖東部の晏家大山の守備につく。だが、着任早々、赤痢を疑われる病に罹患し、九月には長沙へ向けて進撃中に銃撃された。しかし、戦地にもかかわらず「詩と批評——古今和歌集について」を執筆し、それは『文芸文化』17―19（一九三九年一一月―四〇年一月）に発表された。

ここで蓮田は、「歌よみに与ふる書」で『古今和歌集』を批判した正岡子規以来の近代和歌論に異論を唱え、古今集の批評性、知的性格を高く評価している（この古今集観は後年の三島に大きな影響を与えることになるが、これについては本書第一七、二〇章で詳述する）。蓮田が帰還したのは一九四〇年一二月であった。

蓮田は最右翼の国文学者の一人という印象が強く、壮健、頑強な人物と思われがちだが、一五歳の時に肋膜炎で休学するなど体力的にはもともと丈夫なほうではなかった。戦地での苦難も多く、帰国に際しては「九州の一角に帰国の第一歩を印したとたん、精神の平衡を失って波止場に昏倒した」（清水文雄『随想集 河の音』王朝文学の会、一九六七年三月）と伝えられる。

心身の療養のため一九四一年一月から阿蘇中腹の垂玉《たるたま》温泉に滞在し、その体験をもとに小説「有心」を執筆するが、それによれば、語り手（蓮田自身をモデルとする）は『平家物語』、リルケの『ロダン』、金剛巌の『能と能面』の三書を携えて温泉宿に赴くのだが、そこである出来事が起こる。湯治《とうじ》に来た父に付き添った娘のもとに、許婚者が戦死したという知らせが届くのだ。

小説の末尾で、阿蘇の火口に向かった語り手は、「突然何か音ともつかず、空気の震動ともつかず、大地そのものの唸りともつかず、或る大きな響きのやうなものを空と地とから感じ」る。その正体は曖昧にぼかされたまま作品は中断してしまうが、『蓮田善明とその死』（筑摩書房、一九七〇年三月）の著者・小高根二郎は、許婚者を失った娘が投身自殺したのであり、それは語り手（蓮田）自身の身代わりとしての自殺だったという話の筋を読み取ろうとしている。

「有心」は一種の私小説である。だが、たとえばやはり療養先での心境を綴った「城の崎にて」の作者・志賀直哉が手にしたような平安なる諦観、達観には恵まれず、蓮田は心の安定を失ったまま、創作行為の限界で筆を絶たざるをえなかった。結局、蓮田はこの小説をそのまま筐底《きょうてい》に秘し、一九四三年一〇月、再び召集令状を受けて門司へ向かう貨車のなかで、いまはもうこれ以上書けないという趣旨の「むすび」を記すとともに、はじめて「有心――今ものがたり」というタイトルを付して、他の原稿とともにこれを清水文雄らのもとに送付したのである。講談社がその刊行を断ったとも言われるが（一九四四年三月二五日付富士正晴宛三島書簡）、現代の読者が「有心」を読むことができるのは、戦後、雑誌『祖国』（一九五〇年五月、六月）に、清水らの手によって掲載されたからである。

こう見てくると、未来志向と過去志向を合致させることで現在を生き、さらには超克しようとする時間構造を持つ「花ざかりの森」を三島がちょうど書き始めた頃、蓮田は「有心」の筆を折っていたことがわかる。踏み込んで言うならば、蓮田の目には、「花ざかりの森」が自作の後を継ぎ、より高くより深い次元で発展させるものと映ったのではあるまいか。

ここに、両者のいわば「結縁」があるが、このことは「花ざかりの森」という作品に、第二の飛躍の機会をもたらすことになった。正確に言えば、「花ざかりの森」の内容そのものというより、むしろその作品のあり方に、未聞の性格が与えられることになるのである。ことは、三島由紀夫というペンネームの創出にも関わる。

ペンネームの由来

清水ら同人の言葉によれば、まだ中等科五年の年少者である筆者を世間から守るとともに平岡家に対する配慮から、筆名を考案することが提唱された。そして編集会議の行われた修善寺への途上で三島駅を通過したことと、そこから仰ぎ見たのが富士の白雪であったことから、自然と「三島ゆきお」の名が固まり、さらに古代の大嘗祭で神事に用いる新穀を奉るため占いによって選ばれた二つの国郡のうち、第一のものを指す「由紀《ゆき》」（斎忌、悠紀、由基）にちなんで、「由紀」の字が選ばれた。「夫」の文字は帰京後の清水が、本人と相談して決めたものだという。その際、「三島」という名字に違和感がないかどうか、一応、手元の名簿などを繰って確かめたようである。それは、「伊藤左千夫といふやうな、万葉風の蒼古な名前」を好んだという三島の思いとも合致した（「私のペンネーム」、『東京新聞』一九五三年一一月八日〔夕刊〕）。

これは事実その通りだったと思われるが、先に触れた「花ざかりの森」初回掲載号の『文芸文化』の編集後記を最後まで読むと、背景に潜む別の理由が見えてくる。そこで蓮田は「私達は整はないながら七月号を出してから更に志の新たなるものを感じると共に何かを期待した。池田の前号の「建速須佐之男命」なども分る人にはその果敢さがはつきり分ると思ふ。又私達はその期待のための試みとして、同人の執筆署名を、その文章の傍から消すことを申合せた」と述べ、さらに次のように続ける。

これは何かを待つためである。実際は三月頃から考へてみてゐたりしたことである。読者も読取られる所を別に期待していたゞきたい。「よみ人しらず」といふことは、昔あつたことである。ところが、そんな申合せをした直後に「花ざかりの森」が現れてきたのであつた。

ちなみに七月号巻頭には佐藤春夫の劇詩「和奈佐少女物語併序」が置かれているが、この編集後記が意味するのは、一九四一年の『文芸文化』は詩のみならず小説も含め、文芸と国文学研究のいっそうの融合を目指しており、そしてそれは個人の創作というよりも、より普遍的な次元において古典、伝統そのものが語るというべきものでなければならなかった、ということである。ここに『文芸文化』の新機軸があった。

これに照らして考えるなら、「花ざかりの森」は個人が書いた作品というより、一般的、普遍的な主体、蓮田の言い方によれば「われわれ自身の年少者」、「悠久な日本の歴史の請し子」が語る物語として、まさしくこの新機軸を体現する作品なのである。ここに第二の飛躍がある。あえて言うなら、三島由紀夫という筆名は、「よみ人しらず」と同義なのだ。それは、「花ざかりの森」の語り手の「わたし」が、最後の場面で「まらうど」（客人）という三人称の人格に転身することとも符合する[*4]。

東健の父・季彦《すえひこ》によると、三島は、東健の小説「幼い詩人」に登場する「悠紀子」という名を好ましく思い、当初は「悠紀夫」を筆名として選んだが、何かの理由で「由紀夫」に改めたという。この説明は『文芸文化』同人の伝えるところと矛盾するが、ここで三島が考えたことを推し測るならば、健には筆名の本当の由来を伏せつつ、その作品にちなむように見える「悠紀夫」よりも「由紀夫」の名のほうが、いっそう「よみ人しらず」の意にかなうと思ったのであろう。[*5]

こうして新たな舞台を得た三島は、続けて「みのもの月」、「世々に残さん」という二篇の小説を、『文芸文化』（53、一九四二年一一月。57—64、一九四三年三—一〇月）に発表する。これは堀辰雄の「かげろふの日記」や、建礼門院右京大夫に向けた定家の和歌「おなじくは心とめけるいにしへのその名をさらば世々にのこさん」に着想を得て、平安期や鎌倉初期の時空間を舞台に、かつて「心のかゞやき」や「公園前」で試みたラディゲ風の恋愛小説の世界を展開したものである。

これらの創作活動の理論的背景となったのは、評論「王朝心理文学小史」であった。これは、中等科五年の時に中等科の卒業論文として書かれた原稿を元稿とし、一九四三年一月、学習院図書館の懸賞論文に入選した論文だが、そこで三島は日本の古典文芸の世界とヨーロッパの文学世界とを結びつけた考察を展開しているのである。

三島由紀夫にとっての『文芸文化』

だが、話はそう簡単には進まない。こうした状況に三島自身が自足できたかと言えば、必ずしもそうではなかったのである。実を言えば、「花ざかりの森」という作品の名称自体が、このことを暗示している。

このタイトルは、堀口大學の訳詩集『月下の一群』に収められたギイ＝シャルル・クロスの「小唄」（原題は REFRAINS。詩集 *Les Fêtes Quotidiennes*, 1912 所収）にちなむもので、三島はその最終連（かの女は森の花ざかりに死んで行った、／かの女は余所にもつと青い森がある事を知つてゐた。）をエピグラフとして引用している（「もつと青い森」の原語は forêts plus vertes）。

この詩全体の大意は、「森の花ざかり」に娘が亡くなったことを人々は悼み泣いているけれども、悲しむには及ばない、なぜなら生き残った人たちは、いずれ「森の花ざかり」のことを忘れて殺伐たる現実を生きてゆくしかないが、娘は死ぬことによっていっそう豊かな「花ざかりの森」に赴いたからで、悼まれるべきはむしろ生き残った人たちだ、というものである。

三島は一九四一年七月二四付東健宛書簡で「花ざかりの森」というタイトルについて、「内部的な超自然な「憧れ」といふものゝ象徴のつもり」と説明しているが、詩全体の大意に即して補足するならば、いま目の前にある「森の花ざかり」それ自体が重要なのではない。それは、現実の世界を離れ死の世界という真の「花ざかりの森」へと赴く入り口なのだ、ということである。

このようなタイトルの含意は、三島由紀夫という筆名が「よみ人しらず」と同義であるという趣旨とも合致する。なぜなら、三島由紀夫を名乗ることによって、平岡公威というひとりの存在は消去され（すなわち、ギイ＝シャルル・クロスの「小唄」の娘と同じように死にゆき）、個人として直面していた現実の生が捨象されることによって、新たな世界（「青い森」という真の「花ざかりの森」）が開かれるからだ。

だが実をいうとそれは、三島（正しくは平岡公威と言うべきだが）個人の死、ということを意味する。そのとき、「館」や「鳥瞰図」で多少とも触れた虚無とセバスチャン・コンプレックスという二つの内面宇宙の焦点それ自体は、もはや問うには及ばない。「花ざかりの森」が、三島以外の者には書けない個性的な作品であることは間違いない。ところが、虚無とセバスチャン・コンプレックスという三島個人にとっての切実にして壮絶な主題は、ここでは追究されていないのである。

これらは、いずれ三島が正面から向き合わねばならぬはずのものである。ところが、「花ざかりの森」というタイトルも、三島由紀夫という筆名さえもが、むしろそのことを禁じているのだ。実のところ、先に触れた清水文雄の古典評論や蓮田善明の小説「有心」から察せられるように、彼らは虚無とセバスチャン・コンプレックスそのものではないとしても、それに由来する存在解体の危機を鋭く感受し、それどころか深く共感しうる人物だったと思われる。あえて言えば、ここにこそ清水や蓮田と三島とを結びつける核があったのかもしれない。

だが、『文芸文化』という舞台に上がる以上、「自分がバラバラになっちゃうという危険」（「国家革新の原理――学生とのティーチ・イン」その二）自体に向き合うことは許されない。「古典の権威は地に墜ちた」という『文芸文化』の現実認識や、古典文芸の世界に「欝情」や「廃墟のやうな荒涼さ」を読み取る清水の解釈を、三島はよく理解したであろう。しかしそれを、自身の内面の問題と結びつけることは無用なのである。

このことは、少なくとも一瞬の間、肩の荷が下りるような解放感を三島に与えたに違いない。しかし、三島にとっては、決してそれで話がすむわけではなかった。虚無とセバスチャン・コンプレックスという二つの内面宇宙の焦点を棚上げにして三島由紀夫を名乗ることの問題性、あえて言うならその欺瞞《ぎまん》性に、三島は気づいていた。本章冒頭で触れた「花ざかりの森」に対する違和感は、そもそもここに淵源するのではないだろうか。この思いは、一九四二年以降『文芸文化』と関わってゆく過程のなかで徐々に拡大し、終刊号に書かれた「夜の車」（「中世に於ける一殺人常習者の遺せる哲学的日記の抜萃」）へと至るのである。

それは、太平洋戦争の戦局が逆転し、「傾きかけた大日本帝国の崩壊の予感」（『花ざかりの森・憂国』自作解説、新潮文庫、一九六八年九月）が深まる過程と重なっていた。次章ではその経緯を辿ってゆくことにしよう（なお、時を経て三島は一段と深い次元において『文芸文化』の世界に回帰することになる。そのことについては本書の後半、特に最終章で扱うことになるだろう）。

＊1　清水文雄「「花ざかりの森」をめぐって」（『三島由紀夫全集』1付録、新潮社、一九七五年一月）。

＊2　清水前掲論、栗山理一「蓮田のこと・三島のこと」（復刻版『文芸文化』別冊付録、雄松堂書店、一九七一年六月）、池田勉「少年の春は惜しめども」（『ポリタイア』17、一九七三年六月）、福田秀一「三島由紀夫筆名誕生の経緯――池田勉氏回想の紹介」（『解釈と鑑賞』二〇〇五年一一月）。なお、新井旅館で行われた『文芸文化』編集会議は、前年一二月に中国戦線から帰還した蓮田善明の慰労を兼ねたもので、新井旅館が選ばれたのは、同旅館三代目の次男（後に四代目となる）が、清水の成城高等学校教授時代の教え子だった縁による。

＊3　西法太郎『死の貌《かたち》――三島由紀夫の真実』（論創社、二〇一七年一二月）。

＊4　ただし、「花ざかりの森」の連載を終えた一九四一年一二月の翌号以降、『文芸文化』執筆者の署名が復活する。その理由は明らかではないが、署名が復活した一九四二年一月号は太平洋戦争開戦

後最初の号だったことを考えるなら、内務省による検閲強化の方針に沿って、執筆者名を明示するようにしたものか。

＊5　東季彦『マンモスの牙』（図書出版社、一九七五年三月）。

第五章　敗戦まで

定太郎の死と「挽歌一篇」

四回にわたって『文芸文化』に連載された「花ざかりの森」が完結した一九四一年（昭和一六）一二月は、太平洋戦争開戦の月であった。この時以降、戦時における雑誌統合要請を受けて『文芸文化』が終刊し、処女著作集『花ざかりの森』が刊行される一九四四年までの主な出来事を整理してみると、三島本人の歩みと国家としての日本の滅亡への軌跡が、見事に重なっていることがわかる。

一九四一年一二月　『文芸文化』において「花ざかりの森」連載終了。『輔仁会雑誌』167に「抒情詩抄」を発表。「馬とその序曲」を併載。太平洋戦争開戦。

一九四二年一月　観劇を好み、歌舞伎を中心に劇評を書き始める（これをもとに一九九一年七月、中央公論社より『芝居日記』が刊行された）。

三月　学習院中等科を卒業（席次二番）。父・梓、水産局長を最後に農林省を退官し、日本瓦斯《ガス》用木炭株式会社社長に就任。

五月　このころ倭建命の生と死を物語化した「青垣山の物語」（未発表）を書く。

六月　ミッドウェー海戦で日本敗北。

七月　東健、徳川義恭と、同人誌『赤絵』創刊。

八月　祖父・定太郎死去。享年七九歳。

一九四三年一月　「王朝心理文学小史」が学習院図書館の懸賞論文に入選（一九四一年一一月に起筆された中等科の卒業論文を元稿とする）。

二月　蓮田善明の紹介で詩誌『故園』創刊号に詩「春の狐」を発表（刊行月は推定。『故園』からはその後同人に誘われるが断る）。日本軍、ガダルカナル島撤退。

五月　このころ伊東静雄の勧めを受けた富士正晴が、三島の著作集（『花ざかりの森』）刊行に向けて動き始める。

六月　『赤絵』二号刊行。

八月　三島の著作集刊行計画が具体化。富士正晴からの連絡を受けた蓮田善明が、三島に富士の企画を受けるように勧める。

一〇月　林富士馬、富士正晴とともに佐藤春夫を訪問。東健死去。蓮田善明、再び召集令状を受け「有心」の「むすび」を書く（翌月シンガポール上陸）。

一九四四年一月　出陣学徒壮行会開催。

『花ざかりの森』の出版社が、当初考えられた京都の書店から神田の七丈書院に変更されるにあたり、三島は清水文雄に助力を求める。なお、富士正晴は七丈書院の関西駐在員を務めていた。

二月　富士正晴、召集を受ける。

四月　『花ざかりの森』の出版許可が下り、伊東静雄に序文を依頼（しかし断られる）。

五月　兵庫県加古川町公会堂（現・加古川図書館）にて徴兵検査。第二乙種合格（身体的欠陥のない者では最低ランクとされる）。検査後、伊東静雄を訪ね、伊東とともに、中国出征直前の富士正晴を訪問。

六月　中河与一より『文芸世紀』同人への勧誘（翌月断る）。マリアナ沖海戦に敗北。

七月　山梨勝之進学習院院長の発案で挙行された舞鶴海軍機関学校での海洋訓練に参加する。学習院高等科からの推薦により東京帝国大学法学部に合格。日本軍サイパン守備隊玉砕。東條内閣総辞職。

八月　『文芸文化』終刊号に「夜の車」を発表。

九月　学業短縮措置により学習院高等科を卒業。首席での卒業で卒業生総代となり、宮内省から恩賜の銀時計を受ける。

一〇月　東京帝国大学法学部に入学。七丈書院より『花ざかりの森』を刊行。林富士馬により『回覧学芸冊子 曼荼羅』創刊。

一一月　『花ざかりの森』の出版記念会を上野池之端の中華料理店・雨月荘で開く。清水文雄、栗山理一、林富士馬、徳川義恭ら出席。マリアナ基地から出撃したB29爆撃機による東京空襲が始まる。

一二月　勤労動員の通知を受ける（翌月から学徒動員として群馬県新田郡太田町の中島飛行機小泉製作所に赴き、調査課文書係で勤務）。

右の年譜からは、「花ざかりの森」の発表を契機に、三島の人間関係が『文芸文化』の枠を超えて大きく広がっていったこともわかる。伊東静雄や富士正晴もそのような存在で、それが著作集『花ざかりの森』刊行へとつながってゆくのである。

この間、三島個人にとって注目すべき出来事があった。一九四四年末までの期間においては、特に以下の四件をあげなければならない。

第一に東健の父・季彦の援助を受けた同人誌『赤絵』の刊行であり、第二に『文芸文化』終刊号に「夜の車」を発表したこと、第三に後年三島が「はじめて得た外部の文学的友人」、「真の文学青年といふものの典型」（『私の遍歴時代』）と呼ぶことになる詩人・林富士馬との関係の深まりである。

そして、時期は前後するが、第四に一九四二年八月に祖父・定太郎が亡くなったことも見逃せない事実である。ここで重要なのは、三島がこれを単なるプライベートな出来事とは捉えていないということだ。祖父の死を機に書かれた「挽歌一篇」という詩で、それと知れる。

最初にこの詩について考えておきたいが、「挽歌一篇」はかつて三島が耽溺した想像力と機知溢れる作品とは異質な文語詩で、開戦の詔勅と緒戦の戦果を受けて書かれた三島の詩「大詔《おほみことのり》」（『文芸文化』46、一九四二年四月）の内容と詩風を引き継ぐものである。

開戦時、多くの国民は喜んで戦果を迎え、『文芸文化』43（一九四二年一月）「後記」にも、「昭和十六年十二月八日、わが歴史の志大いに展くる日の深更、この神国に生れあはせたことの欣びに胸を打轟かせつつ筆をとる」（清水文雄）とある。ところが、「やすみししわご大皇《おほきみ》の／おほみことのり宣《のたま》へりし日／もろ鳥は啼きの音《ね》をやめ／もろ草はそよぐすべなみ」と始まり、「むらぎものわれのこころは　いかにせむ／よろこびの声もえあげずたゞ涙すも。」と結ばれる「大詔」は、悲しみと暗鬱さに塗り込められている。そこには、夫・天武天皇の死を悼む皇后（のちの持統天皇）による挽歌（「やすみししわご大君の」と始まる）の調べも反響している。

そして、「いましおほぢいまそかりけるうつそ身は／ひそかに打臥したまへるかな」と始まり、「かなしみはかつむすぼほれ／かつは消ゆ　生ひいでし次のなげきに。」と結ばれる「挽歌一篇」にも、同じ響きがあるのだ。そうだとすれば、三島はこの詩において、単に祖父を家族の一人として追悼しているのではない。考えてみれば、定太郎の出世と没落ほど、幕末以来の日本の近代史の命運を象徴するものはなく、すると三島はここで、定太郎の死を悼むばかりでなく、誰よりも早く日本そのものの敗北と滅亡を悼んでいると言うこともできるのである。

三島の年齢と昭和の年数が同じであることは、三島が時代と歴史を象徴する存在であることを物語り、『文芸文化』の世界観から見ても、三島は「歴史の請し子」にほかならなかった。だが、三島自身の意図においても、プライベートな事柄を描くように見えて、その実、射程を社会、時代、歴史の全貌に広げてゆこうとする傾向が内在していたことが、このことから窺い知られる。それは、戦後、小説家としての三島の存在の根幹を形作ってゆくことになる重要な特質なので、いまここで、心に留めておきたい。

とはいえ、定太郎をモデルとする三島作品には、先述の「春光」、「彩絵硝子」があるが、いずれも脚色されており、定太郎を正面から描いたものとしては『仮面の告白』の第一章を除けば、「挽歌一篇」が唯一のものである。[*1] では、三島文学に定太郎の影が射していなかったかといえば、そんなことはない。予告的に言うならば、三島の遺作である『豊饒の海』には、定太郎が影を落としているのである（第一六章参照）。

『赤絵』の意味するもの

さて、話を戻して、同人誌『赤絵』についてであるが、三島はその創刊号に「花ざかりの森」の「序」と「その一」、「苧菟《おっとお》と瑪耶《まや》」という二篇の小説と、詩「馬」を発表した。このうち「花ざかりの森」は『文芸文化』からの、「馬」は『輔仁会雑誌』167からの転載であり、旧約聖書雅歌にちなむ幻想的な恋愛物語である「苧菟と瑪耶」のみが書き下ろしである。『赤絵』二号に掲載された小説「祈りの日記《にき》」、詩「恋供養」はいずれも書き下ろしで、それぞれ、現代を舞台に展開する「筒井筒」（『伊勢物語』）風の恋愛小説、奈良の当麻寺に伝わる「当麻曼荼羅」を織ったとされる美貌の女性・中将姫のイメージに触発された詩である。

ここで気になるのは、『赤絵』一号には再録が多いことだ。見方によってはおざなりとも言える対応だが、三島の真意はどこにあったのだろうか。「花ざかりの森」に関しては、三島は次のような「転載のことば」を『赤絵』に寄せている。

> 花ざかりの森はさくねんの七月に出来上りまして、九月から旧臘にかけてよその雑誌に連載いたしました。今になつてみますとその二やその三には大へん意にみたない点が多くございますので、序とその一だけを独立した一篇としての体裁で——又、定稿のつもり故一切手を入れずに、こゝに転載してみることにいたしました。ひとつは、大みことのり以前の作物を、それ以後の時代の陽光にうつしてみて、真偽のほどを試さうという気持もあつたのでございます。

ここで三島は、自身の幼年期を素材とする「その一」までは転載したが、虚構された祖先にまなざしを向けることによって、より『文芸文化』的な世界観を作品化した「その二」以降については、「意にみたない」として切り捨ててしまった。「大みことのり」とは「開戦の詔勅」のことである。この事実は、太平洋戦争の開戦と前後して『文芸文化』によって世に送り出された「よみ人しらず」の小説家・三島由紀夫とは異なる立脚点を、三島が『赤絵』という雑誌を通じて探ろうとしていたことを物語っている。書き下ろしの「苧菟と瑪耶」で小説の前・習作期に遡るかのように再び聖書に目を向けていることにも、同じ動機が関係しているだろう。

『赤絵』一号でもうひとつ注目すべきは詩「馬」である。既述のように初出は『輔仁会雑誌』167だが、三島はこれに先立ち、一六冊残された私的詩集のうち最後のものとなる『馬とその序曲』（正しくは『詩集 馬とその序曲』と題する）を作成している。実を言うとこれは手製の帙《ちつ》に収められた特別な詩集で、奥付には「本書は平岡文庫中之一冊にして昭和十六年八月十五日発兌《はつだ》」とある。遊び心から一般の刊行物を模して自製したものだが、収録作品は「馬とその序曲」のみで、三島がこの作品にかけた深い思いが推し測られる。

「馬とその序曲」は、表題通り「馬」を詠った散文詩であるが、冒頭に「序曲」と題する、和歌の詞書《ことばがき》に相当するようなものが添えられている。『赤絵』ではこの「序曲」は削除された。そして、「あの馬がやってきた時刻をわたしは知つてゐる。わたしは見たのだ、おほぜいの人々とあの骨だけになつた橋梁《はし》の上で。――あの馬は来た、あかい琺瑯《はふらう》さながらに、真赤にてらてらとかがやきながら。歯嚙みをし、目をみひらき、迅《はや》い芋虫のやうにくねつてかけてきた。おほくの水溜りをかけ抜けるとき、それは瑰美《くわいび》な緋の姿をうつした。」と詠い出される「馬」は、次のように閉じられる。

> 　あの馬が去つた時刻もわたしは識つてゐる。瞋恚《しんい》の影が地平にかくれると、おびえてゐた小鳥らがうたひ出した。地平にもくもくと雲が湧いた。しだいに稀《うす》まりひろがつた、遺され

たひとつの憧憬、あの破滅のしらべをおそれげもなくしばし奏でて。……

『馬とその序曲』が一六冊の私的な詩集のうち最後のものであり、しかも帙入り特製であることと、詩の内容とを勘案すると、そこに込められた重要な意味が浮かび上がってくるだろう。

　踏み込んだ言い方になるが、「馬」は「詩」の象徴であり、ここで三島は「詩」との出会いと別れを詠っているのではあるまいか。自伝的短篇「詩を書く少年」の末尾に、「『僕もいつか詩を書かないやうになるかもしれない』と少年は生れてはじめて思つた。しかし自分が詩人ではなかつたことに彼が気が附くまでにはまだ距離があつた」とあるように、三島が作詩の時点でこのことを明確に自覚していたとは言い切れないかもしれない。けれども、まず帙入り詩集を自製し、ついで『輔仁会雑誌』掲載の後、最後に『赤絵』に「馬」を再録した三島の心中に、たしかに一度は夢のような幸福をもたらしてくれた詩的宇宙と訣別し、みずからこれを封印しようとする企図を読み取ることができるのである。雑誌『赤絵』は、いわばその証人台として選ばれたのだ。

　こう見てくると、再録が多いからといって三島は決して『赤絵』におざなりに向き合ったわけではないことが理解される。ある意味で――というのは、三島にとってというより平岡公威という個人にとってという意味だが、『赤絵』はむしろ『文芸文化』以上に重要な存在だったのではないか。二号（一九四三年六月）には小説「祈りの日記」が掲載されているが、同時期に『文芸文化』に掲載された「みのもの月」（53、一九四二年一一月）、「世々に残さん」（57―64、一九四三年三―一〇月）とは異なり、「祈りの日記」は現代を舞台とする作品である。やはり三島のなかでは、

『赤絵』と『文芸文化』との間に、一定の意味づけの差があったのである。

「夜の車」

ところが、東健の死により『赤絵』は二号で終刊し、『文芸文化』も戦時下の緊迫した情勢のなかで、一九四四年八月に幕を下ろすことになった。ここに三島は小説「夜の車」を寄稿したが、足利義鳥（奇妙な命名だが、「鳥」は幼年期の「紙上紙芝居。世界の驚異」や「抒情詩抄」、後述の詩「夜告げ鳥」でも描かれる、三島にとってこだわりのあるイメージのひとつであった）という架空の将軍を殺して以来、人を殺し続ける殺人常習者の手記という設定の本作は、それまでの『文芸文化』掲載作とはまったくかけ離れた作品である。なお、「夜の車」という原題は、エピグラフに掲げられた能「松風」の詞章の一節にちなむものである。

殺人鬼はこう言う。

> 殺人といふことが私の成長なのである。殺すことが私の発見なのである。忘られてゐた生に近づく手だて。私は夢みる、大きな混沌のなかで殺人はどんなに美しいか。

ここには、サドマゾヒスティックなセバスチャン・コンプレックスの衝動が、あからさまに表現されている。ここで参照すべきは、戦後の一九四六年三月三日付の川端康成宛三島書簡だ。三島は次のように述べている。

戦争中、私の洗礼《バプテイスマ》であつた文芸文化一派の所謂「国学」から、どんなにじたばたして逃げ出したか、今も私はありありと思ひ返すことができます。文芸文化終刊号にのせた奇矯な小説「夜の車」は国学への訣別の書でしたが、それを書いたときは胸のつかへが下りたやうでございました。

　後述するようにこの書簡は、戦後三島が新たに川端に師事するようになった際に書かれたもので、それだけ川端の意に添う方向に内容が傾いている面もないとは言えない。しかし、この点を差し引いても、『文芸文化』に「花ざかりの森」を発表した時点ですでに三島の内面に胚胎していた微妙な違和感が、「夜の車」においてはじめて明確な姿を現わしたことを告げる資料として、極めて貴重な書簡だと言えよう。

　戦争末期の状況下だったこともあり実現こそしなかったが、三島の胸中には「夜の車」を中心に「彩絵硝子」なども収めた第二創作集『友待雪物語』の構想もあった（表題は大伴家持の歌「白雪の色わきがたき梅が枝に友待つ雪ぞ消え残りたる」にちなむ）。当時の三島にとって、「夜の車」はそれほど重要な作品だったのであり、三島はそこで『文芸文化』から与えられた三島由紀夫という名を名乗りながら、その実、その名が意味する軛《くびき》からの脱出を図ったのだった。

　それは、次の事柄と同義である。すなわち『文芸文化』の終刊という事態が、「館」や「鳥瞰図」で多少とも触れた虚無とセバスチャン・コンプレックスという内面宇宙の焦点にあらためて向き合う機会を、三島に与えたのである。

詩人・林富士馬と「扮装狂」

もう一つ注目したいのは、林富士馬との関係である。富士正晴の紹介で、一一歳年長の林に三島がはじめて会ったのは、一九四三年九月頃である。その直後の東健宛書簡（一九四三年九月一四日付）には、「林氏は伊東静雄氏や蓮田善明氏に、大へん好かれてゐる若い詩人です」とある。その後三島は林富士馬への献辞を添えた掌篇「Märchen von Mandala」（『輔仁会雑誌』169、一九四三年一二月）を執筆し、林は三島を佐藤春夫に紹介するなど、両者の関係は密接だった。林宛三島書簡は空襲で焼失したが、二人の間には毎日のように手紙のやり取りがあったという。[*2]

なかでも見逃せないのは、林が中心となった同人誌『まほろば』が通巻一五輯（一九四四年六月）で終刊となった後を受けて発行された『回覧学芸冊子　曼荼羅』（林の個人編集）である。わずか八ページのこの小冊子は一九四四年一〇月創刊だが、最終号となる四号はガリ版刷りで一九ページあり、林が疎開先の鶴岡で「MANDARA　曼荼羅草稿　No.4」と名づけて作成したものがこれにあたる（一九四五年六月）。

その創刊号の「編輯私記」に興味深い事実が記されている。それによれば、当該誌は当初六四ページの雑誌として予定され、三島由紀夫と大垣国司（詩人・田中克己の弟子。一九五一年に精神病院で虐待死したという）とともに、林はその編集にあたった。だが、予算の関係で印刷できず、やむなくこのような小冊子になったのだという。そして当初予定の目次が記載されているが、そこに「扮装狂……三島由紀夫」との記述があるのである。

ここに言われる「扮装狂」は、三島家に残されていた原稿「扮装狂」を指すと思われる（『決定版 全集』26）。この原稿には「二段」との組版指定まで記されており、「いくつの年であったか、天勝の手品を僕ははじめて観たのだ」と書き起こされた後には、お祭りの神輿が庭に踏み入ったことや、ジャンヌ・ダルクへの憧れなどのエピソードが続く。さらに次のような記述もある。

> 僕は少年期に入る。ブラと仇名された四つ五つも年上の少年。彼は落第してきて僕らのクラスで暴君のやうに振舞ふ。僕はすぐさま彼に英雄を発見した。言ひかへればサーカスの人を。

一読明らかなように、「ブラ」の設定は『仮面の告白』における「近江」と同じである。すなわち、「扮装狂」は『仮面の告白』（特に第一章、第二章）の原型なのだ。

「扮装狂」の「僕」は、『仮面の告白』の「私」のように同性愛者として設定されているわけではない。けれども、「鳥瞰図」や「屋敷」に書き込まれた『仮面の告白』の主題の種は、三島由紀夫の『文芸文化』時代を飛び越えて「扮装狂」に引き継がれ、そこで展開しているのである。それは、「館」や「鳥瞰図」で触れられた三島の内面宇宙が、「夜の車」においてより深い次元から描かれるに至る経緯と並行していた。そして、東健亡き後、これをもっとも間近で見ていた一人が、林富士馬なのである。

一九四五年一月から敗戦まで

林に関してもう一つ重要なのは、「MANDARA 曼荼羅草稿 No.4」であるが、これに触れる前に、太平洋戦争敗戦までの三島と社会の動静を整理しておこう。それは三島が、「私一人の生死が占ひがたいばかりか、日本の明日の運命が占ひがたいその一時期は、自分一個の終末観と、時代と社会全部の終末観とが、完全に適合一致した、稀に見る時代であつた」（『私の遍歴時代』）と述べる、戦争末期の緊迫した局面であった。

一九四五年一月　文武に優れ美貌をもって知られたが二三歳で死んだ足利九代将軍義尚に自身を同一化して、小説「中世」を「いつ赤紙で中断されるかもしれぬ「最後の」小説」（『私の遍歴時代』）として勤労動員先で執筆。その第一稿を書き上げ、中河与一編集の『文芸世紀』（一九四五年二月）に第二回の途中まで掲載。改稿の後、全篇が発表されたのは戦後になってからだった（『人間』一九四六年一二月）。

二月　入営通知を受け、兵庫県富合村で入隊検査。軍医の誤診により右肺浸潤（初期肺結核の疑い）の診断が下され、即日帰郷となる。その際、三島が属することになっていた栗栖晋部隊はフィリピンで数多くの戦死者を出したと三島は考えていた（実際にはその部隊は日本本土を離れていない）。その後、短篇「サーカス」を起筆し、戦後、雑誌『進路』（一九四八年一月）に掲載。

三月　前橋陸軍予備士官学校に入校していた三谷信（学習院初等科から高等科までの三島の同級生）を、三谷の妹・邦子らとともに慰問。ちょうど一〇日の東京大空襲の時で、三島は焦土の東京に戻る。家は無事だった。この東京大空襲を機に、都市部における無差別焼夷弾爆撃が本格化する。

五月　神奈川県高座郡の海軍高座工廠に勤労動員として行く。二四日未明、二五日夜半に東京大空襲。この報を受け、三島は一時帰宅。

六月　軽井沢に疎開している三谷邦子を訪問。「MANDARA　曼荼羅草稿　No.4」発行。

七月　高座工廠の寄宿舎で「岬にての物語」を起筆。

八月　高熱と頭痛に苦しみ豪徳寺の親類宅で療養中に終戦を迎える。

三谷邦子と「曼荼羅草稿」

ここに、三島にとって重要な人物が現われる。三谷邦子である。邦子は学習院初等科以来の三島の同級生・三谷信（三谷の父は当時駐フランス大使で、戦後、宮内庁侍従長も務める三谷隆信）の妹で、三島は彼女と一九四四年から近い関係にあり、一九四五年三月には、邦子の家族とともに前橋の三谷信を訪ねている。この経験が『仮面の告白』第三章に描かれていることからも明らかなように、邦子は『仮面の告白』の園子のモデルとなった。

だが、それに先立ち三島は同じエピソードを詩「バラァド」（「à Mlle. K. Milani」という献辞がある。Milani は Mitani をもじったものか）として詠っている。そこでは前橋への道程は、海辺を汽車で走るメルヘン風の詩へと大きく転調、脚色された。そしてその発表の舞台となったのは、「MANDARA 曼荼羅草稿 No.4」であった。長くなるが、全篇を掲げよう。

さくらさくころに
しづかに汽車が出る
花子と太郎はそれに乗つた
汽車ははしつた　海のほとりを
日のくれるまで　海のほとりを
昏《く》れる海から百合の原のやう
しろい手がたくさん招いてゐた
沖ではさびしい潮《うしほ》を吹いて
鯨たちがほえまはつてゐた
こゝへも還る帆があるのだと
太郎は思ひもしなかつた。
汽車ははしつた　海のほとりを
——来る日も　来る日も——

さくらさくころに。
いくたび　風のあちらにのぼる
おほきな日の出をふたりはみたか。
目のそこまでも明るくなると
さびしくなつて手をとりあつた。
汽車ははしつた　海のほとりを
海のほとりはどこまでつゞくか
花子は星のちかちかひかる
海をみながらかんがへてゐた。
そこは世の果て——なぜとなれば
地の果てでまた
海の果てゆゑ——
走るは世の果て、かぎりがあらうか？
やがて　ふたりは　結婚した
汽車ははしつた　海のほとりを
ふたりはしづかに年をとつた
窓はかもめの糞によごれた
沖をなにかが通るのだつた

見ないでゐると。ふたりの心に。
海のほとりを　汽車ははしつた
むかし　花子と　太郎が　ゐて
それに乗つたが――
さくらさくころに。

先に述べたように『馬とその序曲』において三島は詩と訣別したはずだが、「夜の車」をもって『文芸文化』の軛からの脱出を図るとともに、再び詩の世界に引き寄せられるようになった。「バラァド」はそのような時期に作られた作品の一つである。

この詩の核となる一行は、最後から五行目の「見ないでゐると。ふたりの心に。」であろう。迫りくる破局。三島自身を蝕む虚無とセバスチャン・コンプレックス。そういうものを「見ないでゐると」、「ふたりの心に」永遠にメルヘンの世界が誕生する。そうあって欲しいという祈りがここに込められていると解釈できる。

しかし、本当にそんな幸運に恵まれるのだろうか。その肝心のところが怪しい。そのとき二人の間に亀裂が走り、「むかし　花子と　太郎が　ゐて」において字間が空いていることが、これを象徴する。ここには三島が邦子との交際において何を感じ、何を求め、それによって何がもたらされたかが、よく示されている。

むろん、詩としての完成度という点から言えば、やはり不十分で、ここでも三島は内面宇宙を形象化するというより、「抒情の悪酔」に傾いている。もっと言うなら、三島にとって邦子との交際自体が「抒情の悪酔」そのものであり、たちの悪い自己欺瞞に過ぎなかった。これを自覚した三島は、後年『仮面の告白』において同じエピソードを、同性愛者の視点からあらためて描くことになる。

そうだとすれば、この詩の掲載誌である「MANDARA 曼荼羅草稿 No.4」は、三島にとってまことに微妙な意味を持ってくる。なぜなら、そこには単に『仮面の告白』の原型の一つが掲載されているだけでなく、三島自身によって乗り越えられるべき要素があまりにもナイーブなかたちで露呈しているからだ。林富士馬はいわばそこに証人として立ち会ってしまった。

既述のように三島と林の交流はまことに密接だった。だが、実を言うと後年林は、「三島氏は「仮面の告白」を書き上げた頃から「林さんから吸収するものは吸収しつくした」といって、どちらかといえば、私を避けた」[*3]と記している。三島がこの通りの言葉を述べたかどうか定かではないが、林がいわば事情を知り過ぎる存在として三島にとって煙たい存在になってしまったことは否めないだろう。先に述べたように、三島は掌篇「Märchen von Mandala」を林のために書いた。ところが、三島所蔵の初出誌（『輔仁会雑誌』１６９）を見ると、三島自身の手によって献辞が削られ、表題は「曼陀羅物語」に、結末も当初のハッピーエンドからバッドエンディングに変えられている。もし「扮装狂」や「バラァド」が広く世に出ていたら（「扮装狂」は未発表、「バラァド」はガリ版刷りだった）、『仮面の告白』が現行のような形で発表されることはありえなかったであろう。

空襲と輪廻

さて、一九四五年一月から終戦までの緊迫した状況下における重要な出来事の一つが邦子との交際、およびそれに由来する詩作だとすれば、もう一つは五月二四日未明、二五日夜半の東京大空襲であった。

この空襲は、米軍機が下町地域を無差別爆撃した三月の東京大空襲、東京西部地域への四月の空襲に続くもので、皇居の一部も炎上した。一般には東京大空襲というと、死者八万とも一〇万とも言われる三月の空襲を指すが、爆撃の規模は五月の空襲のほうがはるかに大きく、元の有栖川宮の本邸（霞関離宮）もこのときに被弾炎上している（少年期の中断稿「館」で描かれようとしていた大広間の血みどろ場面が、こういう形で実現してしまったのだ）。杉山欣也の調査によれば、三島は二四日未明の空襲の報を受けて海軍高座工廠から一時帰宅したという[*4]。

後年、『暁の寺』第一部の終幕において、三島は本多繁邦の目を通じてそのときの被災のありさまを詳述しているが、空襲直後にも、その衝撃を踏まえたいくつかの文章を著している。

そのひとつが先述の「二千六百五年に於ける詩論」である。「二千六百五年」とは神武天皇即位の年を元年とする皇紀の年数で一九四五年にあたる。生前未発表の欠損稿であるこの詩論は、「詩」とは何かという問題が輪廻転生のモチーフとともに問われている点において極めて重要なものである。言うまでもなく、三島のライフワークとなった『豊饒の海』は輪廻転生の物語であるが、その発想の源泉がすでにここに認められる。詩論の一部を紹介しよう。

> 運命観の最高のものたる輪廻は、永遠と現存とを結ぶ環でもあるが、無数の小輪廻は個々人の裡《うち》にめぐりつゝ、相接する歯車の如く宇宙の大輪廻へと繋がります。即ち詩人は個人の小さき歯車の中でも特殊な歯車の持主といふべく、自我内の永遠から唐突な仕方で宇宙的永遠に連なる一方、この大小の永遠の間を、軽業師の身軽さと手妻使ひの気易さ、総て超自然の模倣者たる矜りを以て自由に往来《ゆきき》するのであります。神人交通が詩人に於てほど容易になされる例はありません。詩人は輪廻を愛する人であります。

先述の中断稿「坊城伯の夜宴――わが友　坊城俊民氏に」も同じ頃に書かれた文章だが、そこで三島は作中人物としての「本朝のリラダン伯爵坊城俊民」に、「一日は Einmaligkeit を通してでなくては永遠に連なり得ない。排泄と創造が同価値になる場所は其処だけなんだ」と語らせている。Einmaligkeit は、一度限りであること、一回性を意味するドイツ語である。

これらの文章は難解なように見えるが、当時三島が思い描いたヴィジョンをよく示すものである。すなわち、戦争末期の危機的状況において、私たちの生はいつ断ち切られたとしてもおかしくない。しかしながら、生は刹那ごとに切断され、時空は瞬間ごとに分断、非連続化されることによって、逆にはじめて永遠性と連続性を獲得するのではないか。これは一つの背理であるが、ここではあえてその背理が選択されている。それは、あたかも生者が一度死ぬことによって、輪廻の環のなかで再生するのと同じことだ。

これは激しい空襲下において、いかなる生死であってもこれを受け入れるために編み出された世界観であり、そのような状況にあったからこそ可能となった、『文芸文化』の世界とは異なる、もしくは『文芸文化』の世界を超えた、三島独自の時空論の展開であった。ここで三島は戦時の緊張感をバネとして、「花ざかりの森」以前に詩「斜陽」で示した分断、砕片化された時空論を引き継ぎつつ、これを「宇宙の大輪廻」という広大な領野において包摂する新たな観念を生み出しているのである。それは詩人によってこそ可能だと三島は言う。ここに言われる詩は、『馬とその序曲』において訣別しようとした詩よりも次元の高まったものでなければならなかった。

その試みが「バラァド」では十分に達成されていないことは今も見た通りである。しかし、次に掲げる「夜告げ鳥――憧憬との訣別と輪廻への愛について」は瞠目《どうもく》に値する詩である。この作品は、五月二四日の東京大空襲を知って勤労動員中の高座工廠から松濤に一時帰宅した五月二五日に書かれたものと考えられている。そして、高座工廠の寮で東大法学部文化委員によって作成された回覧雑誌『東雲』の第二輯（一九四五年七月）にはじめて掲載された。

鶏鳴は硫黄いろの朝焼けを告げるけれど
いかにもわたくしは森の突端に棲《す》み
沖のやさしき帆のはらむ撩乱の風、黄金《きん》の重き匂にみちた潮風と
端正な距離を支へ、――支へかねつつ
いかにもわたくしは夜を告げる。恕《ゆる》したまへ古代の女神、と

夜告げ鳥はさやうに歌つた

憧憬と訣別したまへ、美々しき族《うから》を従へた王者よ、妃よ
拒まず謐《しづ》かに、その巻きかへす波のまま沖を忘れ
よし浅き漣《さざなみ》の饒舌はひまなくわが運命を語るも
幸《きち》多かれ幸多かれと沖津浪の逆巻くところ
深き藍は漲りあふるゝ
かかる海にわたくしは対面《たいめ》した、と
夜告げ鳥はさやうに歌つた

憧憬と訣別したまへ、愚昧の民よ、病者よ貧人よ
荒野を汝の中核へ。存在を汝の外へ。
ああ森の奥、滝は明るむ。眩ゆくも遠いそれが
かの海をたちまちに苦しき盈溢《えいいつ》へと運ぶや
訣別せよかかる時訣別せよ、と
夜告げ鳥はさやうに歌つた

今何かある、輪廻への愛を避けて。

それは海底の草叢《くさむら》が酷烈な夏を希《ねが》ふに似たが
知りたまへ　わたくしを襲うた偶然ゆゑ
不当なばかりそれは正当な不倫なほど操高いのぞみだ、と
さやうに歌ひ、夜告げ鳥は命じた
蝶の死を死ぬことに飽け、やさしきものよ
輪廻の、身にあまる誉れのなかに
現象のやうに死ね　蝶よ

その時沖なる帆は打傾き
奔情の潮《うしほ》は青く　気高い繁吹《しぶき》が
かがやきながら帆檣《ほばしら》をしたたりおつる
知られざる航海へと立去つた。
その時赫奕《かくやく》ともえた森から、
わたくしは告げる、昼の全き刹那のために、と
夜告げ鳥はさやうに、歌つて死んだ。
歌つた　薔薇は無上の五月に
　菊はああ　豊饒の秋に、と！

（二〇・五・二五）

この詩は「八月の石にすがりて／さち多き蝶ぞ、いま、息たゆる。」と始まる伊東静雄の「八月の石にすがりて」の詩語を踏まえたうえで、あえてその詩世界を否定する内容になっている。実は詩「大詔」、「バラァド」でも伊東静雄の「わがひとに与ふる哀歌」などが意識されていたが、そのときは伊東詩を否定する趣意は、ここまで明確ではなかった。また、『更級日記』を論じた清水文雄の論文タイトル「憧憬の姿勢」が示すように、「憧憬」の語は伊東静雄の存在とともに、『文芸文化』の世界を象徴するものであったが、三島はここで「憧憬」との訣別をも訴えている。

つまり、三島は激しい空襲の緊張下にあって、『文芸文化』との関係をあらためて断ち切るとともに、かつて耽溺した想像力の飛翔と機知溢れる世界を超えた詩境に踏み入ろうとしているのだ。その意味で、掲載誌の『東雲』における署名が三島由紀夫ではなく平岡公威であるのは象徴的である。むろんその詩想は、未発表に終わった欠損稿「二千六百五年に於ける詩論」や中断稿「坊城伯の夜宴――わが友　坊城俊民氏に」とも共鳴している。

三島には詩「夜告げ鳥」を中心に詩集を編もうという思いもあり、正確な作成時期は不明だが詩集『夜告げ鳥』の三島自筆装丁図案が残されている。また、詩の最終行が示すように、そのモチーフは三島最後の作品である『豊饒の海』と明らかに照応しており、詩集には『豊饒の海』という題名も考えられていたようだ。三島より二、三歳年長で詩誌『故園』の発刊者の一人である斎藤吉郎から詩集刊行の誘いを受けるとその思いは具体化し、戦後のことになるが、斎藤宛三島書簡（一九四六年一月九日付）には、「この詩集には、荒涼たる月世界の水なき海の名、幻耀の外面と暗黒の実体、生のかゞやかしい幻影と死の本体とを象徴する名『豊饒の海』といふ名を与へよう」とある。[*5]『故園』の後継誌である『叙情』1（一九四六年六月）に「花守叢書」第五輯として刊行予告が記されている『三島由紀夫詩集』は、これを指すのであろう。[*6]

残念ながら、混乱する時代と社会のなかで、結局、詩集『夜告げ鳥』も詩集『豊饒の海』も実現しなかった。だが、その詩想は終戦直前の時期に育まれ、こういう形で、三島は『文芸文化』の世界を超えたあり方を探っていたのである。

敗戦

けれども、その道程は困難を極めた。何よりも恐ろしいことに、虚無とセバスチャン・コンプレックスが堰を越えて、いよいよ現実を侵食しようとしていた。そんな自分を騙しに騙して三島は邦子との交際を続け、後に『仮面の告白』に描かれるように一種の強迫観念に駆られて接吻まで交わす。ところが、七月に三谷家から結婚の打診を受けると、どうしてよいかわからず混乱するのだった。この時点の混乱を極めた精神状態を表わすものとして、『仮面の告白』の次の一節ほどふさわしいものはない。

〔……〕私の自省力は、あの細長い紙片を一トひねりして両端を貼り合せて出来る輪のやうな端倪《たんげい》すべからざる構造をもつてゐた。表かとおもふと裏なのであつた。裏かとおもふとまた表なのであつた。〔……〕私は感情の周期の軌道を目かくしをされて廻つてゐるだけのことであり、その廻転速度は戦争末期のあわただしい終末感のおかげで、ほとんど目まひのするほどのものになつてゐた。原因も結果も矛盾も対立も、ひとつひとつに立ち入つてゐる暇をもたせなかつた。

三島は詩「挽歌一篇」で祖父を悼むばかりでなく、時代と社会の全貌を悼む視野の広がりを探ったはずだった。詩「夜告げ鳥」では『文芸文化』の世界を超えた、新たな時空論と輪廻観を手にしたはずだった。

しかし、そんなものは役立たない。自分の運命も時代の行方も何もかもまったくわからない激しい流れ。「暴流《ぼる》」のなかで、三島は翻弄される。もし本当に戦死や空襲死に見舞われれば、すべてが棚上げされたまま、幕が下ろされる。それだけが、わずかな救いだったかもしれない。

しかし、運命は三島にそれを許さなかった。

こうして一九四五年八月、三島は敗戦を迎えることになる。

＊1　定太郎の死の前後に書かれたと推定される「族《うから》」と題する習作がある（『決定版 全集』補巻）。そこで三島は、樺太庁長官時代の定太郎をモデルとする話を書こうとして果たさず中断している。このテーマはあまりに複雑で、当時の三島が扱いかねたのは無理もない。

＊2　犬塚潔「三島由紀夫と林富士馬——林富士馬先生の霊前に捧ぐ」（『三島由紀夫研究』13、二〇一三年四月）。

＊3　林富士馬・富士正晴『苛烈な夢――伊東静雄の詩の世界と生涯』（社会思想社、一九七二年四月）。

＊4　杉山欣也「『輔仁会報』第二号と三島由紀夫」（『文学』二〇〇〇年七＝八月）。

＊5　斎藤宛書簡は小島千加子の『三島由紀夫と檀一雄』（構想社、一九八〇年五月）による。

＊6　東原武文「三島由紀夫の稀覯雑誌――『故園』と『しりうす』」（『初版本』1、二〇〇七年七月）、犬塚潔「三島由紀夫の輪廻について」（『三島由紀夫研究』19、二〇一九年五月）。

第六章　終末感からの出発

荒涼たる空白

敗戦の日、死の危機は彼方に遠ざかり、いつ生が断ち切られたとしてもおかしくない状況は消え去ったかに見えた。しかしそれが本当はどのような事態で、自分にとって何を意味するかを、ただちに了解するのは容易ではなく、三島は混乱する時代、混沌たる社会のなかで呆然としていた。

だが、まもなく二つの出来事が、三島に現実認識を厳しく迫ってくる。その出来事とは、一九四五年（昭和二〇）一〇月二三日、三歳年下の妹・美津子が腸チフスで亡くなったことと、一九四六年五月五日、三谷邦子が他家に嫁いだことであった。

> 日本の敗戦は、私にとつて、あんまり痛恨事ではなかつた。それよりも数ヶ月後、妹が急死した事件のはうが、よほど痛恨事である。〔……〕死の数時間前、意識が全くないのに、

「お兄ちやま、どうもありがたう」とはつきり言つたのをきいて、私は号泣した。

戦後にもう一つ、私の個人的事件があつた。

戦争中交際してゐた一女性と、許婚《いひなづけ》の間柄になるべきところを、私の逡巡から、彼女は間もなく他家の妻になつた。

妹の死と、この女性の結婚と、二つの事件が、私の以後の文学的情熱を推進する力になつたやうに思はれる。種々の事情からして、私は私の人生に見切りをつけた。その後の数年の、私の生活の荒涼たる空白感は、今思ひ出しても、ゾッとせずにはゐられない。年齢的に最も潑剌《はつらつ》としてゐる筈の、昭和二十一年から二・三年の間といふもの、私は最も死の近くにゐた。未来の希望もなく、過去の喚起はすべて醜かつた。

（「終末感からの出発――昭和二十年の自画像」、『新潮』一九五五年八月）

三島は「最も死の近くにゐた」と言う。ただしその原因を、単に美津子の死と邦子の結婚だけに求めてはいけない。むしろ、この二つの出来事をきっかけにして、虚無とセバスチャン・コンプレックスに対していかに向き合うかが問われるようになったことが問題なのだった。そこからの逃避の手段でもあった戦死や空襲死の機会は、もう奪われてしまったのである。

『仮面の告白』刊本（河出書房、一九四九年七月）に挟み込まれた月報に掲載されている「「仮面の告白」ノート」には、次のようにある。

> この本は私が今までそこに住んでゐた死の領域へ遺さうとする遺書だ。この本を書くことは私にとつて裏返しの自殺だ。飛込自殺を映画にとつてフィルムを逆にまはすと、猛烈な速度で谷底から崖の上へ自殺者が飛び上つて生き返る。この本を書くことによつて私が試みたのは、さういふ生の回復術である。

後述のように、『仮面の告白』の起筆は一九四八年一一月二五日とされているが、実際に書き始めたのは一二月に入ってからのようである（刊本に挟まれた月報による）。それに先立つ時期、三島の精神は深刻な危機状態、右の比喩に従うなら崖下の死体の状態にあった。

だが、それは三島が身動きできずに引き籠ったということを意味しない。逆に危機を乗り越えるために、今まで以上に、みずからのあり方を探って、必死の模索を続けていた。終戦直前とは違った意味で、ある意味ではそれ以上に激しい流れに溺れそうになりながら、作品を書き、発表の舞台を求めて奔走していた。その試みの一部は実際に公表されて一定の実を結んだが、[*1]日の目を見なかったものも多く、そうやって空回りが続くと、結果として三島の精神はますます蝕まれてゆく。

幻の刊本『贋ドン・ファン記』

『仮面の告白』の刊行は一九四九年七月だが、三島はこれに先立ち短篇小説集『岬にての物語』（桜井書店、一九四七年一一月）、『盗賊』（真光社、一九四八年一一月）、短篇小説集『夜の仕度』（鎌倉文庫、一九四八年一二月)、短篇小説集『宝石売買』(講談社、一九四九年二月)を世に送っている。
これらの著書については順を追って述べてゆくが、その前に、企画したものの実現しなかった著作集についても確認しておこう。先述の詩集『夜告げ鳥』、『豊饒の海』のほか、『贋ドン・ファン記』、『小饗宴』、そして『魔群の通過』などがこれにあたる。

『贋ドン・ファン記』は雑誌にすでに発表された作品をまとめたもので、『小饗宴』も既発表作を基本とするが、『魔群の通過』は一九四九年八月に河出書房から刊行された同名の作品集とも、その表題作(四〇歳の伊原という男を主人公にして戦後の頽廃的な人物群像を描く短篇。『別冊文藝春秋』一九四九年二月)とも異なり、これから新たに書かれるべき長篇自伝小説であった。

このうち『贋ドン・ファン記』について見てみよう。表題作となった「贋ドン・ファン記」は『新世紀』2(一九四六年六月)に発表されたが、初稿は一九四四年九月に書かれた。この小説は、三島が林富士馬を介して知り合い親しく付き合った麻生良方(後年、政治家、政治評論家として活躍)をモデルにして、ドン・ファンのように振る舞いながらもドン・ファンになりきれない青年詩人の女性遍歴とその後の失踪を、三島自身の少年詩を交えて、オペラを模したような形式で描いたものである。作品としては未熟だが、一九四四年の時点で佐藤春夫の推薦による雑誌掲載の話もあったようだ[*2]。

これは実現しなかったが、看過できないのは初出掲載誌である『新世紀』の各号(一九四六年四月、六月、七月刊行の計三号)に、新世紀社書籍部の名義で告知された新刊案内である。ちなみに、『新世紀』は『文藝春秋』を編集していた柳沢彦三郎が始めた雑誌である。

三島由紀夫
贋ドン・ファン記（小説集）
日本文壇に彗星の如く出現した鬼才の作品集。「サア《ママ》カス」「菖蒲前」「贋ドン・ファン記」「煙草」「岬にての物語」を収む。佐藤春夫氏序文。（葛飾書房蔵）
予約受付開始　概算普及版　十五円
豪華本（著者自署）　四十円

ここに「葛飾書房蔵」とあるが、葛飾書房と新世紀社は近い関係にあったので、柳沢が葛飾書房の企画を引き継いだものと思われる。

一方、川端康成宛三島書簡（一九四六年六月五日付）には、当初この小説集の刊行を予定していた葛飾書房が資金難に陥ったため赤坂書店がこれを引き継いだ、とある。結果として、新世紀社と赤坂書店の二社で並行するようにして同じ企画が進むかたちとなった。

だが、いずれも実らずに終わる。新雑誌、新出版社が乱立しては潰れた戦後ならではの現象と言えるが、葛飾書房版のために寄せられた佐藤春夫による序文を三島が入稿用に筆写したもの（「昭和二十一年二月　信州北佐久の仮寓にありて〔……〕佐藤春夫記す」との記載がある）や[*3]、その後書かれた三島の未発表稿「跋に代へて」（『決定版　全集』26）も残されており、計画が行き詰まった三島の落胆のほどが察せられる。

ただし、このことがマイナスの意味しか持たなかったのかと言えば、必ずしもそうではなかった。事態は錯綜しているのだが、ことは、戦後、三島が文学の師として川端を選ぶか、佐藤春夫を選ぶかという問題に関わっている。刊本、未刊本の話題から少し離れるが、この点について見ておこう。

四人の師——清水文雄、蓮田善明、佐藤春夫、川端康成

三島が最初に指導を仰いだのは詩人の川路柳虹だが、その並外れた文学的才能を認めた真の意味での最初の師は清水文雄であった。だが、清水は敗戦による衝撃から、一九四七年四月に学習院を退き郷里の広島（生まれは熊本）に帰ることになる。

もう一人の師と言うべき蓮田善明は一九四三年から戦地に赴いていたが、マレー半島南端のジョホールバル駐屯中に終戦を迎えた後、連隊長・中条豊馬《なかじょうとよま》大佐を射殺し、みずからもピストル自殺してしまった。一九四五年八月一九日のことである。

その報は一九四六年六月二〇日、蓮田夫人・敏子から清水文雄に書簡にて伝えられ、一一月一七日、残された『文芸文化』同人や三島らを含む計八人は、成城学園素心寮において蓮田の追悼会を行った。だが、死の経緯には不明な点が多い。

『蓮田善明全集』（島津書房、一九八九年四月）所載の小高根二郎作成の解説・年譜や松本健一『蓮田善明 日本伝説』（河出書房新社、一九九〇年一一月）を検証した井口時男『蓮田善明 戦争と文学』（論創社、二〇一九年一月）の記述が、現在もっとも説得力があるようだ。そこで井口は筆を

進めて、敗戦にあたって訓話をする連隊長の背後に蓮田は終戦の決断をした天皇の姿を捉え、その天皇をこそ討とうとしたのだ、と推測している。井口がさらに述べるように、それは後年の三島の死と相似形を描くであろう。

三島と蓮田の生涯の全貌を見るならば、たしかにそのように言える。だが、当時の三島にとって切実だったのは、むしろ次のような事態だった。すなわち、その轍を逃れようとした『文芸文化』のグループが、清水の帰郷、蓮田の自死によって解体したにもかかわらず、かつてそこに属していたがために新時代にふさわしくない作家とみなされて、三島は戦後文壇での居場所を失ってしまったという事態である。三島はこのことについて、「二十歳で早くも、時代おくれになつてしまつた自分を発見した。〔……〕戦時中、小グループの中で天才気取りであつた少年は、戦後は、誰からも一人前に扱つてもらへない非力な一学生にすぎなかつた」（『私の遍歴時代』）と述べている。

そこで三島は、新たな後ろ盾となる師を求め、最初に候補となったのが佐藤春夫であった。すでに述べたように林富士馬を介して一九四三年から佐藤に接していた三島は、その経緯の延長上において、葛飾書房版『贋ドン・ファン記』の序文を佐藤に求め、佐藤はこれを快諾したのである。

だが、三島は内心、躊躇するところがあった。理由は主に二点ある。ひとつは佐藤春夫との関わりが、そもそも林富士馬、ひいては『文芸文化』との関係から始まったことである。ところが、三島は『文芸文化』からも林富士馬からも距離を取ろうと考えていた。佐藤春夫との関係が深まることは、その思いに反する。

もう一点、詩とのあらためての訣別、という問題があった。『文芸文化』終刊後、三島が再び詩の世界に引き寄せられるようになったことは既述の通りである。けれども、真に自己表現しようとするならば、その器はやはり詩ではなく小説だという思いが三島にはあった。ところが、三島にとって佐藤春夫は、小説家である以上に、あくまでも詩人なのであった（「佐藤春夫氏についてのメモ」、『自選佐藤春夫全集』5月報、河出書房新社、一九五七年六月）。

これに関連して、世阿弥の「遊楽習道風見」における二曲三体の説を引用しながら木村徳三に宛てた三島書簡（一九四六年五月三日付）の一節は、まことに興味深い。木村は戦後、川端の求めに応じ雑誌『人間』の編集にあたっていた。

〔……〕（引用者注・世阿弥は）少年時には二曲のみ、成人してより三体に入れと教へてゐます。今、僕は力をつくして三体の道へ入らなければなりません。佐藤さんで満足出来ず、川端さんに就いたのはこんな動機からでした。僕は川端さんにただ「小説」を教へていただきたいのです。

この書簡は、学習院をモデルとする華族学校を舞台に同性愛的感情の芽生えを描く三島の短篇「煙草」が、川端の推薦によって『人間』（一九四六年六月）に掲載されたのと、ほぼ同時期に書かれたものである。実は「贋ドン・ファン記」が『新世紀』に掲載されたのも同時期なのだが、戦後文壇における発表舞台としては、川端をはじめ久米正雄、高見順らによる鎌倉文庫発行の『人間』のほうが、三号雑誌で終わってしまった『新世紀』よりはるかに大きな価値があった。その意味で、ここで三島が佐藤よりも『人間』に深く関わる川端に近づこうとしているところに、世俗的打算がなかったとは言えない。

だが、たとえそうだとしても、文学に対する自身の姿勢を真剣に考えたうえで三島が川端を選んだというのもまた、たしかなことであった。後に述べる理由により、実は一九四六年一月の時点で三島の思いがすでに川端に傾いていたことを勘案すると、佐藤春夫の序文をもらっていながら、それを付した『贋ドン・ファン記』が刊行されなかったのは、むしろ望ましい成りゆきでもあった。

しかし、物事というのはわからないものだ。長い目で見たとき、それがどんな結果を引き起こすかはまた別で、事実、このことは後の三島に思いもよらぬ影響を及ぼすことになるのである。この点については、本書でいずれまた触れなければなるまい（第一三章）。

『盗賊』と邦子

ところで、三島が川端宅を訪問してはじめて面談したのは一九四六年一月二七日である。これより先、三島はすでに野田宇太郎を通じて『花ざかりの森』を川端に献呈しており、初訪問も野田の紹介によるものだった。

戦時の厳しい統制下にもかかわらず、改造社の後を継ぐ形で河出書房が雑誌『文芸』の創刊

（一九四四年一一月）準備をしていた頃以来、その初代編集長だった野田は、栗山理一、清水文雄の頼みを受けて、「中世」、「サーカス」、「エスガイの狩」、「岬にての物語」などの原稿に目を通し、助言を与えるなどしていた。[*4]

もっとも、三島との折り合いは必ずしもよくなかったようで、野田の手によって『文芸』に掲載されたのは「エスガイの狩」のみだった（一九四五年五＝六月合併号。実際の発売は敗戦後。チンギス・カンの父であるエスガイが、妻・ホエルンをチレドから奪い取る顛末を描く）。それでも野田は三島の希望を入れて、川端を紹介した。三島は川端宅に「煙草」と「中世」を持参し、まず「煙草」が『人間』に、ついで戦争中に一部発表された「中世」の全文が『人間』（一九四六年一二月）に掲載されるのである。

これと並行して三島は、「ラディゲの文学的出発に戻つて」（『私の遍歴時代』）、最初の長篇小説となる『盗賊』を執筆した。『盗賊』は、華族社会を舞台にして、おのおの別に失恋した男女が偽装交際し、その結婚式の当夜に心中するまでの経緯を綴る話で、前掲の「四つの処女作」で三島は、「酸模」、「彩絵硝子」、「煙草」につぐ第四の処女作として『盗賊』をあげている。だが、執筆は困難を極め、中断したこともあった。川端康成宛書簡（一九四六年七月六日付）には次のようにある。

〔……〕拙作「盗賊」、どう考へてみましても下らなさが身にしみ、こんな莫迦げた作品を存在させるのも罪悪のやうな気がしまして、未完の原稿を、なか／＼引張り出せない戸棚の奥

の奥へ押し込めました。これでもう出てまゐりません。やつとサバ〳〵いたしました。今度
　第一章もお返しいたゞき、幽閉いたさうと存じます。
　　あの作品について、お悩ませ申上げましたこと、深くお詫び申上げます。

『盗賊』の起筆は一九四六年一月二四日である。川端宅を訪問する三日前で、三島は二月には『盗賊』第一章を川端に読んでもらっている。こうした経緯を考えると、木村徳三宛書簡で「僕は川端さんにただ「小説」を教へていただきたい」というのは、具体的には『盗賊』を指しており、三島の心中では『盗賊』起筆の時点、すなわち一九四六年一月の時点で、川端に教えを乞いたいという思いがすでに固まっていたことが窺われる。むしろ、『盗賊』を読んでもらうために川端を訪ねるようになった、とさえ言えるのではないか。

その後、いったん中断を余儀なくされた三島だったが、一九四七年春ころ執筆を再開し（そのきっかけとして川路柳虹の子で三島の文学仲間のひとりであった川路明の勧めがあったことを、三島は未発表原稿「盗賊　はしがき」〔『決定版　全集』27〕で明かしている）、『盗賊』は一九四七年一二月以降、『午前』、『文学会議』、『思潮』、『新文学』の四雑誌に分載される。その後、後で述べるある極めて大きな出来事から力を得た三島は、書き下ろし部分も含めて一気にこれを仕上げ、一九四八年一一月、『盗賊』を単行本として真光社から刊行した。

そこに川端は序文を寄せ、「私は三島君の早成の才華が眩しくもあり、痛ましくもある」、「この脆さうな造花は生花の髄を編み合せたやうな生々しさもある」、「私はこの最年少の作家が人生

を確実にし、古典と近代、虚空の花と内心の悩みとを結実するやう、かねて望んでゐる」などと記した。

日本の上流階級（貴族階級）は、ラディゲの『ドルジェル伯の舞踏会』におけるフランス上流階級のような社会的、現実的重みを持たない。そういう場所で、華族社会を舞台にして小説を書くこと自体、そもそも困難なはずだが、この時期に三島があえて『盗賊』執筆に挑んだ理由は何だろうか。また、川端はそこに何を読み取ったのだろうか。

「ラディゲの文学的出発に戻つて」と言うが、三島が最初にラディゲに傾倒したのは、「花ざかりの森」以前の三段階のうち習作期Ⅰであった。具体的には習作期Ⅰの前半における「心のかゞやき」と「公園前」執筆の頃であった。その時期のことを思い起こすと、「館」の執筆によって「自分がバラバラになっちゃう」という存在解体の危機に直面した三島は、ひとまず恋愛心理小説という枠組みのなかに立て籠り、より正確に言えば、自己統御の才知にたけていたと思われるラディゲにみずからを同一化することによって、危機を乗り越えようとしたのだった。

これと似た状況が『盗賊』執筆時の三島にも当てはまる。すなわち、「昭和二十一年から二・三年の間といふもの、私は最も死の近くにゐた」（「終末感からの出発」）という危機のなかで、三島はあらためてラディゲに倣った恋愛小説を書くことで命をつなごうとしたのではないか。

実は『盗賊』起筆のおよそ一ヵ月前に三島は邦子の婚約を知り、実際に邦子が結婚した五月五日から二ヵ月ほど経たところで、三島は『盗賊』の筆をいったん折っている。ここに明らかなように、三島に対して邦子が与えた影響は、やはり極めて大きかった。だがそれは、初恋とその終わりというような単純なものではない。邦子は三島に向かって、こう問いただすのだ。

お前はいったい何者なのか。

本当のところ、お前はいったい何を欲しているのか。

三島にとって『盗賊』とは、この問いの厳しさに直接向き合うのではなく、その一切をまったく別次元の恋愛譚（心中譚）へと昇華することによって自身の危機を封じ込めてしまおうとする作品だったと言えよう。序文を見る限り、それを鋭く見抜いた川端の慧眼は驚嘆に値する。川端に比べれば、佐藤春夫の文学的資質ははるかにナイーブだ。佐藤には、川端が理解、評価したように『盗賊』を読むことはできなかったであろう。

『岬にての物語』、『夜の仕度』

以上、三島にとっての師の問題にも触れつつ、未刊行の詩集『夜告げ鳥』、『豊饒の海』（第五章参照）、および『贋ドン・ファン記』と、実際に刊行された『盗賊』について述べた。この時期は、ほかに『岬にての物語』、『夜の仕度』、『宝石売買』が刊行されている。

『岬にての物語』は『盗賊』より前に「新人選書」の一冊として桜井書店から刊行された作品集である。終戦をまたいで書かれた表題作の「岬にての物語」や、「いつ赤紙で中断されるかもしれぬ「最後の」小説」（『私の遍歴時代』）として書かれた「中世」、および「軽王子と衣通姫」（第八章参照）の三篇を収めるが、実はこれに先立って三島は、「岬にての物語」、「中世」を含む多数の原稿を筑摩書房に持ち込んでいた。『花ざかりの森』を刊行した七丈書院が筑摩書房に吸収された縁によるものだが、臼井吉見が編集会議で刊行を提案した際に中村光夫がマイナス一五〇点をつけたため筑摩書房での企画は実らず（三島自身は『私の遍歴時代』などでマイナス一二〇点と記している）、かわって、小出版社ながら熱意をもって戦中、戦後に本を出し続けていた桜井書店から刊行される運びとなったものである。[*5]

その桜井書店版『岬にての物語』のエピグラフには、「夕日と海と黄金を愛する人に」とあり、また、「跋」の一節は次のようである。

> 過去の作品は作品をして語らせませう。ただ私にとつて忘れがたいのは、「中世」第一稿が、大学から労働奉仕に行つた中島飛行機の寮で、「岬にての物語」の半ばが神奈川県のある海軍工廠の寮で書かれたことです。かうしたことが、私といふ人間は、どんな環境にゐても書かずにゐられない人間だといふことを、私自らに確かめさせてくれました。それは自信といふものではありませんでした。たえまない渇きが、今私の旅してゐるところは沙漠だといふことを否応なしに教へてくれるのでした。そればかりか、時には、はげしい渇きが、私の行くところをどこも沙漠にかへてしまふのでした。

私にはこの「沙漠」という言葉こそ、当時の三島の精神世界のありようを端的に示すものであるように思える。

『盗賊』に続いて刊行された『夜の仕度』については、表題作（『人間』一九四七年八月）や収録作の「春子」（『人間』別冊第一集「人間小説集」一九四七年一二月）について、「ほとんど木村氏との共作と云つても過言ではないほど、氏の綿密な注意に従つて書き直され補訂されたものである」（『私の遍歴時代』）との自注がある。「木村氏」とは、雑誌『人間』を編集した前掲の木村徳三である。

ちなみに「夜の仕度」は一九四五年六月に、軽井沢に疎開中の三谷邦子を訪問したことを素材として利用した短篇で、一、二度接吻を交わしただけの少女によって肉体関係を結ぶ段取りまで整えられてしまったことに、まだそこまで考えていなかった主人公の青年が当惑するという話である。また、「夜の車」は同書に収録されるにあたり、一部削除の上、「中世に於ける一殺人常習者の遺せる哲学的日記の抜萃」と改題された。

『魔群の通過』、『小饗宴』、『夜告げ鳥』

このように、試行錯誤を繰り返しながら三島は執筆、出版への努力を続け、それが次の『宝石売買』へと至るのだが、これについては次章で触れることにして、少し時間を遡って幻の著作『魔群の通過』について見ておきたい。先述のように、これは一九四九年八月刊行の同名の作品集とは異なる。

三島が書き残したメモ、ノート類の一つ（表紙に「数学帳」と印刷されているノート[*6]）に、次のような記述がある（『決定版 全集』17）。

○昭和廿二年度に、着手すべき仕事。
○自伝小説『魔群の通過』（千枚）
Ⅰ、自伝の方法論――五十枚
Ⅱ、幼年時代――三百枚
Ⅲ、少年時代――三百枚
Ⅳ、青年時代――三百五十枚
十年がかりで書くこと。今からちよい〳〵書きはじめること。（Ⅰ）は全部完成後書くこと。
幼年時代の資料整理に着手すること。

三島がこのメモを書いたのは、ちょうど『盗賊』執筆中断中である。『贋ドン・ファン記』の刊行も、すでに実現の見込みはなくなっていた。当時書かれた川路柳虹宛三島書簡（一九四七年一月一〇日付）に、「何か自分にふさはしい作品を書きたいと念願してをります」とあるのは、このメモに記された構想が念頭にあっての発言と思われるが、みずからのあり方を懸命に模索しながらも混迷の中にあった三島は、結局自伝小説『魔群の通過』を書き始めることができなかった。

だが、ここから一つの仮説を導き出すことができる。

既述のように、「心のかゞやき」、「公園前」に続いて「鳥瞰図」の執筆を試みた三島は、そこで虚無、セバスチャン・コンプレックスという主題に、多少とも触れようとした。いや、触れざるをえなかった。それは、自身の内面宇宙の核と向き合うことなく単にラディゲに同一化しようとするだけでは、危機を乗り越えることなどできないということを意味するだろう。同様に、単に「ラディゲの文学的出発に戻って」『盗賊』を執筆しようとするだけでは、その試みは挫折するほかなく、現に『盗賊』は中断を余儀なくされた。こうした思いから三島は、虚無、セバスチャン・コンプレックスという主題、さらには同性愛にも正面から向き合う場として「自伝小説」の構想を抱いたのではないだろうか、という仮説である。

　けれども、いきなり書き始めることは困難を極めたので、まずは幼年時代の資料整理から着手する。今まで述べてきた「鳥瞰図」、「屋敷」、「扮装狂」、「バラァド」といった作品は、自伝小説創作のための資料として、当然重要視されたであろう。それとともに、なんとか『盗賊』執筆も再開しようとする。ただし、この時点では先行きは見通せず、自伝小説『魔群の通過』についても、構想を立ててはみたものの、事実上すべては棚上げになったままだった。

　こんな状態では、作家として自立してやってゆけるという確かな自信など得られるはずもない。三島は一九四七年一一月二八日に東京大学法学部法律学科を卒業し、一二月一三日に高等文官試験に合格（一六七名中一三八番）、一二月二四日に大蔵省に初登庁して銀行局国民貯蓄課に勤務している。職業作家ではなく官吏を生涯の仕事とせざるをえないのか。いや、まだ何か可能性があるのではないか。一九四七年から四八年にかけて、二つの思いが、三島の心中で激しくせめぎ合っていた。

　ちょうどその頃、富士正晴のはからいで『小饗宴』もしくは『終りなき散歩』を表題案とする評論集の企画があった（一九四七年一一月一九日付、二八日付、一二月一六日付富士正晴宛三島書簡）。

富士は明窓書房の非常勤顧問を務めており、翌一九四八年には圭文社に移るが、評論集の企画も明窓書房から圭文社に引き継がれる。しかし、まもなく圭文社の経営が傾いてしまい、一九四八年春以降、富士は圭文社とは別に秋田屋という書店など別の版元を探したようである。[*7] しかし事態はうまく運ばなかった。一九四九年になると圭文社も倒産してしまう。

富士の圭文社時代には、当初の評論集のプラン（『小饗宴』もしくは『終りなき散歩』）に詩篇、小説も加えて改変した企画もあって、その目次の三島自筆原稿が残されている。そこには富士による組版指定の朱も入っており、富士も三島も期するものが大きかったことが窺われる。全篇の中心には詩「夜告げ鳥」があり、私の考えによれば、これは富士が考えた評論集の企画と、頓挫していた詩集『夜告げ鳥』、もしくは『豊饒の海』の企画を三島自身が融合した構想に違いない。空襲下で書かれた詩「夜告げ鳥」が、戦後の混乱期のなかで新たな命を得たのだ。しかしこれも実現せずに終わった。私は三島没後五〇年を機に、この自筆目次案を忠実に再現し『夜告げ鳥』という表題を冠して刊行した（平凡社、二〇二〇年一月）。当時の三島の無念の思いを少しでも晴らしたいと思ったからである。

以上が、「昭和二十一年から二・三年の間といふもの、私は最も死の近くにゐた。未来の希望もなく、過去の喚起はすべて醜かつた」（「終末感からの出発」）という時期の実態であった。

しかし、苦しみのなかでの努力がついに報われる時がくる。先に触れた、『盗賊』の完結、出版を精神的に後押しする大きな出来事が起こったのである。

一九四八年八月二八日、河出書房の坂本一亀《かずき》が、四ツ谷駅前の大蔵省仮庁舎に勤務していた三島を訪ね、刊行を始めた長篇シリーズの一冊として、書き下ろし小説の執筆を正式に依頼したのだ。[*8] ちなみに、同シリーズの最初の巻は椎名麟三の『永遠なる序章』（一九四八年六月）であった。

与えられた時間は構想三ヵ月、執筆三ヵ月という短いものだったので、『魔群の通過』として構想されていた一〇〇〇枚の長篇自伝小説をこれにあてることは、時間的にも枚数的にも無理であろう。しかし、幼年期以降の資料整理にはすでに着手している。これを基盤として、虚無、セバスチャン・コンプレックスという主題に、今度こそ正面から挑むべきではないか。またとない好機と考えた三島は、ちょうど長篇を書きたいところだった、自分はこれに作家生命を賭けると述べて快諾する。そして、九月二日に大蔵省に辞表を提出し、九月二二日には「依願免本官」という辞令を受け取った。わずか九ヵ月ほどの在職期間であった。坂本からの執筆依頼に力強く鼓舞された三島は急ぎ『盗賊』を、続けて短篇小説集『夜の仕度』を刊行し、新作に集中する。それからまもなく圭文社は倒産するが、もうそんなことも気にならなかった。

依頼を受けてから一年足らず、一九四九年七月に刊行されるその小説こそ、『仮面の告白』であった。

＊1　島尾敏雄が庄野潤三とともに神戸で始めた雑誌『光耀』や、北川晃二が福岡で始めた雑誌『午前』に三島は詩や小説を発表したが、いずれも林富士馬の人脈で関わったものである。学習院高等科から東京大学に進学した学生による同人誌『しりうす』の二号（刊記はないが一九四六年一月頃ろか）にも、三島は寄稿している。

＊2　麻生良方『恋と詩を求めて』（根っこ文庫太陽社、一九六六年七月）。
＊3　前掲『三島由紀夫展』図録。
＊4　野田宇太郎「大雪の日に（学生作家三島由紀夫）」（『文芸』一九七一年二月）。
＊5　詳しい経緯については、桜井毅『出版の意気地――桜井均と桜井書店の昭和』（西田書店、二〇〇五年八月）、竹之内静雄『先知先哲』（新潮社、一九九二年六月）、山口邦子『戦中戦後の出版と桜井書店――作家からの手紙・企業整備・ＧＨＱ検閲』（慧文社、二〇〇七年五月）を参照。
＊6　「数学帳」ノートについては『決定版 全集』1、16、17の解題を参照。
＊7　富士は三島のために奔走して複数の出版社と関わったが、そこには、自身を中心とする同人誌『ＶＩＫＩＮＧ』を引き受けてくれる版元探しという思惑があった。しかし、この目論見も結局不調に終わる。この点については、中尾務「ＶＩＫＩＮＧ（六）」（『ＶＩＫＩＮＧ』６９３、二〇〇八年九月）に詳しい。
＊8　坂本一亀「『仮面の告白』のころ」（『文芸』一九七一年二月）。

第七章　『仮面の告白』とは何か

一九四八―四九年

『仮面の告白』は、これをもって三島由紀夫が戦後の小説家として本格的に出発する極めて重要な作品である。だが、その執筆期間にあたる一九四八年（昭和二三）から四九年にかけては、戦後日本にとっても極めて重要な時期であった。

一般に、日本戦後史での最重要事項とされるのは一九四六年一一月三日の日本国憲法公布（翌年五月三日施行）と一九五一年九月八日のサンフランシスコ講和条約調印（翌年四月二八日発効により日本は主権回復）である。しかし、その間に挟まれた一九四八、四九年にこそ、戦後史の生々しい実質が顔を覗かせている。『仮面の告白』の作品読解に入る前に、まずこの点を確認しておきたい。

一九四八年の出来事として第一にあげねばならないのは、昭和電工疑獄事件である。これは昭和電工の日野原節三社長による贈賄事件で、収賄側として日本の民主化を進めてきたＧＨＱ民政局（GS）の高官の名前も取り沙汰された。謎の多いこの事件の背後には、反共工作を進め極東における米軍の強化を図っていたGHQ参謀第2部（G2）による、GSの主要メンバー追放のための策謀があったと言われ、このGHQ内の一種の「政変」に巧みに乗じた吉田茂は、GSの支持のもとに成立した芦田均内閣総辞職後、二度目の首相となった（一〇月一九日）。また、この年の一二月二三日には極東軍事裁判の判決により東條英機ら七人の絞首刑が執行されるが、その日は当時の皇太子（現・上皇明仁）の一五歳の誕生日であった。むろん、あえて同じ日が選ばれたのである。

一九四九年の出来事としては、『仮面の告白』刊行と同じ七月の下山事件（国鉄総裁の下山定則が殺害された）、三鷹事件（無人列車の暴走により六人死亡）、八月の松川事件（東北本線の脱線転覆により三人死亡）をあげなければならない。国鉄労働組合による人員整理反対闘争の最中に発生した事件で、やはり真相には不明な部分が多いが、国労内の共産党勢力を抑圧するためのGHQによる策謀との説がある。

これらの事件の背景にあるのは、東西冷戦の激化に伴うアメリカの対日政策の転換であり、あからさまに言ってしまうなら、来たるべき東西対決（それは一九五〇年六月二五日に勃発する朝鮮戦争として現われる）において日本の軍事基地と軍需工場を最大限に利用するための環境整備であった。戦争勃発時には山口県に大韓民国の亡命政権が置かれる構想があったことも、明らかになっている（庄司潤一郎「朝鮮戦争と日本の対応――山口県を事例として」、『防衛研究所紀要』二〇〇六年三月）。

これが意味するのは、一九四八、四九年の前後で、日本における戦後の実質が変貌している、ということである。占領下に置かれた日本が新たな憲法を拠り所にして民主主義国として出発し、サンフランシスコ講和条約によって独立したという経緯を一本の直線のように考えてしまうと、この変貌が見えなくなってしまう。実際には、そこには数々の血生臭い出来事が生じたのだった。一見無関係のように見えるが、そうした状況のなかで『仮面の告白』が構想、執筆されたという事実には、実は、大きな意味がある。

『序曲』

その意味については本章の最後で述べることにして、いまは、個々の作家というミクロの次元と、時代や社会というマクロの次元との関わりを示す象徴的な出来事をひとつ紹介しよう。

河出書房の書き下ろし長篇シリーズに参加することになった三島だが、その河出書房から、一〇人の同人が持ち回りで編集責任を担当する単行本という名目で刊行された雑誌『序曲』がある。戦後派作家の代表者を結集して時代に挑戦しようと目論んだもので、その企図は埴谷雄高、武田泰淳、中村真一郎、梅崎春生、野間宏、船山馨、寺田透、三島由紀夫、椎名麟三、島尾敏雄という同人の顔ぶれにもよく表われている。三島がここに参加したという事実は、「二十歳で早くも、時代おくれになつてしまつた自分を発見した。〔……〕戦時中、小グループの中で天才気取りであつた少年は、戦後は、誰からも一人前に扱つてもらへない非力な一学生にすぎなかつた」(『私の遍歴時代』)という状態にあった彼が、わずかな時間で戦後派作家の先頭集団に追いついたことを示しているが、特に注目したいのは、創刊号(一九四八年一二月)の巻末に置かれた座談会「小説の表現について」である。

この座談会には船山馨、島尾敏雄を除く八名の同人が参加した。そこには、「僕は最近数ヶ月、ずゐ分苦しい位置に立つてゐる。どうして、自分の文学は大きい地点に出て行かないのかといふ反省が繰返し返つてくる。打開しなければならない。打開できないといふ具合なのだ」（野間宏）、「全人的に表現出来ないとすれば、文学もくだらない物に終る。思想も何もかにも、終つてしまふ」（椎名麟三）といった発言が象徴するように、あるべき小説表現を求めて苦悩する作家たちの焦燥感が溢れており、司会を務めた埴谷の「どうもすつかり荒れてまとまりのつかぬ放談会になつてしまつた」という言葉で、座談会はようやく幕を下ろす。ちなみに三島の発言では、「僕は人を殺したくて仕様がない。赤い血が見たいんだ」という唐突に発せられた言葉が、際立っている。

だが、混乱を極めたのは座談会だけではなかった。

座談会開催日は、一九四八年一〇月六日、場所は神田の中華料理屋であった。「その晩街には、昭電疑獄による芦田内閣総辞職の号外の鈴が鳴りひびいてゐた」（『私の遍歴時代』）。つまり、作家たちの苦悩と焦燥感はそのまま、ただならぬ時代を反映していたのであり、三島もまたそのような状況を生きた作家の一人として、小説とは何をどのように表現すべき、また、表現しうるジャンルなのかという問いに対して、苦闘を続けていたのだった。ここに、マクロの次元とミクロの次元との交点を認めることができる。

ちなみに創刊号の編集担当は椎名麟三で、次号は三島由紀夫の予定だったが、これは実現せず、

『序曲』は一号のみで終わった。理由は創刊号の売れ行きが悪かったためと河出書房の志村孝夫は述べているが（「〝序曲〟の時」、復刻版『序曲』別冊解説、日本近代文学館、一九八一年五月）、いずれも個性溢れる作家たちの坩堝《るつぼ》であったこのような場は、いずれバラバラに解体する運命にあったのかもしれない。時代の側から言っても、俺に挑んで何か表現しようとするなど、そう簡単にできるものか、とでも言いたかったであろう。

だが、見方を変えれば、『序曲』に注がれるはずだった三島の時間とエネルギーが、そのまま『仮面の告白』執筆に向けられた、と考えることもできる。

死刑囚にして死刑執行人

座談会から約一ヵ月後の一一月二日付坂本一亀宛三島書簡が残されている。三島はそこに、「書下ろしは十一月廿五日を起筆と予定し、題は「仮面の告白」といふのです。〔……〕今度の小説、生れてはじめての私小説で、もちろん文壇的私小説ではなく、今まで仮想の人物に対して鋭《と》いだ心理分析の刃を自分に向けて、自分で自分の生体解剖をしようといふ試みで、出来うる限り科学的正確さを期し、ボオドレエルのいはゆる「死刑囚にして死刑執行人」たらんとするものです」と記している。ただし、『仮面の告白』刊本に付された月報の「編集便り」によれば、実際に筆が下ろされたのは一二月に入ってからだった。なお、擱筆は一九四九年四月二七日である。

三島はこの執筆期間中に、「私にとつてほとんど唯一の未完の小説」（『三島由紀夫短篇全集』2「あとがき」、講談社、一九六五年四月）と自注した「宝石売買」（『文芸』一九四八年六月。戦後の没落貴族に伝わるダイヤをめぐる話）を含め五篇を収めた小説集『宝石売買』（講談社、一九四九年二月）を刊行している。

そこには、版元からの刊行依頼という機会を利用して、執筆中の『仮面の告白』に盛り込めないエピソードを整理しつつ、坂本一亀からの依頼以前の苦渋の時期の記録を、自分一人だけにわかる形で残しておこうという意図を読み取ることもできるようだ。その意味で『宝石売買』は読者を念頭に置いて刊行された小説とは言えず、同書の巻頭に渡辺一夫が「偽序」というアイロニカルなタイトルで序文を寄せているのは、その機微、つまりこれは本当の意味での小説ではないから「序」も「偽序」であるべきだという機微を映し出していて面白い。

ちなみに、先に三島が自作詩を「ニセモノの詩」（『私の遍歴時代』）と呼んだことを記したが、これは「偽序」のなかで渡辺が三島文学の特徴を「邪なもの Fausse poésie」と呼んだことにちなむものである。なお、構想された自伝小説とは異なる「魔群の通過」（『別冊文藝春秋』一九四九年二月）が発表されたのも同じ時期であった。

こうした経緯を経て、三島は『仮面の告白』を刊行するに至るのだが、その内容を簡単に確認しておこう。これは、同性愛を自覚した主人公の回想という形をとった小説で、次のような四章構成になっている。

第一章では、祖母に囲い込まれるようにして育った病弱な幼年期が思い起こされる。幼い「私」の憧れの対象として、汚穢屋、ジャンヌ・ダルク、汗をかいた兵士などが列挙され、大正から昭和初期にかけて活躍した女奇術師・天勝やクレオパトラを真似て扮装するエピソード、神輿が庭に踏み入った話も語られる（なお、ここで「私」は汚穢屋という職業を「悲劇的なもの」とみなし、その「身を挺してゐる」という感じに魅了されたというが、これは重要なキーワードになるので、記憶しておくことにしよう）。

第二章では、矢で射られた「聖セバスチャン」の殉教図を見て、はじめての自慰と射精を体験したこと、「私」にはサドマゾヒスティックな同性愛への生々しい興味があることが明かされる。セバスチャン・コンプレックスが、それそのものとして言語化されるのは、これがはじめてである。そして、近江という落第生への性的欲情が目覚める。それは、雪晴れの朝の校庭でのある出来事から始まった。

> 彼は雪に濡れた革手袋をいきなり私のほてつてゐる頬に押しあてた。私は身をよけた。頬になまなましい肉感がもえ上り、烙印のやうに残つた。

まもなく近江は放校されてしまうが、「私」は彼がセバスチャンのように虐殺されたのだと夢想する。その種の夢想はいよいよ高まって、ついには別の同級生の友人を殺害して食べてしまうという妄想にまで至る。

第三章では、「私」には男性に対する性欲しかないのに、あたかも女性に性的な関心があるかのように自己暗示をかけるさまが語られる。「私」は友人の妹・園子と交際し、その疎開先（軽井沢）を訪れて彼女と接吻するが、何の快感も得ることができない。「私」は求婚されるが、これを断ったところでちょうど終戦を迎える。

第四章では、友人に誘われ娼家を訪れるが不能に終わり、その後無力感に満ちた生活を送ることが述べられる。別の男性と結婚した園子と偶然再会した「私」は煮え切らないデートを重ね、その間に大学を卒業し官庁に勤めるものの、まもなく退職してしまう。「私」は園子をダンスホールに誘うが、そこで「私」は与太者に激しい性欲を覚え、彼が刺し殺され血潮で彩られるというサドマゾヒスティック夢想に耽って、園子の存在など忘れてしまう。園子から急に「あと五分だわ」と呼びかけられた「私は園子のはうへふしぎさうに振向いた」。

> この瞬間、私のなかで何かが残酷な力で二つに引裂かれた。雷が落ちて生木が引裂かれるやうに。私が今まで精魂こめて積み重ねて来た建築物がいたましく崩れ落ちる音を私は聴いた。私といふ存在が何か一種のおそろしい「不在」に入れかはる刹那を見たやうな気がした。

「私」は店を出ようとして立ち上がるとき、あらためて与太者たちの席を盗み見るが、「一団は踊りに行つたとみえ、空つぽの椅子が照りつく日差のなかに置かれ、卓の上にこぼれてゐる何かの飲物が、ぎらぎらと凄まじい反射をあげた」。

これが『仮面の告白』の幕切れの一文である。

すでに明らかなように、ここに描かれた内容は、「館」、「鳥瞰図」、「屋敷」、「扮装狂」、「バラァド」、「夜の仕度」などに記されたエピソードから組み立てられ、さらに望むなら、私たちは三島自身の実体験にまで遡ることもできる。

第四章に関しては、作品として書かれたものこそないが、たとえば別の男性と結婚した園子と偶然再会した場面に関しては、あるノート（「数学帳」ノート）にメモが残されている。その冒頭には「昭和廿一年九月十六日（月）午後一時五十分　偶然邦子にめぐりあつた。試験がすんだので友達をたづね、留守だつたので、二時にかへるといふので、近くをぶら〳〵あてどもなく歩いてゐた時、よびとめられた。彼女は前より若く却つて娘らしくなつてゐた」とあり[*1]、三島はその時の様子を詳細に記した後で、「この偶然の出会は今度の小説を書けといふ暗示なのか？　書くなといふ暗示なのか？」と自問している（『決定版 全集』1解題。「今度の小説」とは『盗賊』を指すのであろう）。娼家を訪れたことについても、それが事実であることを友人の矢代静一が伝えている[*2]。

第二章にはある海岸の避暑地を訪れたエピソードが描かれ、それは「岬にての物語」と同じ素材に基づくとも思われるが、「聖セバスチャン」の姿態を真似て自慰をした主人公の「私」が精液を海に流す場面は、先述の「偽序」で渡辺一夫が「岬にての物語」を評して記した「乳の匂ひとｓｐｅｒｍｅの匂ひとの混じた濛気」という言葉に触発された創作とも考えられる。この種の脚色はあったであろう。

このように、『仮面の告白』という小説に描かれる素材に関しては、坂本一亀からの依頼の時点で、すでにほぼすべてが用意されていたのだった。問題はこれをいかに構成するかである。これに関しては、『仮面の告白』刊行後に三島が精神医学者で評論家の式場隆三郎に宛てた書簡（一九四九年七月一九日付）を参照しなければならない。

> 「仮面の告白」に書かれましたことは、モデルの修正、二人の人物の一人物への融合、などを除きましては、凡て私自身の体験から出た事実の忠実な縷述でございます。この国にも、また外国にも、Sexual inversion の赤裸々な告白的記述は類の少ないものであると存じます。わづかにジッドの「一粒の麦」がございますが、これはむしろ精神史的な面が強調されてをります。ジャン・コクトオの Livre blanc といふ稀覯本を見ましたが、これも一短篇にすぎませぬ。私は昨年初夏にエリスの性心理学の Sexual inversion in Man や Love and Pain を読みまして、そこに掲載された事例が悉く知識階級のものである点で、（甚だ滑稽なことですが）、自尊心の満足と告白の勇気を得ました。当時私はむしろ己れの本来の Tendenz についてよりも、正常な方向への肉体的無能力について、より多く悩んでをりましたので、告白は精神分析療法の一方法として最も有効であらうと考へたからでございました。

文中、*Livre blanc* はコクトーが匿名で刊行した性の告白書『白書』のことであり、*Sexual inversion in Man* や *Love and Pain* はいずれもイギリスの性心理学者であるハヴロック・エリスの著作である。書簡では触れられていないが、このころ三島は、『性と生活』（理想社、一九四九年三月）の著者である心理学者・望月衛を訪ね、望月からドイツの性科学者マグヌス・ヒルシュフェルトの著作を借りて読んでいる。[*3] これらを踏まえて三島は、自作の主人公をはじめて同性愛者として設定し、この主人公が語り手となって過去を振り返るという形で、すでに用意されていた素材を構成し直したのだ。

『仮面の告白』の主題

みずから「精神分析療法の一方法」と呼ぶように、そこには自身にとってのセラピーというプラクティカルな意味もあったが、それでは同性愛は『仮面の告白』の中心的な主題と言えるであろうか。そのように見えるが、必ずしもそうではない。

むろん、同性愛は『仮面の告白』の重要なテーマである。しかし同時に見逃せないのは、三島は主人公を同性愛者にするという設定に託して、「館」、「鳥瞰図」や「夜の車」において触れはしたが、それ以上踏み込むことができなかった問題に、はじめて正面から向き合おうとしているということである。それは、幼時以来の内面宇宙の核である虚無とセバスチャン・コンプレックスの問題にほかならない。この問題に挑むことこそが、もっとも中心的な『仮面の告白』の主題だと言えるのではなかろうか。

だが、「正面から向き合う」、「挑む」、というとき、それは何を意味するのだろう。三島その人が虚無のただなかに没入して、存在がバラバラに壊れてしまうことか。セバスチャン・コンプレックスのなかに進んで身を置き、生と死の陶酔に浸ることなのか。

いや、むしろ内面宇宙の二つの核から見据えられながら、これを臆せずに見返し、その本質を捉えた上で、文学作品として言葉によって形象化すること。そうすることによって、内面宇宙が現実世界に氾濫して制御不能になる危機を避けること。坂本一亀宛書簡にいう「死刑囚にして死刑執行人」たらんとするとは、こういうことを意味するのであり、いまはじめて三島はこれを試み、そしてその試みに成功したのだ。『私の遍歴時代』のなかで、『仮面の告白』のことを「内心の怪物を何とか征服したやうな小説」と言っているのも、同じことを指している。

さらに三島は可能な限り歩みを進めて、形象化した作品表現を美的に、生々しく、ときに面白おかしく、またアイロニカルに結晶させようとした。

「聖セバスチャン」の殉教図から刺激を受けて、はじめての射精を体験する場面は、むろんこれを代表するシーンである。

ほかに具体的な箇所をあげるなら、先に引用したダンスホールの場面も重要だ。急に園子から呼びかけられた「私」が「園子のはうへふしぎさうに振向いた」とき、まず園子の恋人として振る舞うことで同性愛者であることを否定してきた自己の存在が解体する。ところが、あらためて与太者たちの席を盗み見ると、彼らの姿はすでになく、「空つぽの椅子が照りつく日差のなかに置かれ」ているだけである。実はこのとき、同性愛者としての自己も、衝動の向かう対象を喪失して存在の意味を失っている（むしろ対象は「私」の空想の世界のなかで殺害されたのだ）。こうして自己は二重に解体し、ただひとり空虚な語り手が残される。このようにして虚無が見事に形象化されている。

そして小説は「卓の上にこぼれてゐる何かの飲物が、ぎらぎらと凄まじい反射をあげた」と結ばれるが、虚無のただなかから放たれる激しい光は、かつて『輔仁会雑誌』に発表された詩「斜陽」で詠われた「赤い色」と比較することが許されよう。

紅い円盆のやうな陽が、
緑の木と木の間に
落ちかけてゐる。
今にも隠れて了ひさうで、
まだ出てゐる。

然し、
私が一寸後を向いて居たら、
いつの間にか、
燃え切つてゐて、
煙草の吸殻のやうに、
ぽつんと、
赤い色が残つてゐるだけだつた。

先に述べたように、この詩においてもすでに虚無が形象化されていた。だが、そこでは「ぽつんと」残されているに過ぎなかった弱々しい「赤い色」は、一〇年を超える時を隔てて、いまふてぶてしい反射光として立ち現われる。イメージの連鎖において、それは「聖セバスチャン」の殉教図に刺激されて迸り出る語り手の精液、その語り手の空想のなかで刺し殺された与太者の美しい血潮と共鳴しており、いまここに、セバスチャン・コンプレックスが生々しく形象化するのである。さらに末尾の一文は、小説の冒頭にエピグラフとして引かれた、「美——美といふ奴は恐ろしい怕《おっ》かないもんだよ！」という『カラマーゾフの兄弟』の一節とピタリと照応する美的結晶だと言えよう。

この場面は「私」が官庁を辞めた直後のこととされているので、事実としては、この時すでに三島は坂本一亀から小説執筆の依頼を受けている。ということは、ここに描かれたエピソードは、作品化されることを前提に体験された事実を踏まえているとも考えられる。

そうだとすれば、それは、虚無とセバスチャン・コンプレックスを文学的に形象化するために、邦子という一人の女性の存在が利用され食い尽くされたことを意味するが、こうして『仮面の告白』を書きあげた三島は、「最も死の近くにゐた」という「昭和二十一年から二・三年の間」（「終末感からの出発」）から、「猛烈な速度で谷底から崖の上へ自殺者が飛び上つて生き返る」（「「仮面の告白」ノート」）ように蘇る。ここに小説家・三島由紀夫が真の意味で誕生するのだ。[*4]

「私」という「神話」

これほど困難な主題を扱って、世界文学を見渡してもほかに例を見ない成功を収めている『仮面の告白』は、ただならぬ作品である。これを書くことで、三島は幼時以来の歩みをみずから清算、超克しようとしたが、この小説には、ほかにも注目すべき点がいくつもある。

そもそも、なぜこの作品は、「仮面」の「告白」と名づけられたのか。前出の坂本一亀宛書簡に言うように、「生れてはじめての私小説で〔……〕自分で自分の生体解剖をしよう」というのであれば、逆に「素顔」の「告白」と名乗るべきではないのか。ところが、三島はそうしなかった。

単に奇をてらうような表題を付けて人目を引こうとしたのであろうか。そうではない。『仮面の告白』は同性愛者の回想という形をとっているが、これは罠で、ここで同性愛者としての存在証明がなされているわけではないのだ。

先にも述べたように、終幕のダンスホールの場面において、語り手は園子からも与太者からも無限に離れた無の点で自己解体してしまい、異性愛者としてはもちろん同性愛者としても存在の実質を失っている。自分が生まれたときの光景を見たことがあると語り始めた主人公は、やがて「聖セバスチャン」の殉教図の前で射精し、後には園子と接吻すら試みるが、その語り手は、すでに空虚な何ものか、人からも精霊からも見放された透明な形代《かたしろ》にすぎない。透明な形代が、あたかも実体であるかのように物語ることができるのは、射精する「私」や園子と接吻する「私」、そしていまダンスホールにいる「私」というさまざまな「私」を、その都度、「仮面」として被るからにほかならず、この詐術によって小説は成り立っている。実際にそれと同じ体験が三島本人に起こっていたとしても、語り手から見るならば、すべての「私」は「仮面」なのだ。

前掲の「「仮面の告白」ノート」で、三島は「肉にまで喰ひ入つた仮面、肉づきの仮面だけが告白をすることができる」と言っているが、それが意味するのはこのような作品構造のことで、「肉づきの仮面」の向こう側には何もないのである。

さらに三島は、いま引用した「「仮面の告白」ノート」の言葉に続けて、「告白の本質は「告白は不可能だ」といふことだ」と記している。このとき、『仮面の告白』という作品は、虚無とセバスチャン・コンプレックスという主題とは別に、ある一般的な原理を指し示すことになる。それは、どんな語り手であっても語り手自身を語ることなどできず、そこで語られる対象は常に「仮面」にほかならないということ、それにもかかわらず、その「仮面」と語り手とを同一視することによって「私」というアイデンティティが成り立つのだが、実のところそれは一つの「神話」にすぎないという、「私」をめぐる原理、あえて言えば哲学的逆説である。ここで言う「神話」とは、根拠のないお伽噺という意味だ。こういう形で、『仮面の告白』は、私たち誰もが信じ込んでいる、あるいは信じ込もうと欲している「私」というアイデンティティの自明性に亀裂を走らせる。

三島は不遜にもこんな逆説的な真実を突きつけた。精神の安定を保とうとするなら、うかつにすべきことではない。

「戦後日本」という「神話」

なぜ三島はあえてそのような試みに挑んだのだろう。実はその延長上に、通常は見落とされがちな『仮面の告白』のもう一つの重要な主題を埋め込もうと企てたからだ。どういうことか。「神話」というのは「私」の問題だけでなく、歴史の問題でもある。そして歴史の過程のなかであまりにも強引に「神話」が捏造されつつあるならば、誰かがその欺瞞の構図を告発する証人を務めなければならず、二四歳という若者が、その役割を買って出たのだった。

　歴史のなかで捏造されるある「神話」とは何だろう。それは、戦後民主主義という価値観のもとで日本人が再出発するという「神話」である。その「神話」は、本章冒頭で述べた、一九四八、四九年前後に戦後日本の実質が変貌したという事態を隠蔽する。日本国憲法制定時の理念は早くも崩壊しているという事態を隠蔽し（人々は皆、本当は見抜いているが）、戦後の平和主義を導いたとされる吉田茂も、結局のところ東西冷戦を利用して自派の拡張を図ったにすぎないという事態を隠蔽し（これも皆、本当は見抜いているが）、もっと言えば戦後日本のあり方をめぐって吉田茂がどんなに熟慮を重ね狡猾な戦略を編み出そうとも、ついに敗戦国である日本はアメリカの言いなりになるしかなく、日本国憲法に基づく一貫した主体があるなどというのは絵空事にすぎないという事態を隠蔽するのである。

　戦後民主主義における日本人というアイデンティティ――。そんなものは存在しない。たとえそれを自称しようとも、そこにあるのは、『仮面の告白』の最後に残される語り手と同様、虚ろで透明な形代にすぎないのだ。単純に筋を追って読むだけでは気づきにくいが、実はこの不都合な真実を暴いているという意味で、『仮面の告白』は戦後日本社会に対する痛烈な批判の書となっているのである。

三島のなかには、プライベートと思われる事柄から出発しながら、射程を社会、時代、歴史の全貌へと広げてゆこうとする傾向が内在していることは、前にも少し触れておいた。実を言えば、綜合小説という旗印を掲げて長篇小説『青年の環』を書き始めていた野間宏をはじめ、『序曲』に集まった戦後派作家たちは皆、同じ問題意識を共有し、しかしその実践が容易ならぬことを知って苦しんでいた。

　そうしたなかで、『序曲』の同人中もっとも若いにもかかわらず、三島がいちはやく時代の歪みを見抜き、いまだまったく不十分ながらも社会、時代、歴史の全貌にまで射程を延ばそうとする作品を世に送ったというのは驚くべきことである。先に、血生臭い事件が続く戦後史の渦中にあって『仮面の告白』が構想、執筆されたという事実には、実は、大きな意味があると書いたが、私が言いたかったのは、このことだった。

　もっとも、そこに気づいた読者はほとんどいなかったであろうし、三島本人にとっても、それはこの段階で意図した最重要の主題ではない。時代の歪みを見抜いたといっても、三島にはまだその内実を分析することも、現実を乗り越える方法論と新たなヴィジョンを提示することもできはしない。何度も言うように、『仮面の告白』は、何よりもまず、虚無とセバスチャン・コンプレックスに挑み、これを形象化する作品なのだった。

しかし、この試みに確かな手応えを感じた三島は、さらに歩みを進めて問題提起したのである。

三島由紀夫、二四歳。

戦争末期から絶え間なく続く「暴流」のなかにあって、三島はいま、『仮面の告白』によって小説家としての地位を築いた。それは終着点ではなく、出発点である。彼はさらに、この「暴流」に逆らって歩んでゆかなければならない。

＊1　井上隆史「新資料から推理する自決に至る精神の軌跡　今、三島を問い直す意味――『仮面の告白』再読」（中条省平編・監修『続・三島由紀夫が死んだ日』実業之日本社、二〇〇五年一一月）。

＊2　矢代静一『旗手たちの青春――あの頃の加藤道夫・三島由紀夫・芥川比呂志』（新潮社、一九八五年二月）。

＊3　猪瀬前掲書。

＊4　ちなみに、『仮面の告白』第四章で園子から性経験のあるなしを問われた「私」は、「去年の春」、不本意ながらもある女性と関係を持ったことを告げる。この女性に、三島の妹・美津子と聖心女子学院専門部で同級生だった佐々《さつさ》（一九四九年に結婚して紀平姓となる）悌子の影を認めることができるが、実際に二人の間に肉体関係があったわけではない。

II

第八章　『禁色』と『近代能楽集』

『愛の渇き』と『青の時代』

刊行直後の『仮面の告白』の売れ行きは、必ずしもよいものではなかった。「この本を著者から贈られて読んだとき、実をいうと、私は狐につままれたような面妖な心持ちであった」と本多秋五が書いている。[*1] 素材についても主題についても、たしかに初読の読者にとっては、理解しがたいところがあったに違いない。

しかし、『仮面の告白』はただならぬ作品であることが、少しずつ明らかになってくる。まず『人間』（一九四九年一〇月）で神西清が書評し、『群像』創作合評（林房雄・中野好夫・北原武夫。一九四九年一一月）が「とにかく鬼才だ」（林）と絶賛、さらに武田泰淳による書評（『文学界』一九四九年一一月）、川端康成の紹介（『別冊週刊朝日』一九四九年一二月一日）と続き、アンケート「一九四九年読売ベスト・スリー」（『読売新聞』一九四九年一二月二六日）、花田清輝の「聖セバスチャンの顔」（『文芸』一九五〇年一月）も『仮面の告白』を強く推奨したことから世評が急速に高まっていった。

その結果、同書は一九五〇年（昭和二五）二月に再版、三月に三版、四版が刊行され、六月には新潮社から文庫化された。解説は福田恆存である。戦後、「誰からも一人前に扱つてもらへない非力な一学生にすぎなかつた」（『私の遍歴時代』）という状態から出発した三島は、『序曲』に参加したことで戦後派作家の先頭集団に追いつくが、いま『仮面の告白』を経て、その集団を牽引する一人になった、といっても過言ではない。

『仮面の告白』の文庫化の権利を得た新潮社は、同時に、書き下ろし長篇小説と雑誌『新潮』連載のオファーをして、才能ある若き作家を一気に囲い込もうとした。三島も積極的に応じ、書き下ろしは『愛の渇き』（新潮社、一九五〇年六月）、連載は『青の時代』（『新潮』一九五〇年七―一二月）として世に送られる。

『青の時代』の素材となった光クラブ事件に関しては、新潮社より先に『人間』の木村徳三が執筆を勧めていたが、新潮社からは取材、調査資料を全部整え、専任担当者も付けるという好条件もあったので、それを理由に三島は発表の舞台を乗り換えたのである。実は『仮面の告白』でも、増版の準備を進めていた河出書房の坂本一亀を裏切るかのように三島は新潮社での文庫化を認めている。

こうした態度について、「三島君に対する私の気持は少なからず傷ついた」[*2]と木村は述べているが、振り返るなら、学習院時代には坊城俊民から東健へ、終戦直後には佐藤春夫から川端康成へと乗り換えるかのような身の処し方を、しばしば三島は繰り返してきた。それは三島が身につけてきた処世術でもあった。

さて、『愛の渇き』である。舅と肉体関係にある未亡人の悦子は、舅の農園の園丁・三郎と女中との仲に嫉妬するが、三郎が悦子の求愛を受けて彼女の肉体を求めると、鍬で三郎を殺害してしまうという筋立てである。これは、大阪近郊の農園に嫁いだ三島の母・倭文重の妹・江村重子が語った若い園丁の話から着想を得たものであるが、実際にその園丁と重子の間に関係があったわけではなく、三島の構想力によって、話が大胆に脚色された。

奇抜な話のように見えるが、よく読んでみるなら、その主題は『仮面の告白』の延長上にあることがわかる。冒頭、大阪・梅田の百貨店で三郎のために靴下を買った悦子が郊外の家に帰る場面はこう描かれる。

悦子は各駅停車の宝塚行に乗つて座席に掛けた。窓外はとめどもない雨である。前に立つてゐる乗客がひろげてゐる夕刊新聞の印刷インクの匂ひが彼女を物思ひからよびさました。うしろぐらい人のやうな動作で、彼女は自分のまはりを見まはした。何事もない。

そして、物語の終わりに三郎を斬殺した悦子が、死体を隠し、一瞬陥った眠りから覚めた場面は、次のようである。

きこえるのは遠い雞の鳴音《なきね》である。まだ夜明けには程とほいこの時刻を、雞が鳴き交はしてゐる。遠くの、いづこともしれぬ一羽が鳴く。これに応ずるやうに、また一羽が鳴く。また一羽が鳴く。また別の一羽が鳴く。深夜の雞鳴は、相応じて、限りを知らない。それはまだつづいてゐる。際限なくつづいてゐる。……

……しかし、何事もない。

すべては、血みどろの惨劇という終局に向かって緊張が高まってゆく。それにもかかわらず作品に一貫するのは、「何事もない」という空虚さなのだ。『愛の渇き』では、こういうかたちで虚無とセバスチャン・コンプレックスが形象化されている。三島はそれを、モーリヤック風の小説として表現した。

一方、『青の時代』は、三島より二歳年長の東大法学部学生・山崎晃嗣《あきつぐ》が高利貸業・光クラブを始めたものの、債務不履行に陥って一九四九年一一月二四日、青酸カリを仰ぎ自殺した事件を小説化したものである。当時、山崎という人物は、戦後青年の一典型として世間の耳目を集めていた。三島はこの小説で山崎（作中での名は川崎誠）の生涯を辿ってゆくが、そこに三島が創作したあるエピソードが挿入されている。中学生時代の誠が兄とともに下校していたところ、色情狂の女が道に飛び出して兵隊を輸送するトラックに轢き殺される場面である。

次兄は誠がゐなくなつたのにおどろいてあたりを見廻すと、彼は屍体のまはりに人垣をつくつた兵隊にまじつて、息絶えながらまだ動いてゐる肉塊を、おそろしく冷静な、まるで横柄にさへ見える顔つきでじつと見詰めてゐた。すこしも感情を動かされないでこんな身の毛のよだつものを見てゐられる自分を感じることが、快くもあつたし、得意でもあつたのである。
『かうして死ぬのだな。かうやつて、指を赤ん坊のやうにもぞもぞ動かして……』
誠は細大洩らさず観察して憶え込んだ。人間はどうやつて死ぬものかといふ知識を習得した。そのあひだの自分が無感動でありえたことは、何かに忠実であり義務を果したといふ満足感を以て思ひ返された。誠の気分は大いに高揚した。

これは、未完の私的原稿「屋敷」における、千吉が神輿の下敷きになって事故死する場面のヴァリエーションである。敷衍して言うなら、この小説の全篇が、誠自身が「どうやつて死ぬものか」という経緯を綴るものである。ところが、そこに一貫するのは、誠の心に空いた穴である。「どうしてだらう。時々僕は自分の胸のなかに大きな氷の塊が詰まつてゐるやうな気がして我慢ならないことがある」と誠は思う。

新潮社の協力を得た三島は、綿密な取材に基づいて『青の時代』を執筆しているが、単に素材をそのまま作品化したわけではなく、個々の挿話や人物造形を通じて、『愛の渇き』と同様に虚無とセバスチャン・コンプレックスという主題を織り込んでいるのだ。なお、作中で誠が関係を持った後に捨てる女性・野上耀子のモデルは、三島の妹・美津子と聖心女子学院専門部で同級生だった佐々（紀平）悌子である。三島と悌子は一九四六年から親しい関係にあり、『仮面の告白』

第四章でもチラとその影が認められるが（第七章注＊4）、『青の時代』に書かれたような事実が、二人の間に実際にあったわけではない。『愛の渇き』における園丁のエピソードの場合と同じように、三島は自身の構想力によって、話を大胆に脚色したのだった。

　勢いを得た三島は、ほかにも多くの短篇小説を発表し、『灯台』（作品社、一九五〇年五月）、『怪物』（改造社、一九五〇年六月）といった作品集もあいついで刊行した（文庫版『仮面の告白』、書き下ろし『愛の渇き』も同じ六月刊行なのだが、同月は朝鮮戦争勃発の月でもあった。七月からは『新潮』に『青の時代』の連載も開始した）。今や押しも押されもせぬ流行作家であった。文壇と劇壇の融合を図って劇作家の岸田国士《くにお》が提唱した文学立体化運動の母胎となる「雲の会」に参加するのもこの年の八月である。

　私生活では目黒区緑ヶ丘（現・緑が丘）に転居し、一九五〇年八月から新居で生活する。それは首つり自殺のあったとされる家で、しかも墓地に隣接していたが、三島家にとっては新たな出発となった。妹・美津子の三輪田高等女学校時代の同級生・板谷諒子が近くに住んでいたことから、三島は諒子と親しく往来するようになる。なお、彼女の姉は後に『鏡子の家』の女主人公のモデルとなる、あつ子（日系二世のアメリカ人・湯浅峻と結婚し湯浅姓となるが、後に離婚し、ロイ・ジェームスと再婚する）であった。

『禁色』――輪廻転生と千夜一夜譚

三島は間断なく原稿を依頼されるようになった。だが、書きたいものを書きたいように書いたというわけではない。そもそも、『愛の渇き』や『青の時代』も、自分の意志で書き始めたというより、与えられた機会を存分に利用したという面が強かった。

これに対し、むしろ強い内的動機に促されて取り組んだ小説がある。『禁色』二部作である。第一部は『群像』（一九五一年一―一〇月）に連載され、一九五一年暮れからおよそ半年間の世界旅行を経て、『秘楽《ひぎょう》』と題する第二部が『文学界』（一九五二年八月―五三年八月）に連載された。単行本はいずれも新潮社から、第一部（一九五一年一一月）、第二部（一九五三年九月）の二巻として刊行されている。若くして出版社を巧みに使い分ける手腕には舌を巻くほかない。

さて、『禁色』第一部の内容であるが、これは三度の結婚に失敗し、ほかにも多くの惨めな恋愛を繰り返して女性を憎悪している老作家・檜俊輔が、同性愛者の美青年・南悠一を道具に使って、女性ひとりひとりに復讐してゆくというものである。俊輔は躊躇する悠一を促して俊輔の愛読者だった康子と結婚させ、康子は同性愛者の妻であることの不幸を身に染みて味わうことになる。

また、全財産の九〇パーセントにも及ぶ戦後の財産税納入のため経済的に逼迫し、俊輔に対して美人局《つつもたせ》を働いて三万円を巻き上げたこともある鏑木元伯爵の夫人にも、悠一を愛させる。ところが、実は元伯爵・信孝と悠一は恋仲で、その濡れ場を覗き見てしまった夫人は、衝撃のあまり自殺する。ただし、第一部連載終了直後に三島はその結末を再考し、新潮社から刊行された単行本の末尾の文章は、「三日たつた。鏑木夫人は帰らなかつた」とあるように、自殺ではなく失踪へと改められた。夫人は第二部で重要な役割を果たすことになるのだが、これについては、次章で世界旅行について述べた後で取り上げることにしよう。

さて、第一部の梗概からも明らかなように、『禁色』では同性愛が重要なテーマとなっているが、必ずしもそれが中心的主題というわけではないのは、『仮面の告白』の場合と同様である。この小説の執筆にあたって三島が抱いていた考えを知るには、一九五〇年当時の創作ノートを見る必要がある。次に掲げるのは『禁色』そのものの構想を示したものではないが、『禁色』執筆に先立って三島がどのようなことを考えていたかを知るには格好の資料である。

○長さが何故に必要か？
時間の長さ＝人の一生、遺伝、累代、歴史、叙事詩、戦争、時間
の拡張（ジョイス）プルウスト
←時間の長さ以外に
空間の要求する長さ＝バルザックの小説（社会小説）
論理的構造の要求する長さ＝マンの小説
○それ以外に長さの必然性がありえぬか？
旅の長さ＝ユリシーズ

（『決定版 全集』3）

右のメモに続けて三島は人体の模式図を描いているが、その人体は「記憶の部分」（頭）、「恋

の部分」（胸）、「生殖と食欲」（腹）、「旅の部分」（足）に四分割され、それぞれが五〇〇枚となる小説構成が示されている。この点に関しては、ジョイスが『ユリシーズ』の各挿話をさまざまな象徴やギリシア神話に対応させ、特に第四挿話から第一八挿話までは人体の諸器官とも照応させていることが思い起こされる（Stuart Gilbert, *James Joyce's Ulysses: A Study*, London, Faber, 1930）。

三島がこの事実を踏まえていたことは文献的には確認されないが、知識として耳にしていて、これに刺激されて作品と人体模式図を対応させた可能性はゼロではないだろう。

『禁色』執筆に先立って三島がジョイスを意識していたことは、このノートを見なければ、なかなか気づきにくい事実である。三島初期の恋愛心理小説である「心のかゞやき」や「公園前」にはモダニズム文学としてのジョイス、具体的に言えば『ユリシーズ』における意識の流れの技法、複数の語りや文体の転換、低俗なエピソードの挿入、これらの要素を踏まえた上での、作品全体の入念な構成などが影響を及ぼしていることは前述の通りだが、こういう観点からジョイスを見ているだけでは、『禁色』との連関はよくわからない。

私の考えでは、三島がジョイスから触発されたことは、一般に考えられている以上に深さと広がりを持つ。

ジョイスは、「もしある日突然ダブリンがこの世から消えてしまっても私の本から再現できるように、ダブリンを完璧に描きたい」（Frank Budgen, *James Joyce and the Making of Ulysses with a Portrait of James Joyce and Four Drawings to Ulysses by the Author*, New York, Harrison Smith and Robert Haas, 1934）と言っている。つまり『ユリシーズ』には、ダブリンに生きる低俗な個人にまつわ

るエピソードを通じて、ダブリンという都市そのものを描こうとするモチーフがあった。さらに言えば、ジョイスには、ダブリンという都市を通じて、ダブリンを超えた時代と社会、そして世界の全貌を描き取り、さらにはこれと切り結ぼうとする野心があった。人体の各器官と作品の各挿話との対応も、人体というミクロコスモスと人体を超えたマクロコスモスとの照応関係と考えれば、同じモチーフの延長上にあると言える。

　これは、プライベートと思われる事柄から出発しながら、射程を社会、時代、歴史の全貌へと広げてゆこうとする三島自身の傾向と共鳴するだろう。単なるモダニズム文学という枠を超えたジョイスのこうした側面を三島は直感的に見抜き、自作において同様の方向を目指したとは言えないだろうか。その試みがジョイスの深みにまで達するのは容易ではないにせよ、三島は『禁色』において、同じ方向を見据えているのである。

　従来の三島研究ではあまり意識されることはないが、前にも述べたようにジョイスは三島の小説創作に意想外に深い関わりを持っており、その一端がここに認められる。この問題については、後でまた触れるであろう。

　創作ノートに戻ると、そこには次のような記述が続く。そこに三島は適宜、円や螺旋の図などを書き添えているが、これについては省略して引用する。

無限の長さ　クリカヘシ
螺旋状の長さ

永劫回帰、輪廻の長さ、反歴史性

◎小説の反歴史性

○小説を歴史に似せぬ方法。心理小説、フランス古典劇（閉鎖的）

◎転生譚（イギリスに先例あり）

○悪者小説＝冒険小説

←→教養小説

○併列的手法意味なし

千夜一夜譚の手法　話はめ込み

五つの登場人物の如く五つの事件が登場する。──→これがからみ合ふ　ロマンが一つの主人公であること

心理的部分　五つの事件

頭──論理的心理的思想的問題

胸──恋愛問題

腹──食慾──→職業──→社会的問題

生殖──生殖問題

足　――突発的行動の問題

これが五つの事件になり、同時にまづ主人公を襲ふ。相互に関係しつゝ進む。綜合は立体に非ず。

このノートに一貫するのは、『仮面の告白』の成果を踏まえ、さらに飛躍して『ユリシーズ』のように時代や世界を解釈し、その本質を全体像として描き取りたいという強い意志であり、そのための方法論をいかにすべきかとみずからに問いかける問題意識である。その際、「二千六百五年に於ける詩論」や詩「夜告げ鳥――憧憬との訣別と輪廻への愛について」で扱われた輪廻転生のモチーフが、今度は小説を構成してゆく方法の問題として取り上げられていることが目を引く。

ちなみに、メモのなかに、「転生譚（イギリスに先例あり）」とあるのは、『ユリシーズ』の第四挿話においてブルームとモリーの間で話題となる大衆小説 *Ruby: the Pride of the Ring*（一八八九年にロンドンで刊行された実在の小説 *Ruby. A Novel. Founded on the Life of a Circus Girl* に基づいてジョイスによって虚構された偽書）を指すものと思われる。

だが、三島が『禁色』執筆の方法論として取り上げたのは輪廻転生ではなく、「千夜一夜譚の手法」であった。これは、同じノートに記されているものの、実際には使用されなかった「禁色の序文」から明らかになることである。

私はこの小説を千夜一夜物語の構成に倣つて書いたのである。俊輔は兄シャーリャルである。俊輔がその三度目の妻の不貞を目のあたりに見る場面は、シャーリャル帝妃が黒人奴隷と契るのを良人自ら見る場面に照応する。俊輔の復讐の情熱は、シャーリャル帝が処女凌辱にのみ興味を見出す情熱と同じである。われ／＼の憎しみは普遍的になる傾向をもつてゐる。これを控制し、彼をその情熱によつて人生から離反させる物語の威力を、男のシェエラザード、悠一が代表してゐるのである。

私は幼年期を千夜一夜譚はじめお伽噺の影響下にすごし少年期を種々の探険譚の影響下にすごした。南洋一郎の「吼える密林」はわが愛読の書であつた。幼年期や少年期の熱望をわれ／＼は終生を通じて実現しようとする。私はかつて探険家たらんと憧れた。その望みの一半は達せられた。なぜなら私は「心の探険家」になつたからである。

作者は悠一と共に、一方、心の密林の探険に熱中する。悠一の生活からは日常性が抹消されてゐる。しかも彼は生活してゐるのである。そして彼は魔法の絨氈に乗り、あるひはアラジンのランプを手に入れ、あるひは悪党どもの巣窟にしのび入り、あるひは妖しい饗宴に列する。大都会のまだ人に知られてゐない密林が悠一を通じて展開されるのである。

はじめシェエラザードをその物語性を通じてのみ助命したシャーリャル帝は、つひにその物語に魅せられ、彼の人生を物語の中に見失ふのである。

（『決定版 全集』3）

幼少期の三島が『千夜一夜譚』を愛読したことはすでに述べた通りだが、それが小説の作品構成や人物設定に決定的な影響を与えた例は『禁色』をおいてほかにはなく、それはこの「序文」によって、はじめて確かめられる事実である。

ブランスウィックとゲイ・パーティー

ところが、ここで三島の考えは一転する。余計なリードをつけて読者を誘導するより、小説の内容それ自体で勝負したいという思いが強かったのであろう。実際にはこの「序文」は、刊本において採用されなかった。もうひとつ重要なことは、「序文」に目を通した読者は、『禁色』における個々の描写を「お伽噺」のような夢物語、架空の話と受け止めるかもしれない、という懸念だ。それは三島にとって不本意なことだった。何度か述べたように、三島はプライベートな事柄を描くように見えながら、射程を社会、時代、歴史の全貌に広げてゆこうとしているが、逆に言えば、どんなに視野の広い小説であっても、描かれる出来事は、すべて自身の身に実際に起こった具体的事実から出発しているということである。右の「序文」は、この趣旨に反するところがある。

それでは、『禁色』の作品世界は、どんな事実に基づいているのか。悠一が訪れるゲイバーのルドンは、当時、銀座尾張町（現・銀座五丁目）に実在したブランスウィックを正確に模写したものである。すでに『禁色』第二部の『秘楽』連載開始直後の時点で、男性同性愛の会・アドニス会の機関誌『ＡＤＯＮＩＳ』に田中純夫（中井英夫のパートナーで同誌を編集発行していた田中貞夫の筆名）が「小説「禁色」の周辺」を寄せ、美青年・悠一をはじめ『禁色』の登場人物のモデルに言及している。[*3]

当時の『ADONIS』を私に見せてくれたのは、後年、映画「憂国」の演出を務めるなど三島との交流を深める堂本正樹だが、堂本が私に語ったところによると、三島は早くから同店の常連となっており、ボーイの紹介によりブランスウィックではじめて堂本が三島に会ったのは、『仮面の告白』の刊行に先立つ一九四九年六月頃だった。ちなみにこの時堂本は慶応普通部の学生で、まだ一五歳である。[*4]

また、後に三島との関係を『剣と寒紅』と題して小説化することになる福島次郎は、熊本から上京して東洋大学の国文学科で学んでいた頃、目黒区緑ヶ丘の三島家をいきなり訪れ、ブランスウィックの場所を尋ねている。一九五一年五月のことである。[*5]

こうしたことから、『禁色』で描かれる事柄が、現実の社会風俗に根ざすものであることが知られるが、ほかにもこんな話がある。

悠一が鏑木信孝元伯爵とはじめて関係を持つのは、戦時中はフランス大使館参事官の秘書をしていた「ジャッキー」なる日本人が大磯で開いたクリスマスのゲイ・パーティーで、「ジャッキー」のモデルは「ボビイ」と呼ばれる人物だったことが『禁色』の創作ノートによって確認される。それはどんなパーティーだったのだろう。堂本もよく知らないと言うので私は長い間気になっていたが、その様子を思い描くのに格好のエピソードを室謙二から聞いた。室は、ベ平連に参加し米軍脱走兵援助活動に関わったことや『思想の科学』編集代表を務めたことで知られる人物で、現在はカリフォルニアのオークランド在住である。

　ＧＨＱの民間情報教育局（ＣＩＥ）に勤務していたチャールズ・Ｅ・タトルという人物がいる。ＣＩＥについては後述するが、タトルは、一九四八年に洋書の輸入、日本の古書の輸出などを中心業務とするタトル商会を設立したことで知られる。英語が堪能な室の父親はＣＩＥ時代からタトルの部下として働いており、幼かった室もタトル商会の様子をよく知っていた。

　それによれば、タトルに誘われＣＩＥを辞めタトル商会の総支配人となったブルース・ロジャースは、業務のためにゲイの仲間を呼び集め、そのなかに、やがて三島の『仮面の告白』や『潮騒』を翻訳することになるメレディス・ウェザビーもいた。ロジャースたちは千葉の九十九里に海の家を借り、パートナーを滞在させたが、特に九十九里が選ばれた理由のひとつは、漁師たちが全裸で作業するのがその地の慣習だったことである。タトル商会がその九十九里まで社員旅行に出かける際には、室が同道したこともあったが、そのときのことを室は自著でこう記している。[*6]

> 一九五〇年代はじめの数年、タトル商会は夏になると九十九里浜海岸まで、ジープとアメリカ車を何台もつらねて社員旅行に出かけていった。〔……〕先頭を行くジープはタトル商会のものであった。あとに続くプリマスとかパッカードとかフォードとかの、いまから見るとばかばかしく大きなアメ車は、タトル商会につとめるアメリカ人の個人所有のものだった。確か当時は、ＧＨＱに関係していたアメリカ人は、アメリカ車を無税で買えるという特典があったはずだ。六歳の私は、暑さと車酔いで途中で気持ちが悪くなった。

もう一ヵ所引用する。

これらのアメリカ人のゲイ出版関係者が、戦後の早い機会に日本文化、日本文学をアメリカに紹介する重要な役割を担っていた。そしてそのアメリカ人のゲイとタトルの若い日本人たちの間の喜劇的な逸話がいくつもあって、子供の私もそれを知っていた。たとえばタトル商会の社員旅行で、熊のように大きな若い日本人がゲイのアメリカ人の一人に唇にキスされてしまったのだとか、同じく社員旅行でひとりの中年白人ゲイが旅館に電気鍋を持ち込んで（おかげで旅館のヒューズはたびたび飛んだらしいが）、若い日本人に料理をたべさせ自分は何も食べずにそれを楽しそうに見ていた、とか。

ウェザビーは一九四六年五月二九日に米国政治顧問横浜支部の領事に任命されていることが、一九四六年七月の米国 *Foreign service list* から確かめられる。一九四九年に『仮面の告白』が刊行されると、ウェザビーは翻訳を始め、朝鮮に滞在して病を得た翌一九五〇年にはほぼ訳し終えて、三島に翻訳権を欲しいと申し入れたという（『裸体と衣裳――日記』新潮社、一九五九年一一月）。ちなみにウェザビーと式場隆三郎は面識があり、三島が『仮面の告白』について式場に書簡を送っているのも、その縁によるものと思われる（ただし、ウェザビーの日本語翻訳能力には疑わしいところがある。室も、後年三島の『午後の曳航』を英訳したジョン・ネイスンも、私にそう断言した。ウェザビーの翻訳には、誰か助けた者がいるのではないか。このことについては第一八章で再び触れるだろう）。

CIE、タトル商会やウェザビーのことが『禁色』で直接描かれているわけではない。だが、室の伝えるゲイ・サークルの様子は、「ジャッキー」のパーティーを彷彿させる。これと似た機会はほかにもあり、三島もそれに参加したに違いない。『禁色』に活写されるゲイ・シーンは、実際の経験や取材に基づいているのだ。

『禁色』の時代

この意味で『禁色』は『千夜一夜譚』における「お伽噺」ではなく、終戦直後の日本社会の一断面を描く小説、まさにリアリズム小説なのだった。

だが、重要なことは、各々のエピソードの由来を、三島自身の実体験に遡ることができるという点にではなく、リアリスティックに描かれたゲイ・シーンという窓を通じて、三島が戦後日本社会の現実を総体として捉え、いわば同時代史を描くとともに、それに対する何らかの批判や見解を提示しようとしている点にあった。それは、前章の最後に述べた『仮面の告白』の問題提起を引き継ぎ、これをさらに発展させようとすることにほかならない。

とはいえ、『禁色』第二部を書き終わった時点でも、その試みは道半ばで、現実を乗り越える方法論と新たなヴィジョンが差し出されているとは言いがたい。ましてや、『禁色』第一部においてはなおさらである。けれども、もし作者がそこで何かに挑み、何らかの種を植えつけようとしているのであれば、それを受け止め、そこに孕まれるものを主題として発展させるのは、読者の務めであり、同時に特権でもあるに違いない。

『禁色』第一部にはいかなる種が蒔《ま》かれているのか。

背景から話をはじめよう。戦後の日本はＧＨＱの占領政策の下に置かれるが、その実態を小説として描いたものは皆無であった。描こうとしてもそれは不可能であって、なぜなら民間検閲支隊（ＣＣＤ。Ｇ２の管轄下で出版、放送、映画を含む全メディアを統制した）や前述のＣＩＥの活動が、それらが改廃された一九四九年以降においても極めて大きな影響力を持っていたからである。

ＣＩＥとは戦後日本で言論出版政策、教育政策、宗教政策を扱った機関で、それによって「ウォー・ギルト・プログラム」（戦争の有罪性などを日本国民に認識させるための情報教育政策）が推し進められたことについては、江藤淳『閉された言語空間――占領軍の検閲と戦後日本』（文藝春秋、一九八九年八月）を嚆矢《こうし》に、山本武利『ＧＨＱの検閲・諜報・宣伝工作』（岩波書店、二〇一三年七月）、賀茂道子『ウォー・ギルト・プログラム――ＧＨＱ情報教育政策の実像』（法政大学出版局、二〇一八年八月）などによって、少しずつではあるが、調査、研究が進められている。

では、『禁色』の場合はどうであろうか。やはりＣＩＥやＣＣＤに関する事実が名指しで描かれることはなく、発表当時の読者がこれを明確に意識したとも考えにくい。だが、ひとたび気づくなら、『禁色』に登場する少なからぬ外国人が、何らかの形でＧＨＱに関わりがあることはあまりにも明らかである。そして、彼らと悠一との関係については、次のように描かれている。ここに「リツ稼ぎ」と言われているのは、金銭目当てに身体を売ることだ。

悠一の顔立は、これを見る外人の十中八九の心を惑はした。外人ぎらひの彼は悉く拒んだ。ある外人の如きは、怒り猛つてルドンの二階の窓の一枚硝子を打ち破り、ある一人は憂鬱症に陥つて、同棲してゐた少年の手頸を故もなく傷つけた。外人目当のリツ稼ぎを常習としてゐる手合は、かうしたわけで悠一を大いに尊敬した。

右に引用される「外人」をGHQ関係者として読んでみよう。とりわけGHQの政策遂行のために検閲を行ったCCDや、これと一種の縄張り争いの関係にあったCIEの関係者が、そろって悠一に虚仮《こけ》にされるさまを思い浮かべる読者は、占領期の建て前をご破算にする爽快感と、滑稽さを伴う痛烈なアイロニーを覚えるであろう。

虚仮にされるのは外国人だけではない。次は『禁色』第二部第一章からの引用になるが、夫人が失踪したことに狼狽し憔悴する鏑木信孝に対して、悠一はこのように振る舞う。

悠一は口笛を吹いた。呼ばれた犬の身振で、信孝は顔をあげた。餌の代りに、からかふやうな若者の微笑を見ただけである。〔……〕風は治まり、空は晴れてゐる。悠一は五体に説明しがたい自由を感じた。放浪の旅にあつて、身も心もすがすがしく、息もいつもより吐《つ》きやすく思はれる旅人のやうなこの自由に、彼は祝杯をあげたかつた。

『無秩序万歳！』

ここでは信孝もまた軽蔑の対象である。

そして、忘れてならないのは、作中における鏑木夫人の設定だ。鏑木家など旧華族を没落させた財産税はＧＨＱの指示によって導入されたが、夫人は夫が関わる事業の便宜を図ってもらう見返りとして複数のＧＨＱ関係者の情婦になっていたのである。

ところが悠一を知って以来、彼女は娼婦の真似ごとを拒むようになり、これが最後だという条件で渋々関係を持ったその日に、夫と悠一の濡れ場を覗き見てしまったのだった。

夫人に好意を持たれていることを知っていながら信孝と関係を持つ悠一は、その時点ですでに夫人を虚仮にしているが、彼女の失踪後に彼が味わった「説明しがたい自由」は、何に由来するのだろう。それは、夫人と信孝、悠一自身の妻・康子、俊輔、夫人の情人たちはもちろん、その情人たちがＧＨＱ関係者として表の顔で支配している占領下の日本のありとあらゆるものを、一段高い場所から見下ろす解放感にほかならない。

こうした筋立てのなかに、同時代に対する明確なヴィジョンを読み取るのは、必ずしも容易ではないかもしれない。だが、目を凝らして読めば、ここで三島が占領下の日本の時代状況とそれに対するある認識を書き込んでいることがわかる。

『禁色』の時代とは何か。それは、占領される側も占領する側も、惨めな状況のなかで翻弄される哀れな弱者であるような時代だ。ところが、ひとり悠一は、これを見下ろす地点に自身を位置づけ、「無秩序万歳！」と祝杯をあげるのだった。

このような状況認識がいかなる主題に発展してゆくかということは、いまの時点では、まだはっきりしない。それは、『禁色』を第二部まで読み進めると次第に明らかになり、やがて『金閣寺』を経て『鏡子の家』、そして『豊饒の海』に向けて本格的に展開し、小説家・三島の存在の根幹をなすに至る。

先取りして言うならば、これこそが、虚無、セバスチャン・コンプレックスと並んで、三島という人と文学について考えるために必要なもう一つの鍵概念ともなると私は考えるが、これらのことについては章をあらためて丁寧に論じる必要がある。

劇作家としての出発

いまはこれとは別に、この時期の三島が『盗賊』、『仮面の告白』、『禁色』といった小説作者としての歩みと並行して、劇作家としての本格的出発も果たしていたことに触れておきたい。そしてそれは、自身にとって「詩」とは何かという問いを、あらためて問い直すことでもあった。

三島は一〇代の頃から、習作も含めいくつかの戯曲を書いているが、一般文芸誌に発表され、かつ実際に上演されたものとしては、ちょうど『盗賊』刊行と同月の一九四八年一一月に『人間』に発表された「火宅」が最初である。これは、俳優座文芸部員だった矢代静一の仲介により、俳優座創作劇研究会公演として東京の毎日ホールで初演された（一九四九年二月二四日―三月二日）。演出は青山杉作、出演は千田是也、村瀬幸子などである。

だが、結果は満足のゆくものではなかった。

「火宅」は互いの関係がばらばらな家庭を描く劇で、その無秩序さが戦後社会の縮図となるという趣旨のことを公演プログラムで三島は述べているが（「「火宅」について——作者の言葉」）、実際の舞台でも人物の台詞や行為がばらばらで、その結果、観客の視線は焦点を結ばず拡散してしまうのである。三島はまだ、みずからにふさわしい作劇法を身につけていなかった。

三島にとって転機となったのは、芥川比呂志演出によるジャン・アヌイの「アンティゴオヌ」（文学座フランス演劇研究会、一九四九年六月二七—三〇日、毎日ホール）の公演である。アヌイの作品は、劇中の時空間はギリシア悲劇の時代に置きつつ、しかし主題と構成は現代劇として構築されている。その舞台は戦後新劇界に新風を吹き込むものとして注目され、影響を受けた矢代はこれをきっかけに俳優座から文学座に移るのだが、三島もここからひとつの着想を得た。すなわち、日本の古典演劇の現代劇への翻案である。

三島は以前から能、歌舞伎に親しんできた。『私の遍歴時代』によれば、「（引用者注・祖母の影響で）はじめて歌舞伎を見たのが、中学一年生（引用者注・二年生の誤り）のとき、歌舞伎座の比較的無人の「忠臣蔵」で〔……〕私は完全に歌舞伎のとりこになつた。それから今まで、ほとんど毎月欠かさず歌舞伎芝居を見てゐる」が[*7]、「一方、母方の祖母が観世流の謡を習つてをり、このはうも競争でお能拝見に連れて行つてくれ、最初に見たのが比較的地味な「三輪」であつたのに、これにも私は魅せられてしまつた」という。この経験を、三島は作劇に生かそうとしたのである。

もうひとつ、三島を刺激したのは、やはり一九四九年、米軍渉外部に属する作曲家、バリトン歌手のベン・リー・タフツ大尉が、日本を主題とするオペラを作りたいと希望したのに応えて、その台本執筆を試みたことである。[*8]

三島が選んだのは記紀における衣通姫伝説で、すでに『日本書紀』の設定に基づいて「軽王子と衣通姫」（『群像』一九四七年四月）を発表していたが、今回は『古事記』の記述に依拠した。翌年タフツが朝鮮戦争に赴いて負傷し、その後米軍の諜報機関に関わることになったためこの企画は流れてしまうが、日本古典を音楽劇の要素を持つ現代劇として再構築することは、この時以来、三島が常に抱き続けた夢であった。

それははやくも、能「邯鄲」の翻案（『人間』一九五〇年一〇月。一二月に文学座アトリエで公演。演出・芥川比呂志。直前に京都のテアトロ・トフンによる別公演もあった）として具体化する。この試みは、先に触れた岸田国士の文学立体化運動の実践という意味も持っていた。続いて「綾の鼓」の翻案（『中央公論　文芸特集』6、一九五一年一月。一九五二年二月、俳優座勉強会として東京・三越劇場で初演）が生まれた。いずれも、古典劇の現代劇化だが、アヌイの「アンティゴオヌ」とは異なり、劇中の時空間自体を現代に移し替えるものであった。

そして「邯鄲」、「綾の鼓」の延長上に、後に『近代能楽集』（新潮社、一九五六年四月）としてまとめられる作品群の三作目となる「卒塔婆小町」（『群像』一九五二年一月。翌二月、文学座アトリエにて初演）が生まれることになる。それは、三島にとってはじめての傑作戯曲となった。

能の「卒都婆小町」は、卒塔婆に腰掛けた乞食の老婆を僧が咎めるが、この老女は実は小野小町のなれの果てだという設定である。老女は僧を言い負かすが、突然、小町に焦がれ死にした深草の少将の霊に取り憑かれる。しかし最後には狂乱を脱し仏道を志す。

この僧および深草の少将と、老女との関係を、三島は現代の青年詩人と乞食の老婆の関係に置き換えた。夢見心地の詩人は、公園で恋人たちにいやがらせをする老婆を咎める。ところが、老婆は逆に、お前のような甘い根性ではろくな詩はできまいと言い負かし、時空を飛翔して、鹿鳴館の舞踏会で深草少将に成り代わった詩人とワルツを踊るのである。しかし、老婆に向かって、「小町、君は美しい。世界中でいちばん美しい」と言った瞬間に詩人は息絶え、公園に戻った舞台には老婆がひとり残り幕となる。

この作品は一幕劇だが、ひとつの舞台上で時間と空間が自由に飛躍する。その斬新な展開は、日常的なリアリズムを重視してきた従来の新劇の世界に衝撃を与えた。また、能における僧と老婆の問答を応用した詩人と老婆の対話は、その後の三島戯曲の最大の見せ場となる機知溢れる華麗な台詞の対立劇の原点となった。「卒塔婆小町」が三島にとって特に重要な作品であるゆえんである。

ここで思い起こされるのは、少年時代、特に一九三七年から四一年にかけて詩作に耽った時の三島詩の特徴が、想像力の飛翔と巧みな機知だったことである。つまり、三島にとって戯曲は、少年時代の詩の再来という意味を持っていたのだ。

この機微には、興味深い逆説が潜んでいる。

先述のように、一九四一年創作の詩「馬とその序曲」を最後に三島は詩から離れようとしたが、その後も空襲下で書かれた「夜告げ鳥」や、詩集『豊饒の海』の企画に見られるように、詩の鉱脈は途絶えることがなかった。しかし今、『仮面の告白』によって小説家としての確かな歩みを始めた三島は、詩への思いを封印することをあらためて決意する。実は、「卒塔婆小町覚書」という文章のなかで、三島はこういうことを言っている。

> 主題については、余計なことを云つて、観客を迷はせてはならないが、作者自身の芸術家としての決心の詩的表白である〔……〕。つまり作者は登場する詩人のやうな青春を自分の内にひとまづ殺すところから、九十九歳の小町のやうな不屈な永劫の青春を志すことが、芸術家たるの道だと愚考してゐるわけである。
>
> （『毎日マンスリー』一九五二年一一月）

一九五二年一一月といえば、『秘楽』と題する『禁色』第二部の連載中である。この言葉の背後には、自分にとって芸術活動の根幹は小説創作であり、そこにおいてこそ、虚無とセバスチャン・コンプレックスという大きなテーマに挑むことはもちろん、社会、時代、歴史の全貌を捉え、表現しようとするところにまで主題を拡大することができるはずだという三島の信念が横たわっている。そのためには、「九十九歳の小町」のようなふてぶてしさが必要なのだった。

ところが、面白いことに、そう決断することがかえって三島の詩心を刺激したのだった。『近代能楽集』はまさにそれが「詩」として表出されたものであり、なかんずく「卒塔婆小町」における青年詩人は「詩」の具現化であった。

この逆説については、同作を収めた『三島由紀夫作品集』6（新潮社、一九五四年三月）の「あとがき」で、次のような言い方で述べられている。

「卒塔婆小町」でも、老婆によって象徴される形而上学的生と、詩人によって象徴される低次の生との対立、および後者の敗北が語られるが、しかも前者は、時として後者に対して、憐憫と憧憬、軽蔑と愛、拒絶と嬌羞とを併せ示さずにはゐられない。

老婆が象徴する小説家と、青年が象徴する詩人とが、三島において対立しながら絡み合う緊張関係を形作っていることがわかる。こうして三島は『秘楽』において小説としての主題に挑み続けるとともに、短篇小説「詩を書く少年」（『文学界』一九五四年八月）では、いったい自分にとって詩とは何であるかという問題を、さらに追究することになる。

しかしその前に、大きな出来事があった。『禁色』第一部を刊行し、「卒塔婆小町」を書き上げた翌月の一九五一年一二月二五日、三島は約半年間に及ぶ世界旅行に出発するのである。当時日本はまだ占領下にあり、朝鮮戦争の影響もあって出入国が厳しく管理されていた（海外旅行自由化は一九六四年四月）。しかし三島は、父・梓の友人で朝日新聞の出版局長・嘉治隆一の配慮により同紙特別通信員という特別な立場を得て、これによって海外渡航の資格を与えられたのである。『禁色』第二部や「詩を書く少年」について考える前に、この世界旅行について触れなければならない。

＊1　本多秋五『物語 戦後文学史』（新潮社、一九六六年三月）。
＊2　木村徳三『文芸編集者 その跫音』（ＴＢＳブリタニカ、一九八二年六月）。
＊3　田中純夫「小説「禁色」の周辺」（『ＡＤＯＮＩＳ』3、一九五二年一一月）。
＊4　堂本は三島をめぐる思い出の一部を『回想 回転扉の三島由紀夫』（文藝春秋、二〇〇五年一一月）としてまとめた。
＊5　福島次郎『三島由紀夫――剣と寒紅』（文藝春秋、一九九八年三月）。
＊6　室謙二『天皇とマッカーサーのどちらが偉い？――日本が自由であったころの回想』（岩波書店、二〇一一年五月）。
＊7　「比較的無人の「忠臣蔵」」というのは、一五世羽左衛門が五役、六世菊五郎が三役を演じるなど、全体として役者が少なかった意。一九三八年一〇月の公演で、盧溝橋事件から一年を経て国家総動員法が施行された年にあたり、興行中に尾上松緑に召集令が下るなど厳しい時局であったが、連日補助椅子が出るほどの大入りであった。三島は祖母・夏子とともに観劇したが、その三ヵ月後、夏子は六二歳で死去する。
＊8　齋藤襄治『日米文化のはざまに生きて――齋藤襄治論稿集』（海文堂出版、二〇〇四年一二月）。齋藤は当時ＣＩＥに勤務していた。

第九章　『アポロの杯』から『沈める滝』まで

はじめてのアメリカ体験

「卒塔婆小町」の初演を待たずに横浜からプレジデント・ウィルソン号に乗って出航した三島は、ハワイ、サンフランシスコ、ロサンゼルス、ニューヨーク、フロリダなど北米を旅行、プエルト・リコからリオ・デ・ジャネイロ、サン・パウロを回り、ジュネーヴを経てパリに滞在、その後ロンドンからギリシアに飛び、さらにローマを回って一九五二年（昭和二七）五月一〇日に羽田空港に帰国した。

その旅立ちについて、『私の遍歴時代』には次のようにある。

> ハワイへ近づくにつれ、日光は日ましに強烈になり、私はデッキで日光浴をはじめた。以後十二年間の私の日光浴の習慣はこのときにはじまる。私は暗い洞穴《ほらあな》から出て、はじめて太陽を発見した思ひだつた。生れてはじめて、私は太陽と握手した。いかに永いあひだ、私は

太陽に対する親近感を、自分の裡《うち》に殺してきたことだらう。

そして日がな一日、日光を浴びながら、私は自分の改造といふことを考へはじめた。

私に余分なものは何であり、欠けてゐるものは何であるか、といふことを。

私に余分なものといへば、明らかに感受性であり、私に欠けてゐるものといへば、何か、肉体的な存在感ともいふべきものであつた。すでに私はただの冷たい知性を軽蔑することをおぼえてゐたから、一個の彫像のやうに、疑ひやうのない肉体的存在感を持つた知性しか認めず、さういふものしか欲しいと思はなかつた。それを得るには、洞穴のやうな書斎や研究室に閉ぢこもつてゐてはだめで、どうしても太陽の媒介が要るのだつた。

そして感受性は？　こいつは今度の旅行で、靴のやうに穿《は》きへらし、すりへらして、使ひ果してしまはなければならぬ。濫費するだけ濫費して、もはやその持主を苦しめないやうにしなければならぬ。

あたかもよし、私の旅程には、南米やイタリイやギリシアなどの、太陽の国々が予定されてゐた。

高揚感に満ちたこれらの言葉からは、はじめての世界旅行に賭ける熱い意気込みが窺われる。祖母の病室に閉じこもって「夢想のために永の一日を費」した（「岬にての物語」）幼時以来の生き方そのものを、別誂えの新たな生によって塗り替えようとしているかのようだ。

そのための準備は、『仮面の告白』において虚無とセバスチャン・コンプレックスを形象化し、「裏返しの自殺」（「「仮面の告白」ノート」）を果たしたことによって、すでに十分に整えられていた。『仮面の告白』以後、小説家、劇作家として地歩を固める足取りはあまりにも急速である。心身の緊張はただ事ではなかったはずで、この意味で、世界旅行は三島にとってまたとない休息の機会であり、同時に、今後の執筆活動にとって必要な充電期間でもあった。

その旅行の様子は、『アポロの杯』（朝日新聞社、一九五二年一〇月）に詳しい。それによれば、たとえば一月一〇日から二〇日までのニューヨーク滞在では、ヘルベルト・パッシンとその友人のパール・クルーガーが通訳や案内を務めている。だが、それは旅の一面であり、『アポロの杯』には書かれていない別の一面もあった。三島が羽を伸ばして遊んだのは、むしろこちらのほうである。

一例をあげると、ちょうどその頃アメリカに戻ってハーバード大学で学んでいたウェザビーは、ニューヨーク滞在中の三島を訪ねている。そして、米国政府関係のタイピストとして一九四七年に来日したが、やはりアメリカに戻ってコロンビア大学で学んでいたドナルド・リッチー（後に映画評論家となり、映画「憂国」のＢＧＭ選択の際にも協力することになる）に電話をして、三島のために通常の旅行者向けではないニューヨーク案内を頼んだ。私は二〇〇八年にリッチーに会って確かめたが、彼が三島に会ったのは、このときがはじめてだったという。リッチーの日記には次のようにある。

三島が望んだのは、ニューヨークにあるすべての聖セバスチャン像を見ること、メトロポリタン歌劇場でシュトラウスの「サロメ」を見ること、そしてゲイバーに行くことだった。この最後の望みに関しては、ちょうど『禁色』を半分書き終え、後半では地域ごとのゲイ・シーンを描くつもりなので、それらを比較し、ローカル・カラーを捉えたいのだということを、その理由に挙げた。[*1]（著者訳）

リッチーによると、その時二人はグリニッチ・ヴィレッジのメリーズというゲイバーに行ったが、女性のように話す中年の男たちがいるだけで、それは自分たちの期待していたものとは違った。しかし、この「小旅行」は三島の脳裏において、「ウェルギリウスに導かれたダンテが、危険極まりないソドムの宴を訪れるような叙事詩」へとすっかり作り替えられた。彼はこう書いている。

三島とともにいることは、自分もまた劇中の一人物となることだった。

私はせっかくリッチーに会っていながら、ついそれ以上のことを聞きそびれたが、当時三島が親しく交際していた人物の一人である鴨川正に宛てて一九五二年二月三日付でリオから送った書簡には、より具体的なエピソードが書かれており、[*2]後述するように、そうした経験は『禁色』第二部など、後の三島作品に生かされている。

なお、鴨川は当時ブランスウィックとともに銀座のゲイスポットだった陶桃苑（高級陶器店で、地下はバーを兼ねた喫茶店アストリアとなっていた）を中心とする交友関係の一人で、同じ交友仲間には振付家の県洋二や、生涯にわたり三島のプライベート写真を撮り続けた松永清寿らがいた。[*3]

ちなみに、先述のパッシンは社会学者だが、三島は渡米以前から彼と面識があった。『ペルソナ』英語版では、その出会いはCIEとの関係を通じてではなかったかとしており、[*4] 松田武によれば事実パッシンはCIEで働いていた（Takeshi Matsuda, *Soft Power and Its Perils: U.S. Cultural Policy in Early Postwar Japan and Permanent Dependency*, Stanford University Press and Woodrow Wilson Center Press, 2007）。パッシンについてはノーベル文学賞との関係で、後で再び触れるであろう（第一八章参照）。

南米からギリシア、ローマへ

三島はその後マイアミからプエルト・リコを経て、一月二七日にブラジルのリオ・デ・ジャネイロに着いた。そして、リオのカーニバルが始まるまでの間、リンス郊外の元・東久邇宮の子息・多羅間《たらま》俊彦（明治天皇の孫にあたる）の農園に滞在した。多羅間との関係は板谷諒子の紹介によるもので、戯曲「白蟻の巣」（青年座により俳優座劇場で公演。一九五五年一〇月二九日―一一月六日）は、この時の経験をもとに書かれたものである。その後、二月二〇日にリオに戻った三島は二九日まで滞在してカーニバルを楽しむ。そして、南米を後にして、ジュネーヴを経由し、パリに着いたのは三月三日であった。

パリではホテル・ルグランに宿泊したが、闇の両替屋にトラベラーズチェックを詐取された三島は、新たに再発行されるまでの一ヵ月、パリ滞在を余儀なくされることになった。ホテルを引き払い、日本人が経営する下宿・ぼたんやに移ると、そこには映画監督の木下恵介が逗留しており、作曲家の黛敏郎も近くに住んでいたので、三島は彼らと交際して日を過ごす。だが、ともにゲイバーに行っても、少年たちが寄ってくるのは黛ばかりで、三島にとっては面白くない出来事が多かった[*5]。ようやく三島がパリを去ってロンドンに赴いたのは、四月一九日である。

だが、もともと三島にとってヨーロッパ旅行のもっとも重要な目的地は、パリでもロンドンでもなく、イギリスの次に訪れたギリシア、ローマだった。その旅程と主な訪問先を確認しておこう。

四月二四日　夕刻アテネ着。
　二五日　ディオニューソス劇場、ゼウス神殿など。
　二六日　ゼウス神殿を再訪。
　二七日　バスでデルフィ訪問。デルフィ考古学博物館。
　二八日　デルフィのアポロ神殿。
　二九日　アテネに戻る。
　三〇日　ローマ着。
五月一日　コロセウム。

二日　ローマ国立博物館（テルメ博物館）
三日　ボルゲーゼ美術館。
四日　ヴァチカン美術館。
五日　カピトリーノ美術館、ヴェネチア宮美術館、パンテオン。
七日　ヴァチカン美術館を再訪し、ローマから帰途につく。

アテネ到着直後の様子を記した『アポロの杯』の以下の記述には、高鳴る思いが現れ出ている。

> 飛行場から都心へむかふバスの窓に、私は夜間照明に照らし出されたアクロポリスを見た。今、私は希臘《ギリシア》にゐる。私は無上の幸に酔つてゐる。〔……〕私は自分の筆が躍るに任せよう。私は今日つひにアクロポリスを見た！　パルテノンを見た！　ゼウスの宮居を見た！　巴里で経済的窮境に置かれ、希臘行を断念しかかつて居たころのこと、それらは私の夢にしばしば現はれた。かういふ事情に免じて、しばらくの間、私の筆が躍るのを恕してもらひたい。

ただし、ここで興味深いことがある。というのも、実際に三島が訪れた場所や、そこで抱いた感想を辿ってゆくと、明らかに通常の旅行者とは異なる関心の向け方が認められるのだ。アテネで三島を魅了したのは、アクロポリスのパルテノン神殿ではなく、一五本の柱しか残されていないゼウス神殿の廃墟美であった。ローマでは、五賢帝の一人であるハドリアヌス帝に寵愛されたがナイル川で投身自殺したとされる少年アンティノウスの胸像、全身像に心を打たれ、これを蔵するヴァチカン美術館を二度訪れている。『アポロの杯』には、この体験から着想された詩劇と短篇小説の二種の「アンティノウス」の草稿まで挿入されているが、この点に関して美術史家の宮下規久朗は次のように述べている。

> 一連のアンティノウス像は、ローマの古典美術の最後を飾るものですが、この胸像は特に重要ではありません。ヴァチカンにある古代彫刻でもっとも有名なのは「ベルヴェデーレのアポロン」や「ラオコーン」で、同じヘレニズム彫刻で巨大な「ベルヴェデーレのトルソ」も美術史上きわめて重要なものです。また、普通日本人がヴァチカンに来て一番期待するのは、システィーナ礼拝堂のミケランジェロの壁画なんですよ。でも、『アポロの杯』ではアンティノウスにばかり言及して、「ラオコーン」のような重要な古代彫刻もミケランジェロのこともほとんど無視してますね。ミケランジェロの絵には筋骨隆々たる人物がたくさん出てくるんだけど、あまり興味がなかったんでしょうか。日本人によく知られたものでは、他にラファエロの「アテナイの学堂」などの「スタンツェ」の壁画や、絵画館にある「キリストの変容」もありますが、やはり三島は一言も触れていません。[*6]

宮下によれば、ここに認められるのは、三島由紀夫に「特有の美意識や美的感受性の発露としての美術への関心」であり、そこでは「個人的な趣向」と「自分の審美眼」とが重なり合っている。

そうだとすれば、三島は世界旅行によって、単に「夢想のために永の一日を費」した（「岬にての物語」）幼時以来の生き方を、別誂えの新たな生によって塗り替えてしまおうとしたのだと言うだけでは不正確かもしれない。

むしろ三島は、幼少期に「陰」の側から近づいたのとまさに同じ場所を、今度は「陽」の側から照らして生き直そうとしている、というほうが適切であろう。

『禁色』第二部

ローマから帰途につき五月一〇日に羽田に到着した三島は、ただちに『禁色』第二部・『秘楽』の連載を開始する（『文学界』一九五二年八月―五三年八月）。三島の心身はエネルギーに満ちていた。私たちも急ぎ『禁色』の世界に帰ることにしよう。

まずはその内容だが、はじめ俊輔に操られていた悠一は、道具として利用されることを嫌い、俊輔から離れて次々と男性と関係を持つようになる。一方で、失踪した鏑木夫人から受け取った手紙に心を打たれて夫人にも恋愛感情を抱き、俊輔にそう告白する。これを聞いた俊輔は、もともと同性愛者ではなかったはずなのに悠一を愛し始めてしまう。

……俊輔は悠一の軽くあいた唇の中に、その長城のやうに白く並ぶ歯列を見た。
『俺はこの美しい青年に肉感を感じてゐるのではないか』と彼はぞつとして考へた。『そうでなければ、こんなに胸苦しい感動の生れるわけはない。いつのまにか、俺は欲望を抱いてゐたらしい。ありうべからざることだ。俺がこの若者の肉に恋をしてゐる！』

しかし悠一は相手にせず、鏑木元伯爵とも別れて、新たに実業家の河田と付き合うようになった。その間、稔という高校生とも関係を持つが、稔の行状に疑いを持った養父の本多福次郎は、稔を尾行するなどして悠一の素性を調べ上げ、稔を奪われた復讐として、悠一の秘密を暴露する手紙を悠一の実母と妻に送りつける。

失踪して京都に引き籠っていた鏑木夫人が大きな役割を果たすのは、この後である。悠一から電報で呼び出された夫人は、彼を助けるために南家を訪れ、自分と悠一は長いあいだ愛人関係にあり、彼が同性愛者だというのは根も葉もない噂に過ぎないと断言するのである。

もちろんこれは嘘なのだが、夫人の計略が功を奏し、福次郎のたくらんだ復讐はうやむやに終わった。悠一は稔と別れるとともに、河田とも別れて手切れ金として五〇万円を受け取り、これで、結婚の際に俊輔から借りた金を返そうと考える。消費者物価指数などを目安に今の金額に換算すると、あくまでも一つの目安だが三〇〇から四〇〇万円程度になる。

さて、結末であるが、三島は創作ノートにいくつかの構想を書き残している。三島ははじめ、俊輔の求愛に対して悠一がこれを受け入れる場合と、拒む場合の両方の筋を比較検討し、後者の方向に話を運ぼうとしていた。後には、こんなに美しい青年が自分のような醜い者を愛するのには耐えられぬという理由で、俊輔が服毒自殺するという結末を構想した。

実際の発表作では、性的な求愛の場面は直接には描かれず、俊輔と悠一のチェスの勝負がその象徴的な代理となっている。チェスに敗れた俊輔は、その直後に服毒自殺する。悠一にとっては思いもかけないことだった。書き置きには、「さやうなら。君への贈物が机の右抽斗《ひきだし》に入つてゐる」とある。悠一は俊輔に五〇〇万円を返すどころか、逆に不動産、動産など一〇〇〇万円近い遺産を手にしたのだった。これも今の金額に直せば七〇〇〇万円ほどであろうか。検死に訪れた刑事、監察医との対応で徹夜になった翌朝、弔問客や新聞記者を避けて悠一がひとりで散歩に出かける次の場面で、『禁色』全篇は幕を閉じる。

> 名状しがたい自由は、夜ぢゆうの憂鬱よりも、さらに重たく胸にかかり、その不安が足取を不器用に速めた。かういふ不安は、むしろ徹夜のせゐだと考へたはうがよかつたらう。省線の駅が近づき、早い勤め人が改札口をめざして集まるのが見えた。駅の前には二三人の靴磨きがすでに並んでゐる。『まづ靴を磨いて……』と悠一は思つた。

第二部におけるゲイ・シーン

『禁色』第二部においても、三島はゲイ・シーンをリアルに描き込んでいる。同時に、第一部の段階では曖昧だった主題についても掘り下げようとした。ちょうど世界旅行前に書き上げた「卒塔婆小町」の老婆が象徴するような、ふてぶてしい小説家のあり方が追求されているのである。

まず、同性愛に関する記述についてみてみよう。

悠一が新たに付き合うようになる河田弥一郎は自動車会社の社長という設定である。その造形に関しては、豊田喜一郎（トヨタ自動車工業二代目社長）の経歴の一部が借用されているが、河田が留学や仕事で世界各地を回った際のゲイ・シーンの描写には、豊田喜一郎ではなく三島自身の世界旅行の経験が反映している。

『禁色』第一部では、作中に描かれる自動車といえばまず外国車だったのに、第二部では、やがて独立後の日本経済を牽引することになる国産自動車産業が、これに対置されている。そういう構図をここに読み取ることができるが、河田が新しい「日本」の潮流を代表するとすれば、対照的に古臭い「日本」を代表するのは稔の養父・福次郎である。福次郎については、「四十がらみの、鋭く痩せた無口で実直な男」とされ、「町内で不幸でもあると、仏性《ほとけしやう》の福次郎は、すぐに香奠を包んで飛んでゆき、仏前に永いこと物も言はずに坐つてゐて、ほかの弔問客に煙たがられてゐるのに気がつかない」と書かれている。その人物造形の際に利用されているのは、当時、実際にはまだ二〇歳代だった福島次郎である。これについて福島自身は、世界旅行前の三島に福島から縁を切る形で関係を終えたことを恨んだ三島が意趣返しをしたのではないか、と述べている。[*7]

稔の場合はどうであろうか。夢想的な少年である稔にとって、悠一は「多くの活劇物の主人公や、冒険小説の果敢な青年の幻影と一つものになつた」。

> 或る夜の夢に、稔は戦場に在る悠一と自分の姿を見た。悠一は若い美貌の士官であり、稔は

美少年の従兵である。二人は同時に胸に銃弾をうけ、抱き合つて接吻しながら斃《たふ》れるのであつた。また時には悠一は若い船員になり、稔は少年の水夫になる。二人がとある熱帯の島に上陸してゐるあひだに、船は悪辣な船長の命令で出帆し、島にのこされた二人は蛮族に襲はれ、葉がくれに射かけてくる無数の毒矢から、大きな帆立貝の楯で身を護るのであつた。

この造形には堂本正樹が投影されている。私がそう言うと、堂本は笑って否定していたが、彼は三島と交際するたびに、シチュエーション・プレイ、つまりいろいろな状況を設定し趣向を凝らして遊んだ。堂本は自著でもそう明かしているが[*8]、その趣向の中身が右の引用とよく似ているのだ。

これらの事柄は、読者によっては現実離れした話のように見えるかもしれないが、三島にとっては、すべて実際に体験した事実に遡ることができるものだった。わが身に起こった具体的なエピソードを思い起こしつつ、自在に原稿用紙を埋めてゆく執筆過程は、楽しいものであったろう。後に三島は『禁色』についてこう回顧している。「人生を物語の中に埋めてしまはうといふ不逞な試みを抱いた」（「十八歳と三十四歳の肖像画」、『群像』一九五九年五月）。

だが、三島はただ単に自身の体験を語って済まそうとしたわけではない。それは『仮面の告白』や『禁色』第一部と同様である。

『禁色』の主題

いったい、『禁色』における最重要の主題は、どこにあるのだろう。それは、第一部の冒頭から深層を流れつつ徐々に発展し、幕切れにおいてようやくその姿を現わしてくる。注目すべきは、先に引用した、悠一が散歩に出かける終幕のところだ。かつて彼は、自分に言い寄ってくる者たちをすげなく拒み、「五体に説明しがたい自由を感じ」て「無秩序万歳！」と祝杯をあげたい思いだった。いま、河田とも稔とも別れ、最後には俊輔からも解放されるはずだった。ところが、一〇〇〇万円に近い俊輔の遺産を手に入れながら、「名状しがたい自由」ゆえの「不安」に襲われる。これは何を意味しているのだろうか。

私の考えによれば、悠一の当惑は、本来なら、当時の日本が体験すべき当惑であった。一九五二年四月二八日、サンフランシスコ講和条約の発効により日本は独立を回復するが（ちょうどその時、三島はギリシアにいる）、それは自律的に成し遂げられたわけではなく、冷戦の激化のなかで、日本の地政学的位置を重視したアメリカの極東政策に左右されて決定したことである。しかも、『秘楽』連載が終了した一九五三年八月は、朝鮮戦争の休戦（休戦協定は七月二七日に調印される）と同時期であった。

これから日本はどうなってしまうのか。

その不安は、わけのわからぬうちに莫大な遺産を手にして呆然とする悠一の不安に重なる。

関連して想起されるのは、国産自動車産業が独立後の日本経済を牽引するようになるという、その後の戦後史の事実である。たしかにそれに違いない。だが、実を言えば、ＧＨＱの財政顧問として来日したドッジによるインフレ抑制策の影響から倒産の危機に直面していたトヨタ自動車にそれが可能だったのは、米軍用トラックの受注など朝鮮戦争の特需ゆえだった。つまり国としての独立も、経済の再建も、何もかもが外在的な理由に振り回されるあやふやなものだったのである。

俊輔、鏑木元伯爵夫妻、妻・康子、河田、稔らの間を自由に遊弋《ゆうよく》するかに見えて、その実、自分ひとりでは何もできない悠一は、そんな日本の実態を象徴している。

日本人も気づいていたはずだ。だが、これを不都合な真実とみなして目をそむけた。その結果、ＧＨＱによる占領政策以来の欺瞞の構図が拡張し、私たちの認識力は麻痺していった。それは、不安に襲われながらも、すべてを「徹夜のせゐ」と考え、これからどこに行って何をすべきか自分でも皆目わからぬまま、「まづ靴を磨いて」と考えて気を紛らせるほかない悠一の姿に寸分違わず重なる。

悠一をこのように造形することを通じて、三島は当時の日本が置かれた状況を冷ややかに対象化している。言い換えれば、戦後日本にとって占領と独立は何を意味するのか。そのような状況下における生はいかなるものか。それを問おうとしている。こうした問題の追究にこそ、『禁色』のもっとも本質的な主題があった。

三島はそこに、芸術家が果たすべき役割についての自身の考えをも、そっと織り込んでいる。莫大な遺産を贈ることにより、死して後も悠一を束縛する芸術家・俊輔は、実のところ、独立後も日本を支配するアメリカと同じ位相にある。だが、芸術家は俊輔だけではない。

このような作品世界を案出し、人々を取り巻く不都合な真実を映し出した上で、俊輔の命を奪った三島由紀夫という芸術家が存する。俊輔は命を絶つが、『禁色』を書き上げた三島はそうではない。彼は「卒塔婆小町」に描かれた老婆さながら、不屈の芸術家として生きようとしているのである。少なくとも、そうあろうとした。

ここに、明確な意志をもって芸術創作に傾注する若き三島の姿を認めることができる。ちょうどジョイスが当時のダブリンを正確に模写することを通じて時空を超えて世界の本質に迫ろうとしたのと同様の作業を、三島は戦後の東京を舞台に試みたと言ってよいのだ。

だが、当時の読者が三島の目指すところを了解するのは難しかったであろう。理由は主に三つある。第一に、同性愛に関する具体的なエピソードのひとつひとつが、人々にとって身近なものとは言えなかった。三島自身は面白がって書き進めているし、それは平凡な価値観に対する挑戦でもあるのだが、多くの読者にとっては、話題自体が一種の壁になってしまっている。くわえて、占領期から独立にかけての状況それ自体が、渦中にあった日本人自身には対象化しがたいテーマだったし、それは実のところ二一世紀の現在においても同様である。第三に、三島はこれを冷静に見抜き、そこに潜む深刻な問題を言い当てようとしたかもしれないが、どこまで徹底できたかと言えば、心もとないところがあった。

俊輔の命を奪った三島は、その後どうなるのだろう。やはり、悠一のように「まづ靴を磨いて」と考えて気を紛らせるほかないのではないか。作品でその後の展望が十分に描かれているとは言いがたい。

この意味で、『禁色』は小説作品として成功しているとは言えないかもしれない。読者もどう評価すべきか、困惑せざるをえなかった。中村光夫、武田泰淳、花田清輝という三島の理解者とされる三人による合評において、「武田君のいわれたように、これは写実小説ではないということは確かだ。一種の思想小説だけど、思想小説としては非常に未熟だということも花田君のいわれる通りだと思う。しかしこの未熟な思想の持主がかりに三島君だとすると、それでどうして今までこれだけ小説が書けたかということ、それはどう思いますか」（『群像』創作合評、一九五三年九月）と中村が問いかけ、三人とも確たる答えを見出せていないところに、『禁色』を扱いかねている様子が窺える。

プライベートと思われる事柄から出発しながら、射程を社会、時代、歴史の全貌へと広げてゆくこと。『仮面の告白』において三島はその試みに一歩踏み出し、『禁色』でさらに歩みを進めたのは確かである。しかし、いまだ道半ばだ。三島がこの課題に本格的に向き合うことができるようになるまでには、まだまだ時間を要したのだった。

『潮騒』

三島が社会、時代、歴史を捉え、これと切り結んで、はじめて一定の成功を収めた作品は『金閣寺』である。『文学界』において『禁色』の完結をみた一九五三年八月から、『新潮』で『金閣寺』の連載が始まる一九五六年一月までの間は、三島の文学的生涯にあって、一種の間奏曲であった。

しかし、この期間においても、三島はいくつかの重要な仕事をしている。

一つは、『禁色』第二部執筆と並行して取材を開始し、構想を練り始めた新たな書き下ろし小説『潮騒』（新潮社、一九五四年六月）である。ロンゴス（二―三世紀頃のギリシアの作家）作とされる『ダフニスとクロエ』を下敷きとし、ギリシア旅行における自身の喜びと高揚感を定着させようとしたこの小説は、三重県の神島（作中では歌島）を舞台に、健康な漁師の若者・久保新治と、村一番の金持で船主の宮田照吉の娘・初江が、幾多の困難を越えて婚約するという筋である。明朗な青春ラブロマンスとして発表後三ヵ月余りで七〇刷に達する大ヒットとなり、一〇月には東宝から映画化された（その際は久保明、青山京子の主演であった。その後現在まで四度再映画化されている）。

三島は、一九五五年一月、この『潮騒』によって第一回新潮社文学賞を受賞した。ちょうど三〇歳の区切りの年で、三島にとってはじめての文学賞である。三島は一九五二年から中村光夫、福田恆存、吉田健一、神西清、大岡昇平らの鉢の木会に参加していたが、受賞を祝して鉢の木会の仲間は、三島にワニ革のベルトを贈った。

こうして『潮騒』は、三島文学を代表する小説の一つとなったが、ここで三島は、虚無とセバスチャン・コンプレックスを主題として掘り下げているわけではなく、社会、時代、歴史の全貌を捉えようとしているわけでもない。むしろ、三島みずから言うように、「何から何まで自分の反対物を作らうといふ気を起し、全く私の責任に帰せられない思想と人物とを、ただ言語だけで組み立てようといふ考へ」（「十八歳と三十四歳の肖像画」）に基づいて書かれたのが『潮騒』であった。

ひとつ付け加えるなら、伊東静雄と堀辰雄が、それぞれ四六歳、四八歳で、一九五三年三月、五月に亡くなったことが、『潮騒』の構想、筆勢に若干の影響を与えている。いずれも肺結核による死であったが、これとは対照的に、主人公の新治をあえて「一度も病気をしたことのない若者」として設定した背景には、少年期、習作期の三島に多大な影響を受けた堀、伊東の世界を否定し乗り越えようとする思いも働いていたと見ることができるのである。

三島歌舞伎の誕生

三島がはじめて歌舞伎作者として世に現われたのもこの時期だった。

三島が早くから歌舞伎に親しんでいたことは先述の通りだが、戦後、贔屓にしたのは六世中村歌右衛門である。三島は芝翫《しかん》時代の歌右衛門について、「中村芝翫の美は一種の危機感にあるのであらう。〔……〕刹那刹那に、芝翫のたぐひなく優柔な肉体から、ある悲劇的な光線が放たれる。それが舞台全体に、むせぶやうなトレモロを漲らす。妖気に似てゐる」（「中村芝翫論」、『季刊劇場』一九四九年二月）と述べて讃美を惜しまなかった。一九五一年四月に襲名すると、同年一一月、「忠臣蔵」のおかるを演じていた歌右衛門を歌舞伎座の楽屋に訪ねる。その際のことを三島はこう書き記した。


日ごろさしもの鉄面皮の僕が、歌右衛門丈の前に出て初対面の挨拶をすると、体は固く、言葉は自在を欠くやうに思はれた。僕は丈の年来のひいきであり、時花《はやり》言葉でいふと、一辺倒のファンである。今までも何度か人に丈の楽屋へ誘はれたことがあるが、その舞台上の幻影がほんのわづかでも崩れるのがおそろしさに、つい対面の折を逸して来た。〔……〕逢つてみる。決して幻影は崩れない。
それから五日たつた。却つて幻影は鞏固になり、正確になつた。（「歌右衛門丈のこと」、『文芸』一九五二年一月）

やがて三島は、歌右衛門に嵌《は》めて新作歌舞伎を書くようになる。いわゆる「三島歌舞伎」の第一作は、芥川龍之介原作による「地獄変」（一九五三年一二月五―二六日、歌舞伎座）であった。これは松竹からの依頼に応えたもので、歌右衛門のほか一七世勘三郎も出演し、演出は久保田万太郎だった。

第二作「鰯売恋曳網《いわしうりこいのひきあみ》」（一九五四年一一月二―二六日、歌舞伎座）は三島が持ち込んだ企画で、「地獄変」同様、歌右衛門、一七世勘三郎の主演、久保田万太郎の演出で好評を博した。これは、洛中一の傾城《けいせい》・蛍火《ほたるび》に一目惚れした鰯売りの猿源氏と、実は一〇年前に鰯売りの声に惹かれて城から脱け出したところ人買いによって廓に売り飛ばされ傾城となった丹鶴《たんかく》城の姫との恋物語である。

前作の「地獄変」は丸本歌舞伎仕立てであったが、今回は御伽草子の「猿源氏草子」を素材にした明るく伸びやかな笑劇であった。新作ではあるが、いずれも古典歌舞伎の様式を重んじ、特に「鰯売恋曳網」は傑作で、三島没後にもたびたび上演されている。

蛍火　コレ源氏どの、イエサわがつま、

猿源氏　ヘヘエ。（ト崩折《くづを》れる）

蛍火　ナンノイナア、今日よりは夫婦《めをと》づれの鰯売、あの呼声を教へてたも。

猿源氏　さらば聞きやれ。（ト立上り、声美しく）伊勢の国に阿漕ヶ浦の猿源氏が鰯かうえい。

蛍火　そんならかうかいな。伊勢の国に阿漕ヶ浦の猿源氏が鰯かうえい。（本舞台へ）そのはうどもも見習やいなう。

（本舞台、次郎太、亭主、海老名、および贋郎党、下手に馬を引きて出でたる六郎左衛門、声をあはせて）

皆々　伊勢の国に阿漕ヶ浦の猿源氏が鰯かうえい。

蛍火　オオ美しう呼んだわいなア。

右は猿源氏と蛍火が、晴れて夫婦となる幕切れである。ここには、主題として追究されるべきものなど何もない。だが、舞台上に皆が勢ぞろいする華やかな場面それ自体が、観客の心を摑む魅力となっている。ちなみに、三島がはじめてドナルド・キーンと会ったのは、「鰯売恋曳網」公演中の歌舞伎座であった。当時キーンは三二歳である。

三島は、その後も歌右衛門の依頼で舞踊劇「熊野」（一九五五年二月二四—二七日、歌舞伎座）を創作し、ついで、ラシーヌの『フェードル』を翻案した「芙蓉露大内実記《ふようのつゆおおうちじつき》」（一九五五年一一月三—

二七日、歌舞伎座）を発表した。

　もっとも、三島と歌右衛門。ともに常人の域をはるかに超えた存在である。そんな二人の蜜月は、当然のことながら（と言うべきであろう。「両雄並び立たず」という言葉もある）、長くは続かなかった。少し先の話になるが、三島は、「「地獄変」は実のところ少々面白半分で書いて、「鰯売」は、もう十分手に入って書いたつもりで、「大内実記」じゃ、もう大凝りに凝っちゃってね、それで大体限界がわかっちゃったんです。つまりそれからは詰らなくなっちゃった。（笑）」（杉山誠・郡司正勝・利倉幸一との「協同研究・三島由紀夫の実験歌舞伎」、『演劇界』一九五七年五月）と語り、実際、歌右衛門との関係は「むすめごのみ帯取池《おびとりのいけ》」（一九五八年一一月一―二六日、歌舞伎座）の創作と、限定版写真集『六世中村歌右衛門』（講談社、一九五九年九月）の編集を務めたことを最後に途絶えてしまった。この写真集の編集作業の様子を講談社の川島勝が伝えている。


〔……〕三島は編集者以上の労力を要求された。特に舞台がはねたあと宇田川町の家に集合して、大広間いっぱいにひろげられた初演以来の数百枚におよぶ舞台写真選びは大仕事であった。

　正面に歌右衛門が座り、その横に三島、隣りに私。反対側は内弟子の歌江ほか二、三人が侍るという配置は、何んとなく歌舞伎の舞台を連想させた。

　大広間に並べられた一枚一枚の写真について、歌右衛門は上演当時の舞台の印象を語り解説をする。大柄な歌江がかるた取りよろしく頭上にかざす写真を三島に示し、より分けられるといった具合であった。〔……〕深夜までこの配置は崩されることなく、一同さながら不動明王の金縛りにあったように黙々とこの写真選びの作業をつづけた。週一、二回間隔でこんなハード・スケジュールが三カ月もつづいては、さすがの三島もふらふらの態であった。

三島は、

「あなたは編集者で逃れられないが、ぼくも編集者だから同じようなもんだけれど、これでは自分の仕事はお手あげですよ」

と弱音を吐いた。[*9]

こうして三島と歌右衛門との関係は断たれてしまうが（歌右衛門が三島に伝記を書くように頼み、三島が断ったことがその直接の理由と言われる）、歌右衛門との経験が三島に及ぼした影響は大きかった。その核心を一言で言うなら、様式を重んじれば重んじるほど個性が深まるという芸術の逆説である。これから書かれることになる「鹿鳴館」、「サド侯爵夫人」といった三島の傑作戯曲には、歌右衛門との関係を通じて身につけた作劇術が生かされているのである。[*10]

『沈める滝』の恋

歌右衛門との交渉と並行して、三島にはもうひとつ重要なエピソードがあった。村松剛が「熱烈な恋に落ちた」[*11]相手として紹介したことで知られるようになった豊田貞子との関係である（後に結婚して後藤姓となる）。貞子は赤坂の高級料亭・若林の娘で、当時一九歳だった彼女と三島が出会ったのは、一九五四年七月の歌舞伎座、『一谷嫩軍記《いちのたにふたばぐんき》』公演中の歌右衛門の楽屋であった。その後の二人の交際については、実際に貞子から話を聞いた岩下尚史が詳しく伝えており、[*12]親密な関係は、一九五七年まで続いた。

貞子は、三島が深く関わった女性としては三谷邦子についで二番目の存在である。だが、貞子との関係を単に「熱烈な恋」と言ってしまっては、三島にとって彼女が担っていた微妙なニュアンスを捉えることができない。貞子をモデルとする女性を描く小説には『沈める滝』（『中央公論』一九五五年一―四月）、「施餓鬼舟」（『群像』一九五六年一〇月）、「橋づくし」（『文藝春秋』一九五六年一二月）、「魔法瓶」（『文藝春秋』一九六二年一月）のほか、後述するように、もうひとつ重要な小説があるが、彼女について考えるためには、これらの作品を慎重に読み直す必要がある。ここでは『沈める滝』を見てみよう。

『沈める滝』は、電力会社の三代目で幼時から「竣工式の記念品の発電機の模型や、鉄の組立玩具や、ダムの調査の折にもちかへつた河底の石」などで遊び、やがて祖父が会長を務める電力会社に入社して、ダム技師として働く青年・昇を主人公とする長篇小説である。昇は多くの女性と関係を持つが、「未だかつて一人の女と、一度以上夜をすごしたことがなかつた」。その彼がはじめて顕子という女性を抱いた晩、彼女が不感症であることが明らかになる。顕子は人妻として設定されているが、モデルは貞子で、その場面は次のように描写される。

> 彼は墓石を動かさうと努めて、汗をかいた。彼がこれほど純粋な即物的関心に憑かれたこと

はなかつた。よくわかることは、顕子が自分の無感動をあざむかうとしてゐないことである。彼女は絶望に忠実であり、すぐさま自分を埋めてしまふ砂漠に忠実である。この空白な世界に直面して、自分が愛さうと望んだ男を無限の遠くに見ながら、顕子は恐怖も知らぬげに見えた。生きてゐる肉体が、絶望の中にひたつてゐる姿の、これほどの平静さが昇を感動させた。〔……〕昇は暗い天井をじつと見上げて、深夜の空気を吸つた。それは涼しく、浄化され、頭をさはやかにした。
『俺は生活を変へることができる』と昇は確信に充ちて思つた。『顕子は俺に訓誡を垂れた。虚無の只中にこんなに自若として横たはること、それがこの女に出来て、俺には今まで出来なかつた。石と鉄の世界にかへらう。俺のいちばん身近な、いちばん親しいものに没頭しよう』

これは奇態な恋愛である。その後、奥野川ダム（須田貝ダム、奥只見ダムをモデルとする）の建設のため越冬する昇と、東京に残った顕子は、手紙や電話によって交際を続ける。そして、昇の越冬後に二人は半年ぶりに関係を持ち、そのとき、顕子は不感症ではなかった。ところが、昇が愛したのは、あくまでも不感症の顕子だったのである。それを知った顕子は絶望のあまり命を絶ち、それと引き換えに、巨大なダムが完成する。

　以上が『沈める滝』の内容だが、陰惨なアイロニーに満ちており、モデルとして利用されたうえ、作中で勝手に殺されてしまう貞子が、これを読んでどう感じたか、不可解に思わないわけにはゆかない。私は岩下を介して彼女にいくつかの質問をし、貞子から丁重な書簡を頂いた。だが、『沈める滝』という小説を彼女がどのように読んだか、肝心のところは、もうひとつはっきりしなかった。

しかし、次に引用する田中澄江の評は、アイロニーの一歩先を読み取っていて鋭い。*13 こういう機微を貞子の無意識が感受し、それゆえに三島との交際を積極的に受け入れたというのは、ありうることかもしれない。

> 彼は自己放棄を理想としている。人間のこれ程の非人間化への情想が、私には切なくてやりきれなくて涙をこぼさずにはいられなかつた。〔……〕自己放棄といい、非人間化への努力といい、愛情を否定する主人公の行為のすべてが、最大限の謙虚さで示された愛の渇望に思われた。その謙虚さ故に、背徳は悪徳とならない。女を軽蔑することが、実は女を尊敬することであり、女を得て女を知らないことが、男性としての死を思わせること、これ程の極端さを見せて描かれた青年こそ、すべての女にとつて、愛のよろこびを可能にさせる理想像である。

もし、このような解釈が成り立つとすれば、三島文学における『沈める滝』の位置づけについて、こう考えることも許されるだろう。三島にとってのギリシア、ローマ体験が、ちょうど幼少期に「陰」の側から近づいた場所に「陽」の側から近づこうとすることだったのと同じように、この小説を書くことによって、三島はかつて経験した何かを別の形で生き直そうとしているのではないかと。

もっと踏み込んで言うなら、虚無とセバスチャン・コンプレックスという「内心の怪物」（『私の遍歴時代』）をすでに征服した地点に立って、かつてたちの悪い「抒情の悪酔」（同）に過ぎなかった邦子との愛を、三島はいま、貞子という別の女性を相手に生き直そうとしているのではないか。

こう考えるなら、たしかに『沈める滝』は、三島なりのやり方で表現された愛の物語だったとも言える。

とはいえ、三島と貞子との関係はそれほど単純ではない。このことについては、追って述べてゆくことにしよう。[*14]

文学的生涯の再検証と詩の鉱脈

『金閣寺』発表前のいわば一種の間奏曲の時期にありながら、三島はこのように重要な仕事をこなしている。そこには、三〇歳代、昭和三〇年代を迎えるにあたって、みずからの文学的生涯を再検証するという意味も込められていた。これを象徴するのは、一九五三年七月から翌年四月まで新潮社から刊行された『三島由紀夫作品集』全六巻である。これは三島にとって最初の著作コレクションである。

ほかにも、同様の観点から見て重要な作品がある。「ラディゲの死」（『中央公論 秋季増刊文芸特集』一九五三年一〇月）、「詩を書く少年」（『文学界』一九五四年八月）という二篇の短篇小説と、戯曲「若人よ蘇れ」（『群像』一九五四年六月）である。

このうち「ラディゲの死」では、文字通りレイモン・ラディゲの死を描きながら、三島はラディゲに憧れたかつての自分を清算しようとしている。

これまでに何度も触れてきた「詩を書く少年」では、「抒情の悪酔」に過ぎなかったという少年時代の詩作体験が総括されている。実は、これより少し前、三島は「「班女」拝見」（『観世』一九五二年七月）というエッセイで、詩というジャンルについて次のようなことを言っていた。

> 詩とは何か？　それはむつかしい問題ですが、最も純粋であつてもつとも受動的なもの、思考と行為との窮極の堺、むしろ行為に近いもの、と云つてよい。「受動的な純粋行為」などといふものがありうるか？　言葉といふものはふしぎなもので、言葉は能動的であり、濫用されればされるほど、行為から遠ざかる、といふ矛盾した作用をもつてゐる。近代の小説の宿命は、この矛盾の上に築かれてゐるのですが、詩は言葉をもつとも行為に近づけたものである。従つて、言葉の表現機能としては極度に受動的にならざるをえない。

この認識の延長上においてジャン・ジュネを論じた「ジャン・ジュネ」（『群像』一九五三年八月）には、「自分が置かれた人間的悲惨からの「復権」は、ジュネのたえざる夢であつたが、その復権を言語芸術によつて企てようとする以上、彼は小説家であるより先に詩人であつた」とある。

しかし、少年時代の自分、少なくとも「馬とその序曲」までの自分は、右のような意味での詩的言語の担い手ではなかったという苦い自覚が、「詩を書く少年」には描かれるのである。こうして三島は、「自分が詩人ではなかつた」（「詩を書く少年」）ということを再認識する。

ただし、すでに述べてきたように、三島において、詩の鉱脈が途絶えることは決してなかった。一九四五年五月の東京大空襲を受けて書かれた詩「夜告げ鳥——憧憬との訣別と輪廻への愛について」や「二千六百五年に於ける詩論」にみられる詩的世界観も、『仮面の告白』以降、目に見えない場所に伏流するが、実は最後の小説『豊饒の海』にまでつながっているのである。

そして、右の二作が書かれた時期、三島は神奈川県の高座工廠に勤労動員に赴いていたが、「若人よ蘇れ」は、このときの生活を、厚木航空隊事件（小《こ》園《ぞの》安名《やすな》大佐率いる厚木飛行場の航空隊が玉音放送後も徹底抗戦を主張したが鎮圧された事件）を交えて構成した三幕の群像劇である（俳優座公演、一九五四年一一月一八—三〇日）。この作品で三島は詩的なるものそれ自体を問題として追究しているわけではない。しかし、詩の鉱脈のありかを、いま一度確かめておきたいという思いが、創作動機の一翼を担っていた。

＊1　Donald Richie, *The Japan Journals 1947-2004*, Berkeley, Stone Bridge Press, 2004.

＊2　『玉英堂稀覯本書目』256、二〇〇〇年一二月。

＊3　陶桃苑を中心とする交友関係についてはインタビュー「三島由紀夫との舞台裏——振付家・県洋二氏に聞く」（聞き手・井上隆史、山中剛史『三島由紀夫研究』1、二〇〇五年一一月）を参照。

県は三島作品のオペレッタ「ボン・ディア・セニューラ」（松竹歌劇団京都公演、一九五四年九月五—一四日、京都・南座）や、三島演出の「サロメ」（文学座公演、一九六〇年四月五—一六日、東横ホール）で振付を担当した人物。松永清寿は『春の雪』の主人公・松枝清顕の命名の由来の一つ（第一六章注＊3参照）。三島と松永の交際は一九五五年頃以降と思われる。

＊4 Naoki Inose and Hiroaki Sato, *Persona: A Biography of Yukio Mishima*, Berkeley, Stone Bridge Press, 2012.（猪瀬前掲『ペルソナ 三島由紀夫伝』英語版）。

＊5 John Nathan, *Mishima: A Biography*, Boston, Little, Brown, 1974.（ジョン・ネイスン『新版・三島由紀夫——ある評伝』野口武彦訳、新潮社、二〇〇〇年八月）。

＊6 宮下規久朗・井上隆史『三島由紀夫の愛した美術』（新潮社、二〇一〇年一〇月）。

＊7 福島前掲書。

＊8 堂本前掲書。

＊9 川島勝『三島由紀夫』（文藝春秋、一九九六年二月）。

＊10 三島歌舞伎の本質と魅力については中村哲郎『歌舞伎の近代』（岩波書店、二〇〇六年六月）所収の「芙蓉露大内実記」論を参照。

＊11 村松前掲書。

＊12 岩下尚史『見出された恋——「金閣寺」への船出』（雄山閣、二〇〇八年四月）、同『ヒタメン——三島由紀夫が女に逢う時…』（雄山閣、二〇一一年一二月）。

＊13 田中澄江「「沈める滝」の男と女」（『中央公論』一九五五年六月）。

＊14 村松剛は前掲『三島由紀夫の世界』で殊更に貞子の存在を強調しているが、それは同性愛者としての三島像を否定するための便法である。三島と堂本との関係についても、村松はよく知っていた。

第一〇章　反-戦後小説／芸術家小説――『金閣寺』

世界文学としての『金閣寺』

一九五六年（昭和三一）に発表された『金閣寺』は、三島文学のひとつの頂点である。三島由紀夫は三一歳だった。

『金閣寺』以前では、虚無とセバスチャン・コンプレックスという三島の内面宇宙の焦点を見事に主題化して成功した『仮面の告白』が、世界文学史上、ほかに例のない傑作である。だが、同時代に挑み、これをねじ伏せてしまおうとする力において、『金閣寺』は『仮面の告白』より一段も二段も先の次元に及んでいる。

そしてそれは、『金閣寺』が『仮面の告白』とは異なり、世界小説史の中核的な系譜上にあって、そのポテンシャルを最大限に引き出そうとする小説でもあったことを意味していた。このことを考えるなら、『金閣寺』は真に世界文学――言語や国境などあらゆる境界を越えて人間に訴えかける文学――の名にふさわしい、三島由紀夫にとって最初の作品と言ってよいだろう。

その一方で、『金閣寺』を準備、執筆してゆく過程で、新たに迫ってきた深刻な課題もあった。それはいったいどういうことであろうか。『金閣寺』を三島の代表作とみなす読者は少なくないが、こういう観点から作品を適切に解析する論考は、これまで書かれていない。私はこの問題にきちんと光をあてながら『金閣寺』を読んでゆきたいと思う。

この小説は、ちょうど『青の時代』の連載が始まった一九五〇年七月の二日に、金閣寺徒弟僧・林承賢（本名・林養賢）が同寺に放火し焼失させた事件を素材とする。『新潮』（一九五六年一〜一〇月）誌上での連載が終わると、ただちに単行本として刊行され（新潮社、一九五六年一〇月）、翌五七年一月、読売文学賞を受賞した。

後述するように、三島は主人公を造形する際に自身の経験も秘かに織り込んでいるが、実際の事件では、放火後に林は、金閣寺裏の左大文字山中において小刀で胸を突き、カルモチン一〇〇錠を飲んだものの死にきれずにいたところを発見された。彼は動機に関して、社会に対する反感や、美への嫉妬、美しい金閣と心中しようという思いから事件を起こしたなどと述べており、一九五〇年一二月二八日、京都地裁から懲役七年を言い渡される。だが、その後結核と精神分裂病（統合失調症）が悪化し、『金閣寺』連載中の一九五六年三月七日に病死した。

現実の事件に取材していること、そこに作者自身の経験も組み込まれていること、しかし完成作品は、素材となった事件や作者個人の体験を超えて、社会、時代、歴史の全貌を捉え、これを挑発するものとなっていること。右のいずれの点から見ても、『金閣寺』と比較して検討すべき重要な作品がある。それは、近代小説の優れた鑑《かがみ》と目されるフローベールの『ボヴァリー夫人』（一八五七年）である。

『ボヴァリー夫人』

フローベールの友人であるマクシム・デュ・カンの『文学的回想』に従って、『ボヴァリー夫人』はルーアン近郊で起こったドラマール事件（ドラマール夫人が不倫の果てに自殺し、残された夫も後を追うように自死したとされる事件）を題材にすると言われてきた。実際には、デュ・カンの回想には誤解や誇張が多く、フローベールがドラマール事件を直接のモデルとして『ボヴァリー夫人』を書いたとは言えないのだが、ドラマール夫妻の話や、そのほか自身の経験も含めいくつかの現実に起こった出来事に基づいて『ボヴァリー夫人』が構想、執筆されたのは紛れもない事実である（松澤和宏『『ボヴァリー夫人』を読む――恋愛・金銭・デモクラシー』岩波書店、二〇〇四年一〇月）。

だが、ここで注意しなければならないのは、フローベールは小説において、単にこれらの出来事を忠実に再現しようとしたわけではまったくないということだ。フローベールによって取材された個々の事実は、いわばパズルの下絵に過ぎない。芸術家としてのフローベールは、下絵を参照しながら彫琢された言語というパズルのピースをひとつひとつ巧みに組み合わせて図柄を作ってゆく。不思議なことに、完成されたパズルの全体は、もはや単なる社会的事件の再現ではない。そこに生まれるのは、当時のフランス社会の現実から出発したかもしれないが、その現実を総括し、現実を見下すかのように虚空に浮かぶ美的ヴィジョンなのである。

『ボヴァリー夫人』の発表は、ちょうどナポレオン三世による第二帝政期である。フランス革命以降の度重なる政変のなかで、ありとあらゆる理念、理想は現実に押し潰され、凡庸で安っぽいスキャンダルとなり果ててしまった。田舎町の医師であるシャルル・ボヴァリーと結婚したエマの夢想癖と不倫、絶望の果ての自殺は、その哀れな例証である。しかし、話の筋としてはたしかにそのような世界を描き出したフローベールの小説そのものは、完成された形式美によって現実に対抗し、純粋かつ独自の永遠性を獲得するのである。『ボヴァリー夫人』が優れた作品として以後の小説の模範となった最大の理由はここに存する。

ワイルド、ラディゲ、プルーストなどに比べ、フローベールに対する三島の見解が注目されることは少ないが、英語講演 Influences in Modern Japanese Literature（*Yomiuri Japan News* 一九五八年二月七、九日、『決定版 全集』30）などを見ると、三島は日本の文学者のなかでももっとも正確にこの点を認識していた一人であったことがわかる。この講演で三島はドストエフスキーを取り上げて、日本の読者が関心を寄せたのはキリスト教に根を置くその思想ではなく心理学的分析であり、しかもそれは、日本人のスノビズムに訴えかけたにすぎないとした上で、フローベールについてはこう述べている。

Similarly, although Flaubert was admired by our naturalistic writers, what they in fact saw was not his anger against mediocrity or his contempt of the bourgeoisie, but rather his severe discipline in writing and his devotion to art which in some ways resembled the training methods of traditional Japan.

これによれば、フローベールは革命後のフランスの現実を凡庸なブルジョワ社会と捉えたうえで、これを切って捨てようとしたが、多くの日本の文学者たち（特に自然主義作家たち）はこのことに無関心で、ただ芸術家としてのその職人気質に共鳴しただけだった。裏から言えば、三島自身は、フローベールの問題意識をきちんと受け止め、その可能性を時間的にも空間的にもフローベールが生きた現場とはかけ離れた二〇世紀半ばの極東の島国で引き継ぎ展開しようとしたのである。

冷戦と五五年体制

では、『金閣寺』が発表された一九五六年とは、どのような年だったのだろう。『仮面の告白』が発表されたのは一九四九年だが、この六年余りの間に、何が起こったのだろうか。

私たちは、戦後史を振り返る必要がある。金閣放火事件があった一九五〇年から一年刻みに見てみよう。

金閣放火の直前にあたる一九五〇年六月二五日、朝鮮戦争が勃発。サンフランシスコ講和条約の調印は一九五一年九月八日、その発効による日本の主権回復と日米安全保障条約発効は一九五二年四月二八日、朝鮮戦争の休戦協定が結ばれたのは一九五三年七月二七日、アメリカがビキニ環礁で一連の水爆実験を行ったのは一九五四年の三月から五月、そして六月には自衛隊が発足した。その後世界は、冷戦下にありながら、逆に核兵器の圧力によって状況が固着して身動きがとれなくなったために、いわゆる相対的安定期に入る（冷戦の「雪解け」と言われる時期とも重なる）。

国内政治においてそれに対応するのは、左右社会党の統一（一九五五年一〇月）と保守合同による自由民主党の結成（同年一一月）によって成立する、いわゆる五五年体制である。ちなみに、砂川闘争（在日米軍立川飛行場の拡張反対闘争）における反対派と警官隊との最初の衝突は一九五五年八月だが、この基地拡張も、原水爆を搭載できる戦闘機用の滑走路が必要だったからである。

こう見てくると、アメリカを中心とする西側体制に日本が組み込まれてゆく過程があまりにも露骨だが、この五五年体制という概念をはじめて提起した升味《ますみ》準之輔は、事態を「ダム」に喩えている（「一九五五年の政治体制」、『思想』一九六四年六月）。すべてを呑み込み、無化してしまうダム。安保条約や警察官職務執行法に対する大規模な反対闘争が、自民党と社会党の対立に、そして自民党内の派閥対立に切り替えられてしまい、当初の「院外大衆運動」（衆議院および参議院の外、すなわち国会外の運動の意）が雲散霧消してしまうことを、升味は五五年体制の具体的機能として指摘した。これは巧妙に仕組まれた欺瞞の構図にほかならないが、この構図が成立したからこそ、昭和三〇年（一九五五）代の日本の高度経済成長が可能となったのである。

ここで連想されるのは、『沈める滝』だ。升味の指摘より九年も早く、まさに一九五五年当時に「ダム」という比喩が用いられているのは偶然ではあるまい。三島は『沈める滝』において時代や政治状況を主題として追究したわけではなく、「ダム」という比喩に政治的な意味を込めたわけでもない。しかし、その鋭いアンテナで、時代が大きな転換点に差し掛かっていることを見抜いていた。

こういう状況のなかにあって、三島が『金閣寺』において狙ったものは明らかである。一言で言えば、それは戦後日本の現実に対する挑戦であった。『仮面の告白』を扱った章で述べ、『禁色』に関してもすでに指摘したように、敗戦、占領、主権回復の時期を通じて、私たちの社会は欺瞞を繰り返してきた。

いままた、不都合な真実に目をつぶって、高度経済成長の甘い汁を吸おうというのか。「もはや〝戦後〟ではない」（一九五六年七月発表の「経済白書」）と謳われた一九五六年、あえて時計の針を巻き戻し金閣放火のヴィジョンを突きつけた三島は、フローベールが革命後のフランス社会に対して行ったのと同じように、高度経済成長のとば口に立った日本社会に冷水を浴びせたのである。[*1]

反‐戦後小説のヴィジョン

その意味で、『金閣寺』は戦後小説というより反‐戦後小説と言うべきものだが、それがどのように構成されているか、具体的に見てみよう。[*2]

> 幼時から父は、私によく、金閣のことを語つた。〔……〕写真や教科書で、現実の金閣をたびたび見ながら、私の心の中では、父の語つた金閣の幻のはうが勝を制した。父は決して

> 現実の金閣が、金色《こんじき》にかがやいてゐるなどと語らなかつた筈だが、父によれば、金閣ほど美しいものは地上になく、又金閣といふその字面、その音韻から、私の心が描きだした金閣は、途方もないものであつた。
>
> 　遠い田の面《も》が日にきらめいてゐるのを見たりすれば、それを見えざる金閣の投影だと思つた。福井県とこちら京都府の国界をなす吉坂《きつさか》峠は、丁度真東に当つてゐる。その峠のあたりから日が昇る。現実の京都とは反対の方角であるのに、私は山あひの朝陽の中から、金閣が朝空へ聳えてゐるのを見た。

右は『金閣寺』の冒頭部分である。昭和初期から一〇年代のことになるが、溝口と名づけられた主人公が、幼年期から金閣寺の美に魅了されていたことが回想される。主人公の設定について三島は林の生い立ちを忠実になぞっているが、私たちはそこに、「幼年期から少年期にかけて〔……〕夢想のために永の一日を費すことをも惜しまぬやうな性質《たち》であつた」（「岬にての物語」）と語られた三島自身の幼時の姿をも見るであろう。ちなみに、溝口（林）が生まれ育った舞鶴の描写には、一九四四年七月に行われた舞鶴海軍機関学校での海洋訓練に参加した三島自身の記憶が反映している（三島は一九四一年にも学習院中等科の修学旅行の一環として舞鶴を訪れている）。

　このように、三島は主人公を造形する際に自身の経験を織り込んでいるが、それ以上に注目したいのは、表現上の技巧と計算だ。引用の文章を注意深く読むと、はじめ心の中で「途方もない」金閣を「描きだし」ていた「私」は、やがて日のきらめきを「金閣の投影だと思」い、ついには「山あひの朝陽の中から、金閣が朝空へ聳えてゐるのを見」てしまう。むろん、これは溝口の幻影に過ぎない。

ところが、長めの文章が続くその最後に「金閣が朝空へ聳えてゐるのを見た」と端的に言い切るその語り口は、そんなものは幻影だという認識を、一瞬読者に忘れさせる。溝口にとってそれが幻影としてではなく現実の視覚体験そのもの、いや、現実以上に力を持つ視覚体験として経験されたことが読者に伝わるのである。

この箇所が伏線となって、『金閣寺』におけるもっとも重要な場面の一つが導かれることになる。これはモデルの林養賢の実体験ではなく、三島によって創作された場面なのだが、戦後、溝口が京都の亀山公園で女性（下宿の娘）と性関係を結ぼうとする際に、金閣寺の幻影に邪魔をされて不能に陥るところである。「そのとき金閣が現はれたのである」と溝口は語る。

> それは私と、私の志す人生との間に立ちはだかり、はじめは微細画のやうに小さかつたものが、みるみる大きくなり、〔……〕私をかこむ世界の隅々までも埋め、この世界の寸法をきつちりと充たすものになつた。巨大な音楽のやうに世界を充たし、その音楽だけでもつて、世界の意味を充足するものになつた。時にはあれほど私を疎外し、私の外に屹立してゐるやうに思はれた金閣が、今完全に私を包み、その構造の内部に私の位置を許してゐた。
>
> 　下宿の娘は遠く小さく、塵のやうに飛び去つた。娘が金閣から拒まれた以上、私の人生も拒まれてゐた。

その結果、「美の永遠的な存在が、真にわれわれの人生を阻み、生を毒する」。溝口はさらに続ける。「生がわれわれに垣間見せる瞬間的な美は、かうした毒の前にはひとたまりもない。それは忽《たちま》ちにして崩壊し、滅亡し、生そのものをも、滅亡の白茶けた光りの下に露呈してしまふ」。

こういう事態は、通常の日常生活を送っている者には、思いもよらぬことかもしれない。だが、『金閣寺』の冒頭において、溝口が「山あひの朝陽の中から、金閣が朝空へ聳えてゐるのを見」てしまったことをすでに知っている読者は、いま、溝口の眼前に金閣の美が抗いがたい力をもって顕現し、溝口は娘との関係においては不能に陥ったかもしれないが、金閣の美そのものとは、官能的な関係を結んでいることを、（たとえ追体験はできないにせよ）了解することはできるであろう。

この「下宿の娘」は戦後という時代の現実を象徴している。では、現実というものは、いつも簡単に「塵のやうに飛び去」るかといえば、そうとは限らない。それはさまざまなかたちに姿を変えて、溝口を圧迫し苦しめる。娼婦を伴って金閣寺を訪れ、その娼婦の腹を踏みつけるように溝口に命令する米兵は、日本が占領下にあるという現実を端的に示すひとつの象徴である。芸妓と関係を持つ小太りで肉感的な金閣寺の老師も、占領下の日本人の生の現実を表わす、もうひとつの象徴である。溝口は米兵にも老師にも逆らうことができない。

しかし、すべてを滅ぼす時がきた。小説の末尾、金閣放火後に左大文字山の頂きまで駆け上がって倒れ込んだ溝口が、谷間を眺め下ろす場面を見てみよう。

身を起して、はるか谷間の金閣のはうを眺め下ろした。異様な音がそこからひびいて来た。爆竹のやうな音でもある。無数の人間の関節が一せいに鳴るやうな音でもある。

ここからは金閣の形は見えない。渦巻いてゐる煙と、天に冲してゐる火が見えるだけである。木《こ》の間《ま》をおびただしい火の粉が飛び、金閣の空は金砂子を撒いたやうである。

三島は、「ここからは金閣の形は見えない」と書いている。しかしこの一文は、現実の建築物としての金閣が、位置の関係で溝口の視野に入らないという事実を伝えているだけではない。むしろ、そんな現実の金閣など、下宿の娘と同じように「塵のやうに飛び去」ってしまったのだ。同時に、あの米兵も老師も、「金砂子を撒いたやう」な空のなかで皆殺しにされる（それは少年時代の三島の中断作品「館」における虐殺場面を思い起こさせる）。かわりに、燃え盛る金閣が、単なる幻影としてではなく、現実以上の強度を持つ美そのものとして立ち現われるのである。溝口にはそれが見えるのだ。小説の冒頭から末尾に至るまで周到に組み立てられたエピソードの配置、伏線の張り方、語の選択や文の長短による緩急の印象などに工夫を凝らして、三島はこのような美のヴィジョンの顕現を、読者にまざまざと伝えている。

そのとき読者は気づくであろう。

みずからのうちにも、燃え盛る金閣を目の当たりにしたいという欲望が潜んでいることに。

『金閣寺』が発表された当時の読者は、自身のその欲望を正確に意識したとは言えないかもしれない。なぜなら人々は、金閣放火事件にまで時計の針を巻き戻すことよりも、足早に高度経済成長へと向かうことを望んでいたからだ。

しかし、本当にそれでよいのだろうか。皆、何かがおかしいと違和感を覚え、いや、もっと言ってしまうなら、巧妙に仕組まれ繰り返される欺瞞の構図に吐き気を催し、建築物としての金閣はもちろん、ありとあらゆる現実を滅ぼしてしまいたいと秘かに願っていたのではないか。

溝口はその無意識の欲望の代弁者なのである。

三島は『仮面の告白』を書いた際に、戦後日本を蝕む不都合な真実を早くも見抜いていた。しかし、それに対抗する有効なヴィジョンを提示することは難しかった。この問題意識を引き継いだ『禁色』を書き上げた時点においても、三島は結局のところどうしてよいかわからず、主人公の悠一と同様に、「まづ靴を磨いて」と考えて気を紛らすほかなかったと言える。

しかし、今回は違う。彼は戦後日本の欺瞞の構図を抉《えぐ》り出して、社会、時代、歴史を捉えることに一定の成功を収め、明確な美的ヴィジョンをこれに対置して現実をねじ伏せようとした。『金閣寺』という小説が、『ボヴァリー夫人』以来の小説史の系譜上に位置する重要作品であるゆえんはここに存する。ジョイスとの関係についても同じことが言えるのだが、従来の研究では、三島文学がこのような世界文学の観点から取り上げられることはまったくなかった。

芸術家小説

だが、社会、時代、歴史を捉えるというのは容易なことではない。それは、肉を切らせて骨を断つような所業である。いや、むしろこちらこそ、先に骨を断たれてしまうのではあるまいか。俺に挑み、俺と切り結ぶなどという大それたことを、よく思いついたな。結構なことだ。だが、痛い目にあうのはお前のほうだということを忘れるなよ――。私には、時代がそういって三島に警告しているのではないかとすら思われるのである。

どういうことか、もう少し説明しよう。

私は先に、溝口が「下宿の娘」と性関係を結ぼうとして不能に陥る場面や金閣炎上の場面を、戦後の現実に対する破壊衝動の表われとして解釈した。しかしそれは、『仮面の告白』で描かれた虚無とセバスチャン・コンプレックスという主題が、いっそうの強度をもって形象化された場面でもある。

だが、はたしてそのとき、三島の内面宇宙のこの二つの核は、氾濫することなく統御されているだろうか。むしろ、右の場面は、言語表現を重ねれば重ねるほど虚無とセバスチャン・コンプレックスが深まり、収拾のつかない混乱に陥ってゆく悪循環を物語るものではないだろうか。

そうだとすれば、『仮面の告白』において、「谷底から崖の上へ自殺者が飛び上つて生き返る」ようにしてようやく探り当てた小説家としての生の拠点は、粉々に崩れてしまうに違いない。

ここで三島が直面したのは、どのような問題であろうか。三島はこの時点では、その核心を適切に分析する視点を獲得していないが、私の考えによれば、それはモーリス・ブランショが「文学と死への権利」において詩的言語と存在の関係として追究しようとしたものと、本質において同じ問題である。

私が「この女」と言う。ヘルダーリン、マラルメ、そして一般に、詩において詩の本質をテーマとしたすべての人は、名づけるという行為のなかに不気味な驚異を見て取った。言葉はそれが意味するものを私に与えるが、しかしまず始めに言葉はそれを抹消するのである。私が「この女」と言うことができるためには、私は何らかのやり方で、彼女から骨と肉の実在性を抜き取り、彼女を不在にし、彼女を消滅させなければならない。言葉は私に存在を与えるが、その与えられたものは、存在を奪われているのである。それは存在の欠如であり、無であり、存在を失ったときにそこに残されるもの、すなわち、それが存在しないというただ一つの事実のみである。この観点から言えば、話すということは奇怪な権利である。その点において、ヘルダーリンの友人であり隣人でもあるヘーゲルは、『精神現象学』より前に書かれたテクストのなかで、こう述べている。「アダムを動物たちの主人たらしめた最初の行為、それは動物たちを名づけるという行為だった。いわばアダムは、（動物たちが存在しているという限りにおいて）その存在を抹殺するのである」。〔……〕この状況からさまざまな帰結が生じる。私において、話すという能力が、私の存在の不在とも結び付いているのは明らかだ。私は私の名を言う。それは、あたかも自分で自分に葬送歌を歌うようなものだ。（著者訳）

（Maurice Blanchot, *La part du feu*, Paris, Gallimard, 1949）

この観点に立つならば、小説において社会、時代、歴史の全貌を捉えるなどということは、容易にできることではない。なぜなら、言葉を用いて書くという営み自体が、生を破壊し虚無を深刻化する自傷他傷の行為だからである。

後述するように、三島は『太陽と鉄』（講談社、一九六八年一〇月）において、この問題を透徹した視線で分析することになるが、いまはまだ、そこまで認識が及んでいない。ただ、『金閣寺』連載開始直前に刊行された日記体の書き下ろし評論『小説家の休暇』（講談社、一九五五年一一月）の「六月二十七日」の項を見ると、言い方は未熟だが、すでに問題の核心を把握していたことがわかる。

> 小説を書くことは、多かれ少なかれ、生を堰き止め、生を停滞させることである。私は、二十代に、かくもたびたび、生を堰き止め、生を停滞させたことを後悔しない。しかし純然たる芸術的問題も、純然たる人生的問題も、共に小説固有の問題ではないと、このごろの私には思はれる。小説固有の問題とは、芸術対人生、芸術家対生、の問題である。今世紀にあつて、トオマス・マンが代表的作家であるゆゑんは、この問題をとことんまで追究したからだ。プルウストもさうである。
>
> 十九世紀の作家では、バルザックもスタンダールも、この問題を背後に隠しながら、それを小説の霊感の源泉とした。ひとりフロオベルがこの問題性をするどく意識した。
>
> 小説固有の問題は、かくて、われわれが生きながら何故又いかに小説を書くか、といふ問

> 題に帰着する。もつと普遍的に云へば、われわれが生きながら何故又いかに芸術に携はるか、といふ問題に帰着する。過去の芸術でかういふことを問うたものはない。

これまでの考察を踏まえて私なりに言葉を補えば、ここで三島が言おうとしているのは、次のようなことだ。

――私は『仮面の告白』以降、虚無とセバスチャン・コンプレックスを形象化し、さらには多少なりとも社会、時代、歴史の全貌を捉えようと努めてきた。しかし、それには代償が伴った。言語表現という営み自体が、「生を堰き止め、生を停滞させ」る（もっと言えば、生を破壊し虚無を深刻化する）という代償である。いま自分は『金閣寺』という小説において、戦後という時代に挑もうとしているが、それは今まで以上に深刻な代償を迫るであろう。いったい作家はなぜ、あえてそのような自傷他傷の危険を冒してまで小説を書かねばならないのか。そのような問題意識のない者は、小説家、芸術家の名に値しない――。

『金閣寺』の完結後に行われた小林秀雄との対談「美のかたち――「金閣寺」をめぐって」（『文芸』一九五七年一月）において三島が述べていることも、同じ問題を指している。

> 美という固定観念に追い詰められた男というのを、ぼくはあの中で芸術家の象徴みたいなつもりで書いたんですけど、ある批評でこういうことを言われたんです。あれは芸術家小説だけども、あの主人公を坊主にしたのは面白い、風変りだ、ということを言われたことがある

んです。ぼく、ちょっとそういうつもりがあったんです。

本章冒頭で、『金閣寺』は真に世界文学の名にふさわしい作品だが、新たに深刻な課題も浮かび上がってきたと述べたのは、この問題のことである。

では、これに対して三島はどう答えたのであろうか。それは、「下宿の娘」に対する不能体験後の溝口の振る舞い方に示されている。

いったん溝口は、本来は幻影であるはずなのに、現実以上の力をもって溝口の生の現実を蝕む金閣の美を呪詛する。そして、こう言う。「美は……美的なものはもう僕にとつては怨敵なんだ」。作者・三島に即して解釈するなら、彼は言葉を用いて書くという自身の芸術活動そのものを呪っているのである。

けれども、話は逆転する。最後に溝口が実際に火を放つのは実在の木造建築物としての金閣であり、幻影の金閣は幻影でありながら現実以上の強度をもって輝くのだ。それが意味するのは、芸術創作がどんなに生の現実を蝕むことになろうとも、それに賭け、欺瞞の構図を抉り出して廃棄し、美的ヴィジョンによって時代をねじ伏せようとする三島の決意にほかならない。たとえ、自分で自分に葬送歌を歌うことになったとしても、俺は死にはしないぞ。その思いは、『金閣寺』末尾の、「生きようと私は思つた」という言葉に鮮やかに刻み込まれている。

これが、「生きながら何故又いかに芸術に携はるか、といふ問題」に対する、三島の回答であった。つまり三島は、痛い目にあうのはお前のほうだということを忘れるなよという時代の警告に、決して屈しなかったわけである。実のところ、この問題はそう簡単に片づくものではなく、やがて三島は時代から手厳しく復讐されることになるが、ともかくいまの時点では、そのようにして時代に挑んだのだった。

想像力の問題

以上、反‐戦後小説、芸術家小説という点から『金閣寺』を論じたが、ここには、想像力をめぐる哲学的議論と共鳴する部分がある。

三島文学の奥行きを確かめるために、ここで、思想史、哲学史にも目を向けておこう。

そもそも、想像力という概念をはじめて厳密に考えたのはプラトンである。古代ギリシアで想像力にあたる語は φαντασια（fantasia）だが、プラトンによれば、真の実在であるイデアに対して、この世の事物はイデアの似像であり、さらにその似像が人の心の中で思い描かれると φαντασμα（fantasma）となる。しかし、これは幽霊や幻覚を意味する語であった。

ここからわかるように、φαντασμα は、真なるイデアから二重に遠ざかった誤謬にほかならず、つまり西洋の伝統的な思想において、想像力は決して肯定的に評価されていないのである。考えてみれば、少年時の三島が耽溺した詩的想像力も、似たような意味で、浮薄な言葉遊びの域を出ていなかった。

しかし、本当に想像力には負の意味しかないのか。この問題を主題的に問うた哲学者がいる。ハイデガーである。ハイデガーは『カントと形而上学の問題』（一九二九年）において、カントが

『純粋理性批判』の第一版でいったんは高く評価した構想力の位置づけを、第二版で改変し、構想力の評価を低めてしまったことに光を当てた。構想力とはドイツ語でEinbildungskraft、英語のimagination に相当する。それをカントははじめ、人間のあらゆる認識に必要不可欠な心の機能とみなしたのだが、第二版ではこうした論述を削除し、かつて構想力に担わせていたものを悟性の役割として捉え直したのだった。

カントはなぜこのような改変を行ったのか。ハイデガーはその理由を考察しているが、それによれば、もともと低級な能力として否定的に扱われてきたはずの構想力の重要性に気づいたカントは、そこにUnbekannte（未知のもの、不可知なもの）を覗き見てしまった。そのために彼の理性主義が根底から崩れることを恐れて、カントは構想力の問題から退避したのだという。

ここに見られる想像力の二面性の問題は、ちょうど『金閣寺』において、生を破壊し虚無を深刻化する言語表現の負の側面と、美的ヴィジョンを顕現させて時代に挑む言語表現の正の側面との二面性に照応している。『金閣寺』執筆の時点で三島が特にハイデガーに注目していたという事実はないが、みずからの執筆過程のなかで、ハイデガーが哲学として問うた問題の要諦のひとつに迫っていることがわかる。

ただ、この後ハイデガーが進んだ道と三島が選んだ道は正反対であった。ハイデガーはUnbekannte を存在論的に問い深めようとしたのだが、三島が狙う方向はそこにはない。

それは、むしろ『金閣寺』発表に先立って日本でも邦訳（人文書院、一九五五年一月）が出て話題になったサルトルの『想像力の問題』の立場に近い。原著 *L'imaginaire* の刊行は一九四〇年だが、そこでサルトルは、「芸術作品は非現実存在である。〔……〕美とは想像の世界においてしか意味を持ちえず、その本質的構造において、世界の空無化をもたらす価値である」と言っている。放火前に溝口が辿り着く金閣の美に関する次のような考えは、右のサルトルの思想と同じ地平にあると言えよう。

　虚無がこの美の構造だつたのだ。〔……〕その美はつねにどこかしらで鳴り響いてゐた。

　さらにサルトルは、想像力はイデアとも真実とも無関係にただ世界を空無化するからこそ、人間の主体的自由の証になると考え、想像力を揮《ふる》って美という新たな価値を出現させる芸術の意義を強調した。これは西洋の伝統的な想像力論をアクロバティックに逆転した立論だが、三島もまた『金閣寺』という芸術作品を著わし、欺瞞に満ちた戦後日本社会の現実を討ったのだった。三島は邦訳『想像力の問題』を所持しているが、特に読み込んだ形跡はない。しかし、やはりその執筆過程を通じて、哲学的問題の要諦に迫っているのである。

　あまり指摘されることはないが、『仮面の告白』で「私」をめぐる原理について考察したときにもそうであったように、三島文学と哲学的議論との接点は、思いのほか深い。それは、『豊饒の海』の創作原理にも関わってくることなので、ここで意識して心に留めておくことにしよう。

＊1 「もはや〝戦後〟ではない」という言い方は、本来は、戦後の復興需要による経済回復の時期は終わり、今後の経済成長は苦痛を伴う社会の「近代化」によって支えられるべきだと訴えるための表現であったが、むしろ高度経済成長の進展を告げる言葉として流通した。言葉としての初出は中野好夫「もはや「戦後」ではない」（『文藝春秋』一九五六年二月）。

＊2 『金閣寺』の内容構成と取材、創作ノートなどとの照応関係の詳細は、井上隆史「『金閣寺』論――想像力の問題」（『三島由紀夫研究』6、二〇〇八年七月）を参照。

第一二章　三島文学の「亭午」

「鹿鳴館」の成功

人生には、何をやってもうまくゆく時期というものがあるものだ。三島にとって一九五六年（昭和三一）は、まさにそのような年だった。時代の脅しに屈することなく書き上げた『金閣寺』は、それを証明する金字塔である。遺作の一つとなった後年の評論『日本文学小史』（講談社、一九七二年一一月）で、三島は『古今和歌集』や『源氏物語』が書かれた時代を指して、日本文化の「亭午」（日が南中すること。正午）と呼んでいる。これに倣って、『金閣寺』の時期を三島文学の「亭午」と呼ぶこともできよう。

実は三島は『金閣寺』と並行して、長期にわたる婚約期間を強いられた若い男女の関係を軽妙洒脱に描く『永すぎた春』を、雑誌『婦人倶楽部』（一九五六年一―一二月）に連載している。のみならず、戯曲や短篇小説においても目覚ましい成果を収めた。

先述の「邯鄲」、「卒塔婆小町」をはじめ能の翻案が『近代能楽集』（新潮社）として一冊にまとめられたのも一九五六年四月であるが、次に取り上げたいのは、『金閣寺』連載終了直後の一一月に開演した戯曲「鹿鳴館」（一九五六年一一月二七日―一二月九日、第一生命ホール、演出・松浦竹夫。脚本は一九五六年一二月号の『文学界』の巻頭を飾った）と、『文藝春秋』一二月号に掲載された短篇「橋づくし」である。いずれも発表直後から高い評価を得て、三島作品を代表する傑作に数えられている。

まず「鹿鳴館」だが、これは文学座の創立二〇年記念公演の締めくくりとして企画されたもので、「悲劇四幕」と謳われ、その後も人気戯曲として、さまざまな劇団、キャストによってたびたび再演されている。ちなみに、三島はこの年三月に文学座に入座していた。

舞台は一九五六年から七〇年前、一八八六年（明治一九）一一月三日の天長節（天皇誕生日）である。政府は外国との不平等条約改正を目指して鹿鳴館で舞踏会を催すなど欧化政策を進めていた。今晩鹿鳴館で夜会を主催するのは、影山伯爵である。

これに対して、激しい反政府運動を展開する自由党の残党が鹿鳴館への乱入を企てており、その首謀者は清原永之輔であった。しかし、舞台上でもっとも存在が際立つのは影山でも清原でもなく、清原のかつての恋人で、現在は影山夫人となっている朝子である。

この芝居は明治政府の鹿鳴館外交をめぐる政治状況を背景に、朝子を中心に影山と清原、そして、かつて新橋の名妓だった朝子が清原との間に秘かにもうけた子・久雄が繰り広げる愛憎劇なのだ。

戯曲の内容を詳しく辿ってみよう。久雄は清原家に引き取られたものの、母のわからぬ子として粗略に育てられたため、世間では高潔な理想家として評判の高い父親に心中《しんちゅう》憎しみの念を抱いている。影山はそんな久雄をそそのかして、清原が天長節の夜会を襲うところを狙って暗殺させようとする。

それを察した朝子は、今も愛し続けている清原と二〇年ぶりに再会し、ある約束を交わした。彼女はおおやけの席を嫌う気持ちから、決して夜会には出ないという掟を自分に課していたが、この掟を破ることと引き換えに、清原から夜会への乱入を中止する約束を取りつけたのである。一方、久雄に対しては、母であることを打ち明けた後、今晩の暗殺を取り止めさせた。

ところが、今度は影山がこれを察し、策をめぐらして清原を夜会におびき寄せ、久雄に射殺させようとする。しかし結果は、清原が久雄を撃ち殺したのだった。久雄はわざと撃ち損じて、とっさに清原に逆襲させ、そうと知らずにわが子を殺してしまったという後悔を清原に植えつけることによって、自分を愛することのなかった父への復讐を企てたのである。

朝子ははじめ、清原が約束を破って夜会を襲い久雄を殺したと考えて激昂する。しかし、真実を語った清原が絶望してその場を立ち去ると、影山を厳しく責める。影山は、自分は単に政敵を倒したかったのではなく、長い時を経ても絶えることのなかった朝子と清原との間の信頼感が嫉《ねた》ましかったのだ、すべては、「私の羞かしがりの気弱な愛情がやらせたことだよ」と答え、その後台詞の応酬が続く。

朝子　ああ、もうそんな風に物事を汚してかかるなさり方は沢山！

影山　汚して、だと？　私は清めてゐるんだ。あなたが政治だと思つてゐることを、私の愛情で清めてゐるのが……

朝子　もう愛情とか人間とか仰言いますな。そんな言葉は不潔です。あなたのお口から出るとけがらはしい。あなたは人間の感情からすつかり離れていらつしやるときだけ、氷のやうに清潔なんです。〔……〕愛情ですつて？　滑稽ではございませんか。心ですつて？　可笑《おか》しくはございません？　そんなものは権力を持たない人間が、後生大事にしてゐるものですわ。乞食の子が大事にしてゐる安い玩具まで、お欲しがりになることはありません。

影山　あなたは私を少しも理解しない。

朝子　理解してをります。申しませうか。あなたにとつては今夜名もない一人の若い者が死んで行つただけのことなんです。何事でもありません。革命や戦争に比べたらほんの些細なことにすぎません。あしたになれば忘れておしまひになるでせう。

影山　今あなたの心が喋つてゐる。怒りと嘆きの満ち汐のなかで、あなたの心が喋つてゐる。あなたは心といふものが、自分一人にしか備はつてゐないと思つてゐる。

朝子　結婚以来今はじめて、あなたは正直な私をごらんになつていらつしやるのね。

影山　この結婚はあなたにとつては政治だつたと云ふわけだね。

朝子　さう申しませう。お似合ひの夫婦でございましたわ。実にお似合ひの。……でも良いことは永く続きませんのね。今日限りおいとまをいただきます。

影山　ほう、さうしてどこへ行くのだね。
朝子　清原さんについてまゐります。
影山　死人との結婚は愉快だらうね。
朝子　巧くやつて行けますわ。死人との結婚……。私ほどそれに馴れてゐて、経験のある女がございませうか。

この後、二人は鹿鳴館で最後のワルツを踊るが、突如、清原の死を暗示する銃声が鳴り渡り幕となる。美文調の台詞と台詞が対決し大詰めに向かって迫り上がってゆく緊迫感の果てに、舞台は華やかな舞踏の場となり、一転、背筋の凍るような幕切れを迎えるのである。

「鹿鳴館」の狙うもの

「鹿鳴館」の筋立ては以上のようで、その骨格は男女の三角関係にほかならない。だがそれを通俗的、感傷的なメロドラマではなく、奥行きのある愛憎劇に練り上げた手腕は鮮やかである。ここには、「卒塔婆小町」（ちなみにこの作品にも鹿鳴館での舞踏会の場面がある）や「鰯売恋曳網」の成功で身につけた作劇術が伸びやかに展開している。

歌右衛門との交際を通じてわがものにした歌舞伎の趣向も生かされ、舞台上では見得を切るような反写実主義的芝居によって演じられるべき場面も多い。それは、文学座という新劇団において写実主義的な演技を追求し続けた結果、芸域を狭く限定する傾向のあった俳優たちにとって、役者としての新たな可能性を開くことにつながった。

　これは、三島が意図したことであった。だから彼は「この芝居はいはば、私のはじめて書いた「俳優芸術のための作品」である。戯曲といふものは、さうあるべきだが、いろいろと作者の我欲がでて、いつもさういふ風には行かない。こんどは大分、その我欲を押へ得たと思つてゐる」（「「鹿鳴館」について」、『毎日新聞』一九五六年一二月四日〔大阪〕）と述べ、初演のプログラムでも「ヒロインを演ずる杉村春子さんの久々の出演を、私は作者としてよりも、一観客としてたのしみにしてゐる」と語っている。この点において、新劇の歴史上、「鹿鳴館」が果たした功績はまことに大きい。

　だが、一方で三島はこの戯曲に、自身の個人的関心や時代に挑戦しようとする思いを盛り込むことも忘れなかった。

　思い返せば、三島の祖母・夏子が有栖川宮熾仁邸に預けられたのは一八八八年であった。鹿鳴館を舞台に欧化政策を推進した井上馨は、その政治姿勢を糾弾されて前年（一八八七年）に外務大臣を辞していたが、政府の方針としての鹿鳴館外交は、いまだ続いていた時期である。

　そうだとすれば、三島はみずからが生み出した「鹿鳴館」の舞台空間のなかに、少女時代の夏子が生きた世界を埋め込んだとも言えよう。そういえば、鹿鳴館の建物は一八八三年、有栖川宮の霞が関の本邸（霞関離宮）は一八八四年に、いずれも明治政府お雇いのイギリス人建築家のジョサイア・コンドルの設計によって建造されたのであった。

　この点において三島の目は、「鹿鳴館」執筆時から七〇年を遡る過去に向かっている。だが、その視線は、執筆時点の同時代にも向けられていた。次は、先の引用から数行後の二人の会話である。

影山　ごらん。好い歳をした連中が、腹の中では莫迦々々しさを嚙みしめながら、だんだん踊つてこちらへやつて来る。鹿鳴館。かういふ欺瞞が日本人をだんだん賢くして行くんだからな。

朝子　一寸の我慢でございますね。いつはりの微笑も、いつはりの夜会も、そんなに永つづきはいたしません。

影山　隠すのだ。たぶらかすのだ。外国人たちを、世界中を。

朝子　世界にもこんないつはりの、恥知らずのワルツはありますまい。

影山　だが私は一生こいつを踊りつづけるつもりだよ。

朝子　それでこそ殿様ですわ。それでこそあなたですわ。

これは明治の鹿鳴館時代の会話であるだけでなく、冷戦構造に巧みに乗じながら復興と独立、そして高度経済成長へと向かう戦後日本をめぐる会話でもあるのではなかろうか。踊っているのは戦後の日本人たちなのだ。しかも、その「莫迦々々しさ」に気づくことなく、ただ無自覚に。これに対して、影山は自身の立ち位置とその愚かさを冷静に自覚していたが、結局のところ無力であるのは同じであった。ただひとり朝子は、欺瞞に満ちた時代の構図を憎悪し、遠からずそれが崩壊することを予期し、期待もしているのである。

思いがけないことに見えるかもしれないが、この意味で朝子と影山の関係は、『金閣寺』において、火を放つことで時代を告発する溝口と、あえて行動せず、世界を認識することによって、この世界に生きることの苦しみに耐えようとする柏木との関係に対応している。三島はこういう形で、『金閣寺』と共通するヴィジョンを「鹿鳴館」に盛り込んでいるのである。

「橋づくし」の願掛け

三島はこの時期、数多い自身の短篇作品群のなかでもっとも優れていると言っても過言ではない小説を書いている。『文藝春秋』一九五六年一二月号に「特選・短篇小説集」の一篇として掲載された「橋づくし」である。平野謙はこれについて、「三島由紀夫の「橋づくし」が一番おもしろかった。〔……〕結末にいたるまで、心にくい巧みさで一貫した作品である」（『毎日新聞』一九五六年一一月二一日）と評している。

主な登場人物は、銀座の芸妓・小弓（四二歳）、かな子（二二歳）、新橋の料亭・米井の箱入り娘である満佐子（二二歳）で、彼女たちは、陰暦八月一五日の夜、口をきかず知人から話しかけられることもなく同じ道を通らずに築地川の七つの橋を渡り切れば願いが叶う、という願掛けをする。願いの内容は、小太りで大食癖のある小弓はお金が欲しい、旦那運の悪いかな子は良い旦那に恵まれたい、大学の芸術科に通う満佐子は映画俳優のRと結ばれたい（Rのモデルは市川雷蔵）というものである。夜道を心配に思った満佐子の母が、山出しで色黒の米井の女中・みなをお供として同伴させ、四人は小弓を先頭に三吉橋から渡り始めた。

ところが、四番目の入船橋の手前で、かな子が腹痛のため脱落する。第五の暁橋を渡る途中で、小弓は頭がおかしくなって妓籍を退《ひ》いた旧知の女に声をかけられ願が破れてしまう。次第に気持ちが高ぶってきた満佐子は第六の堺橋を急いで渡ったが、すぐ後ろに黒い塊のようなみながむっつりした顔でついてきた。彼女も何か願い事をしているらしいが、満佐子にはそれが気味悪く不安で、早く第七の橋を渡ってしまわなければ、自分の願い事が霧散してしまうような恐怖を覚える。

ついに最後の備前橋に辿り着き袂で手を合わせていると、自殺者と間違えた若い警官に見咎められる。満佐子は走って橋を渡ろうとしたが、腕を摑まれた拍子に思わず声を上げてしまい、その隙にみな一人が橋を渡り切った。後日、満佐子はみなが何を願ったのか何度も問い詰めたが、彼女は薄笑いを浮かべるだけで何も答えようとしないのだった――。

第九章で述べたように、満佐子のモデルは、一九五四年七月に歌舞伎座で出会って以来、三島と深い関係にあった赤坂の料亭の娘・豊田貞子である。願掛けについても、彼女が実家の料亭・若林の女中から、大阪に伝わる風習として聞いた話が元になっている。この点については前出の岩下尚史の著書に詳しい[*1]。

「橋づくし」の狙うもの

三島自身はこの作品について、「私がかねがね短篇小説といふものに描いてきた芸術上の理想を、なるたけ忠実になぞるやうに書いた作品で、冷淡で、オチがあつて、そして細部に凝つてゐて、決して感動しないことを身上にしてゐる」（『三島由紀夫短篇全集』5「あとがき」、講談社、一九六五年七月）と自注している。

このことは、心中を決意した紙屋治兵衛と遊女小春が死に場所を求めてさまよう『心中天網島』（近松門左衛門作）の「名ごりの橋づくし」の場面から、次の一節がエピグラフとして「橋づくし」冒頭に掲げられていることを踏まえて考えるとわかりやすい。

……………元はと問へば分別の
あのいたいけな貝殻に一杯もなき蜆《しじみ》橋、
短かき物はわれわれが此の世の住居秋の日よ。

蜆橋は、かつて大阪の蜆川に架かっていた橋で、引用は蜆の貝殻一杯分の分別もない治兵衛と小春の愚かさを語る場面だが、これを近松は美しい詞章で綴っている。その言葉に誘われるようにして、二人はいくつもの橋を渡った果てに死に場所を得る。これは不幸な出来事には違いないが、しかし切実な願いの成就でもあって、だからこそ悲劇として人の心を打つのである。

この近松と競うように、三島は願掛けを行う女たちの立ち居振る舞いや舞台となった銀座、築地界隈の様子を細部に至るまで丁寧に描き込んだ。そのことによって、古風な行《ぎょう》を真摯に行う女たちの姿が、生き生きと浮かび上がってくる。

ところが、その願い事は、治兵衛と小春の願いの切実さに比べれば、金銭欲、旦那運、映画俳優との恋など薄っぺらなものでしかない。そしてその浮薄な願掛けのために歩く月下の街並みも、オート三輪がけたたましい響きを立てて走り、ガソリンスタンドの明るい灯火の反映で橋が白く浮き上がって見える殺風景なものだったのである。三島は後に、執筆のために取材したことを回顧して、「築地近辺の多くの橋を踏査に行つた私だが、予想以上にそれらの橋が、没趣味、無味乾燥、醜悪でさへあるのにおどろいた」（「橋づくし」が新派の芝居として上演された際のプログラムの一節。一九六一年七月）と述べている（ちなみに現在では橋の下は埋められて高速道路などになっている）。

つまり、『心中天網島』を参照することによって明らかになるのは、現代ではもはや近松が描いたような悲劇は起こりえないという事実にほかならないのだ。そのことを三島は感傷的に嘆くことなく淡々と描き、結末には、お供として同伴したに過ぎない女中一人が橋を渡り切るというどんでん返しをしつらえている。このような作品構成は、人物の設定から個々の語句の選択に至るまで、周到に計算したうえでなければ、成し遂げられない。これに成功した三島は「橋づくし」を短篇小説の理想形とみなして先のように述べ、多くの読者も進んでそう認めたのだった。

くわえて三島は「鹿鳴館」の場合と同様に、作中に自身の個人的関心や時代に挑む思いもそっと織り込んだ。

個人的関心とは言うまでもなく豊田貞子のことで、彼女をモデルとする満佐子が映画俳優のRを一途に恋慕して願掛けする様子を通じて、私たちも貞子の愛らしさをまざまざと感じ取ることができる。後年、この点を岩下尚史に問われた貞子は、R（市川雷蔵）とは以前から気の置けない仲だったが、ふだんは地味な人で恋の対象となるような相手ではなく、「橋づくし」を読んだ後で三島に抗議したと答え、こう付け加えている。「もしかすると、（引用者注・雷蔵が）自分に似ていると思っていたのかも知れませんよ」[*2]。こんな小粋な反応は若い頃からの貞子の人柄で、三島がそこに魅了されたことは否定できないだろう。

とはいえ、結局のところ満佐子の願いは叶わない。その点では、三島は『沈める滝』における顕子の描き方をなぞっている。

では、「橋づくし」に込められた時代への挑戦とは、どのようなものだろうか。

これもまた、言うまでもないことだ。この作品が発表されたのは高度経済成長の初期で、人々の心は新たな時代に向けて期待に満ちていた。しかし、本当にそうだろうか。三島が描く「橋づくし」の女たちは無味乾燥な時代の中で薄っぺらい願望しか持ちえず、しかもその願望は何一つ叶わない。ただ一人無言で橋を渡り切るみなの願いだけが成就するが、それが何であるかは作中で明かされない。しかし私たちは想像することができる。田中美代子はこれについて、「女中のみなの願い事は、もしかすると他の三人の尋常な願い事、男、金、功名心……などなどを、みんなチャラにすることだったのだ」[*3]と述べている。この解釈を延長してゆくと、そこに姿を現わすのは『金閣寺』の溝口に当時の読者が託したのと同じ秘められた願望、すなわち戦後という時代の欺瞞性に苛立ち、そのすべてを滅ぼしてしまいたいという暗い希求であろう。新たな時代に向けて人々の心に期待が溢れていたというのは、私たちが自分で自分を偽るための錯覚だったのだ。

このように戯曲においても短篇小説においても、その構成の妙、人物設定の巧みさ、思いがけない主題の深さと広がり、いずれをとっても三島の筆は自在に動いて作品世界を生み出している。たしかにこの時期に三島は、ひとつの頂点を極めたのだった。

＊1　岩下前掲書。

＊2　岩下前掲書（『ヒタメン——三島由紀夫が女に逢う時…』）。

＊3　田中美代子『三島由紀夫 神の影法師』（新潮社、二〇〇六年一〇月）。

第一二章　『鏡子の家』への階梯

『三島由紀夫選集』と神輿担ぎ

『金閣寺』は高い評価を得て、一九五七年（昭和三二）一月、読売文学賞を受賞する。三島自身、大きな手応えを感じていた。そこで、これまでの仕事をあらためて総括するとともに、『金閣寺』の成果を踏まえて、戦線をさらに拡大、深化させようとした。

第一にあげなければならないのは、新潮社から『三島由紀夫選集』（一九五七年一一月―五九年七月）が刊行されたことである。すでに一九五三年から五四年にかけて、同じ新潮社が『三島由紀夫作品集』全六巻を刊行しているが、今度の企画は全一九巻で、一段と充実した内容である。

第二章で述べたように、一五歳の時の三島の詩「凶ごと」は、この選集の第一巻巻頭に置かれたが、三島は編集方針に特別なこだわりを見せ、「著者の言葉」（「内容見本」新潮社、一九五七年一一月）では、「ふつうの選集ではない、何か面白い編輯のものにしたいと思った。私一個の作品集といふばかりでなく、年代年代の文壇の情勢や社会情勢も、できるだけその背後に読みとれるやうなものにしたいと思つた。そこで作品を年代順に並べ、当時の座談会や、作品についての賛否両様の批評をもできるだけ挿入することにした」と語っている。各巻には「1940〜1946」、「1956」などと収録作品の年次が明示され、時代と勝負しようという意図を物語っている。

過去を総括し乗り越えてゆくという意味では、ほかにも三島にとってたいへん喜ばしい出来事があった。少し時間を遡るが、三島は一九五六年八月一四日、滞在先の熱海ホテルで『金閣寺』最終回を書き上げる。その五日後の八月一九日、三島は生まれてはじめて神輿を担いだのだ。「陶酔について」(『新潮』一九五六年一一月)という文章の中で、三島はこう述べている。

> 神輿を担ぐことは幼時からの夢であつたが、今まで果たされなかつた夢であつた。それには体力がなくてはならない。〔……〕年来のボディ・ビルのおかげで体力的にも自信がつき、又そのジムナジウムが自由ヶ丘の町内にあるところから、町内の人々に誘はれて、八月十九日の熊野神社の夏祭に、私ははじめて神輿を担ぐ機会を得た。二百四十貫の神輿を四十人で担ぐのである。

これについては、少し補足する必要があるだろう。幼時から病弱で、『私の遍歴時代』の言葉に従えば「肉体的な存在感」の欠如に苦しんだ三島であったが、その克服を企図して一九五五年九月からボディビルを始めていたのである。

実際に担いだ時の思いについて、さらに三島の言葉に耳を傾けよう。

リズム感と力とが結合するまでは、不馴れな私には、それはただ苦しい仕事であつた。しかし徐々にこの二つのものは結合した。ワッショイと一組が言ふ。ワッショイと別の一組が答へる。自分はいつの間にか、そのいづれかの一組に属してゐる。この懸声にもヴァリエーションがあり、「ワッショイ、ワッショイ」は「どうした、かうした」になつたり、「ありやさ、こりやさ」になつたり、「えつさ、よいやさ」になつたりする。それは汽車の疾走する音や兵営の喇叭などが、さまざまな言葉に聞き做されるのと似てゐる。〔……〕神輿の担ぎ手たちの陶酔はそこにはじまる。彼らは一人一人、変幻する力の行使と懸声のリズムとの問の違和感を感じてゐる。しかしこの違和感が克服され、結合が成就されなければ、生命は出現しないのである。そして結合は必ず到来する。われわれは生命の中に溺れる。懸声はわれわれの力の自由を保証し、力の行使はたえずわれわれの陶酔を保証するのだ。肩の重みこそ、われわれの今味はつてゐるものが陶酔だと、不断に教へてくれるのであるから。

考えてみれば、神輿は『仮面の告白』第一章で描かれ、それ以前にも未完稿「屋敷」や「扮装狂」で扱われた三島固有のテーマの一つである。『青の時代』で色情狂の女がトラックに轢き殺される場面は、そのヴァリエーションであった。しかし、三島は実際に神輿を担いだことはなかったのである。

いま、はじめてこれを経験したとき、このテーマの根幹にあるもの——それはセバスチャン・

コンプレックスにほかならない――が生のエネルギーと調和して、三島はかつてない喜ばしい瞬間を生きたのだった。

時代の罠

神輿担ぎやボディビルをする三島の姿が新聞や雑誌の写真などで紹介されると、選集も刊行されるような若き大作家が、従来の常識的な作家像を裏切る振る舞いをするということ自体が、世間の耳目を集めるようになった。

一九五六年は、従来の新聞社系週刊誌とは別に出版社系の『週刊新潮』が発刊した年である。その成功により週刊誌ブームが訪れるが、三島はマスコミ時代の併走者、というより先導者の役割を、みずから買って出たわけである。三島は生来のお坊ちゃん気質で、チヤホヤされると、疑わずに進んで輪の中心に入ってゆくところもある。こうして三島は、作家という枠を超え、時代の寵児となっていった。

一九五七年五月に封切られた『永すぎた春』（大映、主演・若尾文子、川口浩）、同年一〇月に封切られた『美徳のよろめき』（日活、主演・月岡夢路。人妻の不倫を扱った原作小説は同年四―六月に『群像』に連載された）など、作品の映画化も続いた。

だが、よく考えてみると、これは時代が仕掛けた新たな罠ではあるまいか。

『仮面の告白』においてすでにその論点が認められ、『禁色』を経て『金閣寺』において正面から追究されるに至った主題。それは、戦後社会に挑み、その欺瞞の構図を抉り出そうとすることであった。作家としての営みが、いかに生の現実を蝕むことになろうとも、三島は身を挺して、時代と社会に対して、否！を突きつけ、現実に対抗する新たなヴィジョンを提示しようとしたのである。

その自分が時代の寵児になるとは何事であろう。いったい読者は自分に何を望んでいるのか？戦後社会を生きつつそれを滅ぼしてしまいたいという読者の暗い願望の代弁者であることか。それとも焼跡から見事な復興を遂げたこの国のロールモデルとなり、さらにはヒーローとなることなのか。

むしろこう言うべきかもしれない。時代は魔物である。それはたえず生まれ変わり変態し、反逆者・三島を罠にかけたのだ。

ほほう、小説において俺を捉え、俺を超える方法論とヴィジョンを打ち出したいそうだな。そんなことをしても、自分の生を滅ぼすだけだということは何度も警告したはずだが、聞き入れる気はないらしい。それなら、いったんは時代の寵児にしてやろうか。後でお前がどんな目にあうか、いまから楽しみだ。

「施餓鬼舟」と貞子との別れ

三島にも予感するものがあったに違いない。彼はこれまでの仕事を総括して次の戦いに備えたが、関連して指摘しておかなければならないことがある。それは、貞子との関係の変化、そして終結であった。

実は、三島は一九五六年の正月を彼女とともに祝い、三月に『金閣寺』の取材のため京都を訪れた際には、貞子とともに祇園花見小路の旅館に宿泊している。その翌日には、二人で金閣寺や嵐山、亀山公園を訪れた。また、六月三日には向島の料亭・八百松で逢瀬を楽しんだ。その直後と思われるが、性的に女性を充分に満足させることができたと自慢する電話を三島から受けたという奥野健男の証言を、猪瀬直樹が伝えている。[*1] 電話の相手としてなぜ奥野を選んだのか考えると、『金閣寺』連載開始後の『東京新聞』夕刊の文芸時評で、奥野がいちはやく『金閣寺』を絶賛し、三島の「最大の傑作になるのではないかと楽しみである」[*2]と述べたことが、三島の意識にあったように思う。電話の際に三島はかなり酔っていたというが、これは、いったいどういうことだろうか。

いま、雑誌『新潮』での『金閣寺』連載回を調べると、三月の京都旅行の直後に第五章、六月の八百松での逢瀬の一ヵ月後に第九章の原稿を書いていることがわかる。第五章の内容は、例の、亀山公園で溝口が「下宿の娘」と性関係を結ぼうとする際に、金閣寺の幻影に邪魔をされて不能に陥るというものである。『金閣寺』第九章では、溝口は五番町に登楼してまり子という娼婦と性行為を行う。

こういえば明らかであろう。先に、貞子をモデルとする女性を描く小説には『沈める滝』、「橋づくし」などのほかにも重要な作品があると述べて、私はその名を伏せておいたが、その小説こそ『金閣寺』なのであった。貞子ははじめ金閣寺の幻影のために「塵のやうに飛び去」る「下宿の娘」として現われ、ついで放火決行を前に溝口がはじめて性交する娼婦として描かれるのである。奥野に電話したのは、お前にそれがわかるかという、謎かけの悪戯心も働いていたのではないか。

そして、八月一四日に熱海ホテルで『金閣寺』の最終章を書き上げた際にも三島は貞子を呼び寄せ、一六日には割烹旅館の緑風閣に出かけているが、その晩は無縁の自殺者の霊を供養する施餓鬼の法会が眼下に眺められた。私の考えを言うなら、これは三島にとって、別れの儀式であったのであろう。緑風閣での経験をもとに書かれた短篇小説「施餓鬼舟」（『群像』一九五六年一〇月）からも、そうと知られる。

「施餓鬼舟」は、熱海の旅館における父・洋一郎と子・房太郎の会話で成り立っている。高名な老作家である父は、息子を産んですぐ亡くなった美しい妻との生活についてこう語る。

〔……〕それはなあ、お前には想像もつかぬやうな幸福な生活だつた。〔……〕毎日ちがふ着物を着、目まぐるしいほど髪の形を変へた。……私は生れてから、そんなに人間的なものの近くにゐたことはなかつた。徐々に私はそれに感染した。人間的なものすべてと私は和解して、この世のしきたりをみんな受け容れた。

そして、「お母さんは僕を生んで、半年ほどして急に亡くなつたんですね。お父さんはさぞ歎かれたでせうね」という息子に対して、作家は「私は女々しいといはれるほど泣きつづけた」と答えるのである。

だが、その後次のように続けて、小説は幕となる。

「しかしね、お前には言ひにくいことだが、お母さんが死んでくれたのは、私にとつては恩寵だつたのだよ」

この作品の執筆の様子を、貞子は次のように回顧している。

それからホテルに帰って、わたくしが眠ってしまったあとも、公威さんは朝まで何かを書いていましたが、それが、あの『施餓鬼舟』と云う小説です。
「今度こそ、君のことを書くつもりだったのに、脇の爺さんのほうが主人公になっちゃった」
なんて笑っていましたけれども、あれくらいの分量のものは、ほんとうに一ト晩で書きあげていましたね[*3]。

貞子はこう言うが、実際には三島は施餓鬼の法会に託して、秘かに貞子を弔いながら「施餓鬼舟」を書いたにちがいない。貞子はそうと気づいていないが、その後熱海ホテルで体調を崩し医者の往診を受けたというから、それまでとは異なる何かを感じていたのかもしれない。

そして翌一九五七年、実際に関係に終止符が打たれることになる。貞子は私からの問い合わせに答えた手紙で、「私の勝手で日時ははっきり覚へておりませんが、お約束の場所に参りませんでした」と述べている。同じ手紙で貞子は、新派劇化された『金閣寺』（五月五―二九日、新橋演舞場）の初日を観劇したと書いているので、別離はその後であろう。もし、五月に別れたとすれば、「お母さんは僕を生んで、半年ほどして急に亡くなつたんですね」という房太郎の言葉とも照応する。というのも、息子の房太郎が小説『金閣寺』を象徴するとすれば、その単行本化は一九五六年一〇月で、それから半年ほど経た一九五七年五月に、別離が訪れるからだ。

先に述べたように、貞子との関係には邦子との関係の生き直しという意味があり、その立ち居振る舞いや小粋な受け答えに三島は惹かれていた。それを否定するつもりはまったくないが、そうであればなおさら、三島はここで貞子の存在を除去して、次の創作に向けて歩みを進めなければならないのだった。

Five Modern Nō Plays

あたかも、絶好の機会がやってきた。一九五六年、第八章、第九章で触れたメレディス・ウェザビーの手になる英訳『潮騒』が三島作品のはじめての外国訳としてアメリカのクノップ社から刊行されて好評を博し、翌五七年、今度はドナルド・キーン訳による『近代能楽集』が、同じクノップ社から刊行された。そのプロモーションを兼ねて、三島は二度目の海外旅行に出かけることになったのである。当時のアメリカは、アイゼンハワー大統領の二期目で、朝鮮戦争の休戦（一九五三年七月）後の、東西冷戦のいわゆる「雪解け」といわれる時期であった。

一九五七年七月九日に離日した三島は、まず、シカゴやミシガンで講演している。特にミシガン大学での講演では、ゾラ、モーパッサン、ドストエフスキーからフォークナー、ドス・パソスなど広く世界文学を見渡した講演で、その後ニューヨーク入りし、当時五二丁目のパーク・アベニューの東にあった高級ホテル（グラッドストーン）に滞在した。ミュージカルやバレエなど多くの舞台を楽しみ、路上で偶然出会ったことをきっかけにテネシー・ウィリアムズと親しい友人となったのも、この旅行でのことである。

そこに大きなチャンスがめぐってきた。『近代能楽集』の英訳刊行を機にニューヨークでその上演企画が生まれたのである。

英訳『近代能楽集』は、「卒塔婆小町」、「綾の鼓」、「邯鄲」、「葵上」、「班女」の順に五篇を収め *Five Modern Nō Plays* と称した。

出版記念会が盛大に行われ、『ニューヨークタイムズ・ブックレヴュー』が同書を紹介すると、複数のプロデューサーが上演希望を申し出る。三島はオフ・ブロードウェイの小劇場でロングラン公演をやるというキース・ボッツフォードの案を採用し、ボッツフォードが勤務するＣＢＳテレビの同僚チャールズ・シュルツもプロデュースに加わると、彼らを信頼した三島は、公演準備の間、キューバ、メキシコなど中米諸国や米国ニューメキシコ州、ルイジアナ州などを回る旅行に出かけることにした。その直前の八月一六日には、詩人で小説も書くジェームズ・メリル宅に招かれヨットパーティーを楽しんでいる。

三島より一歳年少のメリルは、同性愛差別が激しかった当時のアメリカの状況のために刊行が見送られていたウェザビー訳『仮面の告白』の草稿を読んで、その出版を強く推奨した一人である（同書は一九五八年にニューディレクションズ社から刊行された。なお、メリルは一九九五年にエイズが原因で亡くなった）。

しかしながら、一〇月に旅行からニューヨークに戻ると、すぐにも実現するはずだった『近代能楽集』の上演計画はまったく進んでおらず、三島はひどく落胆する。

だが、これについて触れる前に、三島の中米旅行、特にメキシコ旅行に触れることにしよう。それは、この後の三島の文学と生涯の全体に、強い光を投げかけることになるからである。

メキシコ――ウシュマルとチチェン・イッツァ

三島はまずプエルト・リコ、ドミニカ、ハイチを経て、キューバを訪れる。ちょうど前年（一九五六年）一二月、カストロは亡命先のメキシコからゲバラらとともにキューバに上陸し、三島がキューバの首都ハバナに滞在した際もゲリラ戦を展開していた。このことについて三島は「ふしぎな首都ハバナ」という文章を著わしている（『旅の絵本』講談社、一九五八年五月）。

ついでメキシコ入りした三島が大きな感銘を受けたのは、マヤ文明遺跡のウシュマルであった。マヤ文明は三世紀頃から繁栄し始めるが、気候変動などの理由により一〇世紀頃衰滅した。ウシュマルはこの危機を潜り抜け、その後チチェン・イッツァと同盟を組んでユカタン半島北部を広く支配するが、やがて衰弱し、密林に覆われてしまう。しかし、建造物の保存状態はよく、現在では世界遺産にも登録されている。ちなみに、このとき三島が滞在したアシェンダ・ウシュマルというホテルは、ゲバラが最初の妻であるイルダ・ガデアとの新婚旅行で訪れたことで知られている。二〇一六年、私もユカタン州の州都メリダ在住の友人が運転する車でここを訪れたが、部屋の様子も三島が泳いだプールも、当時とほとんど同じであった。

さて、三島がウシュマルの遺跡を訪れたのは、九月一三日の午後であった。その際、「永らく見たいと願つてゐた或る土地の風光の、予想を裏切らない壮麗さと、それを見たときの私の内的な幸福感との調和」に包まれた三島は、「幸福の只中にゐる」と感じる。そして、次のように書き記している。ちょうど、支配者の宮殿（総督の宮殿）のある高台から彼方のジャングルを見渡す場面である（『旅の絵本』）。

> 「支配者の宮殿」の背後にまはつたとき、私はアーチの内部の石穴に住む大きな黒蜥蜴が、するすると身を隠すのを見た。宮殿を背にして、私はまた見渡すかぎりのジャングルに目を放つた。ところどころに唐突に突き出てゐる小山は、おそらく未発掘のピラミッドで、それを除いて、眺めはどこまでも平坦なジャングルである。雲が影を落してゐる部分は翳り、その他の部分は鬱陶しい光りをたたへてゐる。さはやかな空の高処には、かがやかしい壮大な雲が乱れてゐる。
>
> そのとき私は密林の地平線上に、いかにも熱帯らしい異様な現象を見た。西の方、傾きかけた太陽の横に、墨を刷いたやうな雨雲が垂れてゐた。その雲は地平線からさう高くない部分に低迷してをり、ひろがつて来る気配はなかつた。しかしこの雨雲から、今地平線の彼方

> に降りそそいでゐる雨がはつきり見え、それは垂直にこまかい白い糸のすだれのやうに垂れ、それが密度を増して白い一枚のカーテンのやうに見えたりする。又そこには熱帯のスコールに伴なふ烈風が吹いてゐるらしく、数条の糸は風にゆらいで、斜めに降つてゐるのが見える。それが微細にありありと見えれば見えるほど、私の身のまはりのかがやかしい青空と引比べて、いかにも非現実的に感じられ、今私は、晴天の午後の或る時と、はげしい大粒の雨の下にゐる或る時と、二様の時間を同時に閲してゐるやうに感じられる。

私が高台に立って遠方を見たときは、彼方まで青空が広がっていたが、三島の目に映った光景は違った。

ここで三島の心を捉えたものは何だろうか。

それは、晴天の下、高台に立ちながら、スコールに襲われるジャングルの彼方という別の時空を同時に体験するという神秘である。そこでは、あたりまえの時空の連続性は踏み破られている。それは、少年時代の三島の詩「斜陽」で示された時空の分断、砕片化と淵源においてつながっているかもしれないが、その様態は変容し、むしろ、切り分けられた個々の時空が、より高い次元において包括され統合されるに至っている。この点でウシュマルでの体験は、戦争末期に三島が、「二千六百五年に於ける詩論」で展開した輪廻の世界観に近似する。その輪廻観は、生はそのつど切断され、時空は瞬間ごとに分断、非連続化されることによって、逆にはじめて永遠性と連続性を獲得すると説くのであった。

ただしそれは、空襲下の切迫した状況において生み出された考え方だったのに対し、いま三島はメキシコのウシュマルにおいて、空襲の危機ともおぞましい虚無とも無縁な詩的調和として、これを体験しているのである。

このようにウシュマルでの体験は、三島にとって極めて大きな意味を持っていた。それゆえ、この場面は変奏、深化されて『鏡子の家』、『暁の寺』でも展開されることになるが、この点については後であらためて考えることにしよう。

ただし、見逃してはならないのは、実は三島はウシュマルに先立ってチチェン・イッツァの遺跡にも赴いていたことである。チチェン・イッツァは人間犠牲の儀式で名高い。生きたまま抉り取られた心臓は、太陽が滅びることを避けるために神に捧げられたと伝えられる。三島は『旅の絵本』にこう書いている。チチェン・イッツァの廃墟は血生臭い記憶に充たされているが、それはトルテック族のもたらしたもので、比較的その影響を受けていないウシュマルはほとんど流血とはゆかりがない。

しかし、「重要な儀式のためには、ウシュマルの王族は大密林を横切る甃《サクベ》の道をとほつてチチェン・イッツァまで行くのであつた。私はすでにチチェン・イッツァの大浴場跡のかたはらに、はるかウシュマルへ通じてゐたといふこの甃のあとを見た。〔……〕そしてまたウシュマルに程ちかいカバの都門の下に、丁度葉かげに身を隠したおそろしく長大の蛇の、わづかにあらはした首と尾とのやうに、私はチチェン・イッツァで見たのと同じ甃の一端を見た。それも亦チチェン・イッツァの方角へ向つて、ゆくては生ひ茂る夏草の下へ隠れてゐた」。

ここで重要なのは、ウシュマルという土地が根幹においてチチェン・イッツァと固く結びついていたということだ。そうだとすれば、ウシュマルにおける三島の至福の体験もまた、根幹においてチチェン・イッツァの人間犠牲の儀式に通じていたことになるであろう。

その儀式とは、人類の文化的基層において体現されたセバスチャン・コンプレックスのもっとも眩い面にほかならない。実のところ、三島はその一端をすでに神輿担ぎの場で垣間見ていた。いま、それを上回るスケールで、同じものを再発見したのである。

セバスチャン・コンプレックスは、もともと三島独自の宇宙の焦点のひとつとして問題になり、三島がこれを文学的に形象化しようとしたものであった。ところがその根ははるかに深く、人間存在の奥底に存していたのである。

こうしてみると、今回のメキシコ旅行が三島にとって極めて大きな意味を持っていたことがよくわかる。この旅で三島はおぞましい虚無を払拭した詩的調和とセバスチャン・コンプレックスのもっとも眩い側面とが、分かちがたく結びつく瞬間を体験したと言ってよい。

残念なことに、時間の関係で私はチチェン・イッツァまで足を延ばすことができず、世界有数のリゾート地として知られるカンクンからやって来たツアー客のリムジンバスが何台も駐車しているのを尻目にウシュマルを離れたが、これについては思うことがある。後述したい（第二〇章）。

帰国

メキシコで深い感銘を受けた三島だったが、一〇月二日にニューヨークに戻り愕然とする。

『近代能楽集』の上演計画が、まったく進行していなかったのだ。日本の伝統芸能に興味はあるが、能そのものは難解過ぎるという米国人にとって『近代能楽集』は格好の入り口だったはずだが、資金が集まらなかったのである。

　計画を練り直したボッツフォードは「卒塔婆小町」、「葵上」、「班女」という三つの芝居を、三幕物の一つの戯曲として書き直すことを提案し、三島もただちに“Long After Love”という草稿を書き上げる。題名はボッツフォードの命名で、「恋のずっと後」と「恋を慕う」という二つの意味を兼ねる洒落であった。しかし、主役俳優が決まらず、資金集めも依然として難航した。三島も金銭的に余裕がなくなり、一二月二日にはグリニッチ・ヴィレッジの一日四ドルの安宿（ホテル・ヴァン・ランセレア）に移らざるをえなくなる。期待を裏切られ、騙されたかたちになった三島と、ボッツフォードとの関係は険悪になった。

　それでも三島は熱意をもってバレエ、オペラ、ミュージカル観劇を続けていたが、[*4]具合の悪いことが起こった。『近代能楽集』がブロードウェイで公演されるらしいという噂が広がり、一四日のジャパン・ソサエティのパーティーの場でも三島は口々に「芝居はいつ上演されるのか」と尋ねられて返答に窮していたが、このとき不思議な偶然により、夫に従いニューヨークに来ていた邦子と、三島は再会するのである。これを伝える猪瀬直樹は、運命の女神は「最悪の演出をした」と記している。[*5]その後三島は、上演を待たずに帰国の準備を始め、三一日にニューヨークを離れると、マドリッド、ローマを経て、一九五八年一月一〇日に日本に帰国したのだった。

　このようにニューヨーク滞在の後半は、三島にとって不本意な出来事が続いた。とはいえ、それは必ずしも不幸な体験ではなかったとも言える。むしろ、自分がいま一番に行うべきことは、あてもなく公演を待つことではなく、新たな小説を書くことだ。公演計画が暗礁に乗り上げたことと邦子との再会は、そう強く三島を促した。事実、一二月二一日に三島に会った吉田満は、帰国後すぐに着手したい長篇小説があると言って、三島が熱心に取材していたことを伝えている。[*6]それこそが、『金閣寺』を超える作品として企図された長篇書き下ろし小説『鏡子の家』であった。

　公演のメドは立たなかったものの、ニューヨークにいたドナルド・キーンの仲介によって、三島とボッツフォードとの関係も修復した。帰国後三島はキーンに手紙を書き、「Keith と和解できたのも貴下のおかげで、気持よくニューヨークを発つことができました。本当に感謝してゐます」（一九五八年二月三日付）と述べている。

『鏡子の家』の世界

　帰国した三島は、以前から文学座の杉村春子と執筆の約束を交わしていた戯曲「薔薇と海賊」（女流童話作家と白痴の青年の恋愛を扱った三幕物のコメディー。一九五八年七月八―二七日、第一生命ホール）を書き上げると、ただちに長篇書き下ろし小説に取りかかった。稿を起こしたのは三月一七日である。『鏡子の家』と名づけられた新作は、翌五九年六月二九日に九四七枚をもって完成し、九月に新潮社から書き下ろし長篇、第一部、第二部の二冊本として刊行された。

　『鏡子の家』は、『金閣寺』で大きな成功を収めた三島が、さらにその先を目指して全力を注いだ作品である。書き下ろしではあるが、鉢の木会のグループが同人となった季刊誌『声』創刊号（一九五八年一〇月）に冒頭部分（第二章の途中まで）を特別に寄稿したことからも、その強い意気込みが窺われる。

作品内で設定されている時代は一九五四年四月から一九五六年四月である。朝鮮戦争の休戦（一九五三年七月）により特需が終わって、いったん未曽有の不景気に陥るが、一九五五年になって景気が好転し、高度経済成長の力強い一歩を踏み出した時期にあたる。

経済が好転したのは日本だけの話ではない。むしろ、朝鮮戦争休戦後の大幅な景気後退を経て史上空前の繁栄に向かったアメリカ経済の直接的な影響を受けて、日本経済も好転するのである。国際政治においては冷戦の「雪解け」の時期にあたり、国内では五五年体制が確立した時期であった。

ところが、こうした時勢に強い違和感を覚える友永鏡子は、信濃町の屋敷から夫を追い出し、自宅を青年たちの集まるサロンとして開放していた（鏡子のモデルは板谷諒子の姉・あつ子）[*7]。サロンの主な客は、財閥系商社の社員・杉本清一郎、新進日本画家・山形夏雄、美貌の新劇俳優・舟木収、ボクシング選手・深井峻吉の四人である。「みんな欠伸《あくび》をしてゐた」という冒頭の一行が象徴するように、彼らはみな時代のなかで満たされない思い、虚無感、そして閉塞感を抱いていた。それを象徴する一節を引用しよう。

> しかし四人が四人とも、言はず語らずのうちに感じてゐた。われわれは壁の前に立つてゐ

る四人なんだと。

それが時代の壁であるか、社会の壁であるかわからない。いづれにしろ、彼らの少年期にはこんな壁はすつかり瓦解して、明るい外光のうちに、どこまでも瓦礫がつづいてゐたのである。日は瓦礫の地平線から昇り、そこへ沈んだ。ガラス瓶のかけらをかがやかせる日毎の日の出は、おちちらばつた無数の断片に美を与へた。この世界が瓦礫と断片から成立つてゐると信じられたあの無限に快活な、無限に自由な少年期は消えてしまつた。今ただ一つたしかなことは、巨きな壁があり、その壁に鼻を突きつけて、四人が立つてゐるといふことなのである。

『俺はその壁をぶち割つてやるんだ』と峻吉は拳を握つて思つてゐた。

『僕はその壁を鏡に変へてしまふだらう』と収は怠惰な気持で思つた。

『僕はとにかくその壁に描くんだ。壁が風景や花々の壁画に変つてしまへば』と夏雄は熱烈に考へた。

そして清一郎の考へてゐたことはかうである。

『俺はその壁になるんだ。俺がその壁自体に化けてしまふことだ』

その思い通り、峻吉は大学卒業後のプロ・デビュー戦で勝利し、収はボディビルで逞しい肉体を手に入れ、夏雄はN新聞社賞を受賞し、清一郎は副社長の娘と結婚する。こうして、彼らはそれぞれの道で成功を収めたかに見える。ここまでが第一部である。

第二部では、一転して四人がそれぞれ滑稽な悲劇や狂気に満ちた破滅に襲われることになる。

一九五五年夏、夏雄は富士山麓の青木ヶ原樹海を取材した際に目の前の物が消滅し世界が崩壊するという体験に見舞われ、その後、絵が描けなくなる。収は母親の借金のかたとして、加虐の嗜癖のある女高利貸の愛人となり、最後にはSMプレイの果てに進んで女に殺される（その直前に三島は砂川闘争についてのエピソードをチラと挿入しているが、収には何ら関心を示させていない）。峻吉は全日本チャンピオンになったその晩、チンピラに拳を砕かれて選手生命を絶たれた後、知人に誘われるままに右翼団体の幹部となる。史上空前と言われた経済的繁栄を謳歌するニューヨークに赴任した清一郎は、その地で同性愛の米人男性に妻を寝取られてしまう。

鏡子も生活難から独身生活を続けられず、サロンを閉鎖して夫と再婚せざるをえなくなった。しかしその直前、いったん神道霊学系の神秘主義に囚われるが、結局そこを離れ、芸術家としての自己を取り戻した夏雄が鏡子に別れを告げにくる。メキシコに留学するというのだ。その晩鏡子は夏雄とはじめて関係を結び、これを最後に鏡子のサロンは幕をおろすのだった。

ニヒリズムの時代

三島は『鏡子の家』において、『金閣寺』の成果を踏まえ、これを超えようと企図した。「『金閣寺』で個人の小説を書いたから、次は時代の小説を書かうと思ふ」（「十八歳と三十四歳の肖像画」）と三島は述べている。だが、見てきたように、三島は『金閣寺』においてすでに時代に挑んでこれを描き、高い評価を得ていたのだった。その先を狙う『鏡子の家』の主題とは、いったい何だろうか。

これについて三島は、『鏡子の家』刊行時のインタビューでこう語っている。

現代はバルザックの小説のように各人物が劇の登場人物のようにからみあって生きている時代ではない。孤独な人間が孤独なままでささえているのが現代だ。そして現代青年の本質的な特徴はニヒリズムだと思う。〔……〕経済が不況から立ち上ると同時に人間がボツラクするというアイロニーを使うために、この時期を選んだのだ。またニューヨークと東京を舞台にしたのは経済的原因の根本を支配するものはニューヨークであり、それに敏感に呼応するのが東京だからである。

（『毎日新聞』一九五九年九月二九日）

主題は一口にいって〝ニヒリズム〟です……ぼくは〝金閣寺〟でもこれをある程度やったわけですが、あれは一人の人物に集中した形だった。こんどはそれを普遍化して時代を描こうとしたんです。これは前から考えていたんだが、二十世紀初頭のヨーロッパの精神状態はニヒルの一語につきるんですね。飯を食うのも、町でタバコを買うのもニヒリズムに支配されているような状態……日本にはそんな大きなニヒルはなかったんだけれども、あの小説に描いた朝鮮戦乱後の時代から同じようなものが出て来たと思うんですよ

（『南日本新聞』一九五九年一〇月二九日〔夕刊〕）

ここに明らかなのは、たしかに三島は『金閣寺』において社会、時代、歴史を捉え、これと切り結んで一定の成功を得たが、そこで問われたのは、もっぱら戦後の日本という限定された場だったということである。すでに三島は、そこに張り巡らされた欺瞞の構図を抉り出していた。いま、そこから射程を大きく延ばし、国境を越えて広がる近代という時代の全体を相手に勝負を挑もうとしている。

もう一つ重要なことがある。三島から正面切って挑戦を受けた時代は、ただちに警告した。お前は自分の墓穴を掘っているのだぞ。自分で自分を蝕んでいるのだぞ。

それに対して三島はこう答える。言語表現は生を破壊し虚無を深刻化する。そんなことは、いまさら言われなくてもわかっている。それよりも、お前こそ自分の心配をしたほうがよかろう。生が破壊され、虚無に蝕まれているのは、何よりも時代そのものだからだ。欺瞞の構図を重ねたあげく、救いがたいニヒリズムに陥ったのだ。なんなら、俺が処方箋を書いてあげてもいいんだぞ。

「「鏡子の家」は、いはば私の「ニヒリズム研究」だ」（『裸体と衣裳』）と三島は言っているが、それが意味するのは、こういう問題意識である。三島は、自身の内面宇宙を蝕む虚無を、時代の問題としてのニヒリズムとみなすことで、敵に向かって切り返したのだ。近代という時代に巣くうニヒリズムを描き、小説家として救済のヴィジョンを提示すること。『鏡子の家』の主題を一言で言うならば、そのための方法論の追求であろう。

これは危険な賭けである。失敗すれば、虚無はいやが上にも深まり、セバスチャン・コンプレックスは抑えきれずに氾濫し、収拾のつかない混乱に陥る危険に晒される。

青木ヶ原樹海とウシュマル

この経緯がもっとも顕著に示されるのは、画家の夏雄の場合である。彼にとって、絵を描くことは、「この活《い》きて動いてゐる世界を、色と形だけの、静止した純粋な物象に変へてしまふこと」で、風景が「夏雄の心の中で迅速な分解作用をはじめ」ると、はじめて「制作のさまざまな無限の自由がはじま」るという。しかし、こうした営みを続けた代償として、夏雄は富士山麓に広がる青木ヶ原樹海を紅葉台から見渡した際に、世界の消滅という事態に見舞われてしまう。

> 端のはうから木炭のデッサンをパン屑で消してゆくやうに、広大な樹海がまはりからぼんやりと消えかかる。おのおのの樹の輪郭も失はれ、平坦な緑ばかりになる。その緑も覚束なくなつて、周辺はみるみる色を失つてゆく。……夏雄はこんなことはありえないと思つて眺めてゐるのに、樹海は見る見る拭ひ去られてゆき、ありえないことが的確に進行してゆくのである。〔……〕潮《うしほ》の引くやうに、今まではつきりした物象と見えてゐたものが、見えない領域へ退いてゆく。樹海は最後のおぼろげな緑の一団が消え去るのと一緒に、完全に消え去つた。そのあとには、あらはれる筈の大地もなく、……何もなかつた。

「何もなかつた」というのは幻覚や錯覚ではなく、夏雄にとって否定しようにも否定できない現実体験であった。これは『金閣寺』における溝口の不能体験の延長上にある経験で、ブランショが追究した問題とも重なるものだが、問われているのはそれだけではない。

後年のことになるが、中村光夫との『対談・人間と文学』(講談社、一九六八年四月)での発言からわかるように、三島はホフマンスタール(オーストリアの詩人、劇作家。一八七四―一九二九)の『チャンドス卿の手紙』やサルトルの『嘔吐』を念頭に置いて、この部分を執筆したのだった。

三島は中村に対して、「あなたが坐っているように見えるが、あなたはいないのだ、ものを食っているようだけれど料理なんかありはしないのだ。そういうところから出発して、それをどうして言葉で表現したらいいだろうか」、「それはホフマンスタールが「チャンドス卿の手紙」のなかで書いている。〔……〕チャンドス卿が庭を歩いていると如露《じょうろ》がある、そのうち、どうして如露という名前がついていて、どうして如露という存在があるのかわからなくなってきた。いままでそれは自分で如露だと思って見ていたが、何だかわからなくなってしまった。そこからだんだん物が見えなくなっちゃって、こわくなって友達に手紙を書く。あれはそういう体験に対する最初の声で、それはサルトルの「嘔吐」まで行くのですね」と言っている。樹海における夏雄の体験の背景には、このような実存的かつ歴史的な危機が横たわっているのだ。

いや、夏雄を襲う危機は『チャンドス卿の手紙』や『嘔吐』に描かれたそれよりさらに深刻である。というのも、実はチャンドス卿は、単に「物が見えなくな」るのではない。彼においては言葉と観念との自明な結びつきが乖離することによってたしかに「物が見えなくな」るが、その代わりに如露のような物象が、あたりまえの使用法や目的を失って、言葉では言い表わしがたい霊的な何ものかに変貌する。『嘔吐』の場合でも、言葉が意味をなさなくなって、かわりに「存在」existence がヴェールを剝がれて現われる。

ところが、夏雄を襲うのは、言葉や、言葉と意味との結びつきの喪失にとどまらず存在そのものの喪失なのだった。その恐怖から逃れようとして縋《すが》った神道霊学系の修行（鎮魂玉を三方に載せて印を結ぶ）も効験なく、夏雄は絶望の淵に立たされる。[*8]

そして本書の読者は気づくであろう。紅葉台から青木ヶ原樹海を見渡した夏雄の世界消滅体験と、ウシュマル遺跡の高台からジャングルを見渡した三島の詩的体験とが、陰画と陽画の関係にあることを。先に見たように、三島はウシュマルにおいて、おぞましい虚無とは無縁な詩的調和を体験したのだった。しかし、帰国した日本を覆い尽くしていたのは、そのような幸福な瞬間の芽がことごとく摘み取られた荒涼たる光景だったのである。それは、近代という時代そのものに巣くうニヒリズムの表われであった。三島にはそうとしか思えなかった。

しかし三島には、自信があった。ニヒリズムの病巣を摘出し、危機を潜り抜けて生きてゆくことができるという自信が。あたかもウシュマルの地が、幾多の危機を乗り越えて繁栄したように。もちろん、自分の力で時代それ自体を蘇らせることさえできるという自信も。

先に述べたように、神道霊学は夏雄にとって助けにならなかった。では、『鏡子の家』において、結局のところ夏雄はどうなるのか。彼を救うのは、ある朝、ソファーベッドの白いシーツの上に横たえられていた一茎の水仙である。夏雄は鏡子にこう語る。

僕は片手に水仙を持つたまま寝床から立つて、久しくあけない窓をあけに行つた。すると早春の日ざしのなかに、今年はじめての和やかな風の運んでくる、ものの匂ひや音のかずかずが、俄かに僕の耳を領した。

家は高台になつてゐるので、遠いデパートやビル街やそこにうかぶ広告気球や、高架線の上を光つて走る電車までがはるかに見える。風の加減で、雑多な物音もまじつてきこえる。すべてが今朝は洗はれてゐるやうに見える。〔……〕僕は庭のすがすがしい空気を吸つた。見たところはまだ緑の兆はないが、枝々の尖端がかすかに赤味を加へだした枯木といふ枯木は、もう冬のあひだのきびしい輪郭を失つてゐた。これも水仙のおかげなのだ。

まことに玄妙な水仙！　うつかり僕がその一茎を手にとつたときから、水仙の延長上のあらゆるものが、一本の鎖につながつてゐるやうに、次々と現はれて、僕に朝の会釈をした。それは水仙の謁見の儀のやうだ。僕は僕と同じ世界に住み、水仙と世界を同じくするあらゆるものに挨拶した。永らく僕が等閑《なほざり》にしてゐたが、僕が今や分ちがたく感じるそれらの同胞は、水仙のうしろから続々と現はれた。街路をゆく人たち、買物袋を下げた主婦、女学生、いかめしいオートバイ乗り、自転車、トラック、巧みに街路を横切る雉子猫、あの陸橋、広告気球、ビルディングの群の凹凸、高架鉄道、その遠い汽笛、アパートの窓の沢山の干し物、人間の集団、人間のあらゆる工作物、大都会そのもの、……それらが次から次と、異常なみづみづしさを以て現はれた。

ここで水仙は、三島によって書き上げられつつある『鏡子の家』という小説作品そのものを象徴している。それは時代の「虚無」を正確に描き取るとともに、創作の営為それ自体によって、世界を再生すべき作品だった。

そうだとすれば、いま、水仙を手に夏雄が見渡す光景を、ウシュマルの高台から三島が見た光景になぞらえることも許されよう。この後メキシコに留学するという彼は、『鏡子の家』の作中で明かされることはないが、チチェン・イッツァにも向かったに違いない。

芸術家の実生活――結婚、馬込への転居、新しい家庭

このように『鏡子の家』において作品の射程を大きく拡張したのだが、どんなに視野の広い小説であっても、描かれる出来事は、すべて三島自身の身に実際に起こった具体的事実から出発している点は、これまでの三島作品の場合と同じであった。

画家の夏雄が芸術家としての三島の似像であるのは論を俟《ま》たないが、ほかにも、三島は一九五五年九月にボディビルを始め、体力に自信がつくと一年後には日本大学拳闘部の小島智雄監督の門を叩いて週に二、三回ボクシングの練習を行っている。残念ながら三島は一年ほどでそれを止めてしまうのだが、かわりに一九五八年には剣道の稽古を開始した。そうした経験が、ボディビルを愛好する収やボクシングの選手である峻吉の造形に生かされている。また、収はＳＭプレイの果てに命を失うが、当時すでに三島は複数の切腹愛好家の手記に深い興味を寄せており、収の被虐性愛にはそれが反映している。三島が実際に彼らと面会するのは『鏡子の家』刊行後のこと

なので、これに関しては後で触れることにしよう。

いまは、副社長の娘と結婚する清一郎のモデルに触れなければならない。ほかでもない。それは、三島由紀夫その人であった。三島は『鏡子の家』の執筆と並行して、日本画家・杉山寧《やすし》の長女・瑤子《ようこ》（一九三七年二月一三日―一九九五年七月三一日）と一九五八年四月一三日にはじめて会い、六月に結婚したのである。

瑤子を紹介したのは、鏡子のモデルとなった湯浅あつ子だった。はじめて会ったとき、二一歳の瑤子はまだ日本女子大学英文科在学中だったが、六月一日に川端康成夫妻の媒酌により明治記念館で挙式。その後、六本木の国際文化会館で、当時としては珍しいカクテル・パーティー形式の披露パーティーが行われた。

翌一九五九年五月には、三島はヴィクトリア朝風コロニアル様式とも呼ばれる奇抜な家を馬込に新築し、六月二日に長女・紀子を得る。こうして家族とともに新生活をはじめた三島は、高揚感が続く六月二九日、『鏡子の家』を書き上げたのだった。

いったいなぜ、この時期に三島は結婚し、子をもうけたのであろうか。ちょうど三月、母・倭文重の末期癌が疑われ（五月一日に手術をした結果、悪性ではないと判明）、三島は早く世帯をもって母を安心させたかった。そのため縁談を急いだと言われている。しかし、先述の吉田満によると、三島はすでにニューヨークで、「来年はきっと結婚するぞ」[*9]と強く語っていたという。事実、邦子でも貞子でもない女性との結婚を三島は希望していたのだ。

ありていに言って、これから書かれるべき小説に、素材――特に、結婚式や新婚生活に関するエピソードなど――を提供するモデルとしての役割が瑤子に課された面があることは否定できない。しかし、それだけではあるまい。三島との結婚に瑤子はたいへん積極的だったというが、[*10]やはり三島にも、そのように自分を求める女性を欲する思いがあったのだと考えるほかない。

さて、いよいよ『鏡子の家』が刊行されると、新聞広告には、新居で撮影された写真とともに、「今秋最大の話題！　想を練ること三年、執筆に一年五ヵ月――鏡子をめぐる四人の青年の物語に、著者はすべてを投入、その間、一編の小説も発表しなかった。――多彩なストーリー。われわれの分身を思わせる青年たち。はじめて〝戦後という時代〟が本書によって描かれた！」（『朝日新聞』一九五九年九月二六日）という惹句が躍り、その広告欄内に、「鏡子の家――そこで私が書いたもの」という三島の自作紹介（広告用チラシに用いられた文章と同文）も掲載された。その末尾で三島は、「私は自分のあらゆるものをこの長篇に投げ込んでしまつたので、当分空つぽなまま暮すほかはない」と述べている。

同じ広告欄内には、山本健吉の次のような評も併載された。

> 「みんな欠伸をしていた。」これが、この長編小説の書出しである。これくらい正確に的を射て筆を下された冒頭の一句は珍らしい。この一句が、全編の地模様を決定している。みんなどこへ行くのか知らないで欠伸をしているのが現代だ。これまでの三島氏は、これほど全体的に「現代」と取組もうと試みたことはなかった。これは氏の、厳密な意味での最初の現代小説であり、あえて言えば、往年のラディゲの使徒が、バルザックに挑戦しようとして踏み

出した第一歩である。

こうして『鏡子の家』は、『金閣寺』を超える大作として世に送り出され、作家としての三島の評価も、ますます高まるはずであった。

＊1　猪瀬前掲書。

＊2　奥野健男「文芸時評」中（『東京新聞』一九五六年三月二八日〔夕刊〕）。

＊3　岩下前掲書（『ヒタメン――三島由紀夫が女に逢う時…』）。

＊4　三島はホテル・ヴァン・ランセレアから振付家の県洋二に詳細な観劇記録を送り、「ニューヨークで本当に見るべきものは、やはりバランシーヌ振付のシティ・バレエにとどめをさします」（一九五七年一二月一〇日付書簡。『三島由紀夫展　諏訪精一コレクション』小宮山書店、二〇一九年八月）と述べている。

＊5　猪瀬前掲書。

＊6　吉田満『戦中派の死生観』（文藝春秋、一九八〇年二月）。ちなみに三島は、かつてドナルド・リッチーと訪れたゲイバー（メリーズ）に吉田を伴って訪れている。

＊7　湯浅あつ子『ロイと鏡子』（中央公論社、一九八四年三月）。

＊8　『鏡子の家』の作中で明かされることはないが、夏雄が行う修行は大本《おおもと》（「大本教」と呼ばれることが多いが、正式には「大本」を名乗る）の源流の一つである本田親徳《ちかあつ》の霊学を伝える、友清歓真《よしさね》

による行法である（友清歓真『霊学筌蹄』天行居、一九二一年八月）。しかし、効験が現われず、結局夏雄は神道霊学系の神秘主義から離れることになる。実は、後に神道霊学は三島に大きな影響を与えることになるのだが、それは先の話である（第一六章参照）。

なお、夏雄が青木ヶ原樹海で遭遇した世界消滅体験は、歴史を見失ったことの報いとも考えられる。というのも、樹海の南方には満蒙開拓団引揚者による入植地が広がっていることを、夏雄も読者も忘れているからだ。やがてそこにオウム真理教が進出することになる。

＊9　吉田前掲書。

＊10　岩下前掲書（『ヒタメン――三島由紀夫が女に逢う時…』）。

第一三章　誤算と転落

赤ん坊を捨てる——『鏡子の家』の不評

ところが、蓋を開けてみると『鏡子の家』は不評で、三島は深刻な打撃を受けたのだった。臼井吉見、山本健吉、平野謙、江藤淳、佐伯彰一による座談会「一九五九年の文壇総決算」[*1]の『鏡子の家』評はそれを象徴する。

座談会冒頭で『鏡子の家』を取り上げた山本は、三島はバルザック的なものを狙っていると述べる。ところがこれに対し、「昭和二九年から三十年という、あの設定なんか、ぜんぜん意味ないと思うんだな」（平野）、「新聞のインターヴューで、経済的ロマネスクを意図したなんてことを作者はおつしやつてたけれど、結局のところ、作中に出てくる人物は全部三島由紀夫のいろんな面を部分的に代表しているだけだ。〔……〕ひじように孤独な、内的な三島の世界を幾つか組合わせたにとどまつたと思うんです」（佐伯）、「あまりくりかえされるとあさはかな感じを伴う逆説で全部設定されている。〔……〕およそバルザックなどとはちがつたものだ」（臼井）、「大体小説を書くつもりだったか、どうも疑問に思う」（江藤）と異論が続き、結局山本も、「三島さんという人は、「潮騒」にしても、「美徳のよろめき」にしても、失敗作じゃないんですよ。こんど初めて大きな失敗をしたんですよ」と答えるに至るのである。

座談会では言い足りないと考えたのであろう、江藤は後に評論「三島由紀夫の家」[*2]を著わして、『鏡子の家』について詳述した。すなわち、『鏡子の家』の登場人物たちは互いに葛藤を欠き、そこに描かれるのは巨大な空白でしかない。それはこの作品が長篇小説として失敗していることを意味すると述べたうえで、江藤はこう続ける。

> だが、実は話はここからはじまる。作者は最初から「空白」を描こうと意図していたのではなかつたか。長篇小説などというものが、もともと三島氏にはどうでもいいものであつて、小説とはいつも氏にとつては生きるための手段といつたものではなかつたであろうか。そして、氏が描こうとした時代とは、もののかたちもなければ色彩もないひとつの巨大な「空白」の時代、あたかも「鏡」に映じた碧い夏空のような時代ではなかつたか。このような時代の壁画は、「鏡」以外のものではありえない。そこには「空白」以外のものがあつてはならないのである。このように考えれば、「鏡子の家」はいかに燦然たる成功ではないか。すくなくとも三島氏自身と、氏と趣味を同じくする少数の人間――あの「椿事」の期待に生きる窓辺に立つた人間たちにとつては。

この江藤の評は、たしかに『鏡子の家』をめぐる問題の一面を言い当てており、検討に値する重要なものである。これを読んだ三島自身、江藤宛一九六二年（昭和三七）二月二七日付書簡で「感銘甚だ深いものがありました[*3]」と述べている。だが、江藤が小説作品としての『鏡子の家』を批判、否定しているのは間違いなく、しかし後にも見るように、三島はあくまでも『鏡子の家』を小説として書き、小説として世に問うたのだった。したがって、江藤のような評価のされ方をしても、三島には不本意な思いが残った。

もうひとつ、鉢の木会の仲間だった吉田健一の評にも触れておこう。彼はある新聞紙上で、『鏡子の家』によって戦後小説に終止符が打たれたと書評するのだが、そこではこの作品を批判しているようには見えない[*4]。ところが実際には、『鏡子の家』出版直後の鉢の木会で酒に酔い、三島の目の前で、「もしあいつが、この程度のものしか書けないのなら、会から追い出してしまわなきゃ」と呟いたというのだ[*5]。

落胆した三島は、後年、大島渚との対談（「ファシストか革命家か」、『映画芸術』一九六八年一月）で、次のように語っている。

「鏡子の家」でね、僕そんな事いうと恥だけど、あれで皆に非常に解ってほしかったんですよ。それで、自分は今川の中に赤ん坊を捨てようとしていると、皆とめないのかというんで橋の上に立ってるんですよ。誰もとめに来てくれなかった。それで絶望して川の中に赤ん坊投げ込んでそれでもうおしまいですよ、僕はもう。〔……〕その時の文壇の冷たさってなかったんですよ。僕が赤ん坊捨てようとしているのに誰もふり向きもしなかった。そんなこと言っちゃ愚痴になりますがね。僕の痛切な気持はそうでしたね。それから狂っちゃったんでしょうね、きっと。

誤算の原因

なぜこういうことになったのか。「一九五九年の文壇総決算」におけるコメントを分析すると、いくつかの決定的要因が浮かび上がってくる。

たとえば平野謙は「昭和二九年から三十年」という設定に何ら意味を認めていない。しかし、すでに述べたように、これは朝鮮戦争の休戦後、冷戦下にありながら世界情勢が固着し、ところがそれが機縁となって、アメリカ、そして日本経済の未曽有の発展が始まった時期にあたる。国内政治の次元においてそれを支えたのが五五年体制であることも、何度も述べた通りだ。三島が捉えたこの事実に、平野はまったく気づいていない。

いや、平野だけではあるまい。『鏡子の家』が発表された一九五九年は岩戸景気（一九五八年七月―六一年一二月）と呼ばれる好景気のただなかにあった。そういう時期にあって、自身の置かれた状況を歴史的に俯瞰するのは、誰にとっても容易なことではあるまい。五五年体制という概念をはじめて提起した升味準之輔の論文「一九五五年の政治体制」が発表されたのは、『鏡子の家』発表から五年近くを経た一九六四年であったことを思い起こすべきだろう。つまり、三島の認識眼に評者が追いついていないのである。

佐伯彰一もまた、三島が「経済的ロマネスクを意図した」にもかかわらず、それが体現されていないことを批判している。「経済的ロマネスク」という語からは、経済成長期の政財界、業界の人間模様や駆け引きの物語が連想されよう。

だが、佐伯の引用元である前掲の『毎日新聞』のインタビューにおいて、三島はそんなことを述べてはいない。三島が言っているのは、経済的繁栄の下でこそ、逆に浮き彫りになる人間存在の孤独やニヒリズムを描きたいということで、そもそも「経済的ロマネスク」という語を、三島はこのインタビューで用いていない。結局のところ、佐伯は時代状況の由来を問いただすことなく経済的繁栄を自明の前提であるかのようにみなし、それが三島によって作品化されるものと早飲み込みしている。そして、その見込み違いを自分の誤読ゆえではなく、作者の責任に帰しているのだ。

このように評者たちは作品解釈の入り口のところでつまずいている。だから、臼井のように「あさはかな感じを伴う逆説で全部設定されている」という印象を持つようにもなる。

これに対し、前述のように、三島が『鏡子の家』において「空白」を描こうとしたことを読み取っている点において、江藤淳の読解は正鵠を射たものだ。「小説とはいつも氏にとっては生きるための手段といったものではなかつたであろうか」という判断も、けっして間違っていない。だが江藤はこれを、「三島氏自身と、氏と趣味を同じくする少数の人間」だけにあてはまることとみなしたのだった。もし三島が、虚無とセバスチャン・コンプレックスの形象化をもっぱら自分自身の問題として追求しているのであれば、あるいはそう言ってよいかもしれない。しかし、三島が描こうとした「空白」は、単に個人を蝕む虚無ではなく時代の問題であった。そして、三島はそれを小説として描き、危機を乗り越える方法論とヴィジョンを小説として提示しようとしたのである。したがって江藤もまた、根本のところで三島の考えとすれ違ってしまった。

ただ、三島のやり方にも問題がなかったとは言えないだろう。時代というものは、手ごわく、かつ狡猾である。三島はそのことに、もっと注意を払うべきだったのだ。

『金閣寺』発表の頃は、まだ高度経済成長の初期であった。戦後日本に張り巡らされた欺瞞の構図に吐き気を催し、すべてを破壊し尽くしたいという欲望を、読者と溝口と三島は秘かに共有することができた。

ところが、『金閣寺』が発表されてから『鏡子の家』発表までのわずか三年の間に、読者を取り巻く環境は大きく変化する。高度経済成長が本格的に展開してゆくにつれて、人々の暗い破壊衝動はかき消されてしまった。あるいは、日々の生活を奔走することのエネルギーに変換されたと言うべきか。欺瞞の構図がよりいっそう巧妙に、人々の心に入り込んでしまったのだ。そうなると、読者は溝口という放火犯などに、もう興味を持たない。実のところ、放火事件もそれに共鳴する心理ももはや存在する余地のない世界こそ、『鏡子の家』に描かれた「空白」の一面なのだが、そうした問題意識を共有する読者は少なかった。

三島の関心は、こうした環境の変化を追うことよりも、ニヒリズムを近代それ自体の問題として捉えることのほうに向かっている。それは、バルザック、ホフマンスタールからサルトルに至るヨーロッパ近代史の系譜と戦後日本史との照応関係、二〇世紀資本主義の中心地であるニューヨークと東京との照応関係、その全体を相対化するウシュマルとチチェン・イッツァ——といった壮大な布置のなかで追究される問いなのだが、三島はこの経緯を丁寧に伝えることを怠った。

もっとも、仮に伝えたとしても、それが読者の心に響いたかどうかはわからない。今も述べた通り、人々は、日々の生活を奔走することにエネルギーを注いでおり、海外旅行もいまだ自由化していない当時の日本にあっては、夏雄がメキシコ留学することの意味など、想像もつかなかったであろう。

『宴のあと』とプライバシー裁判

『鏡子の家』は失敗に終わった。そう評価が定まって以降、三島は相次いで不幸に見舞われている。傍目には映画「からっ風野郎」（一九六〇年三月封切、大映）に出たり、『薔薇刑——細江英公写真集』（集英社、一九六三年三月）を刊行したり、東京オリンピックを取材するなど、高度経済成長の波に乗って生き生きと活躍したように見えるかもしれないが、一九六〇年代前半（昭和三〇年代後半）の三島は、『金閣寺』の成功によって極めた頂点から、まさに真っ逆さまに転落していったと言っても過言ではない。そのとき、虚無はますます深まり、セバスチャン・コンプレックスは抑えきれずに氾濫してしまうだろう。私は本書の表題を「暴流の人 三島由紀夫」としたが、かつてない荒々しい波に翻弄される三島の姿を辿ってゆくことにしよう。

まず取り上げるべきは、一九五九年四月の東京都知事選に立候補して落選した有田八郎とその妻・畔上《あぜがみ》輝井を主人公のモデルとする小説『宴のあと』（『中央公論』一九六〇年一—一〇月）である。

『中央公論』から三島側に連載小説の依頼があったのは『鏡子の家』刊行前であった。その後構想を練り一九五九年一一月に起筆した時点で、この作品は三島にとって『鏡子の家』の雪辱を果たすという意味を担っていた。

ところが、一九六一年三月、有田八郎からプライバシーの権利侵害として訴えられると社会的に大きな話題となり、以後『宴のあと』は、その内容以上に日本で最初のプライバシー裁判を引き起こした作品として人々に記憶されることになる。

作品の背景と裁判の経緯は以下のようである。

有田八郎は一九三六年、広田弘毅内閣に外相として入閣して以来、四度の外相を経験し、軍の強硬論を抑制しようと努めた人物として知られ、戦後は憲法擁護運動などに尽力した。一九五三年、旧知の畦上輝井と再婚したが、輝井は保守政界とつながりがある料亭・般若苑の経営者で、元外相と料亭の女将との老いらくの恋として話題になった。

有田は一九五五年、革新統一候補として東京都知事選に立候補し落選するが、五九年に再度立候補する。輝井は有田を全面的に支え、選挙資金のため般若苑も売却しようとしたが、岸首相の圧力で破談になり、さらに輝井の来歴に関する怪文書や、有田八郎危篤のビラをまかれるなどの選挙妨害を受けて、有田は再び落選した。その後二人は離婚し、輝井は般若苑を再開する。これを三島は、有田を野口雄賢、輝井を福沢かづ、般若苑を雪後庵と改め、出会って間もない二人が結婚し、野口が革新党候補として都知事選に臨むと、かづはすべてをなげうって支援するが、選挙に敗れて二人は離婚し、いったんは手放しかけた雪後庵をかづが再開する話として小説化したのである。

『宴のあと』は、当時生々しい話題だった都知事選を扱い、大野伴睦《ばんぼく》や吉田茂ら実在の保守政治家を思わせる人物が活写されていることもあって（作中では永山元亀、沢村尹《いん》）、連載時から好評だったが、三島が作家として雪辱を期そうとする作品でもあったというのは、次の意味においてである。

『鏡子の家』以前に三島がもっとも成功したのは一九五六年の『金閣寺』と「鹿鳴館」であった。『金閣寺』は、反-戦後小説として時代に挑むとともに芸術家小説でもあったが、一般の読者は、何よりも実際の放火事件に基づくモデル小説として読んだのではないか。「鹿鳴館」は「俳優芸術のための作品」として書かれたが、人気の秘密はそれがメロドラマ、座談会「一九五九年の文壇総決算」における佐伯彰一の言葉を真似るなら「政治的ロマネスク」という骨格を備えていたからではないか。三島は自身の創作意図をひとまず脇に置き、読者の視点から自作をこう分析する。この観点から見ると、都知事選をともに闘った有田と輝井の夫婦の関係は、小説の格好の素材となるのである。

そのうえで三島は、『鏡子の家』の青木ヶ原樹海における世界崩壊、存在消滅の場面を、選挙に敗れた後のかづの空虚な心境に、水仙を契機に回生する夏雄を、再開を目前に控えた雪後庵の庭に下り立つかづへと置き換えた。以下に引用するのは最終章「宴の前」の一節である。

> 巽の池は日にかがやき、松、栗、榎、椎などの古い壮大な木々のめぐる央《なか》に、巨大な黐《もち》の

> 落着いて黒ずんだ緑が、背景の林のあたかも頂点をなしてゐた。芝生のひろい展望の要になる雪見灯籠だけが、永い閉鎖のあひだに、却つて寂びた古色を得て、まはりがきれいに刈り込まれると、ひとしほ目立つていきいきとして来た。空はよく晴れ、梢のあひだに繊細な巻雲が流れてゐた。
>
> 　かつて小さく折り畳まれてゐた庭は、水中花のやうにみるみる拡がつて、謎や不可解に充ちた広大な庭になつた。そこには植物や鳥の気ままだが静かな営みがあり、かづの知らないことがいつぱいあつて、今日かづがその一つを庭から持ち帰り、少しづつ自分のものにして、小さな薬研で挽き砕き、……掌に指に、薬をまさぐるやうにまさぐつて試してみても、新鮮な未知の原料はいつかな尽きず、かづを無限に富ましてくれるだらうと思はれた。

見事な描写である。こうして三島は一九五六年の成功の時点までいったん退き、その地点から『鏡子の家』の世界を描き直そうとしたのだった。それだけに、三島にとって『宴のあと』が成功するかどうかは、今後の作家生涯を左右する重大な鍵となった（実際、作品としての完成度は高く、一九六三年にドナルド・キーン訳がクノップ社から刊行され、翌六四年には、ザルツブルクで開催されたフォルメンタール国際文学賞でナタリー・サロートの『黄金の果実』につぐ第二位となっている）。[*6]

しかしそれは、有田八郎の了解するところではなかった。三島は輝井のもとには、中央公論社社長の嶋中鵬二らとともに事前に訪れて執筆の挨拶をしたが、有田の意向を直接尋ねることはしていない。すると、有田は連載途中から、このような内容の小説が発表されるのは不本意だという抗議を行い、すでに連載発表されたものは仕方がないが単行本化は困るという有田の意向を受けて、嶋中は連載後の単行本化に消極的になる。

だが、三島は有田の考えを容れるわけにはゆかず、連載終了直後の一九六〇年一一月一五日に新潮社から『宴のあと』を刊行した。その直前、一一月一日に、三島は夫妻で世界旅行に出発してしまう。

帰国は一九六一年一月二〇日で、直後に後述の嶋中事件（中央公論社の嶋中鵬二社長宅が襲われ夫人が重傷を負い、家政婦が刺殺された事件）が起きるが、『宴のあと』に関しては、三島は東宝と映画化の契約を結ぶなど、まだ楽観的であった（結局、映画は未実現）。

ところが、三月一五日、『宴のあと』はプライバシーの権利を侵害しているとして、有田八郎は三島と新潮社副社長・佐藤亮一と新潮社を東京地裁に告訴し、損害賠償一〇〇万円と謝罪広告請求の訴状を提出するのである。公判は四月二〇日からはじまり、三年半後の一九六四年九月二八日、三島側の敗訴が言い渡された。判決主文は、被告側が連帯して八〇万円と法定利子、および訴訟費用の五分の四を支払うことを命じている。

翌月、三島側は控訴する。裁判は有田の死去を経て和解となるが（一九六六年一一月二八日）、六年間に及ぶ不安定な状況は、三島にとって想像以上の大きな負担となった。それは『鏡子の家』の雪辱を果たすための方法が否定されたからだが、三島を疲労困惑させたことはこの点にとどまらない。

ノーベル賞をめぐる問題

なかでも厄介だったのはノーベル文学賞をめぐる複雑な事情である。

ノーベル賞の権威と影響力は極めて大きく、特に日本においては、戦争の傷跡を癒し、民族としてのプライドとアイデンティティの回復に寄与するものと待望された点で、一九六四年に開催される東京オリンピックと類似の意味を担っていた。

はっきり言って、このこと自体は、文学そのものの価値とは、無関係である。ところが、本当にノーベル賞にそのような意味づけが伴うとすれば、それはノーベル賞という賞自体が、社会、時代、歴史の何がしかを代表する存在であることを物語っている。そうであるならば、社会、時代、歴史の全貌を捉えようとする小説にとってノーベル賞はいわば格好のライバルであり、これを受賞することは、時代に対する作家の勝利の証ともなるだろう。ノーベル文学賞は作品の価値を純粋に評価している——などということは、ただの綺麗事のようにも思えるが、そんなことはない。その理由を探ってゆくと、右のことに思い至るのである。

ただ、そうであればなおさら、この時期、ノーベル賞をめぐって起こった一連の出来事は、『宴のあと』のプライバシー裁判とも関わって、三島のその後の生と文学に、拭いがたい影を投げかけることになった。ここは少々回り道になるが、背景から確認しておく必要がある。

日本では一九四七年、四八年に、キリスト者として世界的に名を知られていた賀川豊彦がノーベル文学賞候補になって以来、受賞に向けてのさまざまな動きがあった（賀川は一九五四年以降四回にわたり平和賞の候補となっている。ちなみに日本人最初の平和賞候補は一九〇九年の法学者・有賀長雄）。

そこには、戦後の復興を諸外国に知らしめたいという日本側のナショナリスティックな動機と、ノーベル賞の影響力を世界中に広げたいスウェーデン・アカデミー（ノーベル文学賞選考委員会を兼ねる一八名からなる組織）側の思惑が働いていた。

そうしたなか、一九五八年に谷崎潤一郎と西脇順三郎が文学賞候補に挙がった際には、三島は谷崎のために推薦文を書いている（この頃、三島はクノップ社のハロルド・シュトラウスの依頼で、谷崎のために、別の推薦文も書いている。ちなみに、シュトラウスの依頼を三島に仲介したのはエドワード・G・サイデンステッカーだった）。[*7] このとき、ほかに『大地』で知られる米国作家のパール・バック、当時ハーバード大学教授のエドウィン・O・ライシャワー、そしてドナルド・キーンらも谷崎を推薦する文書を書いている。

しかしこの年の受賞者は『ドクトル・ジバゴ』のボリス・パステルナークであった。ところが『ドクトル・ジバゴ』はソ連において発禁処分となった本であり、パステルナークはソ連共産党の意向に従って受賞を辞退する。その後、ソ連最初の文学賞受賞者となったのは『静かなドン』のミハイル・ショーロホフだった（一九六五年）。

ここからわかるのは、文学賞の選考過程には、先述のナショナリスティックな動機、スウェーデン・アカデミーの思惑に加えて、東西冷戦下の文化闘争上の駆け引きも関わっていたことである。

さて、『宴のあと』のプライバシー裁判が起きた際、日本ペンクラブの会長は川端康成であった。三島は一九六一年四月一五日、川端を訪ねて裁判への後援を依頼し、翌月のペンクラブ例会では、新潮社副社長の佐藤亮一とともに、『宴のあと』裁判について事情説明を行っている。これを受けた、三島宛川端康成書簡（一九六一年五月二七日付）を、全文引用する。

> 拝啓　過日はわざ〳〵ペンへ御出席下さいましたのニ余り要領を得ませず失礼しました文芸家協会もペンクラブもあなたニ味方する事ハ明らかですが今さういそいで決議文とか宣言とかを出さない方がよいかもしれません　必要の時が来れば無論出すでせう
> さていつも〳〵御煩はせするばかりで恐縮ですが例ののおべる賞の問題　電報を一本打つただけではいろいろの方面ニ無責任か（見込みはないにしても）と思はれますので極簡単で結構ですからすゐ《ママ》せん文をお書きいただきませんか　他の必要資料を添へて英訳か仏訳かしてもらひあかでみいへ送つて貰ひます　右あつかましいお願ひまで　私この三十日夜の鞍馬の五月の満月祭といふのを見て帰ります[*8]

はっきり言うなら、これは、プライバシー裁判に対する後援と引き換えに、川端受賞のための推薦文の執筆を迫る内容である。これを受けて三島は五月三〇日に速達で川端にスウェーデン・アカデミー宛の推薦文を送り、実際にこの年川端ははじめてノーベル文学賞候補となったのだった。

では、三島自身は、そのとき候補となる可能性はあったのだろうか。この年の文学賞候補の公式記録（Nomination Archive）には、三島の名は記載されていない。だが、スウェーデンの外交官で当時の国連事務総長だったダグ・ハマーショルドが内々に三島を強く推薦していたことを、ドナルド・キーンは伝えている。公式な形での推薦に至らなかった一因は、一九六一年九月一八日、コンゴ動乱の停戦調停に向かう航空機が墜落し、搭乗していたハマーショルドが死亡したことにあったが、[*9]自身が候補にあげられる可能性については、三島も意識し始めていたであろう。

その三島に対して川端が、自身の推薦文を書くように頼むこと。それは、事実上ノーベル賞を俺に譲れと迫ること、少なくともその布石を打つことに等しい。思い返すなら、戦後、雑誌『人間』に三島の短篇「煙草」の掲載を推薦したのは川端であった。そのとき三島自身、意図して佐藤春夫ではなく川端を師として選んだのであった。先にこのことに触れた際、長い目で見たとき、それがどんな結果を引き起こすことになるかはまた別だと述べたが、三島はいまその代価を、こういう形で払うことになったわけである。

関連して次のような事情も存在した。鉢の木会の仲間だったはずの吉田健一が『鏡子の家』を批判したことは先に触れたが、二人の間にはプライバシー裁判をめぐっても確執が生じたのである。健一の父は吉田茂である。あえて言うなら、戦後日本における欺瞞の構図の原点を作った一人である。茂は外務省時代の有田の先輩にあたり、政治的立場こそ異なったが、二人の間には一定の親交があった。そこで有田は『宴のあと』の単行本化前の一九六〇年九月、健一を介して三島と直接話をする場を設けようと働きかけた。ところが、健一が有田の肩を持っていると受け取った三島はこの申し出を断る。[*10]これがきっかけとなり、三島は一九六一年一一月一一日を最後に鉢の木会を脱会してしまう。

さらに、そこにはもうひとつの要素も絡んでいた。その頃、吉田茂をノーベル平和賞に推薦しようとする動きがあったのである。事実、一九六五年から三年間連続で吉田茂は平和賞の正式な候補となる。当時、日本から平和賞と文学賞の受賞者が続けて出ることは考えられない。健一の立場からみて、何か訴訟を抱え込むことが、三島のみならず日本の文学界から受賞者が出ることへの障害となるのであれば、それだけ父・茂の平和賞受賞に有利に働くという気持ちがなかったとは言えまい。健一はそう意識して振る舞ったわけではないかもしれないが、いかなる状況、いかなる文脈に自分たちが置かれているかということはよく承知していたはずだ。もちろん三島もまた。

このような微妙な緊張が続くなか、正式に三島がはじめてノーベル文学賞に推薦されるのは一九六三年であった。その際にも三島にとって不本意というべき事態が陰に陽に生じ、それは一九六八年の川端受賞まで続いて三島の精神を疲弊させることになる。ここには、実に深刻な問題が潜んでいるのだが、ここで語るにはまだ時期尚早なようである。続きは、章をあらためよう。

嶋中事件

いずれにせよ、このころ三島は立て続けに不幸な出来事に襲われ、文字通り「暴流」に翻弄されてきりきり舞いになるが、ここで先に少し触れた嶋中事件（一九六一年二月一日）の影響について、もう少し詳しく考えることにしよう。それは、プライバシー裁判で有田から訴えられる一ヵ月半前にあたる。

嶋中事件とは、『中央公論』（一九六〇年一二月）に掲載された深沢七郎の「風流夢譚」（夢の中で起こった革命において天皇、皇后、皇太子夫妻が斬首される話を戯画的に描いた小説）に憤激した右翼少年が、浅沼稲次郎社会党委員長刺殺事件（一九六〇年一〇月一二日）に刺激されて、中央公論社の嶋中鵬二社長宅を襲って夫人に重傷を負わせ、家政婦を刺殺した事件である。

その際、伊藤整、武田泰淳とともに三島が選考委員を務めた第一回中央公論新人賞受賞作が深沢の「楢山節考」（『中央公論』一九五六年一一月）だったことや、次章で取り上げる三島主演映画「からっ風野郎」の主題歌の作曲が深沢だったことから、「風流夢譚」を『中央公論』に推薦したのは三島だという風聞が流れ、右翼から脅迫された三島には約二ヵ月間、警察の護衛が付くことになった。

実際には、三島は「風流夢譚」の雑誌掲載を推薦したわけではない。だが、事前にその原稿を読み、この作品の扱いは難しいので、三島の小説「憂国」と併載して毒を相殺したらどうかということを、中央公論社編集部の井出孫六に伝えていた[*11]。

「憂国」についても次章で述べるが、ここでは、この事件に際して三島が抱いた内面の不安に注意したい。

もちろんそれは、実際に犠牲者が出て、自身もその標的となったことからくる不安である。また、そこには自責の念もあった。というのも、有田八郎の抗議を受けて単行本化を断念した中央公論社の嶋中社長に対する不満が事件によって発散された面が、まったくなかったとは言えないからである。その意味では、犯人は三島の秘かな代理人なのだ。

だが、「魔―現代的状況の象徴的構図」(『新潮』一九六一年七月)を読むと、話はそれだけではないことがわかる。このエッセイは、「通り魔」という犯罪者、「殺されたい」と願う人間、そして「作家および詩人」という三者を、現代を象徴する三つの類型として語ったものだが、草稿を見ると、もともとは嶋中事件に際して、自身の命が狙われる危険に晒されたことをきっかけに書き始められたものだった(『決定版 全集』31)。つまり、「通り魔」というのは三島を狙う殺人者のことなのだ。決定稿からは、嶋中事件を連想させる記述はいっさい消し去られているが、草稿を踏まえて「魔」を読むと、このとき三島を襲った不安の核心に、何が潜んでいたかが見えてくる。

それは、『鏡子の家』や『宴のあと』のように文学作品として時代に挑んでも評価も理解もされず、逆に、嶋中事件に巻き込まれたり、プライバシー裁判で訴えられたりすることによって、社会の注目の的となり、命すら狙われることになるような時代に対する深い違和感、不信感である。このことは、社会、時代、歴史の全貌を捉えたいという思いから渾身の力を込めて行ってきたこれまでの創作活動が、結局のところ無意味だったのではないかという深刻な挫折感を三島にもたらした。実際に発表された「魔」の結末の一節で、三島は作家としての自分の存在のあり方を「絶対孤独」と規定しているが、こうした事情を踏まえて読まなければ、その意味を了解するのは不可能だろう。

> それにしても作家は、自分が生きてゐる時代と絶対孤独との関係については、たえず頭を悩まさざるをえない。これは一体どういふ関係であらうか? それは単に、醜聞のやうなも

のなのか？　書くたびに、書けば書くほど、彼はこのことを思ひ詰め、このふしぎな疑問が、はては彼の反復される主題にまでなつてしまふ。

幸福なことに、秘密は彼が書いて書いて死んでしまふまで見事に保たれる。秘密とは？

「そんな関係は何もないのだ」

これを読むと、時代を捉え時代と切り結ぼうと力を尽くす三島に対して、いま時代が、復讐の刃を突きつけてきた様子がまざまざと見えてくる。その仕打ちは実に周到だ。時代は三島にこう言っているのだ。

俺を捉え、俺を超える方法論を見出し新たなヴィジョンを描くなど所詮不可能なことなのに、ここまでよく頑張ったな。褒美をやろう。それはお前の内面宇宙にもともとわだかまっていたものだ。ひとつは底なしの虚無。無駄に書けば書くほど、それは存分にお前にもたらされる。もうひとつは、セバスチャン・コンプレックス。お前はそれを文学として形象化などしなくてよいのだ。そんなことをしなくても、「通り魔」はそこに現われ、お望み通りにお前を殺害するだろう――。

実を言えば、「魔」の草稿には、嶋中事件によって自身も命を狙われることによって得られた奇怪な陶酔感も書き込まれている。これも、発表稿からは削除されているが、そうだとすれば、「殺されたい」と願う人間も、「通り魔」という殺人者も、その根を辿ってゆけば三島その人につながるのだった。

こう見てくると、嶋中事件が三島に与えた深刻な影響がよくわかる。それは前・習作期の三島において、「館」の中断に立ち至った時の状況に近い。すなわち、虚無とセバスチャン・コンプレックスが、この現実世界に氾濫し、制御不能になって三島の存在を根底から脅かす危機が迫ってきたのだ。

もちろん、三島は負けてはいない。自分の置かれた状況を、「魔」の副題にあるように「現代的状況の象徴的構図」とみなし、いわば自分を鏡にして、相手を映し取ろうとしている。しかし、それを小説としてどのように表現すべきか、『鏡子の家』のやり方も『宴のあと』のやり方も拒まれた三島は苦しみ続ける。

文学座の分裂

さらに追い打ちをかける出来事が生じた。一九五〇年一二月に「邯鄲」を文学座アトリエで公演して以来深く関わり、一九五六年には創立二〇年記念公演として「鹿鳴館」を提供するなど、三島の創作活動の重要な柱だった文学座が分裂するのだ。三島にとっては寝耳に水であった。

一九六三年一月一四日、『毎日新聞』が「文学座が分裂」との見出しで、芥川比呂志、岸田今日子らが脱退し、福田恆存の新芸術運動に参加して劇団・雲を結成するとのスクープを掲載した。何事も杉村春子中心の文学座の現状に対する中堅・若手俳優の不満が背景にあると言われたが、脱退したのは二九名で、文学座にとっては前代未聞の大事件だった。

一九五六年四月、前月に入座した三島と入れ替わるように文学座を退座した福田恆存は、その後も、評論や劇作のライバルとして、あるいは鉢の木会の会員同士として、三島と交友を続けていたが、このことについては新聞スクープの前日に、あくまでも形の上で三島を新劇団に誘ったのみだった。三島は、親しく仕事をしてきた芥川や岸田からも、何も事前に明かされなかった。こうして、信頼していた者に裏切られ、あるいは挑戦状を突きつけられる立場に、突如三島は立たされることになったのである。

この年、文学座を代表する理事の立場についた戌井《いぬい》市郎《いちろう》は、三島が異常な熱意をもって文学座再建の陣頭指揮に乗り出したことを伝えている。[*12] 事実三島は、分裂に際して文学座側の声明文を進んで起草し、さらに今後の進路として、次の三点を強調した。

第一に創作劇の重視、第二に歌舞伎における写実的台本の再評価、第三に西欧における劇場的《シアトリカル》な演劇の重視である。「劇場的《シアトリカル》」演劇というのは、『朝日新聞』（一九六三年二月一三日〔夕刊〕）掲載の三島談話によれば、「近代リアリズム以前の、俳優術の見本になるような〔……〕〝芝居じみた芝居〟」のことで、三島自身の「鹿鳴館」もこの系譜に連なるものだった。文学座によって一九六三年六月に上演されたヴィクトリアン・サルドゥ作の「トスカ」（オペラ「トスカ」の原作）は、この第三点の具現化で、三島は安堂信也の訳文に大幅に手を加えて潤色を施し、公演も盛況だった。

こう言うと、三島は実に精力的に活動しているように見える。だが、実際の精神状態は極めて不安定だった。

後にこの時期を回顧した三島は、「私の中の故しれぬ鬱屈は日ましにつのり、かつて若かりし日の私が、それこそ頽廃の条件と考へてゐた永い倦怠が、まるで頽廃と反対のものへ向つて、しゃにむに私を促すのに私はおどろいてゐた」（「二・二六事件と私」、『英霊の声』の「あとがき」、河出書房新社、一九六六年六月）と述べている。

これは、いわゆる躁転と呼ばれる状態にも近い事態だが、その延長上で書かれたのが、一九六四年の文学座正月公演用に書き下ろされた「喜びの琴」であり、それは結果として、三島の文学座退座を引き起こすことになる。

「喜びの琴」

「喜びの琴」は、列車転覆テロ事件をめぐり公安警察官が繰り広げるドラマである。反共の信念を抱く片桐巡査は、その反共の信念を彼に吹き込んだ松村巡査部長に心酔しているが、実は松村は共産党の過激グループの秘密党員だった。そうと知らない片桐は、松村の指示に従って、事件を策動したのは右翼であることを突き止める。しかしそれは誤認だった。真相は、真に危険なのは右翼やその背後にある政府、資本家だという印象を社会に与えるために松村が片桐を騙して捜査を誤らせたのであり、真犯人は共産党の過激グループだったのである。

利用されたことを知った片桐は絶望の底に沈むが、最後に琴の音の幻聴を聞いて、そこに救いを見出して幕となる。

この戯曲は一九四九年八月に起こった松川事件に着想を得ている。第七章でも少し触れたが、松川事件は人員整理に反対する共産党員らによるテロとして党員、労組員らが逮捕、起訴された。

しかし、ちょうど一九六三年九月一二日に被告全員の無罪が確定したばかりだった。「喜びの琴」はその判決を裏返すような内容の戯曲である。

これに対し、当時文学座には、一九六〇年の訪中公演以来、中国贔屓になっていた杉村春子をはじめ、共産思想に同調する者がいたため疑問が続出、「日共」、「中共」の名称を台本から削除するなどの改訂が施されたが稽古は立往生した。内容を知ったNHKからは正月のテレビ中継を断られ、主要な鑑賞団体である労演（勤労者演劇協会）も批判的だった。そこで、文学座として「喜びの琴」の上演保留を三島に申し入れることになる。

ところが、三島は保留ではなく中止を主張し、芸術至上主義を謳っていながら思想的理由で台本を拒否するような劇団とは袂を分かつという理由で、文学座を退座するという事態に至った。そして、一九五二年一一月の「卒塔婆小町」文学座本公演以来、三島戯曲をたびたび演出した松浦竹夫、戦後早くから三島と交友のあった劇作家の矢代静一、俳優では中村伸郎《のぶお》、丹阿弥谷津子、賀原夏子、南美江らが三島と行動をともにし、一九六四年一月、グループNLT（Neo Litterature Theatre＝「新文学座」の意）が結成される。文学座としては二度目の大きな分裂になったのである。

こうした事態の背景には、いくつもの要因がある。芸術至上主義の立場から文学座の政治的偏向を正すという三島の立場は、単なる建て前や虚辞ではないが、そこに福田恆存への対抗心が働いていたことも疑えないだろう。

ただし、ここで思い起こさなければならないのは、松川事件が起こった一九四九年八月は下山事件、三鷹事件の一ヵ月後にあたるが、『仮面の告白』刊行の一ヵ月後でもあったということである。そうだとすれば、「喜びの琴」執筆のモチーフの根底には、『仮面の告白』によって戦後文学の最前線に立った時期に立ち返り、そこから自身の文学を再検証しようとする思いも秘められているのではないだろうか。

しかも、この戯曲の台詞は、言葉の上では共産党、共産主義を誹謗するように見えるかもしれないが、三島が立場的に同一化しているのは、むしろ、「俺は党の組織も信じちやゐない。人間も信じちやゐない。信じるのは、もやもやとした、破壊への、あくなき破滅への俺の欲望だけだ」と語る共産党秘密党員の松村のほうである。彼は、虚無とセバスチャン・コンプレックスを体現する存在として『仮面の告白』や『金閣寺』の主人公の系譜に連なる人物であり、松村が逮捕され策動が失敗に終わったことは、三島自身の文学活動が、結局のところ不本意な結果に立ち至っている事態を、自虐的、戯画的に述べたものとみなすこともできるのだ。

片桐はかろうじて琴の音に救いを見出す。けれども、三島に琴の音が聞こえたかどうか、それは誰にもわからない。三島はこの作品について、「イデオロギーは本質的に相対的なものだ、といふのは私の固い信念であり、だからこそ芸術の存在理由があるのだ、といふのも私の固い信念である」(「前書——ムジナの弁」、『文芸』一九六四年二月)と述べている。しかし、琴の音が象徴する芸術の存在の確たる手応えを、この時期三島は、見失っていたのではあるまいか。

ちなみに、「喜びの琴」という芝居は、日生劇場の役員に就任していた劇団四季の浅利慶太が、一九六三年に開場した日生劇場を軌道に乗せるための話題集めの意味もあってこれを上演し、みずから演出も手掛けた(一九六四年五月七—三〇日)。ＮＬＴ、四季などから俳優が参加し、片桐巡査はテレビスターの園井啓介が務めることになる。

けれども、作品としての出来栄えには疑問符がつくことは否めない。最大の難点は、三島戯曲の見せ場である（「鹿鳴館」の朝子と影山のような）台詞と台詞の対決シーンとなるべきところが、真相を知って呆然とする片桐に向かって松村が一方的に虚無的な考えを述べるだけの場面になってしまい、舞台のダイナミズムが感じられないことである。

長年にわたって走り続け、『金閣寺』で文学的頂点を極めたものの、その後、『鏡子の家』、『宴のあと』で思うような評価を得られずに「暴流」に翻弄されて苦しんだ三島は、こうして大きな壁にぶつかってしまった。折口信夫をモデルとする老国文学者の歌人（作中では藤宮先生と呼ばれる）を主人公とする「三熊野詣」（『新潮』一九六五年一月）において三島は老醜を描くが、それは当時の三島の自画像でもある。この作品を含む短篇集『三熊野詣』（新潮社、一九六五年七月）の「あとがき」には、「今度の四篇をまとめたのは、ほぼ同時期に書かれ、共通のテーマを持つてゐるからである。この集は、私の今までの全作品のうちで、もつとも頽廃的なものであらう。私は自分の疲労と、無力感と、酸《す》え腐れた心情のデカダンスと、そのすべてをこの四篇にこめた」と書かれている。これが一九六〇年代前半（昭和三〇年代後半）、精神の疲弊を重ね虚無に蝕まれていった三島の実態であった。

＊1　臼井吉見、山本健吉、平野謙、江藤淳、佐伯彰一による座談会「一九五九年の文壇総決算」（『文

学界』一九五九年一二月）。

＊2 江藤前掲「三島由紀夫の家」。

＊3 江藤淳『落葉の掃き寄せ』（文藝春秋、一九八一年一一月）。

＊4 吉田健一「戦後小説に終止符打つ」（『北海道新聞』一九五九年一〇月七日）。

＊5 John Nathan 前掲書。

＊6 フォルメンタール国際文学賞は一九六一年から六七年まで行われた国際的な文学賞。もともとはスペイン語文学の国際的普及を目指したもので、構想の原点はスペイン、マヨルカ島のフォルメンタールで毎年行われていた国際小説シンポジウムであった。

＊7 Edward George Seidensticker, *Tokyo Central: A Memoir*, Seattle, University of Washington Press, 2002.（サイデンステッカー『流れゆく日々——サイデンステッカー自伝』安西徹雄訳、時事通信社、二〇〇四年七月）。

＊8 『川端康成 三島由紀夫 往復書簡』（新潮社、一九九七年一二月）。

＊9 ドナルド・キーン『思い出の作家たち——谷崎・川端・三島・安部・司馬』（松宮史朗訳、新潮社、二〇〇五年一一月）。なお、飛行機の墜落は、現在ではハマーショルド殺害のための謀略との見方が有力である。

＊10 一九六〇年暮れ、版元の丸善の意向で鉢の木会の同人による『声』が廃刊される際（最終の一〇号は一九六一年一月刊）、同人側でそれを主導したのは吉田であったが、ちょうど外遊中だったことを理由に、三島には何も知らされなかった。それも、三島の脱会の一因となった。

＊11 井出孫六『その時この人がいた——昭和史を彩る異色の肖像37』（毎日新聞社、一九八七年二月）。

＊12 戌井市郎『芝居の道——文学座とともに六十年』（芸団協出版部、一九九九年五月）。戌井市郎、

松本徹、井上隆史、山中剛史による座談会「文学座と三島由紀夫——戌井市郎氏を囲んで」（『三島由紀夫研究』6、二〇〇八年七月）。

第一四章　オブジェと哲学

「からっ風野郎」

このように、『鏡子の家』以降の三島には、誤算や深刻な心理的打撃が続いた。しかし、その一方で三島は、映画に出演し、『薔薇刑——細江英公写真集』を刊行し、雑誌グラビアを賑わせるなど、マスコミの寵児でもあった。一九五九年（昭和三四）六月には長女・紀子、六二年五月には長男・威一郎を得ている。こちらの面だけを見ると、仕事においても私生活においても、むしろ三島は精力的に活躍していたのではないかという印象も強い。

前章では、「暴流」に翻弄される負の部分を辿ったが、ここでは同じ時期の三島の、一見華やかで楽しげに見える部分に光を当ててみよう。だが、あらかじめ言っておくなら、その華やかさや楽しさは、麻薬のようなものだ。活発に動き回ることによって、一瞬は気が紛れ、誤算や打撃などなかったかのような気になる。しかし長くは続かない。たちまち次の不運に見舞われて、以前にも増して精力的に動き回らなければ、もう気を紛らすことなどできなくなり、果ては終わりのない悪循環に陥る。

その最初のきっかけとなったもの。それは大映映画「からっ風野郎」（一九六〇年三月二三日封切）の主演であった。

「からっ風野郎」は、無鉄砲だが気弱なやくざ・朝比奈武夫が、恋人・芳江の純粋さに触れて、やくざから足を洗おうとする直前に抗争相手に殺されてしまう話である。三島は武夫を演じ、芳江役は若尾文子であった。監督は強烈かつ大胆な演出で大映の絶頂期を支えた増村保造《ますむらやすぞう》である。

一九五九年一一月一四日、大映社長・永田雅一が来春の大映作品に三島が主演することを記者会見で明らかにすると、それは驚きをもって迎えられ、「新人スター三島由紀夫」、「名乗り出た和製コクトー」などと騒がれた。

だが、背景には次のような事情があった。実は、「からっ風野郎」より先に、『鏡子の家』の映画化のオファーが四社からあり、特に大映が積極的だったのだ。監督は三島自身の希望により市川崑であった。

ところが、これとは別に、三島の友人である講談社の編集者・榎本昌治と大映のプロデューサー藤井浩明の間で三島自身が映画に出演するというプランが生まれ、これを受けた永田が三島に主演としての出演を依頼したのである。永田の立場から言えば、『鏡子の家』の映画化よりも、三島の主演映画のほうが話題になって売れると見て、こちらを優先したのであろう（事実、『鏡子の家』の映画化は実現しなかった）。

一方、三島にとっても、次第に明らかになってきた『鏡子の家』の不評という事態からの、言い方はよくないが格好の逃げ場が与えられたわけである。当初、脚本は白坂依志夫の「肉体の旗」だったが、まもなく菊島隆三の「からっ風野郎」（後に安藤日出男も共同執筆として参加）に変更し、一九六〇年二月八日に撮影が開始する。深沢七郎作曲による主題歌も完成し、三島は大変な熱意をもって映画に臨んだ。

とはいえ、撮影は三島にとって過酷な体験だった。三島と増村との間にそれまで交流はなかったが、実は二人は東大法学部の同期生で、今回が初対面というわけではなかった。それを理由に、増村は演技の未熟な三島に対し、共演者が心配に思うほど、容赦なく接したのである。心身をすり減らしながら体当たりの演技を続けた三島は、三月一日の午前零時過ぎ、数寄屋橋の西銀座デパート内での撮影中に、演技でエスカレーター上に倒れた際に誤って頭を強打し虎の門病院に入院するハプニングにも見舞われた。大事には至らず一〇日に退院し、一五日午前零時過ぎに撮影を終了するが、その際三島は「映画出演はもうたくさん、まんじゅう一箱食わされた感じだ」（『日刊スポーツ』一九六〇年三月一六日）などと語っている。

肝心の映画の評価も、興味本位の話題にはなったが、冷ややかに見る者も少なくなかった。「からっ風野郎」のポスターが風に揺られているのを見た江藤淳は、「ああ間違えてるな」と思ったという。[*1]

しかし、この映画主演によって三島が救済されたというのも、一面の真実なのである。

撮影に先立ち、三島は「ぼくはオブジェになりたい」という文章を書いている（『週刊コウロン』一九五九年一二月一日）。それによれば、三島は小説家であるが、「小説家といふものは、いつもオブジェではない」。なぜなら「こちら側がいつも主体」だからだ。しかし、「映画俳優は極度にオブジェである」。したがって、映画俳優になることは「自分の存在が裏返しになるといふこと」だが、それが「たまらなく面白い」という。

逆説的といはれるかもしれないが、ぼくは昔から、ぼくの知らない世界、ぼくと逆の世界があるのではないかと考へてゐた。物理学でいふ反陽子の世界みたいなものに、いつも憧れてゐた。ここにゐるぼくがぼくではなくて、スクリーンの中にゐるのがぼくであるやうな事態が起つたら、愉快ではないか。

三島にとって過酷な体験ではあったが、「オブジェ」になることによって救われるという思いは撮影後も持続した。それは、幼少期以来、『鏡子の家』、『宴のあと』に至るまでの自身の文学活動のすべてから切り離された、別次元の時空間なのであった。

「愛の処刑」

「からっ風野郎」が封切られた一九六〇年三月の時点では、『宴のあと』の連載は順調に進んでいた。ところが、八月になると有田八郎から三島家に抗議があり、九月には吉田健一がその仲介役を務めようと動くことになる。三島はこれを断ったが、中央公論社は『宴のあと』単行本化の見送りに向けて舵を切った。そこで三島は単行本化を新潮社に依頼する。その意を受けた新潮社は一九六〇年一一月一五日に同書を刊行したが、その結果、有田側との対立は決定的になってしまった。

　こうした経緯は、三島にとって大きな心理的負担となった。「からっ風野郎」に代わる新たな麻薬的陶酔の場を求めたのも、無理からぬことである。

　その候補となるものは、すでに用意されていた。第九章で触れたように、三島は以前からシチュエーション・プレイ、つまりいろいろな状況を設定し趣向を凝らしたプレイに親しんできた。それが、切腹プレイというかたちに収斂し、セバスチャン・コンプレックスの受け皿ともなったのである。

　これにもきっかけがあって、それは児島輝彦の「悩ましき切腹悲願」（『奇譚クラブ』一九五四年一月）、「我が倒錯の系譜――「悩ましき切腹悲願」について」（『奇譚クラブ』一九五五年五月）の二篇に接したことだった。同性愛、ＳＭ、ナルシシズムの観点から切腹への強い関心を綴ったこれらの文章に、三島は強く惹きつけられる。それが貞子との交際時期と重なるのは見逃せない事実だ。前に貞子を取り上げた時には触れなかったが、三島が彼女と交際を続けるには、一方においてこのようなバランスのとり方を必要としたのである。

　切腹への関心が、『鏡子の家』における収の被虐性愛にも反映しているのは前述の通りだが、偶然の悪戯としか言えないこともあった。ちょうど『鏡子の家』の刊行と時を同じくして、京都在住の切腹研究家・中康弘通が『裏窓』（一九五九年一〇月）に「悲愴美の世界　少年切腹史」を発表したのである。これを読んだ三島は、大阪で『鏡子の家』のサイン会が行われたのに合わせて京都まで足を延ばして中康と面会している（一〇月四日）。

もっとも、この段階の三島には、意識的に切腹というテーマに心理的逃げ場を見出そうとする思いは希薄で、それを文学として表現する意図もなかった。

ところが、「からっ風野郎」封切の翌月、やはりセバスチャン・コンプレックスの源泉の一つとなった「サロメ」を、三島自身の演出（振付は県洋二）により文学座で上演すると（一九六〇年四月五―一六日、東横ホール）、この舞台で扱われるのは切腹ではなく斬首であるが、それが強い刺激となって、切腹というテーマを何らかの形で表現したいという思いを三島は募らせていった。そしてそれは、第八章で触れた男性同性愛の会・アドニス会の機関誌『ADONIS』の別冊『APOLLO』の第五集（一九六〇年八月刊行予定だったが一〇月刊となった）に榊山保の筆名で発表された小説「愛の処刑」へとつながってゆくのである。

これは、中学の体操教師が生徒に命じられて切腹死するというポルノで、『ADONIS』の編集に関わっていた中井英夫のもとに残されていた三島自筆の「愛の処刑」草稿ノートが発見されて三島作品であることが確認されたものだが、当時、『宴のあと』をめぐる状況は面倒な事態になりつつあり、この作品は三島にとって明らかに心理の鬱屈を発散する役割を担うに至っていた。

「憂国」

ちょうどその時、三島は一九六〇年一〇月に創刊されたばかりの雑誌『小説中央公論』のために、短篇小説の寄稿を依頼される。これは、中央公論が『宴のあと』の単行本化を取りやめたことの代償でもあったが、それならこちらも好きなようにやらせてもらおうという思いもあったであろう、三島は「愛の処刑」の延長上で、切腹というテーマを表現することを試みる。それこそが、『小説中央公論』（一九六一年一月）に発表された「憂国」であった。

「憂国」は、親友が二・二六事件の蹶起部隊に加入し、みずからは部隊を討つ立場に立たねばならなくなることに苦悩した近衛兵の中尉が割腹し、夫人も後を追って自刃した事件を描く短篇小説である。三島はその典拠を明かしていないが、和田克徳『切腹』（青葉書房、一九四三年九月）が伝える実際の事件（青島健吉中尉夫妻の死）に設定を借用している。作品の大半は、死を前にした夫婦の最後の営みと、中尉の割腹の描写に費やされているが、その部分は三島自身が創作したものである。たとえば次のようだ。

中尉がやうやく右の脇腹まで引廻したとき、すでに刃はやや浅くなつて、膏《あぶら》と血に辷《すべ》る刀身をあらはしてゐたが、突然嘔吐に襲はれた中尉は、かすれた叫びをあげた。嘔吐が劇痛をさらに攪拌《かくはん》して、今まで固く締つてゐた腹が急に波打ち、その傷口が大きくひらけて、あたかも傷口がせい一ぱい吐瀉するやうに、腸が弾け出て来たのである。腸は主《あるじ》の苦痛も知らぬげに、健康な、いやらしいほどいきいきとした姿で、喜々として辷り出て股間にあふれた。中尉はうつむいて、肩で息をして目を薄目にあき、口から涎《よだれ》の糸を垂らしてゐた。肩には肩章の金がかがやいてゐた。

この作品について、三島は後に次のように述べた。

> 「憂国」は、物語自体は単なる二・二六事件外伝であるが、ここに描かれた愛と死の光景、エロスと大義との完全な融合と相乗作用は、私がこの人生に期待する唯一の至福であると云つてよい。しかし、悲しいことに、このやうな至福は、つひに書物の紙の上にしか実現されえないのかもしれず、それならそれで、私は小説家として、「憂国」一編を書きえたことを以て、満足すべきかもしれない。
>
> （『花ざかりの森・憂国』解説、新潮文庫、一九六八年九月）

三島は「エロスと大義」ということを言っている。だが、「エロス」はともかく「大義」については、後から見出された理由だ。執筆時点においては、「憂国」は『鏡子の家』の不評に続いて『宴のあと』をめぐるトラブルゆえに強い心理的圧迫を受けていた三島が、切腹というシチュエーション・プレイをあからさまに表現することで溜飲を下げようとしたものだと言ってよい。もし、それ以上の理由があるとすれば、奉勅命令によって親友を討たねばならなくなることに苦悩して腹を切る中尉とは反対に、有田八郎から抗議を受けて『宴のあと』の単行本化を中止した中央公論社の嶋中鵬二に対する皮肉であろう。

とはいえ、このとき「憂国」を発表したことは、後年の三島、具体的には一九六五年以降、死に至るまでの三島の歩みに大きな影響を及ぼすことになった。

原点に遡って言うならば、三島にとって切腹はセバスチャン・コンプレックスの体現であり、その根はサロメによるヨハネの斬首とも、チチェン・イッツァの人間犠牲の儀式ともつながっている。つまり、切腹という行為の根底にあるセバスチャン・コンプレックスは三島個人の問題であるばかりでなく、人間存在の奥底に存する闇でもあり光でもあるのだ。これを文学的に形象化することに成功すれば、それは三島文学の主要な価値の一つとなる。『仮面の告白』や『金閣寺』の終幕は、その代表的な場面だと言える。

ところが、一歩間違えれば、切腹は文学的形象化以前の、単なる低俗なシチュエーション・プレイに終わってしまう。低俗であることが悪いとは言わないが、それだけではその場限りの憂さ晴らしや逃げ場にしかならない。この観点から見るならば、「憂国」は「愛の処刑」の延長上にあるというより、むしろ両作はまったく等価であり、たとえ三島の名で発表され、「愛の処刑」とは比べ物にならない多くの読者に恵まれたとしても、結局のところ「憂国」は、映画「からっ風野郎」とともに麻薬的陶酔の場であり、あだ花でしかなかった。そのとき、セバスチャン・コンプレックスは、人間存在の奥底に存する闇とも光とも無縁な、頽廃的ニヒリズムに陥る。

しかし、本当にそうなのだろうか。また、それでよいのだろうか。文学活動が不本意な事態に陥った時、そうやって逃げ場や鬱屈した思いの発散場所を求めているばかりでは、文学者、芸術家としてみずから名乗る意味などない。「憂国」を書き、発表した三島は、やがてこの問題に正面から向き合い、取り組むことになるであろう。それは、「憂国」という小説の意味づけが、執筆、発表時点のものから、本来そうあるべきものへと変わることであり、また三島が『金閣寺』

や『鏡子の家』で描こうとし、ところが逆に三島を罠にかけて滅ぼそうと狙っている時代というものに、あらためて挑戦することを意味していた。

しかし、まだ三島にはその準備が整っていない。

言うまでもなく、一九六〇年は安保反対闘争の年であった。首相官邸前のデモの状況を取材した三島は『毎日新聞』（一九六〇年六月二五日）に「一つの政治的意見」を寄稿している。これは、後に安保反対闘争の限界を見定めて「「戦後文学」は幻影だった」（『群像』一九六二年八月）を著わした佐々木基一の論旨を先取りするのみならず、単なる「幻影」に終わることのない文学の可能性を探っている点で、佐々木の問いかけに先立って佐々木に答えようとする萌芽《ほうが》を孕む卓抜なエッセイだが、具体的にどのような小説を書いて時代に挑んでゆくかというところにまで議論を広げることはできず、「これはあくまで一人のヤジ馬の政治的意見である」と注した上で、首相・岸信介の政治姿勢に疑問を投げかけるにとどまっている。

そして、一九六〇年一〇月に「憂国」の原稿を井出孫六に渡し（深沢七郎の「風流夢譚」の扱いは難しいということを三島が言ったのはこの時である）、一一月に『宴のあと』を新潮社から刊行する手はずを整えると、いっさいの面倒な現実から逃げるように、三島は瑤子夫人を伴って一一月一日から翌年一月二〇日まで、アメリカやヨーロッパ、香港など世界を回る旅行に出立してしまうのである。

アメリカでは、ちょうどケネディとニクソンが激しい大統領選を戦っていた（一一月九日にケネディの勝利が確定し、翌一九六一年一月二〇日に、第三五代大統領となる）。

その興奮状態のなか、アメリカン・ナショナル・シアター・アンド・アカデミーのニューヨーク支部による実験劇場（「マチネ・シリーズ」）の公演として、『近代能楽集』のうち「班女」と「葵上」が上演される。これは前回の渡米時に自作の上演が実現しなかったことのリベンジとなった。三島はこの間、テネシー・ウィリアムズ、イヨネスコ、エドワード・オールビーらと交流し、ニューヨークのフォービアン・バワーズ宅では、グレタ・ガルボとも会っている。

その後、ポルトガル、スペインを経てフランスを訪れ、朝吹登水子の案内でジャン・コクトーと初めて会い、ロンドンではアーサー・ウェイレイや詩人のスティーヴン・スペンダーと面談した。ついで、ドイツ、イタリア、エジプト、香港などを経て、一月二〇日に帰国する。非常に濃密な旅であった。

ところが、帰国するとたちまち三島は、現実の「暴流」に巻き込まれる。すなわち、二月一日には嶋中事件が起き、三月一五日にはプライバシー裁判で有田八郎から訴えられるのだ。

激しい緊張が続くなか、三島自身が「オブジェ」になる格好の機会が再び訪れた。評論集『美の襲撃』（講談社、一九六一年一一月一五日）の表紙と口絵の写真を細江英公が撮影することになり、一九六一年九月、細江と助手の森山大道が三島宅を訪れる。そして、三島を被写体として写真を撮るが、それが『薔薇刑——細江英公写真集』へと発展するのである。『薔薇刑』が刊行されたのは、ちょうど劇団・雲の結成によって文学座が分裂し、三島がその再建のために奔走していた時であった。「「薔薇刑」体験記」（『芸術生活』一九六三年七月）には、細江来訪時のことが、次のように記されている。

> 氏が来たとき、私は裸で日光浴をしてゐた。私が着るものを着ようとすると、氏はそのままでいい、と言つて、しきりに何かを物色してゐる。たうとうゴムホースを探し出して来て、それをいきなり体に巻きつけてきた。これには愕いたが、委せた以上仕方がない。「薔薇刑」第一章の何枚かがかうして撮られたのち、私は氏に、
> 「一体これは何を意味してゐるんです」
> ときいた。氏のまことに簡潔な答は、
> 「偶像破壊ですね」
> といふのであつた。私曰く、
> 「へえ、そんなら、僕なんかやつつけたつて仕様がないぢやないですか。僕は第一偶像ぢやないし、第二に、自分で自分をいつも破壊しようとしてゐる人間だ。本当に偶像破壊をやりたいなら、老大家を裸にしてゴムホースを巻きつけたらいいでせう」
> 「そのうちやりますよ」
> その言やよし、私共は意気投合した。そこで氏が、展覧会に出す連作を撮らしてくれ、といふので、私は、それが明らかに商業的なものでない、氏の本当の仕事にしようとしてゐることを確かめて、快諾した。

それから一年間、私は時に応じて、氏のモデルをつとめたのである。なるたけ私のアイディアを出さず（出したつて、きいてくれるやうな氏ではない）、氏のアイディアに忠実に従ふことを自分に課して、いつも裸にひんむかれて、モデルの苦難の限りを尽した。

文中、「展覧会」とあるのは、一九六二年一月、銀座松屋で開催された若い写真家のグループ展「NON」展のことで、細江は三島の写真二〇点ほどを「薔薇刑」というタイトルで出品した。その後の撮影について、三島は『薔薇刑』に付された「細江英公序説」のなかでも、「細江氏のカメラの前では、私は自分の精神や心理が少しも必要とされてゐないことを知つた。それは心の躍るやうな経験であり、私がいつも待ちこがれてゐた状況であつた」と述べている。こうして、撮影が続く限りは、「からっ風野郎」、「愛の処刑」、「憂国」に続く精神の避難所が、三島に用意されることになったわけである。

『薔薇刑』の次に三島を救ったのは、一九六四年一〇月一〇日から始まった東京オリンピックであった。三島は『毎日新聞』、『朝日新聞』、『報知新聞』の特派記者として精力的に取材活動を行い、「Olympic」と題した大学ノートに、開会式から閉会式までの記録を熱心に綴っている（『三島由紀夫研究』15、二〇一五年三月）。それは、九月二八日に『宴のあと』裁判の一審で敗訴してから、およそ二週間後のことであった。途絶えることなく続く緊張下において精神を一定の高度に保つためには、オリンピックの取材は格好の機会となった。

ハイデガーへの関心

しかし、オリンピックもやがて終わる。現場で取材してどんなに気分が高揚したとしても、結局のところ、その場限りの憂さ晴らしにしかならない。それは映画に出演し写真集を出したことや、「愛の処刑」、「憂国」で切腹というシチュエーション・プレイを小説化したことが、束の間の気散じにしかならなかったのと同様である。

これでは埒《らち》が明かない。中毒症のような悪循環に陥ってニヒリズムが深まるばかりである。それは三島にもわかっていた。誤算と転落の続く困難な状況にあって、もっと違う対処の仕方はないのであろうか。

やはり社会、時代、歴史の全貌を捉えたい。そのうえで、現実を超える方法論と新たなヴィジョンを提示したい。そうでなければ、小説家としての自分の存在意義はない。だが、時代は手ごわく、さまざまな方法で三島を攻め、脅かすのだった。対抗するには、どうしたらよいのだろう。社会、時代、歴史の全貌を捉えるためには、何か体系的、包括的な哲学が必要なのかもしれない。その哲学に基づきながら、文学作品を生み出す必要があるのかもしれない。

『鏡子の家』において思い通りの評価を得ることができずに一九六〇年代に入って以降、三島は「暴流」のなかで翻弄されながら、少しずつではあるが、その哲学を探り当てようとしていた。先に『宴のあと』を取り上げた際、この作品は『鏡子の家』が不評に終わったことの雪辱を果たそうとするもので、三島は一九五六年の成功の時点までいったん退き、その地点から『鏡子の家』の世界を描き直そうとしたのだと述べた。しかし、そんな後退戦ではなく、逆に思想的、方法的に、大胆に前進するやり方についても、三島は模索を始めていたのだ。

そのときはじめて、虚無、セバスチャン・コンプレックスとともに、三島という人と文学について考えるために必要なもうひとつの重要な要因——すでに何度か予告しておいたように、もう一つの留め金——が、明瞭な姿をもって浮かび上がってくるのではないかと私は考える。

この三つ目の留め金について、いよいよ詳しく論じるときが近づいてきたが、もう少し我慢して、これは次章の課題としよう。いまは、哲学を探し求めた三島が、ある人物に注目したことについて見ておきたい。その人物とはハイデガーである。

『金閣寺』を論じた章で想像力の問題に触れた際に、私はハイデガーにも言及したが、それはこんにちの三島研究の視点から指摘できることであって、あの時点で三島自身がハイデガーに特別の注意を払っていたわけではなかった。みずから「私の「ニヒリズム研究」」と呼ぶ『鏡子の家』を書く際には、三島は西谷啓治『ニヒリズム』(弘文堂、一九四九年一一月)、ヘルムート・ティーリケ『ニヒリズム——成立・本質・克服』(志波一富訳、筑摩書房、一九五四年一月)などを読み返し、そこで論及されるハイデガーに一定の関心を寄せるが、その時点でも「ニヒリズムといふ精神状況は、本質的にエモーショナルなものを含んでゐるから、学者の理論的探究よりも、小説家の小説による研究に適してゐる」(『裸体と衣裳』)と考えて、ハイデガーに直接向き合うということはなかった。

だが、先にも述べたように、三島文学と哲学的議論との間には、(しばしば指摘されるニーチェやバタイユとの関係以外にも)思いのほか深いつながりがある。特に今回、渡辺二郎の『ハイデッガーの実存思想』（勁草書房、一九六二年三月）を読んだ三島は、ハイデガーの哲学を自作に取り込むことが可能かどうか、真剣に考え始めた。

ハイデガー三部作 1――『美しい星』

この時期の三島は、ハイデガーと関わりの深い作品として、『美しい星』、「恋の帆影」、『絹と明察』の三作を発表している。それを私はハイデガー三部作と呼びたいが、ここでまず、核競争の危機のなかで世界平和を達成しようと奮闘する宇宙人一家の大杉家と、仙台在住の羽黒真澄助教授をはじめ地球を滅ぼそうとする別の宇宙人一派とが戦うという設定のSF小説『美しい星』（『新潮』一九六二年一――一一月）を取り上げることにしよう。

この作品の背景には、冷戦下にありながら、核兵器の圧力によって状況が固着して身動きの取れなくなった相対的安定状況（雪解け）が、一九五九年一月一日に成就したキューバ革命をもって幕をおろし、一九六二年、キューバにソ連の核ミサイルが配備されたことで一気に緊張が高まったキューバ危機がある（ちなみにこのときのアメリカ空軍参謀総長は、第二次世界大戦で日本への空襲を指揮したカーチス・ルメイであった）。

さて、小説の内容だが、大杉家の家長・重一郎の日常生活は、虚無によって蝕まれている。彼は世界をどのように体験しているのか。それを三島は次のように記している。

> からして世界は伸びちぢみ、突然蘇り、又息絶え、われわれの周囲で、たえずいらいらと

変様してゐる。重一郎は片つぱしから、日常の道具の効用と、それらがたえずわれわれに強ひてゐる卑小な目的とを疑つた。雨の日には、傘が彼の頭上にわけのわからぬ黒い形態をひろげた。彼の手に握られてゐるその彎曲した把手のいやらしさ、頭上の鉄骨が黒い絹の布をむりじひにひろげてゐるその無慈悲な過度の緊張、その上にふりかかり八方へ伝はり流れてやまない執拗な雨！

　大杉家のちかくの露地の一角には桶屋があつて、晴れた日には人通りのない露地へまで筵を敷き、新らしい風呂桶のまはりに二三の職人が釘音を立ててゐた。重一郎は散歩の道すがら、その桶がやがて家族的な入浴に使はれる日を思つて悪感を感じた。この木の桶へまたいで入る良人や妻や子供たちの、ゆるんだ裸体と体毛と、腰のあたりに忘られて残つたシャボンの白い泡と、怖ろしい生活の満足。

　東京へ遊びに出かけるたびに、つぎつぎと新築される巨大なビルの、昼間から蛍光灯をともしてゐる窓々が、重一郎に恐怖を与へた。人々は声高に喋りながら、確実にそれらの窓ごとに働らいてゐた。何の目的もなしに！

　重一郎はこの世界に完全に統一感の欠けてゐることを見抜いてゐた。すべてはおそろしいほどばらばらだつた。すべての自動車のハンドルと車輪とはばらばらであり、すべての人間の脳髄と胃とはばらばらだつた。

右は『鏡子の家』の夏雄が青木ヶ原樹海で体験したことの延長上にある事態だが、その状況分析が、論理的に構成されていることに気づかれるであろうか。すなわち、はじめ人と道具との関係にひびが入り、ついで人と人との関係にひびが入り、最後に人と世界との関係にひびが入るのである。

だが、夏雄の前に水仙が現われたように、ここでは空飛ぶ円盤が現われる。ある晩、不思議な呼び声に誘われて戸外に出た重一郎は、円盤と遭遇するのだ。そしてそれはたちまち飛び去った。

> 重一郎は感動して、夏草のあひだに坐つてしまつた。しきりに涙がこぼれ、今のつかのまの円盤の出現が、自分のもつとも深い記憶の底に触れて、そこから何ものかを触発して行つたやうに感じた。
>
> まづ彼は、円盤が目に見えてゐたあひだの数秒間に、彼の心を充たしてゐた至福の感じを反芻した。それはまぎれもなく、ばらばらな世界が瞬時にして医やされて、澄明な諧和と統一感に達したと感じることの至福であつた。天の糊がたちまちにして砕かれた断片をつなぎ合はせ、世界はふたたび水晶の円球のやうな無疵の平和に身を休めてゐた。人々の心は通じ合ひ、争ひは熄み、すべてがあの瀕死の息づかひから、整つたやすらかな呼吸に戻つた。
> 〔……〕彼は確信した。彼は決して地球人ではなく、先程の円盤に乗つて、火星からこの地球の危機を救ふために派遣された者なのだと。

ところが、重一郎と敵対する羽黒助教授は、仲間とともに大杉家を訪れて論争を交わす。開口一番、羽黒は次のように断言するのである。

人間には三つの宿命的な病気といふか、宿命的な欠陥がある。その一つは事物への関心《ゾルゲ》であり、もう一つは人間への関心《ゾルゲ》であり、もう一つは神への関心《ゾルゲ》である。人類がこの三つの関心を捨てれば、あるひは滅亡を免かれるかもしれないが、私の見るところでは、この三つは不治の病なのです。

その後羽黒は、三つの「関心《ゾルゲ》」がいかに「不治の病」であるかを詳述し、重一郎はこれに十分に応答することができないばかりか、癌に倒れる。しかし、小説の結末は決してバッドエンディングではない。大杉家の人間はそれぞれ別の星からやって来た「つかのまの家族」なのだが、彼らの前に現われた円盤によって、すべての存在の根源が癒されるのである。

ここで重一郎は三つの関係（人と道具、人と人、人と世界）にひびが入るという事態に苦しみ、羽黒は三つの「関心《ゾルゲ》」が「不治の病」であることを唱えるが、いずれも、ハイデガーが『存在と時間』において配慮 Besorgen、顧慮 Fürsorge、そして憂慮 Sorge（「気遣い」、「関心」とも訳される）という概念を提起し、このうち特に憂慮について、人間（現存在）を人間たらしめる存在そのものと規定したことを踏まえている。それは正確な引用というより、むしろパロディーという形をとっているが、三島はここでハイデガー哲学に基づいて虚無を構造的に形象化し、社会、時代、歴史の全貌を捉えようとする試みに一定の成功を収めていると言えよう。

その一方で、日に日に高まってゆくセバスチャン・コンプレックスを統御するのは、三島にとって容易なことではなかった。ひとつ紹介しておきたい話があるが、羽黒助教授の居住地である仙台に取材に行った際、三島ははじめて切腹愛好家の児島輝彦と面会している（一九六二年三月九日、一〇日。グランドホテル仙台）。それは、日本からノーベル文学賞受賞者を出す運動のために来日していたスウェーデン・アカデミーのメンバーであるハリー・マーティンソン（作家・詩人。第一八章参照）を囲むパーティーの直後であり、長男・威一郎を得るおよそ二ヵ月前のことだった。このような心理的に落ち着かない状況下にありながら（いや、そうであるからこそ）、三島は秘かにシチュエーション・プレイを行い、綱渡りの生活を続けていたのである。

ハイデガー三部作 2――「恋の帆影」

憂慮Sorgeの問題に関しては、三島は戯曲「恋の帆影」においても議論を深めようとしている。「恋の帆影」は、日生劇場開場一周年記念公演（一九六四年一〇月三―二九日）として書かれたもので、外国人観光客向けに人工的に和風の趣向を凝らしたホテルを開業しようとしている舞鳥家の未亡人・みゆきが、自身の欺瞞的な生き方を自覚するに至るというのが筋である。主題に関して三島自身は、それまでのみゆきの生き方は「真の実存からの逃避であつたこと、生の「本来的な憂慮《ソルゲ》の様相」の拒否であつたことを、つひに彼女は知るにいたる」と説明している（「美の亡霊――「恋の帆影」」、「日生劇場プログラム」一九六四年一〇月）。

だが、この試みが成功したかといえば、『美しい星』ほどにはうまくゆかなかった。「恋の帆影」の主演は水谷八重子で、三島はこれを、先述の「劇場的《シアトリカル》」な芝居として構成しようとしている。そのような舞台と（そして、想定される観客層と）右の哲学的議論とは、容易には結びつかない。

実を言えば、「恋の帆影」の骨格は「鹿鳴館」を踏襲している。すなわち鹿鳴館を和風ホテルに、朝子をみゆきに、時代を一八八六年から一九六四年に置き換えればよい。ところが、影山に相当する実業家でみゆきの亡夫・舞鳥勇はすでにこの世になく、舞台上に現われることはない。したがって「鹿鳴館」におけるような台詞と台詞の対決劇が繰り広げられることもなく、全体としてとりとめのない劇構成になっていることは否めない。

実際、「恋の帆影」の執筆は難航し、三島は上演にあたって大幅な書き直しをしている。一〇月一〇日の東京オリンピック開会の日には、取材後観劇に訪れたにもかかわらず、三島自身が、途中から居眠りしてしまうようなありさまであった。

ハイデガー三部作３――『絹と明察』

だが、ちょうど「恋の帆影」公演時に連載を終えた『絹と明察』（『群像』一九六四年一―一〇月）では、ハイデガーをめぐって一段考えが深められている。『絹と明察』は、昭和三〇年代の三島を締めくくるうえで重要な作品なので、少し立ち止まって検討したい。

この小説は、一九五四年に起きた近江絹糸労働争議に取材したもので、主人公・駒沢善次郎の人物造形が注目されるなど世評も高く、毎日芸術賞も受賞した。駒沢は家父長的なワンマン経営で自社を成長させた駒沢紡績の社長である。その追い落としを狙うライバル企業は、占領軍相手のクラブやゴルフ場を作って財を成した岡野を利用して、駒沢紡績にストライキを起こさせる。駒沢は組合側に敗れ、その後すぐに病死してしまった。こうして岡野には次期社長の座が与えられるが、鴨川のほとりで、彼はこう考える。

　へんな、いつはりのよみがへりの時代がはじまつてゐた。彼は一度はその蘇生の印象にだまされたが、生きのびたものも蘇つたものも仲よく轡《くつわ》を並べて歩き出すこんな時代に、何事も起らないだらうといふことはほとんど確実だつた。つい先月は洞爺丸が沈んで千人以上の旅客が死に、つい先日はカービン銃強盗が大分で捕まつた。……しかし何事も起らないことは確実なのだ。

　こうして思いに耽っているうちに、「ふと、堰の水音に呼びさまされた」岡野は、目の前の川へ目をやる。

秋の雲を映すなめらかな黒い水面が、堰を越えると共に急にその本性を示すところを、飽かず眺めてゐるうちに、岡野は自分の心までもその色に染められるやうな、不快な、それと共に抒情的な酔ひに充ちた、危険な眩暈を感じた。色と光りと、ものうい静けさと、すべてを収斂する水音のうちに、この藤紫の水の流れのうちに、社会も思想も人間もみんな吸ひ込まれるこんな感覚的体験は、岡野にとつてはじめてのものではなかつた。

彼の眉をかすめて飛ぶ蜻蛉。蘆の葉末によろぼふ小さな蝶。対岸に深い木蔭をつくる考へ深い樹々。紫の水。その水の斑紋。この世界には、帆影もなければ、何らかの憧れもなく、……自分が征服したものに忽ち擦り抜けられる無気味な円滑さしかない、と岡野は思つた。

右は、世俗的な意味で成功を収めたように見えながらその実、時代に対する疎隔感を抱き、深刻な虚無に蝕まれた岡野の心境を表わす見事な描写である。「この世界には、帆影もなければ、何らかの憧れもなく」という表現には、「暴流」に翻弄され、あいつぐ誤算や挫折で疲弊した三島の心境がそのまま反映している。

しかしそこに三島は、自分を苦しめる時代と、戦後の欺瞞の構図の上にあぐらをかいている日本社会に対して、いかに対抗すべきかという問いをも込めた。

先の引用の直前で三島は、かつてフライブルク大学でハイデガーに師事し、帰国後には聖戦哲学研究所という怪しげな組織を立ち上げたという設定の岡野に、ヘルダーリンの詩「帰郷」に対するハイデガーの注釈を思い起こさせている。それは、「宝、故郷のもつとも固有なもの、『ドイツ的なもの』は、貯へられてゐるのである。……詩人が、貯へられたものを宝（発見物）と呼ぶのは、それが通常の悟性にとつて近づき難いものであることを知つてゐるからだ[*2]」というものである。これについて、岡野はこう思う。

〔……〕（引用者注・ハイデガーがこのように）書いたときに、見かけは清澄な言葉で語りながら、実はもつとも不気味なものに行き当つたのではないかと疑つた。
「されどわが心にいやまさる楽しみは、聖なる門よ！　汝《なれ》をくぐりて故里へ帰りゆくこと」
さういふ「帰郷」の詩句自体が、至高の晴れやかさの裡に、言ひがたい暗さ、恐怖、不安、愚かしさ、滑稽さの総体を秘し蔵《かく》してゐるやうに思はれる。

このように解読されるヘルダーリンの詩は、岡野にとって、異質なもの、相反するものを結びつける魔法の言葉だ。そこでは、「暗さ」や「愚かしさ」が、それと矛盾するはずの「至高の晴れやかさ」に包摂される。そういうことが可能であるなら、虚無に蝕まれた岡野が、「色と光りと、ものうい静けさと、すべてを収斂する水音のうちに、この藤紫の水の流れのうちに」包摂されることもありうるだろう。それは、時代に対して深い疎隔感を抱いている岡野が、その時代とまるごと一体化することを意味する。ただし、そのためには条件があった。「聖なる門」をくぐって、「故里へ帰りゆく」ことが求められるのである。

岡野は三島の分身である。

では、三島にとって「故里へ帰りゆく」とはどういうことだろうか。

それは、何といっても「花ざかりの森」、『文芸文化』の時代に帰ることであろう。ここに面白い符合がある。『文芸文化』が三島文学の一つの原点であったことは間違いないが、前にも述べたように、そこでは虚無とセバスチャン・コンプレックスという三島個人にとっての切実にして壮絶な主題を追究することは、無用であった。

ところが、それにもかかわらず、あるいはそれゆえにこそ、当時の三島は蓮田善明の言う通り「悠久な日本の歴史の請《まを》し子」として、時代を象徴することができたのである。つまり、時代を象徴する存在であることにとって、個の問題は不要、無駄なのだ。

そうだとすれば、三島が時代と切り結び、しかしその戦いに負けたとしても、つまり、時代を超える方法論とヴィジョンを提起することに失敗して虚無の底に堕ちたとしても、まさにそのことによって、三島は時代を象徴し代表する存在たりうるのではあるまいか。面白い符合というのはこのことで、虚無に蝕まれた岡野が時代と一体化しうるように、三島も時代と一体化しうるのである。

この考えを推し進めてゆくと、次のような結論に導かれる。

『文芸文化』という場では内面の問題が問われないことに違和感を抱いていた三島は、「夜の車」以降は『文芸文化』の世界を離れ、激しい空襲下の日本で、詩「夜告げ鳥——憧憬との訣別と輪廻への愛について」や「二千六百五年に於ける詩論」に代表される世界観を育んだのだった。だが、岡野のハイデガー理解が正しいとするなら、『文芸文化』の世界観と空襲下の世界観は相反するのではなく、結局のところ、同じものとして時代を象徴していたことになる。三島は川端康成宛書簡で「戦争中、私の洗礼《バプティスマ》であった文芸文化一派の所謂「国学」から、どんなにじたばたして逃げ出したか」（一九四六年三月三日付）と述べていたが、この両者が同等ないし同根だったとすれば、どんなに不気味で、滑稽な事態だろうか。だが、議論の赴くところ、そうなるのだ。

それは、『文芸文化』時代において三島が他から与えられた役割を演じたことと、戦後の諸作品において自分から進んで、時代に対抗する新たな方法論とヴィジョンを提示しようとしたことは、実は同じことだった、ということであり、ひょっとすると、詩と小説は実は同じものではないか、生きることと死ぬことも実は同じことではないか、ありとあらゆる要素はひとつに包摂されるのではないかという認識とも、限りなく近づいてくる。

『金閣寺』を論じた章で私は、理性主義を覆すことを厭わないハイデガー思想の恐ろしさについて少し暗示しておいた。あの時点では、三島はハイデガーの道を歩もうとはしていなかったが、いまは違う。

ただし、そうは言っても三島は、時代との勝負に勝つのも負けるのも同じことだと主張しているのではない。これは一種の寝技のようなものだ。時代と切り結んで敗れたと見せかけて、時代と一体化する。時代と一体化すると見せかけて、時代をねじ伏せ、現実を乗り越える新たな方法論とヴィジョンを提起する。三島はハイデガーを頼りに時代の執拗な復讐をかわし、新たな勝負の方法を探っていたのである。この試みは、『豊饒の海』に引き継がれることになる。

『午後の曳航』

一九六〇年代前半（昭和三〇年代後半）、三島は並の作家であれば深刻なスランプに陥ってペンを持てなくなったとしてもおかしくない苦境にあり、しばしば麻薬的陶酔に逃げ場を求めさえしたが、それにもかかわらず作品を書き続けたことは驚嘆に値する。なかでも『絹と明察』は、いまも見た通り重要な小説だが、この時期には、ほかにも三島文学を代表する作品のひとつに数えられるべき傑作が書かれている。講談社より刊行された『午後の曳航』（一九六三年九月）だ。登少年が海の男として英雄視していた船乗りの竜二。彼は、登の母の再婚相手となって海を捨てようとする。絶望した少年は仲間とともに男を毒殺するという筋である。そしてそれは実のところ、竜二自身が秘かに望んでいたことでもあった。

　三島は講談社の川島勝の依頼を受けて一九六二年から準備し、一九六三年の文学座の最初の分裂騒動の最中に書き上げた。一九六五年にジョン・ネイスンによって英訳（クノップ社）されて以来海外でも人気が高く、一九七六年にはルイス・ジョン・カルリーノ監督によって映画化されている（日米合作。舞台はイギリスに置かれている）。

『午後の曳航』は比較的短い書き下ろし作品として一気に書かれたものだが、成功の秘密はどこにあるのだろうか。

　実際の発表作は、登から差し出された毒入り紅茶を竜二が飲み干すところで終わる。しかし、実はこれに続けて全裸にされた竜二が少年たちによって解剖され男根が切り裂かれる場面も描かれていた。その原稿を三島に見せてもらったという話を、私は堂本正樹から聞いたことがあるが、[*3]そうだとすれば、これは体操教師が生徒に命じられて切腹死する場面を描いた「愛の処刑」の延長上にある内容である。なおかつそこには、一九六二年五月に長男・威一郎を得て、二児の父として家庭人に納まった三島自身の自殺願望があからさまに投影されている。だが、発表に際してこの部分はすべてカットされた。そのことによって、セバスチャン・コンプレックスは剝き出しのまま露出するのではなく文学的に形象化され、『午後の曳航』は人間存在の深奥に潜む光と闇の普遍的な象徴となる。成功の鍵は、この点にある。

また、これより前に発表された『獣の戯れ』（新潮社、一九六一年九月）は、陶器店（陶桃苑をモデルとする。第九章参照）の店主でホフマンスタール愛好家の夫が、妻とその愛人に自分を殺させるまでを描く秀作である（『鏡子の家』執筆の際に三島がホフマンスタールを参照していることについては、第一二章参照）。当時の日本では珍しい、劇団の枠に縛られないプロデューサー・システムによる江戸川乱歩原作「黒蜥蜴」の劇化（一九六二年三月三―二六日、サンケイホール）の成功もあった。

繰り返し強調したいのは、あいつぐ誤算と転落にもかかわらずこれだけの仕事を続ける三島由紀夫という存在の、ただならぬ強靭さである。

だが、三島はこれでは飽き足りなかった。「私も二、三年すれば四十歳で、そろそろ生涯の計画を立てるべきときが来た。〔……〕もうかうなつたら、しやにむに長生きをしなければならない」（「「純文学とは？」その他」、『風景』一九六二年六月）と述べて、あらためて時代に挑むライフワークとなるべき作品について構想し始めるのである。

＊1　江藤前掲「三島由紀夫の家」。

＊2　引用は、『ヘルダーリンの詩の解明』の改訂版（『ハイデッガー選集Ⅲ』理想社、一九六二年六

月）所収の手塚富雄訳に依拠している。

＊3　このことは、堂本前掲書にも記されている。

Ⅲ

第一五章　全体小説という理念――『豊饒の海』前夜

構想の原点と中村光夫宛書簡

『鏡子の家』が不評を買って以来、茨《いばら》の道を歩んだ三島は、ときに虚無の底に沈み、ときに麻薬的陶酔に逃げ場を求めたが、それでも小説家として社会、時代、歴史の全貌を捉えたいという企図を棄てることはなかった。それをやり遂げるために必要と考えられる体系的、包括的な哲学を探り当てる努力を怠ることもなかった。

その労苦は一九六五年（昭和四〇）六月に起筆され、『新潮』の同年九月号から連載が開始された四部作『豊饒の海』として結実してゆくのだが、よく知られるように、この作品は仏教の唯識《ゆいしき》理論を踏まえた生まれ変わりの小説である。

唯識とは、ごく簡単に言えば、この世のすべてのものは実在せず、根源的な心（これを阿頼耶《あらや》識《しき》と呼ぶ）から生じた幻であるとする仏教の教説で、般若経の空の思想を発展させたものと言われる。では、この教説と生まれ変わりという観念とは、どのように結びつくのだろう。またそれは、社会、時代、歴史の全貌を捉えるということと、どのように関わり合うのだろう。

そしてこれもよく知られるように、『豊饒の海』の最終原稿は、楯の会隊長・三島由紀夫が学生長・森田必勝とともに憲法改正のために自衛隊の蹶起を促して自刃した日の朝に、新潮社の編集者に渡された。つまり、作品の完成と、作者の死と、政治的行動は同時に起こるのだが、このことは何を意味するのか。

没後五〇年を経たいまでも、にわかには理解しがたい謎であるが、焦らず順を追って検討してゆくことにしよう。

ここでまず、「「豊饒の海」について」という文章を見てみよう。これは、『豊饒の海』の第一巻『春の雪』、第二巻『奔馬』が単行本として刊行された際に、『毎日新聞』（一九六九年二月二六日〔夕刊〕）に発表されたものである。

どうしてこんな四冊本の長い小説をたくらみ、「生れかはり」などといふ想を得たか、自分では昭和三十五年ごろから徐々に考へだしたといふ記憶しかなかつたのに、最近、古いノートが出て来て、私自身の記憶の不確かさを知らせた。それは昭和二十五年のノートで、二十五歳の私はしきりに長い長い小説を書きたがつてゐる。しかし、「長さが何故に必要か？時間の長さ＝人の一生、遺伝、累代、歴史、叙事詩、戦争、時間の拡張」などと書きちらし、「時間の長さ以外に、空間の要求する長さ。論理的構造の要求する長さ。それ以外に長さの必然性がありえぬか？」などとさんざん模索した末、「螺旋状の長さ、永劫回帰、輪廻の長

> さ、小説の反歴史性、転生譚」と書いてゐるところを見ると、それから十年以上、この想は私の心の奥深く埋もれて、再発見の時を待つてゐたのだと思はれる。

ここで三島がみずから引いているのは、本書第八章で『禁色』執筆直前期の三島の考えを確認するために引用したのと同じノートである。このことは、『豊饒の海』の構想が、『仮面の告白』で大きな成功を収めた後、さらなる飛躍を図った一九五〇年頃の問題意識と深層においてつながっていることを示している。それが具体的な姿をもって浮上してくるまでに、一〇年の時間を要したのであった。「「豊饒の海」について」には、続けて次のように記されている。

> さて昭和三十五年ごろから、私は、長い長い長い小説を、いよいよ書きはじめなければならぬと思つてゐた。しかし、いくら考へてみても、十九世紀以来の西欧の大長篇に比べて、それらとはちがつた、そして、全く別の存在理由のある大長篇といふものが思ひつかなかつた。第一、私はやたらに時間を追つてつづく年代記的な長篇には食傷してゐた。どこかで時間がジャンプし、個別の時間が個別の物語を形づくり、しかも全体が大きな円環をなすものがほしかつた。私は小説家になつて以来考へつづけてゐた「世界解釈の小説」が書きたかつたのである。幸ひにして私は日本人であり、幸ひにして輪廻の思想は身近にあつた。が、私の知つてゐた輪廻思想はきはめて未熟なものであつたから、数々の仏書（といふより仏教の入門書）を読んで勉強せねばならなかつた。その結果、私の求めてゐるものは唯識論にあり、

なかんづく無着《むぢやく》の摂大乗論《せふだいじようろん》にあるといふ目安がついた。その摂大乗論の註釈を、いくら読んでも、むづかしくてわからない。京都の大谷大学の山口益《すすむ》博士にお目にかかり、その教示を受けて、やうやく曙光がほのめいて来たのである。

『鏡子の家』で深い挫折を味わった後、三島は常に苦境に立たされながらも、新たな小説創作に向けて模索を続けていたことが、この文章から確かめられる。ただ、これだけでは、ややわかりにくいところもある。情報を補うため、鉢の木会の仲間だった中村光夫に宛てた三島書簡を見ておこう。これは、『豊饒の海』を具体的に構想する前、一九六三年九月二日付のもので、ちょうど『午後の曳航』刊行直前、翌年一月から連載が開始される『絹と明察』取材旅行のため滞在中の琵琶湖ホテルで書かれたものである。

> 小生もいつか、三千枚ぐらゐのものが書きたいのですが、「バルザックを向うに張つて」などといふと足をすくはれさうですから、専ら、「五味川純平を向うに張つて」と言ふことにしてゐます。どうも志は低いはうが書き易い気がして。
>
> 　この間サイデンステッカーとも話したのですが、小生曰く、ヨーロッパの大長篇は、みな、進化論、ロシア神学、ベルグソン、実存主義など、時代時代の学説や哲学が骨子になつてをり、日本でも源氏物語の大乗仏教がさうですが、今はさういふものがどこを探してもないので困る、と言ひました処、「フランスやロシヤはさうだらうが、イギリスは全然哲学なしに

大長篇が出てゐる」といふのがサイデン氏の説でした。その点どうだか疑問に思ひます。
——とにかく、どのみち、「チボオ家の人々」みたいな古風な大長篇は書かうと思つても書けず、写実主義は退屈だし、むつかしいことです。

以上の文章から、『豊饒の海』の構想の成り立ちについて、いくつもの重要な事柄が明らかになる。

第一に注目したいのは、「十九世紀以来の西欧の大長篇」をライバルとみなし、これを乗り越えようとする世界文学的な視点を三島が抱いていたことだ。そこには、「小説家になつて以来考へつづけてゐた「世界解釈の小説」が書きたかつた」という企図が働いていた。「世界解釈の小説」というのは、単に長い小説という意味ではもちろんない。

「全体が大きな円環をなすもの」と三島は言うが、それは、世界とはこのようなものだ、という全体的な解釈を読者に与える小説と考えてもよいだろう。本書で私が今まで使ってきた言い方に従うなら、社会、時代、歴史の全貌を捉え、現実を超える方法論と新たなヴィジョンを提示しようとする小説がこれに相当する。

第二に、そのような小説を書くために、三島は輪廻思想と唯識を学んだと述べているが、中村光夫宛書簡を合わせ読むならば、三島はもともと小説の背景ないし骨子となる哲学を探し求めていたことがわかる。『美しい星』や『絹と明察』に認められるハイデガーへの関心も、そこに由来するのであろう。その延長上において、輪廻思想に、そして仏教の唯識理論に出会ったのだ。

バルザックからジョイスまで

ここで、はっきりしてきたのは、三島がライバル視した長篇小説は、『チボー家の人々』のように滔々と流れる大河のごとく、時間の流れに沿って人間群像を辿ってゆくものではなかったということである。

そうではなく、世界を解釈し、時代に対抗する方法論と新たなヴィジョンを提示する文学作品。その背後には、哲学が控えていなければならなかった。この三島の考えについては、言葉を補って次のように言うことができる。すなわち、三島がライバル視したのは、ビュフォンの博物学やジョフロワ・サン＝ティレールの生物学を敷衍して社会や歴史の内部に有機的なメカニズムを探り当てようとしたバルザックの『人間喜劇』、クロード・ベルナールの『実験医学研究序説』の影響を受けたゾラの『ルーゴン＝マッカール叢書』、キリスト教に根を置く思想に基づくドストエフスキーの一連の作品や、個の自由と状況全体とのただならぬ関係を描き取ろうと企てたサルトルの『自由への道』などであったと。

ベルグソンに関しては、『失われた時を求めて』の第一巻『スワン家の方へ』が刊行された際、エリ＝ジョゼフ・ボアによる著者インタビューとして夕刊紙 *Le Temps*（一九一三年一一月一三日）に掲載されたプルーストの次の言葉が思い起こされる。

> この点から言えば、とプルーストは続けた。私の本は、「無意識の小説」の連作の試みの

ようなものでしょう。まあ、こう言ってよいのですが、「ベルグソン的小説」と呼んでも構わないのです。というのも、文学というものはいつでも、その時代において流布した哲学にみずからを結びつけようと努めるものだからです――それはもちろん後づけの理由になるのですが。（著者訳）

三島が右のインタビューを直接目にした形跡はない。だが、プルーストがこうした趣旨の発言をしていたことは知られていたので、三島もそれに倣ってベルグソンの名をあげたのであろう。ちなみに、ここでプルーストは、哲学との結びつきを後づけの理由と言っているが、この言葉と、作者が執筆に先立って何らかの哲学や思想を探り当てようとすることとは、決して矛盾しない。

では、サイデンステッカーと見解を異にしたイギリス文学については、どう考えたらよいだろうか。バルザックが『人間喜劇』の序文において「体系」が欠けていることを指摘したウォルター・スコットや、皮相的で構成も整っていないと言われることが多いチャールズ・ディケンズなどを考えると、あるいはサイデンステッカーの主張も肯われるかもしれない。

だが、三島はむしろこのとき、狭い意味でのイギリス文学というより英語文学としてジョイスのことを考えていたのではないか。意識の流れの技法や実験的文体といったモダニズム文学的側面からのみジョイスを見ていては、背景にある哲学や思想に思い至るのは難しいかもしれない。だが、『禁色』ノートを論じた際に触れたように、ジョイスの作品には部分を描きながら世界の本質を全体像として捉えようとする志向があり、その背景に何らかの哲学や思想を読み取ることができるのだ。

事実、ベケットはブルーノーやヴィーコとの関わりについて（"Dante... Bruno. Vico.. Joyce," in *Our Exagmination Round His Factification for Incamination of Work in Progress*, Paris, Shakespeare, 1929）、デリダはヘーゲルとの関わりについて（*Deconstruction in a Nutshell: A Conversation with Jacques Derrida*, New York, Fordham University Press, 1997）述べている。ジョイス文学に時代の全体のみならず人間の全体を捉えようとする志向があることについては、ヘルマン・ブロッホの考察もある（*James Joyce und die Gegenwart: Rede zu Joyce's 50. Geburtstag*, Wien, Reichner, 1936）。

これらの議論は三島存命時の日本ではまだ紹介されておらず、三島も、この点について立ち入って論じたことはない。しかし、習作期からジョイスに関心を寄せていた三島が、特に『禁色』執筆に先立ってジョイスを一定程度読み込んでいたことは、すでに見てきた通りである。従来の研究では、ジョイスと三島との関係が問われることはほとんどないが、実は日本の文学者のなかでも、三島はもっとも早い段階からジョイス文学の核心を見抜いていた一人なのだった。この点は、先にフローベールと三島との関わりについて述べたことと事情が似ている。

世界解釈の小説＝全体小説

以上の考察から、「暴流」に巻き込まれ翻弄されながらも、『豊饒の海』を執筆するに先立って、三島がどのような長篇小説をみずから創作すべき目標として狙い定めていたかが、次第に明らかになってきた。

それを三島は「世界解釈の小説」と名づけているが、私は全体小説と呼びたいと思う。私の考えによれば、これこそが、社会、時代、歴史の全貌を捉えたいという三島の内部に早くから存在していた傾向を存分に体現する小説のあり方であり、同時に、あまりにも多面体の存在である三島由紀夫を論ずる際に、そのさまざまな要素を論理的に関係づける留め金の役割を果たすものだからだ。これを、虚無、セバスチャン・コンプレックスとともに、本書の論考にとって不可欠な鍵概念として提起したい。

むろん、全体小説という概念の扱いについては、慎重な手続きが必要である。というのも、その理論的源泉は一九一五年に書かれたルカーチの『小説の理論』や、一九四八年刊行のサルトルの『文学とは何か』であるが、その後、この問題は作家や研究者によって丁寧に論じられてきたとは言いがたいからだ。

ロビン・ウィリアム・フィディアンは全体小説 total novel（フランス語で roman total、スペイン語で novela total）について、「二〇世紀小説に関する批評的思考の核心において、『全体小説』という概念が、厳格な定義に従って用いられたことは一度もなかった」（“James Joyce and Spanish-American Fiction: A Study of the Origins and Transmission of Literary Influence,” *Bulletin of Hispanic Studies*, 66, 1989）と述べている。

むしろ、この概念が本格的に検討されだしたのは二一世紀になってからで、ここには、いまを生きる私たちがこれから考え深めるべき課題が多く含まれている。

ただし、意外に思われるかもしれないが、日本の近代文学史には、世界に先駆けてこの問題を追究してゆく契機があった。それは、大正末年の私小説論争において、私小説に対抗する本格小説として俎上にあがり、三島誕生の年である一九二五年に起こった中国の五・三〇事件に取材した横光利一の『上海』は、そのひとつの実践と位置づけることができる（第一章参照）。

そして何よりもこの問題意識は、戦後、『序曲』に集まった同人たちによって共有され、なかでも野間宏が長篇小説『青年の環』を執筆するにあたって掲げた綜合小説という旗印は、その後、考え深められてゆく全体小説という概念の先駆的形態であった。

その『青年の環』は、『序曲』の版元であるとともに『仮面の告白』の版元でもある河出書房から第一部が一九四九年四月に、第二部が一九五〇年五月に刊行されて以来、長い、中断期間に入ってしまうが、『文芸』の復刊第一号（一九六二年三月）において再開された。この年は、中村真一郎、篠田一士、山本健吉らが、主に雑誌『文学界』を舞台にして、全体小説という概念を問題にした年でもある。

こうした文学史的経緯には一定の必然性があって、ロシア革命、関東大震災、そして第二次世界大戦の敗戦、さらに一九六〇年の安保反対闘争といった歴史的事態が、これにいかに向き合うべきかという切実な問題意識を、日本の文学者たちに喚起したのだった。とはいえ、そのことを一貫した視点から掘り下げることのできた者はわずかで、全体小説という概念を唱道した篠田一士がそれに与えた定義も、「もっとも豊かなロマネスク、あるいは、絶頂におけるロマン」（「「全体小説」について」、『文学界』一九六二年五月）という、はなはだ貧弱なものにすぎない。

このとき私たちは気づくのである。『序曲』に参加し、『仮面の告白』を発表して以来、社会、時代、歴史の全貌を捉えたいという作家としての意志を抱き続け、先にも引用したように一九六二年には「私も二、三年すれば四十歳で、そろそろ生涯の計画を立てるべきときが来た」（「「純文学とは？」その他」）と述べていた三島は、全体小説という言葉こそ使わなかったが、この問題にもっとも敏感に反応したひとりであったということに。

念のために言い添えるなら、敏感に反応した作家がもう一人いて、それは後に『サルトル論』（河出書房、一九六八年二月）として独自の全体小説論をまとめる野間宏である。

しかし、三島も野間も、はじめから全体小説について明確な理論があったわけではなく、それぞれ『豊饒の海』、『青年の環』という大作を書きつつ考え、考えつつ書いたのであった。その思索のバトンは、これらの作品を読みつつ考え、考えつつ読む、二一世紀の私たち読者に引き継がれているのである。*1

三島文学の核心に全体小説という概念、いやあるべき概念という意味での理念があり、それが『豊饒の海』として結実したことの意味について、私も本書の残るページを費やして、作品を読みつつ考え、考えつつ読み進めてゆきたい。

二つの関門

しかしながら、いざ『豊饒の海』に正面から向き合おうとすると、二つの大きな関門があることに、あらためて気づかされる。

なるほど、全体小説なるものの背後には哲学が必要で、三島にとってそれがハイデガー哲学ではなく輪廻、唯識の思想だったことは認めてもよい。しかし、そもそも唯識とは何であるか。それがわからなければ、唯識と輪廻との関わりについても、なぜ唯識思想が社会、時代、歴史の全貌を捉えようとする全体小説の基盤となる体系的、包括的な哲学たりうるのかという点についても、遠く理解が及ばないであろう。ところが、唯識は仏教の教理のなかでも、もっとも難解をもって知られている。これが第一の関門である。

もうひとつの厄介な問題は、『豊饒の海』のエンディングは当初の構想と実際の結末とで大きく異なっていることが、創作ノートや構想メモによって確かめられることである。三島は第三巻『暁の寺』を書き終えた後で、最終巻の内容と結末を、完全に逆転することを決めたのだった。それは、自決を決意したのと同時期のことである。『豊饒の海』を論じ深めるためには、この経緯を見て見ぬふりをするわけにはゆかないが、創作ノート、構想メモの分析は容易ではない。

この二つの難問にここで即答することはできないが、せめて三島を早くから捉えていた輪廻への関心が、やがて唯識に向けられてゆく経緯、および唯識という思想の概略については、見定めておかなければならない。

『浜松中納言物語』から唯識へ

生まれ変わりということに、お伽噺のような憧れを持つことは誰にでもありうるだろうが、三島にとってそれが早くから特異な意味をもっていたことは、第五章で「二千六百五年に於ける詩論」や詩「夜告げ鳥」を取り上げたときに触れた。そこでは輪廻は、空襲下に編み出された独特の詩的死生観なのであった。

ついで、『禁色』執筆に先立つノートでは、長篇小説を書くための方法論、構成論として輪廻譚に注意が向けられた。さらに、メキシコのウシュマルでは、輪廻転生と近似する世界観が、虚無とは無縁な詩的調和として体験されたのであった。

そして、一九六三年九月に中村光夫に手紙を書いてからややあって、あらためて輪廻に注目するように三島を促す大きな出来事があった。『日本古典文学大系』77（岩波書店、一九六四年五月）に収められた『浜松中納言物語』に接したのである。

唐に転生した亡き父を慕って渡唐する貴公子にまつわる平安後期の恋物語に、三島は魅了された。その校注を担当したのが学習院時代の恩師・松尾聰だった縁で、三島は同書の月報に「夢と人生」を寄せている。そして、この『浜松中納言物語』のうち、現在所在が確認されていない冒頭の一巻の概略（松尾の推論による）に従って、ライフワークとなるべき作品の第一巻を構想することになる。このプランを三島が具体的に考え始めたのは、一九六四年秋以降と思われ、まもなく『豊饒の海』および『春の雪』という表題も命名される。このことについては次章以降でも触れるが[*2]、次に輪廻と唯識に関して、必要最低限なことを確認しておこう。

『豊饒の海』創作ノートは現在二三冊確認され、そのなかには宇井伯寿、山口益、長尾雅人ら仏教学者の名や、その著書も記されている。先に引いた「「豊饒の海」について」には、「摂大乗論の註釈を、いくら読んでも、むづかしくてわからない」とあるが、これは、宇井の『摂大乗論研究』（岩波書店、一九三五年七月。『定本三島由紀夫書誌』所載の蔵書目録によれば三島蔵書は一九六六年三月発行の第二刷だが、三島は初版第一刷も閲読していたものと思われる）を指して言ったものである。また、山口とは一九六五年二月二五日に面談しているが、このことも先の引用で触れられている。

しかし、これだけでは、三島が仏教や唯識を学んだ詳しい事情がよくわからない。そこで、『定本三島由紀夫書誌』の蔵書目録を確認すると深浦正文の『輪廻転生の主体』（永田文昌堂）が記載されている。副題として、「何が生死に輪廻するか　何が浄土に往生するか」と添えられ、初版は一九五三年四月であるが、三島が所蔵していたのは一九五五年一月刊行の第二版であった。

『輪廻転生の主体』は、深浦が龍谷大学で行った講演を一般読者向けに書き直したもので、一〇〇ページ足らずの小冊子だが、読んでみると、三島が『豊饒の海』の構想を考えるうえで決定的な役割を果たしたことがよくわかる。深浦によれば、仏教はインドの伝統的な考えに従って輪廻の思想を受け入れたように見えるが、他方我（アートマン）や霊魂を否定したため、輪廻し転生する主体を説明することができず、輪廻説との間に矛盾が生じた。これに対し、唯識は転生するのは心の奥底にある阿頼耶識だと説く。

さらに、この阿頼耶識について、深浦は次のように述べている。私がこの三島評伝の表題として掲げた「暴流」の語も、ここで紹介されている。

　そもそも阿頼耶識は、吾吾の有する六感なる精神作用、――すなわち眼・身《ママ》（引用者注・「耳」の誤植）・鼻・舌・身・意の六識以上の徴細なる下層意識ともいうべきもので、その六識の奥の第七位末那識《まなしき》のさらに奥の第八位にあるところから、第八識とも呼ばれている。唯

識の開祖世親菩薩は、この識の状態をいい現わして、『唯識三十頌』に

　恒転如暴流（恒に転ずること暴流の如し）

というている。暴流とは、暴とは卒暴ということで、水の激しく流れることを形容した語であるから、こは、恰も水の激流するように、恒時に相続転起して、決して間断中絶することとてないものである。それなればこそ、この識が有情の総報の果体として、何れの識よりもひとしお重んぜられているわけであって、もし中絶間断を生ずるようなものなら、それは到底総報の果体といえないであろう。

文中の仏教用語は私たちにとって必ずしも馴染み深いとは言えないので、わかりやすく説明しておこう。まず、「眼・耳・鼻・舌・身・意の六識」というのは、視覚、聴覚、嗅覚、味覚、触覚の五感と、自覚的、概念的に物を捉える営みという六種の働きに対応する六つの識（心）をいう。末那識はいわゆる自我意識を指す。世親菩薩は四世紀のインドの僧・ヴァスバンドゥのことで、『摂大乗論』（大乗仏教の教義を包摂してまとめた論）を著わした兄の無着（無著、アサンガ）の影響を受け、唯識の教理をわずか三〇の詩句（頌）でまとめた。これが『唯識三十頌』であり、「恒転如暴流」は第四頌のなかの一節である。

　一般に唯識といえば、興福寺や薬師寺など法相宗の寺院が思い浮かぶが、法相宗の根本聖典である『成唯識論《じょうゆいしきろん》』は、世親の『唯識三十頌』に対する注釈を護法（六世紀のインドの僧。ダルマパーラ）の説を中心に玄奘（七世紀、唐代中国の僧）が漢訳したものである。唯識の開祖が世親とさ

れるのはこうした事情による。実はこれに先立ち、真諦（西インドに生まれ中国に渡来した六世紀の僧）が漢訳した『摂大乗論』に基づく摂論宗が起こった。これもまた唯識仏教の一派で独特の教義を持つが、法相宗の興隆とともに衰退した。

この点については、あらためて触れることにして、今は引用した深浦の文章に戻ると、「この識」は「有情の総報の果体」とあるが、これは簡単に言い直せば、阿頼耶識とは、生きとし生けるもののあらゆる行為の結果である、との意味である。

この冊子の結論部分では、深浦は次のように述べている。

> ただし、阿頼耶識は、一見我に酷似しているようであるが、決して我ではない。第一それは生滅するものであって、常住でなく、ただ生滅しつつ、しかもそれが相続して少しも間断がないというまでである。世親が「暴流の如し」というているのは実にそこを指しているのであって、すなわち、水が激しく流れて、決して途切れないがようなものである。途切れないから、それは如何にも一水たるかの如くに思われるが、その実決してそうでないので、前水後水相異っていて、同一とはいえないのである。かの鴨長明の『方丈記』の巻頭に、「行く川の流れは絶えずして、しかももとの水にあらず。……」とあるのは、全くこの意味と受取ることが出来よう。かく生滅しつつも、相続して途切れることがない。そこで、これをば輪廻転生の主体に擬《なぞら》えるなら、その説明がはなはだ巧みに果されると思う。

『豊饒の海』の文章に親しんでいる読者であれば、これら深浦の文章のいくつかに記憶があるだろう。たとえば、『春の雪』五十四節では阿頼耶識のことが、「「唯識三十頌」に、／「恒に転ずること暴流のごとし」／と書かれてあるやうに、水の激流するごとく、つねに相続転起して絶えることがない。この識こそは有情の総報の果体なのだ」と説明されている。三島はその典拠を明かしていないが、これも先の引用箇所に依拠した文章である。

以上のことから、輪廻に対してもともと独自の関心を抱いていた三島が、『浜松中納言物語』に接して刺激を受け、ついで深浦正文の『輪廻転生の主体』に導かれて唯識の立場から輪廻がどのように説明されるかを学んだ経緯は了解できたであろう。

とはいえ、唯識の思想がいかなる意味で全体小説を支える体系的、包括的な哲学たりうるのかという点については、いまだ不明である。予告的に言っておくなら、三島の考えではその思想的核心は唯識の「同時更互因果」という考え方なのだが、それは『豊饒の海』第一巻『春の雪』の五十四節ではじめて言及され、第三巻『暁の寺』の第一部で、ようやく本格的に論じられるようになる。

したがって、いまだ『豊饒の海』の読解には踏み込んでいない私たちは、ここでいったん考察を止めなければならない。

映画「憂国」

以上は唯識のごく表面をかすった程度の議論だが、それでも十分に難解で、少し話題を変えたいような気分である。三島自身もそうだったかもしれない。
幸い、『豊饒の海』が起筆された一九六五年には、三島にとって格好の気晴らしの機会があった。気晴らしという言い方では足りない。それは一九六〇年代に入って三島の精神安定剤の役割を果たした麻薬的陶酔の場の、最大にして最後のものだった。最後の、と言うのは、この種の精神の逃げ場を求めているだけでは悪循環に陥るばかりで埒が明かないことを、三島は骨身に染みて知っていたからである。これで最後にしよう。これからはライフワークである『豊饒の海』の執筆に全力を注ぐことにしよう。麻薬的陶酔の場の締めくくりとして三島が選んだ機会。それは、小説「憂国」の映画化であった。

「憂国」の映画化の企画はそれ以前にもなかったわけではないが、いずれも具体化しなかった。やるなら何もかも自分自身で行いたいと考えた三島は、貴重な協力者としてまず旧知の堂本正樹に、ついで大映のプロデューサー藤井浩明に相談を持ちかける。一九六五年一月のことだった。撮影台本をみずから執筆した三島は、これも旧知のドナルド・リッチーの助言に従って、レオポルド・ストコフスキー編曲によるワグナーの「トリスタンとイゾルデ」をＢＧＭとして用いることに決める。

そして四月、大蔵《おおくら》映画のスタジオを借りて、二日間の強行日程で「憂国」を撮影したのだった。能舞台を模した簡素なセットで演じられる三〇分ほどの三五ミリ白黒映画であった。中尉を三島が自演、妻を藤井の紹介による元大映ニューフェイスの鶴岡淑子が演じ、演出を担当したのは堂本である。

この映画作りがいかに楽しく興奮に満ちたものだったかということを私は何度も堂本正樹から聞かされたが、『憂国　映画版』（新潮社、一九六六年四月）に付された「製作意図及び経過」で、三島自身は次のように言う。

すなわち、中尉は「ただ軍人、ただ大義に殉ずるもの、ただモラルのために献身するもの、ただ純真無垢な軍人精神の権化でなければならず、それに応じて、「一カット一カットがカメラの明晰な対象としての「もの」でなければならなかつた」。クライマックスでは「あくまでも生理学的にリアルな切腹場面が現前し〔……〕あたかも本もののやうな血が噴出して」、「宗教的なドローメノン（引用者注・ギリシア語で行事、祭式の意）の、農耕祭儀の犠牲《いけにへ》の儀式、自然の中における人間の植物的運命の、昂揚と破滅と再生の呪術的な祭式」に近づくことが目指された。

こうした言葉からわかるように、映画「憂国」を製作し主演したことは、小説「憂国」において表現されたセバスチャン・コンプレックスと、映画「からっ風野郎」において経験された「オブジェ」になることとが融合した、三島にとってまさに夢のような出来事であった（実際の映画製作からおよそ一年後に書かれたこの文章には、「憂国」初出時にはなかった、もうひとつの要因――「憂国」の本来の意味――も反映している、これについては次章で触れる）。

そして、『豊饒の海』起筆を翌月に控えた一九六五年五月、三島は大映の永田社長や、「日本の婦人映画大使」と言われる川喜多かしこなどごく少数で試写会を行い、その後、いっさいの情報を隠して、翌一九六六年一月、フランスのツール国際短篇映画祭への出品という形で、はじめて作品を公開した。結果は、劇映画部門の次点で受賞は逃したものの大きな話題を呼び、日本でも四月一二日から、六〇年代文化を象徴する存在である日本アート・シアター・ギルド（ATG）が、新宿文化、日劇文化の二館で上映を開始した。この両館初日の観客動員二三三二人は、ATG系平日初日の新記録となった。

このとき『春の雪』の連載は、ちょうど半ば近くである。三島は映画「憂国」を製作、主演したことで大きな喜びを得たが、その喜びは、単なる麻薬的陶酔に終わるのではなく、見事に『豊饒の海』執筆のエネルギーに変換されたのだった。私たちも、急ぎ『春の雪』の世界に入ってゆくことにしよう。

＊1　詳しくは井上隆史『三島由紀夫「豊饒の海」vs野間宏「青年の環」――戦後文学と全体小説』（新典社、二〇一五年一一月）を参照。

＊2　詳しくは井上隆史『三島由紀夫　幻の遺作を読む――もう一つの『豊饒の海』』（光文社、二〇一〇年一一月）を参照。

第一六章　日本の近代――『春の雪』

中村真一郎への電話とノーベル賞

『豊饒の海』を起筆したその当日、三島由紀夫が電話をかけてきて、君はいつからライフワークに取りかかるのだと聞いてきたと中村真一郎が伝えている。

> 私がまだ機が熟さないから、というような曖昧な返事をすると、彼は最近死んだある作家の例を挙げて、「ぼくは途中で死ぬのはやり切れないから、今日からとりかかるんだ。一緒に出発しようよ」とすすめてくれた。しかし、いきなりそう云われても、すぐ乗るわけにはいかないので、「どうぞ、お先に……」と云うと、「それじゃあ、ぼくは書きはじめるからね……」そう云って例の豪傑笑いと共に電話を切った。[*1]

ここに「最近死んだある作家」とあるが、四部作『豊饒の海』の第一巻となる『春の雪』（『新潮』一九六五年九月―六七年一月）が書き始められた一九六五年（昭和四〇）に亡くなった作家は江戸川乱歩、高見順など複数いる。三島が高見順を意識していたのは確かだが（「私の近況―「春の雪」と「奔馬」の出版」、『新刊ニュース』一九六八年一一月一五日）、三島の念頭の第一にあったのは七月三〇日に亡くなった谷崎潤一郎ではないかと私は思う。谷崎は、三島も推薦文を書いた一九五八年以降、毎年ノーベル賞候補にあがっていたが、病に倒れ結局受賞に至らなかった。受賞を前提として受けた海外メディアの取材が空振りに終わったこともあり、谷崎はショックを受けたはずだとドナルド・キーンは伝えている。[*2]

　そうした経緯を横で見ていた三島自身は、一九六三年、六四年、六五年と三年連続して公式にノーベル賞候補入りしている（その後六七年、六八年も）。特に一九六三年にはサミュエル・ベケット（一九六九年受賞）、パブロ・ネルーダ（一九七一年受賞）らとともに最終の六人候補のなかに残った。このとき三島はまだ三八歳で、もし受賞していれば二〇二〇年の今に至るまで最年少受賞者となる（実際の受賞者はギリシアの詩人イオルゴス・セフェリス）。

　ノーベル賞をめぐりいくつもの複雑な事情があったことは第一三章で触れ、第一八章でも取り上げる予定だが、受賞を視野に入れて執筆活動に全力を注ぎたいという思いが、この三島の言葉の背景にあるのではないか。実際に三島が『春の雪』を起筆するのは一九六五年六月一日なので、中村真一郎に電話したと思われる日にち（谷崎の死去以降）と整合しないが、起筆日当日に三島が電話をしたというのは出来すぎた話のようにも見え、これは中村に向かって三島が一芝居打った演出ではないかとも思う。

では、なぜその相手として中村真一郎が選ばれたのか。理由のひとつは、先に述べた『文学界』を舞台として展開した全体小説論に最初に火をつけたのが中村だったことだろう（「季節外れの大作品」、『文学界』一九六一年一一月）。自身のライフワークが全体小説論の実践であることを、やはり三島は意識していたのである。

では、『春の雪』とは、どのような話だろうか。

時は大正初年、主人公は侯爵家の子息・松枝清顕《きよあき》*3と伯爵家の令嬢・綾倉聡子で、話の骨格はこの二人の恋物語である。はじめ清顕は煮え切らずにいるが、一九一三年（大正二）、洞院宮第三王子治典王殿下と聡子の婚約が決まると、彼は結婚の勅許（天皇の許可）を犯して二歳年上の聡子と逢瀬を重ね、やがて聡子は妊娠する。秘かに堕胎した聡子は、奈良の法相唯識の尼寺・月修寺（後水尾天皇第一皇女が初代門跡となった奈良帯解の尼寺・円照寺をモデルとする）で出家し、以後二度と清顕と会おうとしない。聡子との面会を拒まれ続けた清顕は病に倒れる。そして、自分の見た夢を書き記した「夢日記」を友人の本多繁邦に託し、「又、会ふぜ。きつと会ふ。滝の下で」という言葉を残して二〇歳で死ぬ。ちなみに清顕の左の脇腹のあたりには三つの黒子《ほくろ》があり、それが第二巻以降の主人公の転生の印となる。

このように、『春の雪』の筋の骨格はラブロマンスであり、この点に焦点を絞った舞台版（東宝現代劇特別公演、一九六九年九月四日―一二月二七日、主演・市川染五郎、佐久間良子）、東宝映画版（監督・行定勲、二〇〇五年一〇月二九日封切、主演・妻夫木聡、竹内結子）、宝塚版（脚本演出・生田大和、二〇一二年一〇月一一―二二日、主演・明日海りお）などは、いずれも好評を博している。

オマージュとアイロニー

この筋を構成するにあたっては、前章で触れたように、三島は『浜松中納言物語』の冒頭の巻（現在、その存在は未確認）を下敷きにした。松尾聰の推論によれば、その概略は次のようである。

主人公の青年（中納言）には、義妹（大姫）があった。大姫は帝の皇子（式部卿宮）のもとに嫁ぐことになっていたが、中納言は長い逡巡の末に大姫と契りを結び、大姫は中納言の子を宿す。しかし、懐妊したとは知らない中納言は、唐の第三皇子に生まれ変わったという亡父を訪ねて唐に渡り、残された大姫は出家した後、女君を生んだ。

一読明らかなように、結末の方向こそ異なるものの、この筋立ての骨格は『春の雪』と照応している。すなわち、中納言が清顕、大姫が聡子に相当する。

ただし、これを実際に小説化するにあたり、三島はいくつかの重要な仕掛けを施した。そのひとつは、日本の近代文学史を彩る数々の恋愛のストーリーを、自作のなかに織り込んでしまうことである。

たとえば、伊藤左千夫の『野菊の墓』（一九〇六年）。『春の雪』の冒頭近く、渋谷の松枝邸に本多が遊びにきたところ、月修寺の門跡も松枝家を訪れており、聡子を交えて邸内の紅葉狩りを楽しんでいた。ところが、華やかなシーンにふさわしくない不吉な事件が起こる。滝口を見上げると、黒い犬が溺死していたのである（ちなみに、「滝」のイメージは、先述の『唯識三十頌』の「恒転如暴流」と結びつく）。この犬を門跡が回向することになり、聡子と清顕は花を摘みにゆく。

〔……〕聡子は清顕に先立つて山道をゆき、目ざとく咲残りの竜胆を見つけて摘んだ。清顕の目には、すがれた野菊のほかのものは映らなかつた。

少年と年上の少女の悲恋を描く『野菊の墓』には、二人が野菊と竜胆を摘んで、幼いながらも思いを確かめ合うシーンがあり、『春の雪』における描写は、これへのオマージュとなっている。ただし、『野菊の墓』では二人が結ばれることはなく、少女が不本意な結婚の果てに落命するところで小説は終わる。これに対して、『春の雪』では二人は逢瀬を重ね、聡子はついに妊娠、堕胎する。そして死に至るのは清顕のほうである。第四章で述べたように、伊藤左千夫は三島由紀夫というペンネームの由来のひとつだが、三島はその代表作『野菊の墓』を意識しつつ、設定を逆転しているのだ。

逆転と言えば、高山樗牛の『滝口入道』（一八九四年）も、三島の心に浮かんでいたであろう。この小説では、男性（滝口入道）のほうが恋を断ち切るために出家し、亡くなるのは女性（横笛）である（ただし、滝口入道も最後には切腹する）。

与謝野晶子の恋歌に関しては、単なる逆転というよりも、踏み込んだアイロニーを指摘することができる。本多に対して清顕との関係を、「清様と私は怖ろしい罪を犯してをりますのに、罪のけがれが少しも感じられず、身が浄まるやうな思ひがするだけ」と語る聡子の言葉は、鉄幹に対する不倫感情を背景とする「むねの清水あふれてつひに濁りけり君も罪の子我も罪の子」という晶子の歌における、清浄から罪悪へという方向性を反転したものである。

作品世界の時間は一九一三年だが、これはちょうど、平塚らいてうや田村俊子、与謝野晶子らを誹謗中傷した樋口麗陽の『新しき女の裏面』（池村松陽堂、岡村盛花堂）が実際に刊行されたのと同年であった。聡子は本多に向かって、「私はあの『新しき女』などとはちがひます」と言っているが、三島は当時の時代や風潮を意識したうえで、あえてそれとは次元を異にする境地を生み出そうとしている。その後、出家を決意した聡子が剃髪する場面は次のようである。

> むせるやうな夏の光りを、いつぱいその中に含んでゐた黒髪は、刈り取られて聡子の外側へ落ちた。しかしそれは無駄な収穫だつた。あれほど艶やかだつた黒髪も、身から離れた刹那に、醜い髪の骸になつたからだ。かつて彼女の肉に属し、彼女の内部と美的な関はりがあつたものが残らず外側へ捨て去られ、人間の体から手が落ち足が落ちてゆくやうに、聡子の現世は剥離してゆく。……

晶子の歌では、「くろ髪の千すぢの髪のみだれ髪かつおもひみだれおもひみだるる」、「その子二十櫛にながるる黒髪のおごりの春のうつくしきかな」などがよく知られるが、黒髪が切り落とされる右の場面では、そうした世界がアイロニカルに否定される。それでもなお、聡子は清顕を恋していると言いうるが、その恋は晶子が詠うような恋が切り捨てられたその先に存するのだ。

それは、どのような境地であろうか。日本で最初の恋愛小説とも言われる森鷗外の『舞姫』

（一八九〇年）との比較を通して、考えてみよう。主人公・太田豊太郎はエゴイスティックな保身と打算から異国の恋人エリスを捨てるが、秘かに帰国を決意した際、街中を彷徨い倒れる。

> 倒るゝ如くに路の辺の榻に倚りて、灼くが如く熱し、椎にて打たるゝ如く響く頭を榻背に持たせ、死したる如きさまにて幾時をか過しけん。劇しき寒さ骨に徹すと覚えて醒めし時は、夜に入りて雪は繁く降り、帽の庇、外套の肩には一寸許も積りたりき。

その後豊太郎は病に伏すが、それはエゴイズムの代償であり、罪悪感からくる自罰でもあった。対して、『春の雪』の結尾、堕胎の後に出家した聡子に一目会うため、病を押して雪中の奈良・帯解の町を月修寺へと向から清顕の目には、すべてが浄化された、この世ならぬ世界が映し出される。

> 空が水のやうに白んでくると思ふと、そこから稀薄な日がさしてきた。雪はその日ざしの中で、ますます軽く、灰のやうに漂つた。〔……〕すでに五日目、六回目の訪れであるから、目をおどろかすものは何もない筈なのに、今、俥から、綿を踏むやうな覚束ない足を地へ踏み出して、熱に犯された目で見廻すと、すべてが異様にはかなく澄み切つて、毎日見馴れた景色が、今日はじめてのやうな、気味のわるいほど新鮮な姿で立ち現はれた。その間も悪寒はたえず、鋭い銀の矢のやうに背筋を射た。

道のべの羊歯、藪柑子の赤い実、風にさやぐ松の葉末、幹は青く照りながら葉は黄ばんだ竹林、夥しい芒、そのあひだを氷つた轍のある白い道が、ゆくての杉木立の闇へ紛れ入つてゐた。この、全くの静けさの裡の、隅々まで明晰な、そして云はん方ない悲愁を帯びた純潔な世界の中心に、その奥の奥の奥に、まぎれもなく聡子の存在が、小さな金無垢の像のやうに息をひそめてゐた。しかし、これほど澄み渡つた、馴染のない世界は、果してこれが住み馴れた「この世」であらうか？

ここでは「舞姫」のエゴイズムの世界は否定され、この世のものならぬ美的イメージが結晶する。清顕と聡子の恋が成り立つとすれば、それはこのような、現実を超えた世界においてである。

人世の秘鑰と金無垢の像

このように『春の雪』では、日本近代文学を代表する恋愛小説や恋歌に対してオマージュが寄せられ、あるいはアイロニーが放たれる。

けれども、ここで注意しなければならないのは、近代文学にとって、実は恋愛は恋愛だけの問題ではないということだ。「恋愛は人世の秘鑰なり、恋愛ありて後人世あり」という書き出しで名高い北村透谷の「厭世詩家と女性」（『女学雑誌』一八九二年二月六日、二〇日）には、「恋愛は思想を高潔ならしむる嬭母（引用者注・母親に代わって乳児を養育する女）」であり、「透明にして美の真を貫ぬく」「想世界の〔……〕牙城となる」とある。つまり、透谷にとって、恋愛はそれ自体において価値があるとは言えない。人は、恋愛という通路を経て美や真実の核心に迫ることができる。だからこそ、恋愛は至上の価値をもつのだ。

だが、実際に日本近代文学史を振り返ると、透谷が思い描いたような「想世界」が描かれることは、まずなかったということがわかる。『春の雪』の場合は、どうであろうか。

実は、『春の雪』には「秘鑰」という語が使われている。それは、滝口で死んだ犬の供養の際に月修寺の門跡が語った新羅の僧・元暁の法話に続く場面である。その法話は、夜中に飲んだ甘美な水が、夜が明けて実は髑髏の中の水だったと知り、いったんは嘔気《はきけ》を催した元暁が、ただちに「心が生ずれば則ち種々の法を生じ、心を滅すれば則ち髑髏不二なり」と悟るというものである。[*4]この法話の後で、本多は清顕にこう語る。

しかし俺に興味があつたのは、悟つたあとの元暁が、ふたたび同じ水を、心から清く美味しく飲むことができたらうか、といふことだ。純潔もさうだね。さう思はないか？　相手の女がどんな莫連だらうと、純潔な青年は純潔な恋を味はふことができる。だが、女をとんだあばずれと知つたのちに、そこで自分の純潔の心象が世界を好き勝手に描いてゐただけだと知つたのちに、もう一度同じ女に、清らかな恋心を味はふことができるだらうか？　できたら、すばらしいと思はんかね？　自分の心の本質と世界の本質を、そこまで鞏固に結び合せることができたら、すばらしいと思はないか？　それは世界の秘密の鍵を、この手に握つたといふことぢやないだらうか？

これに対して清顕は、「実は本多とはちがつて自分こそ、生れながらに世界の秘鑰を握つてゐると感じてゐた。どこから生れる自信とも知れなかつた」と独言する。秘密の鍵の意である「秘鑰」という語は、ほかに用例がないわけではないが、やはり三島は透谷を意識してこの部分を書いたと考えるのが自然であろう。

では、三島は『春の雪』において、「透明にして美の真を貫ぬく」「想世界」を描くことができたであろうか。

私の考えによれば、雪のなか、月修寺へと向から清顕の目に映る「小さな金無垢の像」こそ、「想世界」の象徴にほかならない。それは現実を超えた美的ヴィジョンであり、詩的結晶であり、ハイデガーがヘルダーリンの「帰郷」について言った「宝」でもある。幼い三島が親しみ、やがて「抒情の悪酔」とみなされ否定されながらも決して途絶えることがなかった詩の鉱脈が、こういう形で顕現したのだ。

ちなみに、ライフワークとなるこの四部作には、当初『月の宴』というタイトルが考えられていた。しかし三島は、終戦前後に刊行計画があった詩集と同じ名を、あえて選んだのだった。この事実は、自分がこれから書くのは小説であるが、そのなかに詩を包摂してしまいたいという秘かな思いを物語っているようだ[*5]。

透谷の念頭にあったのは主として詩であったが、これと類似の発想は、透谷に先立ち二葉亭四迷が「小説総論」（『中央学術雑誌』一八八六年四月一〇日）で示した小説観にも認めることができる。二葉亭は「摸写」をこそ、小説の本質と考えたが、その「摸写」について、次のように言っている。

〔……〕摸写といへることは実相を仮りて虚相を写し出すといふことなり。

先に、ひょっとすると、詩と小説は実は同じものではないか、ということを述べた。たしかにそこには、現実を超えた（もしくは現実の奥にある）真なるもの（透谷の言う「想世界」、二葉亭の言う「虚相」）への志向という共通点があるのだ。とはいえ、むろん、二つは異なるジャンルなのであって、そこのところを押さえなければ、全体小説とは何かという問題を問い極めるのは難しい。しかし、この難題については後で問うことにして（第二〇章注＊2参照）、いまは、三島が小説としての『春の雪』に仕込んだ、別の仕掛けについて考えよう。

それは、松枝邸内の紅葉狩りの場面に先立つ、まさしく作品冒頭に置かれた『日露戦役写真集』のなかの「得利寺附近の戦死者の弔祭」の写真に関する記述である。「セピアいろのインキで印刷されたその写真」は、ほかのどれよりも清顕の心に沁みいったという。

画面の丁度中央に、小さく、白木の墓標と白布をひるがへした祭壇と、その上に置かれた花々が見える。

そのほかはみんな兵隊、何千といふ兵隊だ。〔……〕前景の兵士たちも、後景の兵士たちも、ふしぎな沈んだ微光に犯され、脚絆や長靴の輪郭をしらじらと光らせ、うつむいた項《うなじ》や肩の線を光らせてゐる。画面いつぱいに、何とも云へない沈痛の気が漲つてゐるのはそのためである。

すべては中央の、小さな白い祭壇と、花と、墓標へ向つて、波のやうに押し寄せる心を捧げてゐるのだ。野の果てまでひろがるその巨きな集団から、一つの、口につくせぬ思ひが、中央へ向つて、その重い鉄のやうな巨大な環を徐々にしめつけてゐる。……

遼東半島中部の町・得利寺は、日露戦争の戦地のひとつ。日本軍がロシア軍を撃破するが、日本の戦死者も二一七名を数えたといわれ、黄塵に煙る戦地で死者を弔う儀式が執り行われた。

この光景は、常に清顕の心中に存し、雪中を走る人力車のなかではじめて聡子と接吻を交わした後にも、清顕は弔祭の幻影を見る。しかしそれは、写真の光景とは異なる異様なものであった。

あたかも俥は、邸の多い霞町の坂の上の、一つの崖ぞひの空地から、麻布三聯隊の営庭を見渡すところへかかつてゐた。いちめんの白い営庭には兵隊の姿もなかつたが、突然、清顕はそこに、例の日露戦役写真集の、得利寺附近の戦死者の弔祭の幻を見た。

数千の兵士がそこに群がり、白木の墓標と白布をひるがへした祭壇を遠巻きにしてうなだれてゐる。あの写真とはちがつて、兵士の肩にはことごとく雪が積み、軍帽の庇はことごとく白く染められてゐる。それは実は、みんな死んだ兵士たちなのだ、と幻を見た瞬間に清顕は思つた。あそこに群がつた数千の兵士は、ただ戦友の弔祭のために集つたのではなくて、自分たち自身を弔ふためにうなだれてゐるのだ。……

聡子との接吻はこの上なく甘美で、「小さな金無垢の像」もそのはるか延長上に息をひそめているはずである。しかしその甘美さは、底冷えするような弔祭の光景と表裏の関係にあったのだ。では、ここに形象化された虚無は、ひとり清顕だけを蝕むものであろうか。

そうではない。それは、日本の近代それ自体を侵す虚無なのであり、もっと言えば、近代という虚無なのである。ここに三島が仕込んだ大きな仕掛けがある。

しばしば、こういうことが語られる。日露戦争に勝利した日本は、賠償金こそ取れなかったものの、当時大国として恐れられたロシアに勝ったことで列強諸国の仲間入りを果たす。それは、明治維新以降の急速な近代化の一つの到達点であったと。

だが、実際には、かろうじて満州経営の拠点を得たにもかかわらず日本の国力は戦争により払底しており、アメリカとの利権対立に対処できなかった。それが後年の太平洋戦争の遠因ともなるのである。この意味では、日露戦争の勝利は日本の近代化の到達点であるどころか、逆にその崩壊の起点であり、日本近代史の命運を、太平洋戦争の敗戦に先立って暗示しているとさえ言える。「得利寺附近の戦死者の弔祭」の沈鬱な光景ほど、このことを象徴的に示すものはない。

こう考えるなら、『豊饒の海』の巻頭に「得利寺附近の戦死者の弔祭」の写真を据え、その光景を清顕の目に映し続けた三島の意図は明らかだ。思い返すなら、早くから社会、時代、歴史の全貌を捉えようと闘ってきた三島は『金閣寺』において一定の成功を収めた。しかし、そのとき問われた時代とは、もっぱら第二次世界大戦後の日本という限定された場であった。

次に三島は『鏡子の家』では、ニヒリズムを近代それ自体の問題として問う方向に戦線を大きく拡大した。だが、これは時期尚早で、三島の問いかけは読者と共有されるには至らなかった。だいいち、作品世界の時空間それ自体は、一九五四年四月から一九五六年四月の二年間に限られているのである。

その後、誤算と転落、そして麻薬的陶酔に逃げ場を求める時期が続いたが、『春の雪』を書き始めるにあたって、三島は狙いを定めたのである。日露戦争の時点にまで遡り、その闇の部分から日本近代史の全貌を照射し、これと切り結ぼう。さらには、単に時代の暗部を抉り出すのではなく、闇を潜り抜けて扉を開き、光を招き入れようと。その意味で、「小さな金無垢の像」は、時代を超越する美のヴィジョンなのである。

しかしながら……。

それは本当に、日本の近代において私たちを導く光たりうるのであろうか。この問いは、『奔馬』以降の作品展開に引き継がれることになる。

急いで言い添えておきたい。何度か述べてきたように、三島はプライベートな事柄を描くように見えながら、射程を社会、時代、歴史の全貌に広げ、逆に、どんなに視野の広い小説であっても、描かれる出来事は、すべて自身の身に起こった具体的事実から出発しているのだった。では、「得利寺附近の戦死者の弔祭」と三島由紀夫個人とは、どのように結びつくのだろう。

ここで、本書第一章に戻り、三島の祖父・定太郎の経歴を想起しよう。定太郎は兵庫県の加古川から上京して出世し、一九〇八年には樺太庁長官にまで登り詰めた。その管轄下にあった樺太南部は、日露戦争最後の戦いにおいて日本が占領し、その後の日露講和条約（ポーツマス条約）によって日本に割譲されたものである。すると、定太郎の現実の地理上の故郷は兵庫かもしれないが、樺太庁長官としての立場は日露戦争における日本軍の功績と犠牲によって成り立っているのであり、その意味では、「得利寺附近の戦死者の弔祭」は、平岡家にとっての家系史のルーツの象徴と言える。

清顕はゆえ知らずこの弔祭の写真に魅せられるが、そこには自身の出自に対する三島の思いが投影されていると見ることができるのだ。

しかし、定太郎はその後樺太庁長官を辞職して転落し、いくつかの罪に問われ、満州では阿片密輸にも関わってスキャンダルを引き起こした。となると、日露戦争の勝利が実のところ崩壊の起点だったのは、日本近代史にとってのみならず平岡家の命運にも当てはまることなのだった。第五章で定太郎の死を詠った「挽歌一篇」を取り上げた際、私は次のように書いた。三島はここで、単に祖父を一人の人間として追悼しているのではない。定太郎が象徴する幕末以来の日本の近代史の命運を、現実の敗戦に先立って悼んでいるのだと。いま、『春の雪』の冒頭に置かれた「得利寺附近の戦死者の弔祭」に関しては、逆に次のように言うことができる。三島はここで、単に日本近代史の命運を悼んでいるのではない。祖父・定太郎以来の平岡家の家系史を、やがて訪れる自死という現実に先立って追悼しているのである。いわば二重の追悼が、ここで融合しているのだ。

「英霊の声」

『春の雪』については、輪廻や唯識の問題などまだまだ論ずべきことがあるが、第二巻『奔馬』以降に目を通してはじめて了解できることも多いので、ここでいったん、考察を止めたいと思う。ただ、今後の議論にとって極めて重要な事柄があるので、それに関しては、いま確認しておかねばなるまい。

　ここまで見てきたように、『春の雪』はラブロマンスであると同時に日本近代史と切り結ぼうとする作品であった。また、小説でありながら、詩を包摂《ほうせつ》しようとする作品でもあった。つまり、『豊饒の海』の作品世界においては、複数の、時として互いに矛盾する要素さえもが共振し、緊張関係を保ちつつ融合している。そしてこのような事態は、『春の雪』という作品世界と、三島を含め私たちが生きる現実世界との共振、緊張関係という事態ともつながっていた。

　三島は一九六八年五月以降、『豊饒の海』と並行して新潮社のPR誌『波』に連載した評論『小説とは何か』のなかで、作品世界のなかの現実と作品外の現実とを混同しないことが、自身にとっての重要な方法論であることを強調している。しかしそれは、この二種の現実が無関係であることを意味しない。両者が次元を異にするのは確かなことだが、それにもかかわらず、『春の雪』を書き進めるとともに、三島は作品世界のなかの現実を生み出すことと作品外の現実を生きることとの照応関係を深める領域に、素早く、そして大胆に踏み込んでゆく。

その重要な契機となったのは、『春の雪』連載中に執筆、発表された「英霊の声」（『文芸』一九六六年六月）であった。ちなみに同月の雑誌『新潮』では『春の雪』の三十一節、三十二節、ちょうど清顕と本多がタイの王子たちと鎌倉の別荘に滞在する場面が描かれている。

「英霊の声」は、帰神《かむがかり》と呼ばれる神道霊学の憑依の儀式に列席した「私」が、その場に現われた二・二六事件で処刑された将校たちと、特攻隊で死んだ兵士たちの霊の言葉を忠実に記録するという体裁の小説である。神道霊学とは、『鏡子の家』で画家の夏雄が一時魅了されたもので、そのときは、執筆に際して友清歓真の『霊学筌蹄』に依拠したことを三島は明かさなかったが、「英霊の声」においては、末尾に掲げられた参考文献の中に、『霊学筌蹄』という書名が記されている。

では、霊は何を語るのか。それは、天皇に対する至純の心から二・二六事件を起こし、また最後の神風たらんとして特攻出撃したにもかかわらず、天皇がその思いを理解しようとしなかったことへの怒りである。特攻隊の霊は次のように言う。

〔……〕昭和の歴史においてただ二度だけ、陛下は神であらせられるべきだつた。何と云はうか、人間としての義務《つとめ》において、神であらせられるべきだつた。この二度だけは、陛下は人間であらせられるその深度のきはみにおいて、正に、神であらせられるべきだつた。それを二度とも陛下は逸したまうた。もつとも神であらせられるべき時に、人間にましましたのだ。

一度は兄神たちの蹶起の時。一度はわれらの死のあと、国の敗れたあとの時である。

さらに、多数の霊たちの声は怒号となって鳴り響く。

いかなる強制、いかなる弾圧、
いかなる死の脅迫ありとても、
陛下は人間《ひと》なりと仰せらるべからざりし。
世のそしり、人の侮りを受けつつ、
ただ陛下御一人《ごいちにん》、神として御身を保たせ玉ひ、
そを架空、そをいつはりとはゆめ宣《のたま》はず、
（たとひみ心の裡《うち》深く、さなりと思《おぼ》すとも）
祭服に玉体を包み、夜昼おぼろげに
宮中賢所《かしこどころ》のなほ奥深く
皇祖皇宗のおんみたまの前にぬかづき、

神のおんために死したる者らの霊を祭りて
ただ斎《いつ》き、ただ祈りてましまさば、
何ほどか尊かりしならん。
などてすめろぎは人間《ひと》となりたまひし。
　などてすめろぎは人間となりたまひし。
　　などてすめろぎは人間となりたまひし

この作品は、雑誌発表とほとんど時を同じくして河出書房新社から同名で単行本化されるが、その跋文として書かれた「二・二六事件と私」において、三島は「英霊の声」を書くに至った内的動機を次のように説明している。

　昭和の歴史は敗戦によつて完全に前期後期に分けられたが、そこを連続して生きてきた私には、自分の連続性の根拠と、論理的一貫性の根拠を、どうしても探り出さなければならない欲求が生れてきてゐた。これは文士たると否とを問はず、生の自然な欲求と思はれる。そのとき、どうしても引つかかるのは、「象徴」として天皇を規定した新憲法よりも、天皇御自身の、この「人間宣言」であり、この疑問はおのづから、二・二六事件まで、一すぢの影を投げ、影を辿つて「英霊の声」を書かずにはゐられない地点へ、私自身を追ひ込んだ。自ら「美学」と称するのも滑稽だが、私は私のエステティックを掘り下げるにつれ、その底に天皇制の岩盤がわだかまつてゐることを知らねばならなかつた。それをいつまでも回避してゐるわけには行かぬのである。

ここで三島が強調しているのは、敗戦という断絶にもかかわらず、戦前戦後をつなぐ連続性を探りあてなければならないという姿勢である。この考え方は、非連続であることと連続であることの関係という観点から見ると、一度死ぬことによって連続性を絶たれた者が、それにもかかわらず（あるいはそれゆえにこそ）輪廻の環の中で再生するという三島の輪廻観と照応している。そうだとすれば、「英霊の声」を書こうとする内的動機と、主人公が輪廻転生する小説として『豊饒の海』という作品世界を生み出そうとする内的動機とは、別事のように見えて、実は三島にとって同じ根に発する営為となるだろう。

だが、実際に発表された「英霊の声」において三島はさらに歩みを進めて、天皇に矢を放つに至ったのだった。戦後社会を蝕む欺瞞の構図について、三島は『仮面の告白』でも『禁色』でもすでに問題にしていたし、『金閣寺』では正面からこれに挑んでいた。しかし、それを天皇のいわゆる人間宣言と結びつけて告発したことは、かつてない。

そもそもこのようなことを行った者は、三島以前にも、三島以後にも存在しない。戦後日本の欺瞞の構図は、戦後の占領政策のうちに胚胎していた。その点において、私たちはＧＨＱを厳しく批判すべきだし、吉田茂を批判することもできるはずだが、三島はあえてそうせず、一九四六年一月一日に発布された人間宣言を標的としたのである。

このとき、批判者である三島自身も無傷ではいられないだろう。なぜなら、天皇は、よくもわるくも私たちの共同表象であり、それは私たちが自身の内面を天皇に投影し、あるいは（少なくとも部分的に）同一化していることを意味するからである。これを避けるのは容易ではない。そして天皇を批判することは、欺瞞の構図がはびこり頽廃的なニヒリズムが深まった責任を、批判者が自分自身で引き受けようとする決意なしにはできはしない。天皇を射貫く矢は、好むと好まざるとにかかわらず、わが身をも射貫くのである。三島にはその覚悟があった。秋山駿との対談「私の文学を語る」（『三田文学』一九六八年四月）において三島は、「「英霊の声」を書いた時に、僕は、そんなことを言うと――まだ先のことですからわかりませんが――なにか自分にも責任がとれるような気がしたのです」と語っている。

こういう姿勢は、以前の三島には見られなかったものだ。特に一九六〇年代に入って文学と文学以外の現実との関係は、書けば書くほど意に反して深まる精神の疲弊と、そこからの麻薬的な逃避という悪循環に陥っていた。しかし、いまは違う。『豊饒の海』は三島のライフワークであり、その執筆に三島がすべての存在を賭けたのは間違いないが、それは、三島が作品世界のなかに閉じ籠ることを、微塵も意味しない。むしろ逆であって、『春の雪』の連載中に「英霊の声」を世に問うことによって、『豊饒の海』という作品世界と、その作品の外の現実世界との間の共振に向けて、三島は大胆な一歩を踏み出したのである。

ちなみに、単行本『英霊の声』には、表題作のほかに、先にも触れた短篇小説「憂国」、および「十日の菊」（クーデターの危機を逃れた元大臣が、その後生ける屍となるさまを描く戯曲で、文学座創立二五年記念公演。一九六一年一一月二九日—一二月一七日、第一生命ホール）も収められ、全体が二・二六事件三部作としてまとめられている。

　このとき「憂国」も、初出の際に担っていた麻薬的な憂さ晴らしという役割を終えて、本来の意味を持ち始める。「憂国」は、自決した中尉もまた大義に殉じた英霊の一人であり、その死はチチェン・イッツァの人間犠牲の儀式と同様に人類の文化的基層に通じる営為であることを物語る作品だという本来の意味を。先に少し触れたが、単行本『英霊の声』の二ヵ月前に刊行された『憂国　映画版』所収の「製作意図及び経過」には、すでにこの趣旨が反映している。

『サド侯爵夫人』

「英霊の声」に少し先立って発表された『サド侯爵夫人』（河出書房新社、一九六五年一一月）は、私の考えでは「鹿鳴館」を超える三島最高の戯曲だが、右の問題を考えるうえでも重要な視点を提示してくれる。

　この戯曲は一九六五年一一月、ＮＬＴと新宿紀伊國屋ホールの提携により松浦竹夫の演出で上演された。サド本人は登場せず、侯爵夫人をはじめサドを取り巻く女性たちの台詞劇によって舞台は進行してゆく。『サド侯爵夫人』の跋文で、三島は次のように言っている。

　　澁澤龍彥氏の「サド侯爵の生涯」を面白く読んで、私がもつとも作家的興味をそそられたのは、サド侯爵夫人があれほど貞節を貫き、獄中の良人《をつと》に終始一貫尽してゐながら、なぜサドが、老年に及んではじめて自由の身になると、とたんに別れてしまふのか、といふ謎であつた。この芝居はこの謎から出発し、その謎の論理的解明を試みたものである。

第三幕後半、釈放されたサドが帰宅する直前、サド侯爵夫人のルネ、ルネの母親・モントルイユ夫人、そしてルネの修道院入りの世話をしたシミアーヌの会話を見てみよう。

ルネ　〔……〕充ち足りると思へば忽ちに消える肉の行ひの空しさよりも、あの人は朽ちない悪徳の大伽藍を、築き上げようといたしました。点々とした悪業よりも悪の掟を、行ひよりも法則を、快楽の一夜よりも未来永劫につづく長い夜を、鞭の奴隷よりも鞭の王国を、この世に打ち建てようといたしました。ものを傷つけることにだけ心を奪はれるあの人が、ものを創つてしまつたのでございます。何かわからぬものがあの人の中に生れ、悪の中でももつとも澄みやかな、悪の水晶を創り出してしまひました。そして、お母様、私たちが住んでゐるこの世界は、サド侯爵が創つた世界なのでございます。

シミアーヌ　（十字を切る）まあ何といふことを！

ルネ　〔……〕格子の外で、お母様、小母様、あの人は何と光つてみえますこと！　この世でもつとも自由なあの人。時の果て、国々の果てにまで手をのばし、あらゆる悪をかき集めてその上によぢのぼり、もう少しで永遠に指を届かせようとしてゐるあの人。

アルフォンスは天国への裏階段をつけたのです。

シミアーヌ　神はそんな裏階段を崩しておしまひになるでせう。

ルネ　いいえ、神がその仕事をアルフォンスにお委せになつたのかもしれません。それはこれから残る生涯を、修道院の中でとつくりと神に伺つてみることにいたしますわ。

モントルイユ　それではやつぱりお前は……

ルネ　心はもう決つてをります。

日本人が日本語によってフランス人を演じるという意表をつく着想は、主として翻訳劇を演じ続けてきた日本の新劇のあり方を逆手に取ったものである。それは大きな効果をあげ、絶え間なく迸り出る華麗な台詞は、『サド侯爵夫人』を「劇場的《シアトリカル》」演劇として見事な成功へと導いた。これに先立つ「喜びの琴」、「恋の帆影」はいずれも作品として成功したとは言いがたいのだが、三島戯曲はここに至って目を見張る復活を果たし、NLTの活動もこれを機に軌道に乗る。

同時にこの『サド侯爵夫人』は、文学作品という枠を超えて現実世界（ルネの言う「私たちが住んでゐるこの世界」）に関わってゆかうとする三島自身のあり方を問い直すというテーマを内包している。サドは「天国への裏階段をつけた」とルネは語るが、それは小説「憂国」の世界が、単なる憂さ晴らしや麻薬的逃げ場ではなく、「エロスと大義との完全な融合と相乗作用」の場であるということの意味を、別の角度から照らし出さうとするものでもあろう。

ルネはこうした問いについて、「修道院の中でとつくりと神に伺つてみる」と言うのだが、実際にこれから三島はどのように書き、どのように生きてゆくのか。それは、『豊饒の海』第二巻以降を読み進めてゆくにつれて、私たちの目の前に、まざまざと浮かび上がってくる。

＊1　中村真一郎「三島君の回想」(『三島由紀夫全集』22付録、新潮社、一九七五年三月)。

＊2　ドナルド・キーンと徳岡孝夫による「没後四十五年「悼友」対談」(井上隆史ほか編『混沌と抗戦　三島由紀夫と日本、そして世界』水声社、二〇一六年一一月)。

＊3　『春の雪』という表題と松枝清顕という人物名は、「寿」(『文芸文化』一九四三年一月)に三島自身が記しているように、『梁塵秘抄口伝集』における今様の一節「松が枝挿頭《かざし》に挿しつれば／春の雪こそ降りかゝれ」に早くから親しんでいたことに由来する。ただしこれは、「梅が枝」を三島が誤って「松が枝」と記憶したのだった。主人公の名には、三島のプライベート写真を撮影し続けた松永清寿の名も反映している(第九章参照)。

＊4　これはよく知られる法話だが、三島は斎藤唯信『仏教学概論』(森江書店、一九〇七年四月)の記述に依拠している(ただし三島蔵書は一九二二年の版)。この法話は、本書冒頭で触れた四谷の理性寺跡地に伝わる、土葬の甕に溜まった水を毎日飲むと梅毒の薬になるという俗信を思い起こさせる。三島はこういう形で、出生地の記憶を作品に織り込み、かつ浄化したのかもしれない。

＊5　この時期の三島が詩に強い関心を寄せたきっかけのひとつとして、才能溢れる若き詩人・高橋睦郎の詩集『薔薇の木　にせの恋人たち』(現代詩工房、一九六四年九月)に感銘を受けたことがある。一九六四年一二月下旬、三島は高橋を銀座の中華第一楼に招き、以後、交流が続くが、このこ

とについては高橋の著書『在りし、在らまほしかりし三島由紀夫』（平凡社、二〇一六年一一月）に詳しい。

第一七章　祖国――『奔馬』

『奔馬』の内容

『奔馬』が『新潮』に連載された一九六七年（昭和四二）二月から六八年八月にかけての期間は、三島が最初は単独で（一九六七年四月一二日―五月二七日）、次に学生を引き連れて（一九六八年三月一―三〇日。七月二五日―八月二三日）自衛隊体験入隊を行った時期と重なる。やがて行動をともにすることとなる森田必勝と三島がはじめて出会ったのは、三月の、学生を伴った最初の体験入隊の時であった。

また、自身の政治上、文化上の主張をまとめた「文化防衛論」が『中央公論』（一九六八年七月）に発表されたのは、『奔馬』最終回の直前である。『奔馬』は『春の雪』の主人公・清顕の生まれ変わりである飯沼勲《いさお》（松枝家の書生だった飯沼の子）を中心人物とするテロリズムの話だが、右のような経緯を確かめると、この作品が表面上の筋立てにおいても深層のテーマにおいても、執筆時点での三島の実際の動静と密接に連関していることがよくわかる。

『奔馬』の内容を確認しておこう。

これは、昭和初年の国家主義運動に命を捧げた若者・勲の物語である。彼は昭和の神風連たらんとして仲間とともにテロを企てるが、協力を約束していた陸軍中尉から中止を命じられる。そのため仲間の多くは脱落するが、あえて決行しようとした直前に警察に逮捕され、起訴後は市ヶ谷刑務所に収監される（三島の出生地である四谷近くにある刑務所）。勲を愛していた女性（鬼頭槇子）が、勲の命を守るために秘かに手を回したのだ。

一方、判事になった本多（三八歳）は、滝に打たれて身を浄めている勲の左の脇腹に清顕と同じ三つの黒子があるのを見て以来、彼が清顕の生まれ変わりであるという動かしがたい考えに囚われ、やがてそう確信するに至る。そして、かつて聡子との恋に苦しむ清顕を助けることができなかった無念を晴らそうとして、判事を辞し、勲の弁護人を務める。本多の働きにより、勲は第一審で刑を免除された。だが、釈放後、勲は一人で財界の黒幕・蔵原を刺殺し、自身も切腹して二〇歳で死ぬ。

以上が梗概だが、創作ノートを見ると、一八七六年（明治九）に熊本で起こった神風連の乱、また、神風連の精神を継ぐと言われる一九三三年の神兵隊事件について、三島が丁寧に取材していることがよくわかる。

ちなみに、『奔馬』作中に挿入される山尾綱紀著『神風連史話』は、作家で郷土史家の荒木精之の著書および編著（『誠忠神風連』第一芸文社、一九四三年九月。『神風連烈士遺文集』第一出版協会、一九四四年一月）、福本日南の著書（『清教徒神風連』実業之日本社、一九一六年九月）など多数の関連書を参考に、三島がみずから創作したものである。また、神兵隊事件については、三島は国学院大学学生としてこれに参加した影山正治や毛呂清輝に、細部に至るまで話を聞いている。ただし、こうした事実は、三島が単に史実を再現しようとしたことを意味しない。詳細に取材したのは、戦後日本を蝕む欺瞞の構図を、明治以降の近代それ自体の闇とニヒリズムの延長上に位置づけ、これと対峙し闘うために必要な手続きであった。

大神神社、広島、熊本

『奔馬』のために取材し、それに基づき作品を書いてゆくことは、三島にとって、自身の生涯を過去に遡って生き直すことでもあった。

「英霊の声」発表後の一九六六年八月下旬、三島は奈良、広島、熊本を取材旅行している。

奈良では、日本最古の神社と言われ、『奔馬』の冒頭で本多がはじめて勲と出会うことになる大神神社をドナルド・キーンとともに訪れた。その後三島はキーンと別れて広島に赴き、戦後郷里に戻っていた恩師・清水文雄を訪ねている。その際、清水らとともに江田島の海上自衛隊第一術科学校を見学し、同校内の教育参考館に展示されている特攻隊員の遺書を精読している。

ついで、熊本に向かい、先にも触れた荒木精之を訪ねて神風連について直接取材した。また、蓮田善明未亡人の敏子にも会っているが、ホテルの手配を行うなど熊本滞在中の三島の案内役を務めたのは、当時、八代工業高校で国語教師をしていた福島次郎であった。東洋大学の国文学科学生だった頃、『禁色』を読んで三島を訪ねた、あの福島次郎である。三島は福島の勤務先を訪れた際のことを、創作ノートに次のように記している（「八代高校」とあるのは「八代工業高校」の誤表記である）。

> 三十日午後　鳩山　夕方八代高校
> その校庭の午後五時半、すばらしい海風、かやつり草等、風にさやぐ校庭に寝てゐる。左方、みわたす限り草の庭に、ポプラ揺れ、木々白き葉裏を揺らす。その彼方の山直に迫るが如く、美しき山容、ビロードの緑をなめらかに畳む。そのベタリと坐れる山のすがた、山ひだも西日をうけてかゞやき、こまかい影の美しさ。その上に、夏雲立ちはだかる。〔……〕彼方校庭の外れの鉄棒に赤い鉢巻の少年あり。われ行きて懸垂十五回やっておどろかす。（背中の地面の感覚。学校の夏休みの感覚。十七、八歳の少年の人生に抱く夢と希望の感覚の再現）

こうした経緯を見ると、三島が日本史を遡るとともに、自身の青年期、少年期にも立ち返っていることがわかる。長い間三島と疎遠な関係になっていた福島だったが、おそらく彼は自分でも気づかぬうちに、熊本の案内役のみならず、三島の時間旅行の案内役をも務めていたのだ。

さらに、もうひとつ、ここで触れておくべき重要な事実がある。学習院時代に三島が親しく交際した東健の母方の祖父・石光真清は熊本の生まれで、幼少期に加屋霽堅《はるかた》ら神風連の人々に接し、その人柄や教えに敬愛の念を抱いていたのだ。このことは真清の死後、長男の真人によって編集された『城下の人』（二松堂、一九四三年七月）に書き記されており、同書の表紙、中表紙の絵や挿絵を描いたのは東健であった。

この事実について三島が言及した文献はこれまでのところ見つかっておらず、『定本三島由紀夫書誌』の蔵書目録を見ても、三島が所有していたのは右の書を再編集した『城下の人』（龍星閣、一九五八年六月）のみである。したがって、実際のところ三島がこの件について、どこまで認識し、どのような考えを抱いていたかは不明なのだが、これは結縁としか呼びようのないつながりである。熊本から帰京後、三島は荒木精之に次のように書き送っているが、その心境には一点の誇張もなかったであろう（一九六六年九月三日付）。三島はいま、自分にとっての「祖国」を見出したのである。

> しかし、熊本を訪れ、神風連を調べる、といふこと以上に、小生にとつて予期せぬ効果は、日本人としての小生の故郷を発見したといふ思ひでした。一族に熊本出身の人間がゐないにも不拘、今度、ひたすら神風連の遺風を慕つて訪れた熊本の地は、小生の心の故郷になりました。

『古今和歌集』と『新古今和歌集』

取材旅行の途中に三島が広島に立ち寄ったことは先に述べたが、そこでの清水文雄との再会の延長上に書かれた論文がある。それは、広島大学に勤務していた清水の退官記念として同大学学会誌である『国文学攷』に寄稿した「古今集と新古今集」（一九六七年三月）であった。取材旅行を契機として、いわば三島は日本の古典文芸の旅へと誘われたのだ。そこで三島はいくつかの和歌を取り上げて二つの歌集の特徴を分析しているが、特に重要なのは次の二首である。

　草もきも色かはれどもわたつうみの浪の花にぞ秋なかりける
　さむしろや待つ夜の秋の風ふけて月をかたしく宇治の橋姫

　前者は『古今和歌集』から引かれた文屋康秀《ふんやのやすひで》の歌で、秋になると草も木も色が変わるが、海の白波を花に見立てた「浪の花」は、常に白く泡立っていて、そこには秋はやってこない、という意味である。
　後者は『新古今和歌集』から引かれた定家の歌で、待つ人はとうとう訪れることなく秋の夜はふけてゆく、小さな筵を敷いて一人で寝ている宇治の橋姫は、月の光のなかに溶け入ってしまいそうだ、という大意である。[*1] ここで「大意」というのは、歌のイメージがあまりにも複合的なため、正確な現代語訳など不可能だからだ。三島もこの評論のなかで、歌に現代語訳を与えていない。
　しかし、まさしくそれこそが『古今和歌集』とは異なる『新古今和歌集』の特質だと三島は言う。三島の解釈の一部を引用しよう。

　〔……〕「待つ夜の秋の風ふけて」といふ表現で、「ふける」のは夜と秋と風と三つの複合で

> あることが暗示される。そのあいまいな錯雑した語序は、単なる叙景ではなくて、まるで小さな雪崩のやうに、情感と情景と時の移りとを一気に投げ落すのである。このやうな、いくつかの詩的条件を、一緒くたに提示する芸術的効果は、この世界の確乎たる論理的イメーヂを破壊してしまふところにある。
>
> さて「月をかたしく」である。「月」と「独り寝」とは、ここでみごとに結合されて、複合的情調をかもし出す。しかしそれは決して明瞭な視覚を狙つたものではない。遊女の寝姿は、寂寥のなかに月光に溶け入り、そのほのかな肉は月かげに透き、その待ちあぐねた官能は、月によつて、ひえびえと晶化してゐるのである。

右の説明と比較すると、『古今和歌集』の特徴も明瞭に浮き彫りになる。三島の言いたいことを整理するなら、こういうことだ。前者の『古今和歌集』の和歌を解釈するためには、「草」や「木」は「秋」になると変色するということ、白波を「花」に見立てると、それは決して変色しないということ、したがって「浪の花」には「秋」はやってこないということといったいくつかの観念を論理的に組み合わせることが必要で、そこからは『新古今和歌集』の和歌に見られるような、複合的なイメージの連鎖は厳しく排除されている。

このことについて、三島はこう述べている。

> 想像力の放恣が不正確に陥り、一定の言葉にこめられた意味内容が無限にひろがり、芸術

的効果が（いかに美しくとも）何か不確定なものに依存することになるのを、古今集の四季の歌は厳密に避けてゐた。一定の効果への集中度によつて、混沌が整理され、整頓された自然ははじめて人間的なものになるのであり、抒景歌の「感情の真実」はそこにしかない、と考へるときに、すでにわれわれは古今集の「詩学」の裡にゐるのである。
実はこの秩序の観念こそ、「みやび」の本質なのであつた。

ここで思い起こされるのは、かつて中国の戦地にあった蓮田善明が著わした「詩と批評――古今和歌集について」である（第四章参照）。古今集の歌人たちについて、蓮田は次のように書いていた。

> 彼らがとらへた素材もまことに狭く、（直ちに月並になつてしまふやうな）その心情も奔放でなかつたが、友人清水文雄が言ふやうに彼らは、寧ろ、さくらや梅といふ代りに唯「花」といふ世界をこの世にまでうちたてた。彼らのうちたてた風雅の秩序は遂に此の現身《うつしみ》の世界を蔽うて、文化世界への変革をなしとげた。

三島のいうみやびの世界は、この「風雅の秩序」に相当するであろう。先に述べたように、三島は蓮田に「われわれ自身の年少者」、「悠久な日本の歴史の請《まを》し子」と呼ばれて世に送り出されたのだが、その後は実のところ、『文芸文化』の世界から微妙に距離を取ろうとしていた。それが時を経て、いま蓮田の言葉を自分の考えとして受け止めることによってみずからの青年期を生き直し、さらに蓮田とともに日本文芸の源へ遡ろうとしている。

その結果、三島は『古今和歌集』について、「今、私は、自分の帰つてゆくところは古今集しかないやうな気がしてゐる」と言うに至る。しかしその一方で、一首一首が「妖しいほどの光彩を放つフラグメント」だという『新古今和歌集』の世界に「耽溺するといふ誘惑に打ち克つことができない」とも述べているのである。

『奔馬』のなかの古典

『古今和歌集』、『新古今和歌集』に対するこのような思いを、三島は『奔馬』のなかに織り込んだ。それは、『春の雪』に近代の恋愛小説や恋歌が参照、引用されているほど露わな形ではないが、実は『奔馬』という作品世界の骨格をなすものとなっている。

どういうことか。『新古今和歌集』の世界を「無秩序に浮遊する想像の世界」、『古今和歌集』の世界を「秩序づけられた観念の世界」、と置き換えて考えるとわかりやすいであろう。つまり『奔馬』は、『新古今和歌集』の世界に陥りかけた勲が、命を賭して『古今和歌集』の世界に回帰する話なのである。その構図を縮約して示すエピソードがある。勲の仲間である井筒と相良が、芒《ススキ》と細い枯れ枝を導火線と雷管に見立てて起爆の練習をする場面だ。

あとは雷管を火薬の中へさし込んで固定し、導火線の他端に火をつけるばかりであるが、それは相良が土くれを火薬に見立てて慎重に手つだつた。そして点火。まだ青い芒の茎へ近づけた燐寸の火は、決して燃え移らうとはしなかつた。夕日のなかで、火は見えぬままに燐寸の軸を半ば焦がして消えた。〔……〕

「そら、逃げろ」

「よし、もう百米逃げたぞ」

二人は坐つたまま、ずつと遠くまで逃げて来た気持になつて、息をはずませる真似をして、目を見交はして笑つた。

三十秒たち、さらに十秒たつた。観念の上で、あるひは時間の上で、雷管を仕込まれた火薬はここから遠くにあつた。しかし導火線はすでに点火され、起爆の条件は万全だつた。火は一心に天道虫のやうに導火線の上を這つてゐた。

つひに、見えない彼方で、見えない火薬が爆発した。腐りかけてゐた醜い何ものかが、突然はげしいしやつくりを起したやうな動きをちらと見せて、夕空へ四散した。周囲の椎の林は身を慄はせた。すべては透明になり、音さへ透明になつて、茜雲の空へ波打つてひろがり、……やがて消えた。

書類に熱心に目を通してゐた勲が、ふいに、

「それよりも日本刀だ。どうしても二十本は揃へなくちや。〔……〕」

想像の世界のなかでの爆発は、言うまでもなく何事をも起こさない。勲はそんな幻影を振り切

って、実際に武器を手に取らなければならない。ただしその武器は日本刀であって爆弾ではない。つまり、現実的有効性という観点よりも、むしろ観念的象徴性の観点から選ばれた武器である。この構図は、テロ計画が事前に発覚して逮捕、釈放された勲が呆けたような夢遊状態に陥り、しかし最後には蔵原を刺殺して自身も切腹し、そのことによって、精神の秩序を守り抜くという作品全体の筋立てを先取りするエピソードとなっている。

　ここに、『新古今和歌集』の世界観を振り切って『古今和歌集』の世界観に向かおうとする志向と相似の形式を見て取ることができる。同じ構図は、本多についても指摘することができよう。たとえば、テロ計画の発覚以前、勲が清顕の生まれ変わりであることを、本多が確信する場面を見てみよう。

　本多はそれに先立って、野口兼資《かねすけ》がシテを勤める能「松風」を見る（「松風」と言えば「中世に於ける一殺人常習者の遺せる哲学的日記の抜萃」の原題「夜の車」の由来となった能である）。そして、「汐汲車わづかなる浮世に廻《めぐ》るはかなさよ」という一節から夢見心地になって清顕のことを思い出す。すると彼の耳に聞こえてくるのは、もはや正しい詞章ではなく、「有情輪廻して六道に生ずること、猶、車輪の始終無きが如し」という『心地観経』の一節へと変じた。[*2] しかし、まもなく本多は、このたゆたうような心理状態から覚醒し、輪廻転生など馬鹿げた話だと考え直す。

　ところが、その晩、久しぶりに清顕の形見の「夢日記」を読んだ本多は、その後しばらくして「夢日記」に記された清顕の夢とまったく同じ光景を目の当たりにして衝撃を受けるのだった。その夢は、鳥を撃ち殺した清顕が、書生の飯沼に「あなたは荒ぶる神だ。それにちがひない」と言われるというものである。そして、いま、本多の目の前で、鳥を撃ち殺した勲が、父親の飯沼に、「お前は荒ぶる神だ。それにちがひない」と言われる。本多は慄然としてこう考える。

清顕の勲への転生は、たとへ勲には気づかれずとも、本多にとつては、理智の力を尽しても否み得ないものになつた。それは事実になつたのだ。

「事実になつた」というけれども、それは「浪の花」には「秋」はやってこないということが事実であるというのと同じ、観念的な事実である。ところが、その観念的事実は、生々しいリアリティを持つ。これこそ、三島の考える『古今和歌集』の世界なのだ。

このようにして、三島は『奔馬』のなかに、日本の古典文芸についてのみずからの考えを織り込んだのだった。

「「道義的革命」の論理」

もう一篇、「古今集と新古今集」と時を同じくして――それは『奔馬』連載開始とほぼ同時ということでもあるのだが――「「道義的革命」の論理――磯部一等主計の遺稿について」（『文芸』一九六七年三月）が発表された。これは、二・二六事件の首謀者の一人として銃殺された磯部浅《あさ》一《いち》の未公表手記の発表に合わせて寄稿されたもので、それによれば二・二六事件は、「ザイン（引用者注・あるがままの現実の意）の国家像を否とし、ゾルレン（引用者注・実現すべき理想の意）の国家像を是とする」「当為《ゾルレン》の革命、すなはち道義的革命」であつた。

ただし、「ザインの中にゾルレンの核と萌芽が見出される筈」であり、その点で道義的革命は、共産革命における権力奪取とは異なり、「国体思想そのものの裡《うち》にたえず変革を誘発する契機」があるという。そして、捕えられたちまち死刑を求刑されながら、天皇による救済を楽観的に信じ続けた磯部の心理を、次のように分析した。

このとき、磯部が「大御心」の救済と神の救済を待つたのは必然的である。なぜなら、ゾルレンの国家像はつひに崩壊し、ザインの悪によつて完全に包囲され、追ひつめられ、ゾルレンは最高度に純化されると共に、絶対的に孤立して、磯部の個的存在それ自体と完全に重複したのであるから、ゾルレンの究極の像であり、且つその玉体と神とは一体不二なる天皇と、磯部はもはや一体化してゐる筈である。磯部は自ら神となつた。神が神自身を滅ぼすとは論理的矛盾である。神はその形代《かたしろ》を救済しなければならない。

しかし、このやうに、個にして同時に全体であるやうな、肉体と思想の究極の結合状態において、彼が希望したやうな救済はありうるだらうか。彼はその肉体の不死の信念を、現人《あらひと》神《がみ》信仰からこそ学んだにちがひないからである。

そのとき実は無意識に、彼は自刃の思想に近づいてゐたのではないか、と私は考へてゐる。天皇と一体化することにより、天皇から齎《もた》らされる不死の根拠とは、自刃に他ならないからであり、キリスト教神学の神が単に人間の魂を救済するのとはちがつて、現人神は、自刃する魂＝肉体の総体を、その生命自体を救済するであらうからである。

磯部は、実際には自刃をすることなく、求刑通り死刑に処された。しかし、三島は右のように考えて、磯部はゾルレンとしての天皇と自身を同一化するに至り、それは彼が自決することと別事ではないとしたのである。

この議論はまことに論理的に組み立てられているように見えるが、その一方で、容易には理解しがたい飛躍があるようでもある。整理して考えてゆくと、まず、ザインにゾルレンを対置するという発想は、三島が「古今集と新古今集」において「想像力の放恣」や「感覚の放恣」に「みやび」を対置し、蓮田が「詩と批評」において「現身《うつしみ》の世界」に「風雅の秩序」を対置する発想と通底している。この点については、また「ザインの中にゾルレンの核と萌芽が見出される筈」という点についても、一つの考え方として理解可能である。

だが、崩壊した「ゾルレンの国家像」と「磯部の個的存在」とが「完全に重複した」という判断においては、Ａ（ゾルレンの国家像）は追いつめられている、Ｂ（磯部の個的存在）もまた捉えられ追いつめられている、ゆえにＡとＢは完全に重複するという、述語の同一性によって主語の同一性を唱える論理が働いている。これは、すでに通常の思考の枠を踏み破る論理である。とはいえ、いったんこれを認め、また、「ゾルレンの国家像」と「ゾルレンの究極の像」である天皇との同一視についても一つの見解として認めるなら、磯部が神（天皇）と一体化したという考えにも、おのずと導かれるであろう。

ここまでは、「英霊の声」について論じた際に述べたように、もともと私たちは共同表象としての天皇に多少とも同一化しているので、大きな違和感なく受け入れることができると思う。むしろ飛躍はこの先にある。なぜ、自刃が不死の根拠となるのか。天皇と一体化することによって磯部にもたらされる救済が、なぜ、自刃と結びつくのか。

ところが、あらためて考えると、この種の飛躍は、三島にとって実は無縁のものではなかったことがわかる。というのも、一度死ぬことによって連続性を絶たれた者が、それにもかかわらず（あるいはそれゆえにこそ）輪廻の環の中で再生するという三島の輪廻観においても、同種の飛躍が認められるからだ。死者が死という契機を経て輪廻の連環の中で生まれ変わるように、磯部は自刃によって救済され不死となる。

しかも、ここで見落としてはならないのは、それは先帝の崩御（もしくは譲位）によって皇位の継承が行われるとき、大嘗祭の儀式によって新帝が天照大神と一体の「現人神」になるという論理とも同型だということである（折口信夫の「大嘗祭の本義」における真床覆衾《まどこおふすま》説。これを批判している近年の岡田荘司説においても、同じ構造を認めることができる）。

こうして三島の思考のなかで、二・二六事件の根底に見出される自刃の思想と、輪廻の世界観と、現人神信仰とが、一本の線でつながり始めるのだ。思えば、三島由紀夫という筆名の由来の一つが大嘗祭の神事にちなむものだったというのも象徴的であった（第四章参照）。

三島は「英霊の声」を世に問うことによって、『豊饒の海』という作品世界と、その作品の外の現実世界との間の共振に向けて、大胆な一歩を踏み出していた。いま、「「道義的革命」の論理」によって、文学と行動、生と死を総体として捉える論理が、さらに展開する。[3]

単身の体験入隊

この論理の赴くところ、三島は自衛隊への体験入隊を始める。それはウシュマルの王族が、重要な儀式の際に、甃《サクベ》を通ってチチェン・イッツァに向かった史実になぞらえることができるが、そこで三島が具体的に何を狙い、何を目指していたかということについて、徐々に明らかにしてゆきたいと思う。

その体験入隊は、一九六七年四月一二日（書類上の正式な手続きでは一三日）[4]から五月二七日まででで、はじめ三島は福岡県久留米の前川原陸上自衛隊幹部候補生学校を訪れ、ついで富士駐屯地（富士学校等の施設がある）に赴く。滝ヶ原分屯地の宿舎に入り、山中湖で露営したのはこの時である。五月の連休に一時東京に戻り、帰校後は、富士学校幹部上級課程（AOC）、レンジャー課程に属し、さらに習志野駐屯地の第一空挺団に移動した。

三島が体験入隊を企図し、その実現に向けて動き始めたのは、神風連の取材を終えて帰京した一九六六年九月のことである。村松剛や徳岡孝夫によれば、三島が最初に橋渡しを頼んだのは、当時、毎日新聞社の出版担当役員であり、幅広い人脈を持つことで知られる狩野近雄だった。[5]その関係で、体験入隊後の独占記事を、『サンデー毎日』記者の徳岡孝夫が担当することになったので、確かにその筋はあったのであろう。だが、実際にはそれ以上の動きがあった。

富士学校で三島の対番（世話係）を務め、その後も三島と親しく交際したのは菊地勝夫だが、菊地の友人に杉原裕介がいる。裕介は海上自衛隊の幹部候補生学校を経て自衛官を務めたが、やがて西本願寺で得度して僧侶となり、一九八八年に癌で死去した。その裕介が残した手記に基づく著作を、裕介の双子の弟・剛介（海上自衛隊の幹部候補生学校を経てやはり自衛官を務めるが、後に福岡大学理学部教授となる）が、安芸遼介の筆名で刊行していて（私家版）、同書の改訂版に、[*6]冨澤暉《ひかる》が文章を寄せている。冨澤は裕介と防衛大学四期の同期生で、一九九三年七月からは第二四代陸上幕僚長を務めた人物である。「裕介・剛介に応えて」と題するその文章の最後に、次のようにある。

> 三島が自衛隊への接触を考えた時、先ず相談を持ちかけた相手は、田中清玄という著名人であったが、田中は元・第一師団長・藤原岩市を三島に紹介した。藤原と三島は意気投合したそうだが、自衛隊を知りたいという三島に、藤原は調査学校と富士学校を紹介した。実はこの藤原が私の義父で、彼が三島を初めて富士学校に連れて行った時、若手自衛官の生活ぶりも見せましょうと、六畳・四畳半のわが借家に案内して来たのである。その後三島とは、私の友人たちを集めた料亭での会合や、富士学校学生宿舎での静かな休日の対話等もあったのだが、私の転属とともに没交渉となった。彼は私達に失望したが、なおも彼に同調・共鳴してくれる自衛官を求め続けている。私はそう思っていた。

田中清玄は、戦前は武装共産党の指導者として活躍したが転向し、戦後は右翼の黒幕と言われた。その一方で、全学連に資金提供したり、岸信介や児玉誉士夫と対立して、一九六三年一一月九日に銃撃され重傷を負うなどの事件がよく知られている。後に、楯の会にもある問題を引き起こすことになるが、これについては第一九章で触れる。

　藤原岩市は陸軍軍人で、スパイ養成組織として設立された陸軍中野学校の教官も兼務していた。その後、白人支配からの解放を目指してマレー半島のインド系住民の宣撫工作を進めた特務機関（F機関）の機関長となり、インド国民軍の創設にも関わった。戦後は、公職追放を経て陸上自衛隊に入隊し、陸上自衛隊調査学校校長などを務めている（一九五六―六〇年。調査学校は現・情報学校で、諜報・防諜に関する教育、訓練のための組織）。

　体験入隊から楯の会結成に至るまで、藤原岩市と三島との間に一定の関わりがあったことは、残された藤原宛三島書簡からも確かめられる。田中清玄については、大須賀瑞夫を聞き手とする『田中清玄自伝』で、田中自身がこう語っている。

> 自衛隊への乱入事件を起こす二、三年前のことだった。評論家の村松剛が最初、引っ張ってきたんだ。〔……〕「自衛隊に入りたいので骨を折ってくれ」ということだった。「何でだ」と聞くと、自衛隊はクーデターを起こすべきだという、今回の週刊誌に載ったようなことを、とうとうと言うんだよ。日本の解体につながる危険な思想だった。
>
> 　それで僕は、自衛隊に反乱を起こすような人間を紹介するわけにはいかんと断った。そうしたら、今度は、

「いや、あれは自分の理想であって、実行するわけじゃない。自衛隊に入ってどんな訓練をしているのか、身につけたいのだ。できるだけ危険な所がいい。空挺部隊に入りたい」と言ってきた。

それで僕は陸上幕僚長をやり定年退職していた杉田一次さんに「三島は憲法を誤解しているし、自衛隊についても誤解しているが、よく話を聞いてやってほしい。危険な所へやって三島に命を落とさせるわけにはいかないが……」と言って、紹介してやった。[*7]

杉田は、太平洋戦争緒戦のシンガポールの戦いで大きな功績をあげた山下奉文を支えた軍人で、藤原の先輩にあたる。また引用文中、「今回の週刊誌に載ったようなこと」とあるのは、ちょうど『週刊文春』（一九九二年一〇月二二日）に、陸上自衛隊高射学校の戦史教官（陸自三佐）・柳内伸作が、自衛隊のクーデターを積極的に肯定するかのような論文を発表したことを指す。

ここで田中清玄の述べていることに関しては村松剛のコメントがなく、はっきり確かめられない。だが、冨澤暉の文章と合わせ読むならば、一定の事実関係に基づいていることは間違いない。むしろ村松は一連の経緯についてあえて黙しているところがあり、体験入隊に向けては、毎日新聞社の狩野近雄との関係以上に、右の働きかけが深く関わっていたというのが、事実に近いようだ。その結果、個人の長期体験入隊は前例がないことから、しかるべき対応について検討していた自衛隊側は、一、二週間ごとに一時帰宅するという条件つきで、三島の入隊を認めることになった。その際、事務的手続きについて対応したのは、当時防衛庁広報課長で、後に内閣国防会議事務局長を務めた伊藤圭一であった[*8]。

そのように決まると、体験入隊に反対していた新潮社の担当編集者・菅原国隆も三島の行動をしぶしぶ受け入れ、新潮社専属のカメラマンが入隊中の三島の様子を撮影することになった。その写真の一部は、特別手記「自衛隊を体験する――46日間のひそかな〝入隊〟」、および徳岡孝夫によるインタビュー「三島帰郷兵に26の質問」とともに、『サンデー毎日』（一九六七年六月一一日）に掲載された。もちろん『週刊新潮』も、「〝憂国〟作家の〝体験入隊〟記」（一九六七年六月一七日）と題して、三島由紀夫の体験入隊を報じている。

学生との体験入隊

三島が自衛隊に体験入隊したという事実がメディアで伝えられると、多くの者は奇異と不審の目を向けた。けれども、三島には三島なりの計算があった。それは、マスコミの話題の的となって、そこから麻薬的な陶酔を得ることではない。そういう時期は、もう終わっている。

このとき三島が考えたのは、「英霊の声」や「「道義的革命」の論理」の主張に共鳴する「同志」を、三島文学の愛読者という枠に縛られることなく探し求めるために扉を開くことだった。だからこそ、『豊饒の海』連載中の新潮社の雑誌より先に、『サンデー毎日』を告知の媒体として選んだのだろう。

三島の企図に呼応する可能性を持ついくつかの動きは、すでに伏在していた。後述するように、体験入隊の許可を求めて動き始めた一九六六年秋の時点で、三島はそのような動きを捉えてみずから組織してゆこうとする考えを抱いていたが、実際にメディアが三島の体験入隊を伝えることによって、その考えがより具体的で大きな現実へと発展することを願望したのである。

その動きの一つは、一九六〇年代後半の左翼学生運動の高まりに対抗する形で起こった民族派青年の活動であった。なかでも重要なのは、平泉澄の門下生が中心になって創刊した雑誌『論争ジャーナル』（一九六七年一月―六九年一〇月）のグループで、一九六六年一二月一九日、林房雄の紹介により三島を訪ねた同誌編集部の万代《ばんだい》潔に心を強く打たれた三島は、以後万代や同誌編集長の中辻和彦らと密接な関係を結ぶようになる。

一九六六年一一月一四日、早稲田大学学生連盟の呼びかけで結成された日本学生同盟（日学同）の存在も大きい。その中心人物の一人・持丸博は、まもなく『論争ジャーナル』に深く関わるようになり、後に楯の会の初代学生長となった。また、一九六七年四月に早稲田大学の日学同内に結成された国防部は、三島の仲介により七月に自衛隊北恵庭戦車部隊で体験入隊を行っている。ちなみに、二代目学生長として三島と死をともにすることになる森田必勝は、日学同、および国防部の創立メンバーの一人だった。

こうして、若い同志を得た三島は、一九六八年二月二五日に血盟状を作成し（森田は参加していない）、三月一日から三〇日まで、学生らとともに体験入隊を行った（ただし三島は八日に帰京し二五日に隊に戻っている）。自衛隊側の世話係は岩田貞幸一尉であった。

このとき森田も参加しているが、実を言うと、それは学生の欠員を埋めるための急遽の入隊であった。しかも早稲田大学教育学部の二年生を終えるところだった森田は、二月にスキーで骨折して静養中だったため、一週間遅れて三月七日からの参加となった。生まれてすぐ父を、ついで母を病死で失い、しかも母が亡くなったのは、森田の三歳の誕生日にあたる一九四八年七月二五日である。森田がどのような人物であったかということについては後述するが、この不幸な生い立ちを見ただけでも、彼が何か言い知れぬものを背負った存在であることが窺える。その森田は、自衛隊に入隊して三島と意気投合し、除隊後には「先生のためには、いつでも自分は命を捨てます」という礼状を速達で送ったのだった[*9]。

祖国防衛隊

いまも述べたように、一九六六年秋以降、三島はすでに青年たちを組織することを考えていた。『春の雪』、『奔馬』はもちろん、「古今集と新古今集」、「「道義的革命」の論理」の執筆と並行してのことである。三島はその組織を祖国防衛隊（Japan National Guard）と仮称した。間接侵略（外国の関与によって引き起こされる反乱、内戦）に対抗することを目的としたが、当時書かれた「祖国防衛隊「草案」」は、以下のようなものである。

一、祖国防衛隊は民兵を以て組織し、有事の際の動員に備へ、年一回以上の訓練教育を受ける義務を負ふ。

一、民兵は志願制とし、成年以上の男子にして年齢を問はず、体格検査、体力検定に合格したる者にして、前科なき者を採用する。

一、隊員の雇傭主は、隊員訓練期間の有給休暇を与へる義務を負ふ。隊員には原則として俸給を支給せず。
一、隊員はこれを幹部と兵とに分け、幹部教育には、年一ヶ月、兵には年一週間の特殊短期訓練を施す。
一、隊員には制服を支給する。

これは、「祖国防衛隊はなぜ必要か?」(一九六八年一月一日との日付がある。『決定版 全集』34)と題する無署名、タイプ印刷の文書中に、一九六六年秋に作成された文書として引用されたものだが、これによれば、学生とともに行われた自衛隊への体験入隊は、まさしくこの祖国防衛隊の「幹部教育」にあたり、三島が単独で行った一九六七年の体験入隊は、それに向けての準備だったことがわかる。

ただ、文書に書かれた内容は、単に民族派学生のなかに三島の企図に応じる「同志」がいた、というだけの話ではすまない。ここで想定されている「隊員」は学生ではなく社会人である。その「隊員」を社員として雇用している企業、そして体験入隊を受け入れる自衛隊の関与がなければ、「草案」は机上の空論に終わる。この着想は、たしかにはじめは三島の脳裏に芽生えたものであろう。だが、その実現可能性を三島に考えさせるだけの土壌と文脈が、実際に存在していたのではあるまいか[*10]。

これに関しては、三島の対番を務めた先述の菊地勝夫宛三島書簡(一九六七年九月二四日付)を見る必要がある。

さて、十六日当日は、四谷福田家へ、教育関係の五部副部長と、プラン作製の南村一佐と、学校スケジュール関係の二佐、及び広報から、庭屋広報班長をお招きしてあり、小生方は、同志岩崎氏と中辻氏でした。〔……〕岩崎氏からの意見で、社会人は一ヶ月はムリ、一週間プランも作るべきだ、といふことになり、一ヶ月と一週間と二つのプランを作つてもらふことになりました。十一月中旬に、もう一回会議をひらいた上、小生は富士学校へ行き、現地を固めて来るつもりです。

また次は、一九六四年一一月から六七年一二月まで防衛事務次官を務めた三輪良雄宛三島書簡（一九六八年三月一八日付。学生を引率しての一回目の体験入隊期間中で、三島は一時帰京していた）の一部である。長くなるが関連する箇所を略さずに引用する。

あの晩皆様の御賛同を得ましたとほり、今のところ、祖国防衛隊の東京都防衛協会青年部に帰属案は、

㈠　安心して自衛隊の協力を得られること。

㈡　既に市民権を得た団体ですからジャーナリズムに何ら新奇なショックを与へぬこと。

㈢　小生も亦これに帰属しても、ジャーナリスティックに大した問題にならず、学生たち

　と小生との直接関係は一応カムフラージュされること。
㈣　事務所が自衛隊内にあるため、青年部の会合その他が目立たず、便利であること。
㈤　資金も防衛協会を通して入つて来れば、入りやすいこと。
等多くの利点を持ち、どうしても実現したい案でございます。
しかしながら肝腎の桜田会長の御意志がはつきりつかめず、この間の会合にも、最終的な御相談ができなかつたわけでありますが、その後、藤原岩市氏（私との会見後、桜田氏は、杉田氏、藤原氏とその話をされてをります）から電話でいろ〳〵お話を伺ひまして、桜田会長の現在の御心境がほぼ拝察されるやうに思ひました。それは（私の臆測も入つてをりませうが）、ほぼ次のやうなものであると思はれます。
㈠　三島といふ男に全幅的に委すのは不安であり、かつ、人数が二、三百名をこえた時、三島がコントロールできるかどうか危ぶまれる。
㈡　その場合、青年部暴走の事例が起きたりして公安問題になつたりしては、防衛協会のみならず自衛隊も迷惑する。第一、世間は今、防衛問題につき過度に敏感である。
㈢　下手をすると、三島の私兵化するのではないか。
㈣　東京都防衛協会は、各区の零細な資金を集めたあくまで東京中心のものであり、三島の最終プランである全国組織とは抵触するのではないか。
大体右のやうな御疑念があるやに察せられます。桜田氏は藤原氏に、

「どうです、あなたが他の仕事を投出しても、これをやつて見る気はありますか」

と訊かれた由で、これは小生が桜田氏に、「藤原さんとなら一緒に仕事が出来ると思ふ」と申上げたことに照応すると思はれます。

右の御疑念については、

㈠ 三島は、はじめから権力慾ではじめたことでなく、大きな組織になつたら、喜んで専門家にお委せする気持でゐるが、第一歩はどうしても、パーソナルに組織して、一人一人青年をスカウトせねばならぬと信じてゐること。もちろん最終形態としては、桜田氏案の、宮様総裁の大組織の理想に全く賛成であること。そのときの自分の地位は、小隊長以上は望まぬこと。

㈡ 公安関係については、警視庁山本公安部長に、計画の詳細をお話しして、すでに諒解を得てゐること。

㈢ 三島としては首都防衛を第一義的に考へてをり、全国的な地域社会との結びつきは、ずつと〳〵あとの段階と考へてゐること。

㈣ 青年の暴走の危険については、これから社会人の一週間訓練のプランをも並行してはじめ、隊内のバランスをとつてゆくことをすでに計画してゐること。

○……………………………○

右のやうに釈明することができますが、この間の桜田氏との会見は初対面でもあり、時間も足りず、意が尽せなかつたことがまことに残念でございました。

要は小生に対する信頼度の問題と存じますので、桜田氏にお会ひの節、もし小生について、三輪様のお目に映つた御観察をそのままお話しいただければ倖せに存じます。

以下が甚だ厚かましいお願ひになりますが、実情について、岩崎、若泉両兄に相談いたしました処、「これは三輪様に何とかお縋りするのが一番である」といふ両兄の意見もあり、お力にお縋りする次第であります。

もしお願ひできましたら、三輪様、桜田氏、藤原岩市氏、小生、それに御考へによりもし必要とあらば杉田氏と、一堂に会して、この問題を三輪様お立会ひの下に論じ合へる機会を作つていただけますでせうか。三輪様お立会の上ならば、桜田氏はどんなにか安心されると思ひます。何卒御高配いただければ倖せに存じます。

「文化防衛論」

長い引用となったが、これに続く三輪宛書簡（四月一七日付）には、「先日は洵に有難うございました。お蔭様で、計画もやうやう軌道に乗り、三輪様のお口添へで、桜田氏も何より安心されたやうにお見受けいたし」とあり、この時期実際に、「桜田氏」を交えた会合が持たれたことがわかる。同日付の菊地勝夫宛書簡はより詳細で、桜田、三輪のほか、当時、防衛協会の事務局長をしていた藤原を交えて会合した結果について、次のように報告している。

〔……〕防衛協会の外郭団体の形で、「体験入隊同友会」の如き無難な名称の組織を作り、これにはもちろん、一般体験入隊者は入れず、このたびの計画による一ヶ月訓練を経た者のみを悉くリストに入れ、なほその中に、小生が直接手塩にかけて育てる中核隊を無名称で置き、この者たちのみが祖国防衛隊の任務を身心共によく理解してゐる、といふ具合に作つてゆくことに賛同を得、資金の目鼻もついて来ました。藤原氏は二年で五百人といふ目標ですが、なるたけ少数精鋭のはうがよいと思ひます。

いったい「桜田氏」とは何者だろうか。氏は、一九六六年三月に発足した東京都自衛隊協力会連合会（翌年、東京都防衛協会と改称）の会長だが、一般には財界四天王の一人とされる日経連会長の桜田武としてよく知られる人物である。ちなみに防衛協会は、自衛隊を応援するとともに都民の防衛意識の普及向上を目指す組織であった。

では、先の菊地宛書簡にあった「同志岩崎氏」とは誰であろうか。それは三菱財閥創業者・岩崎弥太郎の曽孫にあたる岩崎寛弥《ひろや》である。また、三輪宛書簡に「岩崎、若泉両兄に相談」とあるが、「若泉」とは、東大在学中に岩崎らとともに学生研究会土曜会の一員として活躍した若泉敬である。

一九六八年六月一五日、市ヶ谷の私学会館ホールで全日本学生国防会議結成大会が開催されたが（初代議長は森田必勝）、若泉はその場で記念講演を行い、三島は万歳三唱した。後にも触れるが、佐藤栄作首相の密使として沖縄返還交渉にあたった人物こそ、この若泉敬である。そして「警視庁山本公安部長」は、旧内務省、特高警察の流れにつながり、後に警察庁長官となる山本鎮彦《しずひこ》であった。

　このように見てくると、右に引用した書簡には、いくつもの見逃すわけにはゆかない事実が書かれていることがわかる。こうした経緯は、同時代においてはまったく知られていなかった。その後も関係者が口を閉ざし、ある程度の事情が耳に入っていたはずの村松剛もおそらく意図的に詳しく語っていないので、人々の目からは隠されてきた。だが、実際には一九六七年から翌年にかけて、祖国防衛隊の構想を現実的なプログラムとして考えようとする動きが三島の周辺に現存したのである。

　その延長上に発表されたのが、一九六八年五月五日との擱筆日の記載がある「文化防衛論」（『中央公論』一九六八年七月）であった。この評論は、「「道義的革命」の論理」や「古今集と新古今集」の論旨をさらに先に進めたもので、みやびの源泉である「文化概念としての天皇」を、「国と民族の非分離の象徴であり、その時間的連続性と空間的連続性の座標軸」と捉え、これを守るために「天皇と軍隊を栄誉の絆《きずな》でつないでおくことが急務」だと唱える。

　ここに見られる三島の天皇論については次章以降でも考察するが、いま、確認しておきたいのは、三島にとって全体小説としての『豊饒の海』の執筆にエネルギーを注ぐことは、作品外の現実においても全力で闘うことを意味し、作品外の現実にエネルギーを注ぐことは、全力をかけて『豊饒の海』を執筆することを意味したということだ。

『太陽と鉄』

一九六〇年代前半、三島は書けば書くほど精神の疲弊が深まり、そこから逃避しようとして、逆にいっそう精神が押しつぶされる悪循環に苦しんだ。しかし、かろうじて危機を乗り切り『豊饒の海』を書き始めると、同人として参加した雑誌『批評』を舞台に、自身にとっての言葉と生との関係をあらためて検証する自伝的評論『太陽と鉄』（一九六五年一一月―六八年六月）の連載をはじめた。

その議論の核心は、第一〇章で述べたようにすでに『金閣寺』においても鋭く触知されていた。思い起こしてみよう。主人公の溝口は、はじめ金閣寺の美に魅了され、しかしたちまちそれに呪縛されて不能に陥る。そこで彼は、生を蝕む金閣の美を呪詛するのだが、三島はあの時点で、生を破壊し虚無を深刻化する言語表現の負の側面を見抜いていた。それでも、三島は『金閣寺』においては、芸術創作がどんなに生の現実を蝕むことになろうとも、それに賭け、そのことによって時代をねじ伏せようとすることを選んだのだった。

ところが、『鏡子の家』以降、つまり一九六〇年代に入って、三島は言語表現というものが、芸術家を救うどころか、さらなるニヒリズムをもたらすという困苦を骨身に沁みて味わった。

その困難を踏まえているだけに、『太陽と鉄』で言葉について三島が語るその語り口は容赦ない。次に引用するのは、連載第四回にあたる『批評』（一九六六年一二月）に掲載された文章で、執筆はその年の秋、ちょうど三島が自衛隊体験入隊の実現に向けて動き始めた頃のことである。

> 何故、われわれは言葉を用ひて、「言ふに言はれぬもの」を表現しようなどといふ望みを起し、或る場合、それに成功するのか。それは、文体による言葉の精妙な排列が、読者の想像力を極度に喚起するときに起る現象であるが、そのとき読者も作者も、想像力の共犯なのだ。そしてこのやうな共犯の作業が、作品といふ「物」にあらざる「物」を存在せしめると、人々はそれを創造と呼んで満足する。〔……〕表現とは、物を避け、物を作ることだ。
>
> 　想像力といふ言葉によつて、いかに多くの怠け者の真実が容認されてきたことであらうか。

　そして三島は、言葉のまったく介在しないところに、自己存在の根拠を探りあてようとする。次の引用は、『太陽と鉄』の最後の部分で（『批評』一九六八年六月）、その年の春、学生を伴っての最初の自衛隊体験入隊を行った直後に書かれたものである。

> 　早春の朝まだき、集団の一人になつて、額には日の丸を染めなした鉢巻を締め、身も凍る半裸の姿で、駈けつづけてゐた私は、その同苦、その同じ懸声、その同じ歩調、その合唱を貫ぬいて、自分の肌に次第ににじんで来る汗のやうに、同一性の確認に他ならぬあの「悲劇的なもの」が君臨してくるのをひしひしと感じた。それは凛烈な朝風の底からかすかに芽生えてくる肉の炎であり、さう云つてよければ、崇高さのかすかな萌芽だつた。「身を挺してゐる」といふ感覚は、筋肉を躍らせてゐた。われわれは等しく栄光と死を望んでゐた。望ん

でゐるのは私一人ではなかつた。

ここで、「同一性の確認に他ならぬあの「悲劇的なもの」」と言われるものについては説明を要する。三島は『太陽と鉄』の連載第二回（『批評』一九六六年三月）において、『金閣寺』擱筆直後の一九五六年八月に神輿を担いだ経験に言及し、そのとき自分は他の神輿の担ぎ手たちと同じ体験、感受性を共有したと回顧している。そしてその経験の本質を、「悲劇的なもの」と呼んだのだった。「悲劇的なもの」といい、「「身を挺してゐる」といふ感覚」といい、実は『仮面の告白』冒頭の汚穢屋（糞尿汲取人）の描写に用いられたものである（第七章参照）。こういう形で三島は、時空を超えて自身の生を回顧し、生き直し、さらにその先へ進もうとしている。『太陽と鉄』の最後の部分からの引用を続ける。

心臓のざわめきは集団に通ひ合ひ、迅速な脈搏は頒たれてゐた。自意識はもはや、遠い都市の幻影のやうに遠くにあつた。私は彼らに属し、彼らは私に属し、疑ひやうのない「われら」を形成してゐた。属するとは、何といふ苛烈な存在の態様であつたらう。われらは小さな全体の輪を以て、巨きなおぼろげな輝く全体の輪をおもひみるよすがとした。そして、このやうな悲劇の模写が、私の小むつかしい幸福と等しく、いづれ雲散霧消して、ただ存在する筋肉に帰するほかはないのを予見しながらも、私一人では筋肉と言葉へ還元されざるをえない或るものが、集団の力によつてつなぎ止められ、二度と戻つて来ることのできない彼方へ、私を連れ去つてくれることを夢みてゐた。それはおそらく私が、「他」を恃《たの》んだはじめであつた。しかも他者はすでに「われら」に属し、われらの各員は、この不測の力に身を委ねることによつて、「われら」に属してゐたのである。
かくて集団は、私には、何ものかへの橋、そこを渡れば戻る由もない一つの橋と思はれたのだつた。

こうして三島は、言葉の介在しない世界へ赴こうとする。その先に存するのは死そのものだ。だが、注意しなければならないのは、ここで三島が、実際に死を選んだわけではないということである。

そうではなく、作品外の現実において死を決意することによって、言葉の力を蘇生させる。その力を存分に発揮させ、社会、時代、歴史の全貌を捉え、現実を超える方法論と新たなヴィジョンを提示する小説を書くことによって、作品外の現実を否定し乗り越える。

三島はいま、時代を見据えて、こう言っているのである。今度こそ、お前を捕らえ、ねじ伏せてやるのだ、と。

＊1　「かたしく（片敷く）」とは、古来、古く男女が共寝する時は二人の衣を重ねて敷いたのに対して、自分の衣だけを敷いて独り寝をする意。

＊2 『心地観経』のこの一節は、輪廻の説明として深浦正文の『輪廻転生の主体』に引用されている。三島はこれに拠ったのであろう。

＊3 戯曲「朱雀家の滅亡」（劇団NLT、一九六七年一〇月一三―二九日、紀伊國屋ホール。このときから「NLT」ではなく「劇団NLT」を名乗るようになる）は、ギリシア神話の英雄ヘラクレスが狂気に襲われてわが子と妻を殺してしまうエウリピデスの悲劇を下敷きにしたもので、太平洋戦争末期の朱雀家の当主・経隆が、天皇への忠義を貫いた結果として、家族を死に追いやるという話である。天皇への極端な忠義が常識を踏み破ってゆく点で、「朱雀家の滅亡」は、「英霊の声」、「「道義的革命」の論理」と同じ主題を持っている。

＊4 西村繁樹『三島由紀夫と最後に会った青年将校』（並木書房、二〇一九年一〇月）。

＊5 村松前掲書。ドナルド・キーンと徳岡孝夫による前掲対談。

＊6 安芸遼介『改訂版・菊は咲くか――三島由紀夫とそして自衛隊の若き士官たち』（一九九七年六月）。

＊7 田中清玄・大須賀瑞夫『田中清玄自伝』（文藝春秋、一九九三年九月）。

＊8 『オーラルヒストリー 伊藤圭一』上巻（政策研究大学院大学、二〇〇三年九月）。

＊9 宮崎正弘『三島由紀夫『以後』――日本が「日本でなくなる日」』（並木書房、一九九九年一〇月）。

＊10 「祖国防衛隊「草案」」とほぼ同時期に書かれ内容も重なる「「国土防衛隊」草案（三島由紀夫案）」を村松前掲書は紹介しているが、それによれば、この民兵組織の指揮命令系統は内閣総理大臣に直属するものとされた。

第一八章　「暴流」の時――『暁の寺』第一部

『暁の寺』第一部の世界

『豊饒の海』第三巻『暁の寺』は、『新潮』に一年八ヵ月にわたって連載された（一九六八年九月―七〇年四月）。まずは、その内容を見ておこう。

『暁の寺』は『豊饒の海』四部作の中で、唯一、二部構成になっている。先行する巻との違いはもう一点あって、それはそれまで副主人公の立場にあった本多繁邦が、主人公の役割を担い始めることだ。

このうち第一部は一九四一年（昭和一六）の話で、四七歳になった弁護士の本多は仕事でタイを訪れ、タイ王室のジャントラパー姫（月光姫、ジン・ジャン）に謁見する。すると、満七歳の姫は身を震わせて泣きながら、自分は日本人（勲）の生まれ変わりだと叫ぶのだった。衝撃を受けた本多は輪廻の実在を確信し、言葉にできぬ至福を覚えるが、水浴する姫の左の脇には転生の印であるはずの三つの黒子は認められなかった。

その後本多は、インドのベナレス、アジャンタを訪れ、帰国してからは輪廻転生の研究に専念しながら終戦までの時を過ごす。第二部は、戦後、サンフランシスコ講和条約発効の年にあたる一九五二年（三島が最初の海外旅行から帰国した年でもある）、ジン・ジャンが留学のために日本にやってくるが、これについては次章で詳述しよう。

『暁の寺』が起筆されたのは、一九六八年七月一日である。このとき三島は、意を決して唯識の思想に正面から取り組み、その哲学を背景にして『豊饒の海』の作品世界を創造しようとした。それは、「文化防衛論」の理念を実現しようとすることでもあって、三島は文字通り全力で時代と切り結んだのである。

しかし、時代の反撃は執拗かつ厳しかった。

「きみ、私兵をつくってはいかんよ」

反撃は、『奔馬』の執筆が終わる前に、もう始まっていた。それは祖国防衛隊の構想の行き詰まりとして姿を現わす。

第一七章で三輪良雄宛書簡を引用して記したように、三島は一九六八年春には岩崎寛弥、若泉敬、藤原岩市らを交えて、計画の具体化を図っていた。ところが、三島の期待とは異なって、この構想において重要な役割を果たすはずの東京都防衛協会会長にして日経連会長の桜田武は、三島を煙たく思っていた。村松剛は次のように書いている。時は一九六八年のことである。

> 民間防衛組織をつくる計画を、三島は中日新聞社の社長だった與良ヱ（アイチと読む）に、当初はなしていた様子だった。與良氏が四月の半ばに急逝したせいもあってか〔……〕彼は堤氏にだれかしかるべき財界人に会わせてほしいといい、堤氏は日経連代表常任理事の桜田武と常任理事の小坂徳三郎とを紹介した。堤氏の記憶によれば桜田武と三島とが会ったのは、五月か六月だったという。
>
> 桜田氏は三島に、
>
> ――きみ、私兵をつくってはいかんよ、
>
> といっていくばくかの金を差出した。
>
> 三島には、身体《からだ》の震えるような屈辱だった。彼は金を謝絶して席を立ち、これ以後は財界から援助を仰ぐことに見切りをつける。資金稼ぎにテレビのコマーシャルに出ようかと思うと、夏に会ったときには真顔でいっていた。[*1]

私は「堤氏」（清二＝詩人の辻井喬）が亡くなる少し前に、直接堤に確かめる機会を得たが、村松はここで虚言を弄しているわけではない。だが、あえて口をつぐんでいることがある。堤は気づかなかったようだが、先に引用した書簡からわかるように、堤による「紹介」以前に、三島と桜田はすでに面会している。おそらく村松は事情を知っていながら、彼なりの考えがあってこれを伏せたのであろう。

ただ、確かなことは、一九六八年夏以前に、祖国防衛隊の構想は事実上、破綻していたという

ことだ。実際、三輪良雄は一九六七年一二月五日に防衛事務次官を退任していたし、藤原岩市は自民党公認で参議院選挙に出るという話を受け、関心は選挙に向かっていた（事実、一九七一年に立候補し落選）。そうした事情もあって、彼らは次第に三島から距離を置くようになる。

しかし、三島には次の考えがあった。東京都防衛協会、防衛庁や財界とも連携した大規模な民間防衛組織を立ち上げるという計画は断念する。かわって、その組織の幹部となることが目されていた若者とともに小規模のグループを結成することにしたのである。

楯の会と山本舜勝

そのグループこそ、一九六八年一〇月五日、虎ノ門の国立教育会館において正式に結成が表明された楯の会であった。会の名称については、はじめ一期生（一回目に自衛隊に体験入隊した学生）の金子弘道の提案による御楯会（橘《たちばな》曙覧《あけみ》の「大皇《おほきみ》の醜《しこ》の御楯といふ物は如此《かか》る物ぞと進め真前《まさき》に」と、『万葉集』の「今日よりは顧みなくて大君の醜の御楯と出たつわれは」にちなむ）という名が候補にあがったが、検討の結果、楯の会に決定したのである。

この、祖国防衛隊構想から楯の会結成へと事態が推移してゆく過程を、三島のかたわらで間近に見ていた人物に触れておくことにしよう。それは、当時、陸上自衛隊調査学校情報教育課長を務めていた山本舜勝《きよかつ》であった。

山本が三島にはじめて会ったのは一九六七年の暮れである。藤原岩市の命を受けた平原一男一佐の紹介であった。このとき、文士のあなたは書くことに専念すべきではないかという山本の問いかけに対し、「もう書くことは捨てました。ノーベル賞なぞには興味がありません」と三島は答えたというが[*2]、その真意については後で検討しよう。その後、学生を伴っての体験入隊を終えた三島の意を受けた山本は、一九六八年五月から六月にかけて、三島や学生に対し祖国防衛隊の幹部教育の一環として諜報活動に関する講義と演習を行っている。登山帽に下駄履き、よれよれのジャンパーという変装で三島が山谷に現われたのは、このときのことであった。

山本については自己顕示が強く信用できないという評価も少なくない[*3]。しかし、後述のように三島は一九六八年から六九年にかけて、山本との間に極めて親密な関係を築いた。

あまり知られていないことだが、一九一九年（大正八）生まれの山本は、戦中は中国共産党八路軍と闘い、終戦前には陸軍中野学校の研究員兼教官となった。戦後は、再び諜報関係を中心に自衛隊に勤務し、アメリカの特殊戦学校に留学するなどの体験も重ねる。しかしそれは、かつての敵国に自身の存在理由を委ねる矛盾に満ちた振る舞いであった。そんなジレンマを解消できずにいるうちに、山本は後輩の後を襲う形で自衛隊調査学校の情報教育課長に就任する。その直後の一九六七年四月、三島が一人で体験入隊を試みたのだった。

この山本の経歴を考えると、なぜ三島との間に心理的な接点が生まれたか、その理由が浮かび上がってくるようだ。山本は、国家の禄を食《は》む自衛官としての自身の生き方について、何かが違うという深い違和感を抱き続けていた。そういう点では、山本は愚直だった。そして三島もまた、時代に挑むと言いながら、同時代人を読者とし、のみならず長い間、時代の寵児という位置づけを楽しんでいなかったとは言えないのである。その点では、三島もまた、違和感と罪悪感を拭いさることができなかった。

　他方、そういう二人から距離を取り、あるいは利用しようとする者たちの力学も、そこには働いていた。「私兵をつくってはいかんよ」と言いながら桜田武が差し出した金額は三〇〇万だったという。その事実を告げる三島の激昂する様子を山本は伝えているが、実のところ、祖国防衛隊の構想が具体化し、既成右翼とも単なる体制派とも異なる発想が明らかになってくると、多くの者は三島についてゆけぬ思いを抱き始めたのである。体験入隊時に三島や学生たちの世話係を務め、三島も篤い信頼を寄せていた菊地勝夫や岩田貞幸ですら、三島との距離を感じていた。一部には、面倒なことはすべて山本に押しつけて、自衛隊の存在意義の認知と普及に関してどこまで三島に利用価値があるか、様子を見ようとする空気さえあった。

　ここで、当時の世界に目を転じるなら、特に一九六八年は、北ベトナムおよび南ベトナム解放民族戦線によるテト攻勢、フランスの五月革命、ワルシャワ条約機構軍によるチェコへの軍事介入（プラハの春）が起こるなど、激動の年だった。三島のやろうとしていることには、世界的に広がるこのような緊張感のなかで見ると、明らかな同時代性がある。

　しかし、東京オリンピック後の不景気を脱し、国民総生産（ＧＮＰ）がフランス、イギリス、西ドイツを抜いて、アメリカに次ぐ西側第二位となった（一九六八年）日本では、確かに一九七〇年の安保闘争を前に学生運動は激化していたものの、全体としては昭和元禄と呼ばれる軽躁状態に陥り、三島の言動に真剣に耳を傾ける者はいなかった。耳を傾けることによって不都合な真実、すなわち山本舜勝が抱いた違和感は、本来、戦後を生きるすべての日本人が直面している矛盾なのだという事実と向き合うことから、皆逃げようとしたのである。
　しかし、三島はいささかも恐れていなかった。

バンパイン

　作品外においてこうした準備を重ねたことが跳躍台となり、『暁の寺』は連載第四回目（『新潮』一九六八年一二月）の第四節において、早くも重大な局面を迎える。それは、『豊饒の海』四部作のなかでもっとも重要な場面のひとつである。タイを訪れた本多は、日本人（勲）の生まれ変わりだと主張する姫とともに、美しい宮殿群で知られるタイ王室の避暑地・バンパインを訪れるのだが、その道中、遠景のジャングルを黙って見つめる姫の様子が、本多の目を通じて次のように語られる。

> 遠い地平は低い密林《ジャングル》に覆はれてゐる。比較的前方の密林はこの綻び（引用者注・雲の割れ目から射し込む日光のこと）が照らす光りに、別世界のやうな美しい緑を輝やかせてゐる。しかし後方の密林には黒雲の下辺が、霧の叢立《むらだ》つやうな豪雨を注いでゐるのである。雨足は菌糸のやうに緻密に垂れて、暗い密林にしんしんと立ちこめてゐる。目路《めぢ》もはるかな地平の密林の、一部分にだけ垂れてゐる雨足の菌糸は、実に明瞭に見えてゐるから、その雨足の、横なぐりの風に応へる揺れまでもつぶさに見える。驟雨がそこだけに凝結して、幽閉されてゐるのだ。

……本多にはそのとき、幼ない姫の見てゐるものが何ものか即座にわかつた。
姫は時間と空間とを同時に見てゐた。すなはち、彼方の驟雨の下の空間は、本来ここから見える由もない未来か過去かに属してゐた。身を現在の晴れた空間に置きながら、雨の世界を明瞭に見てゐることは、異なる時間の共在でもあり、異なる空間の共在でもあつて、雨雲が時間のずれを、はるかな距離が空間のずれを垣間見せてゐた。いはば姫はこの世界の裂け目を凝視してゐたのである。

そして、連載第五回目の第五節（『新潮』一九六九年一月）、バンパインに着いた本多その人が、時空の境界を乗り越えて、詩的調和に満ちた霊妙自在な領域に導き入れられる。

時間も泡立ち、蜂の唸りに充ちた日ざかりの苑《その》の空気も、そぞろ歩く一行の感情も泡立つてゐた。珊瑚のやうな時間の美しい精髄があらはになつた。さうだ。そのとき姫の幼時の曇りない幸福と、その幸福の背後に連なる一連の前世の苦悩や流血は、あたかも旅中に見た遠い密林の晴雨のやうに、一つになつてゐたのだつた。
自分はいはば、今襖といふ襖の取り払はれた大広間のやうな時間にゐると、本多には感じられた。あまりに広く、あまりに自在なので、住みなれた「この世」の住家とも思へぬほどだ。そこに黒木の柱はひしひしと立ちつらなり、何か人間の感情では届く筈のないところまで、目も届き、声も透りさうに思はれた。姫の幼なさの至福がひろげたこの大広間の、群立つ黒檀の柱のかげには、まるで隠れんぼをしてゐる人たちのやうに、あの柱のうしろに清顕が、この柱の裏に勲が、それぞれの柱にあまたの輪廻の影が、息をひそめ身をひそめてゐるやうに思はれるのだつた。

一九六五年九月から一〇月にかけて、三島は瑤子夫人同伴で世界旅行に出かけたが、その際、バンパインを訪れている（一〇月二四日）。『暁の寺』でバンパインが描かれる四節、五節は、その時の取材に基づいている。

だが、私たちはここに見られる時間感覚に、見覚えがないであろうか。そう、これは太平洋戦争末期に書かれた「二千六百五年に於ける詩論」における「運命観の最高のものたる輪廻は、永遠と現存とを結ぶ環でもあるが、無数の小輪廻は個々人の裡にめぐりつゝ、相接する歯車の如く宇宙の大輪廻へと繋がります」という世界観に遠く端を発し、メキシコのウシュマルで頂点に達したあの幸福な詩的調和を、一段と深化させたものにほかならない。それはさらに、『太陽と鉄』最終章における「われらは小さな全体の輪を以て、巨きなおぼろげな輝く全体の輪をおもひみる」という記述とも共鳴している。

この詩的調和の背景に、いかなる哲学、思想があるのか。そのことと、『豊饒の海』が社会、時代、歴史の全貌を捉えようとする全体小説であることとがどのように関係するのか。いまの段階ではっきりしないが、バンパインの場面が、『豊饒の海』全篇のクライマックスのひとつであることは間違いない。

ところが、まさにこの局面で、三島はかつてなく激しい「暴流」に見舞われたのだった。事情は、初出誌『新潮』の『暁の寺』第四回掲載号を開けばすぐわかる。その号の巻頭は川端康成のエッセイ「秋の野に」である。続いて、伊藤整による「川端康成の芸術」が一一ページ続く。それは、一九六八年のノーベル文学賞受賞を記念して組まれたページであった。対して、『暁の寺』はバンパイン訪問の前半にあたる第四節のみが掲載されている。『豊饒の海』全連載中もっとも少ない原稿用紙八枚。三ページしかない。川端の受賞ゆえに、バンパイン体験の記述は二つに分断されたのだ。

スウェーデン・アカデミー宛文書

川端康成のノーベル賞受賞の第一報を三島が受けるのは、一九六八年一〇月一七日である（楯の会結成の正式表明から一二日後。三島は自身の受賞のために牛込の日本出版クラブ会館で待機していた）。三島は川端家に駆けつけ、翌一八日には川端宅での座談会「川端康成氏を囲んで」（ＮＨＫテレビ、ラジオ第二）に伊藤整とともに出演して祝辞を述べた。

だが、そこに至るまでに、どんな事情があったのか。この件に関しては、これまで何度も触れてきたが、そのつど問題を先送りにしてきた。いまこそこの問題を掘り下げることにしたい。

『豊饒の海』を書き始めた時点で、三島は明らかにノーベル賞を意識していた。三島に、そう思わせるだけの事情があった。三島自身が谷崎や川端の推薦状を書いていること。また、一九六二年に来日して候補者推薦に向けて日本人自身による委員会設置などを提案し、一九六四年、六五年にはみずから三島、谷崎、川端を推薦したスウェーデンの作家、詩人であるハリー・マーティンソンと三島は面識があったことなどを考えると、自身の推薦状況について、三島は一定の予測を立てることができたはずである。

具体的に言うなら、スウェーデン・アカデミーに提出された三島を含む日本文学者に関する文書には、以下のものがあることがわかっている（マーティンソンはスウェーデン・アカデミーのメンバーなので文書はなく、口頭での推薦であった）。

①ヨハネス・ラーデル（一九六三年一月八日）三島について。ラーデルはイェール大学の東洋学者。

②ドナルド・キーン（一九六三年三月一五日）川端、三島、谷崎、西脇順三郎について。

③エドワード・サイデンステッカー（一九六三年四月）三島について。

④ヨン・ローンストレム（一九六五年八月八日）川端、三島、谷崎、西脇について。複数の日本人へのインタビューを、スウェーデン・アカデミーのノーベル委員会から非公式に委託を受けた調査員であるローンストレムが調査報告書としてまとめた。

これらの資料は、スウェーデン・アカデミーの図書館で閲覧することができる。私は事前のリサーチで、その概略を摑んでいたが、本書を書くにあたって現物を確認したく、二〇二〇年の春にスウェーデンに出張する予定だった。ところが、ＣＯＶＩＤ‐19の影響で渡航不可能となった。

そこでスウェーデン在住の井上美代子（たまたま私と同姓だが親戚ではない）に代理閲覧を頼んだところ、こういう事情だからということで図書館側の了解も得て、彼女は資料の画像を私に送ってくれた。文書は英文で、ローンストレムの報告書のみスウェーデン語だったので、これは井上に翻訳してもらった。私はその画像を見ながら、いまこの原稿を書き、暗澹たる思いを抑えきれずにいる。三島は自身の推薦状況について一定の予測を立てることができたはずだと私は述べた。しかし、事態がこれほど残忍な（と言ってよい）ものだとは思わなかったであろう。

どういうことか。

右の文書のうち、三島を積極的に推薦しているのはラーデルのみである。彼は、三島が人間感情の分析と表現に巧みで、また伝統的な価値観と現代日本とを見事に融合していることを高く評価した。

実は、ドナルド・キーンも、現存の日本人作家のなかでは、三島がもっとも優れているとしている。だが、キーンは「三島はまだ四〇歳にもならず、小説家としても劇作家としても、今後さらに伸びてゆくと思う」とする一方で、「もし谷崎や川端が三島に先を越されたら、日本の大衆は奇異に思うだろう」とも述べていて、三島の推薦順位は、谷崎、川端につぐ、三番目だった（キーンは西脇については論外としている）。私はこの文書について以前から知っていたのでキーンに本当のことを聞きたいと思って何度か口の先まで出かかったが、ついに切り出す勇気がなかった。自分の判断に対する後悔の念がキーンにはあったのではないかと私は思っているのだが……。

では、ほかの文書の内容は、どのようなものであろうか。手酷いのは、サイデンステッカーの意見書である。拙訳で示すが、たとえば次のようである。

三島はこれまでのところうまくやってきた。批評的もしくは批評的というわけではない論考や、長篇もしくは短篇小説、伝統劇、半伝統劇、現代劇といった様々な種類の戯曲など一〇〇に及ぶ作品。問題は、彼がいまだに、一五年前と同様の、「日本のもっとも将来有望な若き小説家」に留まっているように思われることだ。彼に寄せられた期待は、いまだまったく応えられていない。彼は、人を十分に満足させる本格的な作品をまだ書いていないのである。ひょっとすると、将来、作家としての経歴を終えるときに至っても、彼は依然として、「日本のもっとも将来有望な若き小説家」なのではないか。そう疑い始めている人もいる。

意見書の最後の段落は以下のようである。

三島の才能を否定することはできない。金儲けのために粗悪な作品を量産する三流作家になり果てたかと思われるときでさえ、読んで心に残る瞬間がないような戯曲や小説を書くことはほとんどなかった。しかしながら、これまでのところ、三島作品に対する最終評価は以下のようなものでしかなかろう。すなわち、掛け値なしの賞讃に値するものを、三島はいまだ書いていない。いつか書いてくれるのではないかと期待させる作品は、いやというほど見せつけられてきたのに。

念のため、原文は以下のようである。

He is already well on his way to a hundred, including critical and descriptive essays, long and short fiction, and various sorts of drama, traditional, semi-traditional, and modern. The trouble is that he still seems to be what he was a decade and a half ago, "Japan's most promising young novelist." The promise has never been fulfilled, in that he has yet to write a wholly satisfying work of major proportions. One begins to wonder whether, at the end of his career, he will not still be Japan's most promising novelist.

There can be no denying Mishima's talent. He has produced scarcely a play or a piece of fiction, even when he is dangerously near the potboiler, that is without its memorable moments. The final judgment of his work thus far, however, must be that we have not yet seen enough to permit unrestrained enthusiasm, and we have seen enough, on the other hand, to permit a hope that the day for unrestrained enthusiasm may yet come.

最後の文などやや強めに訳したが、意見書全体のトーンとしては、まさにこの訳文のような感じである。

これは推薦文ではない。まさに、その逆である。三島文学が意に染まぬなら、たとえ意見書を求められても断ればよいのに、サイデンステッカーはわざわざこのようなものを書いているのである。

右の文書が提出されたのは、三島がはじめて候補にあがった一九六三年だが、このサイデンステッカーの三島批判によって、三島受賞の芽は早くから摘まれてしまったのではないか。一九六五年のローンストレムによる調査報告書は、谷崎と川端の同時受賞を提案し、三島と西脇については候補対象になりえないと結論づけているが、これは三島排除の筋道を確かなものにするためのものにしか見えない。この報告書が書かれたちょうど一週間ほど前に谷崎が亡くなったため、翌一九六六年四月、（先のリストには掲げなかったが）伊藤整が川端だけを推薦する文書を提出する。これで、川端の受賞は事実上確定した。

三島自身は、一九六三年以降、一九六六年を除き川端が受賞するまで毎年公式にノーベル賞候補にあがっているが、それは最終選考で三島票が川端に流れることを前提としての計略ではなかったかとさえ疑われる。

それにしても、いったいなぜサイデンステッカーは、あえて三島の受賞を阻むような文書を書いたのか。彼は『雪国』、『千羽鶴』、『伊豆の踊子』など川端作品のよき翻訳者であり、明らかに川端文学を好み、その受賞を求めていたということが第一に考えられる。

文化自由会議とサイデンステッカー

だが、事情はもっと複雑だ。東西冷戦期の一九五〇年、文化戦略の一環として、ＣＩＡによって文化自由会議が創設された。その実態を考察した *Campaigning Culture and the Global Cold War: The Journals of the Congress for Cultural Freedom*（Giles Scott-Smith & Charlotte A. Lerg (eds.), London, Palgrave Macmillan, 2017）という本のなかに、アン・シェリフによる次のような興味深い記述がある。

> パッシンは連合軍で働いており、日本で博士論文の研究をしていたので、いろいろコネもあった。ワシントン大学に就職するために一九五九年にパッシンが日本を去ると、アメリカ人の文学研究者であるエドワード・サイデンステッカーが文化自由会議のエージェントとしての役割に関わるようになった。パッシンとサイデンステッカーは、第二次世界大戦中に米軍で日本語の訓練を受け、ついで米国政府から資金援助を受けた冷戦期の地域研究の領域において経歴を出発させた、影響力の大きい学者グループの一員であった。一九五〇年代、六〇年代には日本にはいまだ巨大な米軍の存在があり、その情報源からは多くの情報がパッシンと文化自由会議のもとに流れ込んだようだ。それと同時に重要なことは、これらの若者が自立した知識人であるという幻想を維持することだった。（著者訳）

パッシンについては、本書第九章で三島のはじめてのアメリカ滞在について述べた時に少し触れたが、右の引用から、パッシンがサイデンステッカーと近い関係にあったことがわかる。そのサイデンステッカーは、自身がCIA、特に文化自由会議に関わっていたことを隠していない[*4]。この点については、むしろあけっぴろげですらある。それは、右の引用にあるように、彼は自分が「自立した知識人である」と考え、たとえ文化自由会議に関わっていたとしても、精神の自由を売り渡したわけではないという自信があったからであろう。だが、彼にそう思い込ませること自体が、CIAの策略なのだった。

文化自由会議の目的は、共産主義陣営に対して西側諸国の優位性を示すことである。一九七一年にノーベル賞を受賞したチリの左派詩人パブロ・ネルーダに対して長年にわたってネガティブ・キャンペーンを続けてきたことも、今ではよく知られている。

CIAの立場からいえば、三島と川端で、どちらがノーベル賞にふさわしいか、言うまでもないことである。天皇の人間宣言を糾弾することで、戦後日本を蝕む欺瞞の構図を抉り出す三島より、美的、情緒的、感性的世界に自閉した川端のほうが、受賞者としてはるかに無難なのだ。つまり、サイデンステッカーが、自身の主観と文学的価値判断に従って川端を候補にあげることが、そのままアメリカ政府の意向と合致するのである。

さらに、これとは別に、三島のノーベル賞受賞を阻む意見書をサイデンステッカーに書かせたもう一つの理由があったと私は推測する。それは『仮面の告白』に関することだ。

先述のように、ウェザビーは一九五〇年にはこれをほぼ訳し終えていたが、同性愛差別が激しかった当時のアメリカでは、長く刊行が見送られていた。同訳書は一九五八年にニューディレクションズ社から出版されるが、依然として差別的状況は続いていた。それでも三島が受賞すれば、『仮面の告白』が話題になるだろう。サイデンステッカーは、「真夏の死」などいくつかの三島作品を翻訳していたので、当然取材を求められるだろう[*5]。しかし、サイデンステッカーはそういう形で、自分と『仮面の告白』とが結びつくことを嫌った。同性愛者であるがゆえに職を追われるような時代だったのである。

さらに、推し測ってみよう。前述のように、ウェザビーの翻訳能力にはいくつかの疑問もあり、『仮面の告白』訳については、誰か助けた者がいたと言われている。私はその一人としてサイデンステッカーが多少とも関わった可能性があるのではないかと睨んでいる。

サイデンステッカーがはじめて来日したのは一九四五年九月で滞在地は九州（佐世保）だった。その後、アメリカに戻ってコロンビア大学、イェール大学、ハーバード大学などで学び、再び来日するのは一九四八年七月である。一九五一年以降は、夏は九十九里で過ごすことが多かったというが、ちょうど第八章で触れたタトル商会の社員旅行の時期と重なっている。この前後に、『仮面の告白』の翻訳をめぐって二人の間に接点があったとしても、何ら不思議ではない。

もし三島がノーベル賞を受賞すれば、こうした経緯が明かされるかもしれない。仮にそうした事実がなくても、そのような憶測が広がることは避けがたい。サイデンステッカーはそれを恐れた。サイデンステッカーが三島の受賞を望まなかった理由の一つに、このことが関わっていた可能性も否定できないと考える。

では、サイデンステッカーの意見書と並んで、川端の受賞に影響を与えた伊藤整の場合には、どんな背景があるだろうか。伊藤は英語で発信できる数少ない日本人作家として、海外の関係者から信頼されていたが、一九六二年から日本ペンクラブの副会長を務めており、一九六五年まで会長だった川端と、立場上、同じ組織における上下の関係にあった。遡って言えば、そもそも伊藤は小説「感情細胞の断面」が川端によって雑誌『新潮』（一九三〇年六月）の「新人才華」で取り上げられたことによって、文壇に登場したのである。

ということは、アカデミーから文書を求められた段階で、日本ペンクラブの立場から言っても、アカデミーの立場から言っても、川端受賞で問題ないという形を整えることが伊藤の果たすべき務めだったと見てよい。

それでは、一九六六年四月に提出された伊藤整の文書で川端の受賞が事実上確定したのに、なぜ実際の受賞は二年後だったのか。

ちなみに、一九六六年はユダヤ系の小説家と詩人の二人が同時受賞し、一九六七年はグアテマラの共産主義作家、ミゲル・アンヘル・アストゥリアスが受賞している。一九六六年は翌六七年に勃発する第三次中東戦争の原因のひとつとなったシリアとイスラエルの交戦が起こった年である。一九六七年はボリビアでゲリラ活動中のゲバラが捕らえられ銃殺された年である。こういう政治状況が、川端受賞の先送りに多少とも影響を与えた可能性を否定するのは難しい。

「ノーベル賞なぞには興味がありません」

サイデンステッカーは、文化自由会議系の雑誌『自由』（一九六三年七月）に「三島由紀夫論」

を書いている。そこには、アカデミー宛文書と同趣旨の厳しい言葉もあるので、サイデンステッカーがアカデミー宛に意見書を出したとしても、三島に対して好意的なものにはならないだろうと予測できた。伊藤と川端の関係の深さも、想定内である。

しかし、選考の過程がこれほど生臭く、しかも一九六三年のサイデンステッカー文書で、早くもその後の方向性が決められていたとまでは、三島も思い及ばなかったに違いない。

その内幕を何も知らずに、三島はノーベル賞に挑戦し続けたことになる。受賞発表の時期とあわせて『豊饒の海』のクライマックスであるバンパインの場面となるように執筆計画を整え、また『春の雪』、『奔馬』の単行本化も企画した。むろん、川端の受賞によってこの企画は見送られる。そして、『春の雪』と『奔馬』は、それぞれ一九六九年一月、二月に延期して刊行されたが、『春の雪』に関しては「昭和四十三年十月三十日」付の試作版が作製され、俗にノーベル版と呼ばれている。

こうした事情を考えると私は言葉を失うが、時代が三島にこう宣告しているようにも聞こえる。ある意味では、川端もサイデンステッカーも伊藤整も、そのために時代に利用された駒でしかなかった。

三島よ。お前は社会、時代、歴史の全貌を捉える小説を書きたいそうだな。そして、ノーベル賞を受賞して、俺を打ち負かした証としたいそうだな。そんなこと、できるわけないじゃないか。容赦なく思い知らせてやるから、そう思え。

たしかに、川端受賞という事実は三島にとって打撃であった。

それでも、三島は筋を通して闘い続ける。
ここで強調したいのは、三島はノーベル賞を望んだが、受賞のために他に迎合したり、自分を曲げることは決してなかったということだ。ただ単に、ノーベル賞受賞という名誉と名声が欲しいのであれば（実のところ、すでにサイデンステッカー文書によってその可能性が潰されていたとしても）、「英霊の声」や「文化防衛論」を書いたり、自衛隊に体験入隊したり、楯の会を作ったりすべきではない。戯曲「わが友ヒットラー」の公演などもってのほかである。[*6]
しかし、三島にとってそれは、全体小説を書くことによって戦後日本を、そして近代という時代を蝕む虚無を形象化し、欺瞞の構図を抉り出すことと、同じ根に発する営みだった。やめるわけにはゆかないのだ。三島に比べて川端は、自身のノーベル賞受賞に向けて実に計算高く振る舞った。サイデンステッカーが嫌うようなことはせず、伊藤整とも親密な関係を保ち続ける。
以上のことを踏まえてはじめて、一九六七年の暮れにはじめて会った山本舜勝に対して三島が、「もう書くことは捨てました。ノーベル賞なぞには興味がありません」と述べた背景も理解されよう。実際には、山本に楯の会の訓練指導を頼みつつ、三島は「書くこと」を続けている。だから、言葉通りに、三島は書くことを捨てたと受け取ってはいけない。その真意は、自分のやりたいこと、やるべきことを犠牲にしてまでノーベル賞を望みはしないという点にあったのだ。

ベナレスとアジャンタ

『豊饒の海』連載中、もっとも原稿枚数の少なかった『新潮』一二月号とはうってかわって、三島は翌月の『新潮』一九六九年一月号に『暁の寺』の第五節から八節まで、原稿用紙四七枚を一挙掲載した。その内容は本多のバンパイン訪問の後半からインドのベナレス訪問にかけてで、ベナレスに関しては一九六七年一〇月に三島自身がその地を訪れた体験に基づいて書かれている。自分ではなく川端がノーベル賞を受賞した――。その打撃を乗り越えるかのように、三島は常にもまして執筆に全力を傾注した。次に引用するのは、ガンジス川沿いの火葬場の光景だ。少し長くなるが、まとまった形で読んでみよう。

　四大へ還るための浄化の緩慢、それに逆らふ人間の肉の、死んだあとにもなほのこる無用の芳醇、……焰のなかで、赤いものがひらいたり、つややかなものが蠢めいたり、火の粉と共に黒い粉が舞ひ上つたり、あたかも何ものかの生成のやうに、焰ごしにたえず閃めいてゐる動きがあつた。又、忽ち音を立てて薪が崩れ、火のいくばくが消え、隠亡の手で火が補はれると、寺院の露台を舐めるほどの時ならぬ高い火群を上げることもあつた。

　ここには悲しみはなかつた。無情と見えるものはみな喜悦だつた。輪廻転生は信じられてゐるだけではなく、田の水が稲をはぐくみ、果樹が実を結ぶのと等しい、つねに目前にくりかへされる自然の事象にすぎなかつた。それは収穫や耕耘に人手が要るやうに、多少の手助けを要したが、人はいはば交代でこの自然の手助けをするやうに生れついてゐるのだつた。

　インドでは無情と見えるものの原因は、みな、秘し隠された、巨大な、怖ろしい喜悦につながつてゐた！　本多はこのやうな喜悦を理解することを怖れた。しかし自分の目が、究極のものを見てしまつた以上、それから二度と癒やされないだらうと感じられた。あたかもベナレス全体が神聖な癩にかかつてゐて、本多の視覚それ自体も、この不治の病に犯されたかのやうに。

しかし、この究極のものを見たといふ印象は、次のやうな瞬間が来るまでは十全ではなかつた。その瞬間は、本多の心を、水晶のやうな純粋な戦慄で撃つたのである。

すなはち、聖牛がこちらへ向いた瞬間。

このベナレスでの体験は、先のバンパインの場面を引き継ぐものだが、そこにとどまらない。これは、セバスチャン・コンプレックスの形象化が、同時に虚無の形象化でもあるような、恐ろしい場面である。そして、そのセバスチャン・コンプレックスと虚無は、個人の内面宇宙を通り越して、人類の文化的基層の最深部に根ざしている。

さらに本多は、アジャンタ洞窟寺院に向かう（『新潮』二月号掲載の第九節）。そこで本多が巨大な滝を見上げる場面は、次のようだ。ちなみに、三島自身は、ベナレス訪問に先立ち一九六七年九月にアジャンタを訪れている。

本多は滝口を見上げて、その目のくらむほどの高さにおどろいた。あまり高いので、ここは次元を絶した世界が、そこから姿をのぞけてゐるかのやうだつた。滝の辷り落ちる岩壁の緑は、苔や羊歯の暗い緑であるが、山頂の滝口の緑は、きよらかな萌黄であつた。そこに

> もいくばくの岩は露はれてゐたけれども、草の緑の柔らかさ明るさはこの世のものではなかつた。一匹の黒い仔山羊がそこの草を喰んでゐた。そして、草よりもさらに高く、絶対の青空に、夥しい雲が光りを含んで荘厳に入り乱れてゐた。
>
> 音があるかと思へば、この世の限りの無音がここを支配してゐた。沈黙に圧せられるかと思へば、滝の音が乱暴によみがへつた。本多の耳は、静寂とこの水音とにかはるがはる聴き惚れた。
>
> 滝が飛沫を散らしてゐる第五窟へ、いそぎたい心はやりと、足をとどめる畏怖とが、相争つてゐた。そこには多分何もないことはほぼ確実だつた。しかしこのとき、熱に浮かされた清顕の一言が、本多の心に点滴のやうに落ちた。
>
> 「又、会ふぜ。きつと会ふ。滝の下で」

「滝」は、本多がはじめて勲に会った聖なる場所であるが、『春の雪』冒頭に描かれたように、犬の溺死という不吉な事態とも結びついている。そもそもは、『唯識三十頌』の「恒転如暴流」に由来するイメージでもある。これらすべてを融合した三島は虚無を払拭し、ベナレス体験では後景に退いていた詩的調和をも呼び戻した。

こうして、いよいよ三島は、『豊饒の海』四部作の背景をなす哲学、思想の世界に、深く足を踏み入れてゆく。いまようやく、輪廻思想と唯識に正面から挑むのである。

ハイデガーから唯識へ

『暁の寺』第十三節から十九節は、帰国した本多による輪廻と唯識の考察、探究にあてられている。作品世界の時間は、ちょうど太平洋戦争のさなかであり、執筆は一九六九年二月から三月、山本舜勝による楯の会に対する特別訓練や、会員を率いて陸上自衛隊富士学校の滝ヶ原分屯地で体験入隊を行っていた時期である（三月一五日から二四日まで一時帰京）。四月に単行本化される『文化防衛論』（新潮社）の「あとがき」を執筆したのは、その分屯地であった。ちなみに、『新潮』四月号には第十二節から十五節が、五月号には第十六節から二十節までが発表されている。

このうち第十三節、十四節では、仏教ではなくギリシア以来のヨーロッパにおける輪廻思想が概観されている。

『暁の寺』作中で明かされてはいないが、三島はここで、井筒俊彦の『神秘哲学――ギリシアの部』（哲学修道院、一九四九年九月）に多く依拠している。その眼目の一つは、輪廻の考え方をエクスタシス体験に結びつけることだった。エクスタシスについて井筒は、「ek-stasis とは「外に出ること」すなはち人間の内なる霊魂が肉体の外に脱出して、真の太源に帰没すること」と説明するが、これを踏まえて三島は、『暁の寺』にこう書いている。

> なかんづくギリシアの思考を、はじめて輪廻転生へ向はせたものこそ、このエクスタシス体験であつた。転生のもつとも深い心理的源泉は「恍惚」だつたのだ。

事実、「恍惚」（エクスタシー）の語源は ἔκστασις（ekstasis）なのだが、ここで思い起こされるのは、『絹と明察』で紹介されていたハイデガー哲学についての一つの解釈である。それによれば、『存在と時間』においてハイデガーが人間（現存在）のあり方として示した「脱自」Ekstase の概念は、ギリシア語の ἐκστατικόν（ekstatikon）に遡るが、これは「恍惚」と解釈することができる。つまり、私が本書でハイデガー三部作と呼んだ作品群において、三島はハイデガーの思想を取り込もうとしたが、『豊饒の海』における輪廻への関心が、この試みを引き継ぐものであることが、この箇所から確かめられるのである。

いよいよ第十五節からは、仏教における輪廻の問題に話が及んでゆく。すでに述べたように、三島は輪廻への関心を唯識への興味へと発展させたが、その契機として、深浦正文の『輪廻転生の主体』が大きな役割を果たした。その延長上において議論が深まるのは第十八、十九節である。

「同時更互因果」

ここで三島が主に依拠しているのは深浦の著書ではなく、先にも触れた宇井伯寿『摂大乗論研究』と、上田義文の『仏教における業の思想』（あそか書林、一九五七年三月。三島蔵書は一九五九年九月発行の第三版）である[*7]。特に上田の著書は、八〇〇ページに及ぶ大部で難解な宇井の著書とは異なり深浦のそれと同様の入門的な概説書なのだが、同書が三島に与えた影響は極めて大きかった。

そこで上田は、阿頼耶識に納められた「種子《しゅうじ》」が原因となって世界のあらゆる事物（染汚《ぜんま》法）が生じ、またそれが原因となって阿頼耶識が結果として生じるという因果関係、およびそこから派生する時間論を、「阿頼耶識と染汚法の同時更互因果」という概念で説明した。三島はここに唯識思想の核心を見出す（上田は「アラヤ識」と表記している）。

三島は死のおよそ二ヵ月半前に行われた武田泰淳との対談「文学は空虚か」（『文芸』一九七〇年一一月）においても、「「阿頼耶識と染汚法の同時更互因果」という概念、あの概念がおそらく、唯識の絶頂なんでしょうね」と語っている。

この唯識理解は決して誤っていない。唯識はあらゆる存在は心（識）が作り出した仮のものに過ぎず、さらに実はこの心も存在しないと説く教えだが、もう一段踏み込んで述べるならば、その教説の第一の核心は上田が「阿頼耶識と染汚法の同時更互因果」と呼ぶものなのである。唯識には三性説というもう一つの重要な議論があるが、*8 これは第一の核心を前提とした説なので、三島は教説の中心部分に一気に迫っていることになる。

では、その「同時更互因果」とは、具体的にはどのようなものなのか。実を言うと、『豊饒の海』の読者はすでに上田の説くこの教説に触れているはずだ。やはり三島は明かしていないのだが、『春の雪』の第五十四節で月修寺門跡によって紹介される以下の教説は、上田の著書に従って記述されたものであった。

阿頼耶識の変転常ならぬ姿から、無着の「摂大乗論」は、時間に関する独特の縁起説を展開した。阿頼耶識と染汚法の同時更互因果と呼ばれるものがそれである。唯識説は現在の一刹那だけ諸法（それは実は識に他ならない）は存在して、一刹那をすぎれば滅して無となると考へてゐる。因果同時とは、阿頼耶識と染汚法が現在の一刹那に同時に存在して、それが互ひに因となり果となるといふことであり、この一刹那をすぎれば双方共に無になるが、次の刹那にはまた阿頼耶識と染汚法とが新たに生じ、それが更互に因となり果となる。存在者（阿頼耶識と染汚法）が刹那毎に滅することによつて、時間がここに成立してゐる。刹那々々に断絶し滅することによつて、時間といふ連続的なものが成立つてゐるさまは、点と線との関係にたとへられるであらう。……

少し注意しなければならないのは、右の引用では「唯識論」ではなく「唯識説」という言葉が用いられていることだ。前者は『成唯識論』の教説を指すことが多く、これを根本聖典とする法相宗で用いられる。しかし、後者はそうではない。法相宗の立場に立つ深浦とは異なり、宇井や上田は無着が著わした『摂大乗論』こそが唯識の本義を伝えているという摂論宗に近い立場なので、あえて「唯識説」と言っているのである。[*9] いま、限られた紙幅で法相宗、摂論宗の違いを説明するのは容易ではないが、最大の相違点は阿頼耶識（摂論宗では「阿黎〔梨〕耶識」と表記する）について、法相宗ではすでに汚れているとみなすのに対して、摂論宗ではそうではない、むしろ真妄和合と捉える場合が多いという点であろう。

しかし、右に引用した「同時更互因果」のメカニズムについては、両宗の考え方に大きな隔たりはない（ただし法相宗ではこれを「三法展転《ちんでん》因果同時」という概念で説明する。ちなみに宇井は「互為因果」という概念を用いる）。三島は法相宗と摂論宗を特に区別していないが、この文脈においては、それで問題ない。

では、右の引用箇所の延長上にある本多の（そして三島の）唯識理解は、どのようなものであろうか。それは難解な唯識仏教の解釈として、いかなる特徴を帯びているのか。『暁の寺』でそれが問われるのは、第一部の最終場面となる第十九節以降である。本多は「世界の一切を顕現させてゐる阿頼耶識は、時間の軸と空間の軸の交はる一点に存在するのである（傍点原文）」としたうえで、次のように考える（すでに気づかれたと思うが、これは前章で引用した、「時間的連続性と空間的連続性の座標軸」こそを「文化概念としての天皇」とみなす「文化防衛論」の主張と共鳴している。この一節については、三島の天皇観との関係で二〇章でも触れる）。

輪廻転生は人の生涯の永きにわたつて準備されて、死によつて動きだすものではなくて、世界を一瞬一瞬新たにし、かつ一瞬一瞬廃棄してゆくのであつた。〔……〕唯識の本当の意味は、われわれ現在の一刹那において、この世界なるものがすべてそこに現はれてゐる、といふことに他ならない。しかも、一刹那の世界は、次の刹那には一旦滅して、又新たな世界が立ち現はれる。現在ここに現はれた世界が、次の瞬間には変化しつつ、そのままつづいてゆく。かくてこの世界すべては阿頼耶識なのであつた。……

右の解釈は、存在（世界）は刹那ごとに滅するが、それにもかかわらず（もしくはそれゆえにこそ）存在（世界）が現存するという「同時更互因果」の逆説的真理を捉えている点で、先に引いた『春の雪』第五十四節の記述の典拠である上田の教説を正確に引き継いでいる。

しかし、死者が別の生者において蘇るという意味ではなく、右のような事態をこそ輪廻転生と呼んでいるのは、三島の独創である。このような思想、哲学に基づいて三島がバンパイン、ベナレス、アジャンタでの体験を描いていることが、今こそよく理解されよう。

だが、このとき私たちはあることを思い起こさないだろうか。

空襲と唯識

そう、これは一九四五年五月の東京大空襲を受けて書かれた詩「夜告げ鳥」や「二千六百五年に於ける詩論」に描かれたのと同型の世界観なのだ。三島は唯識の「同時更互因果」という考え方のなかに、終戦直前の時期にみずから生み出し、みずから生きたのと同じものを見出したのである。

だが、ここに見逃すわけにはゆかぬ重大なことがある。この世界観は、バンパインやアジャンタでの体験においては、詩的調和における「脱自」という事態と矛盾なく両立した。しかし、かつて空襲下において三島は、そのような詩的調和を享受しえたであろうか。

三島は、一九四五年五月の東京大空襲（史実においては、空襲は五月二四日未明と二五日夜半である）の直後にみずから体験したことを、明治維新直後に起こった訴訟の仕事で渋谷を訪れ、焼け跡を目の当たりにした本多を通じて描いている（『暁の寺』第二十節）。

窓からは六月の光りの下に、渋谷駅のあたりまでひろびろと見える。身近の邸町は焼け残つてゐるが、その高台の裾から駅までの間は、ところどころに焼ビルを残した新鮮な焼趾《やけあと》で、ここらを焼いた空襲はわづか一週間前のことである。すなはち昭和二十年五月二十四日と二十五日の二晩連続して、延五百機のB29が山の手の各所を焼いた。まだその匂ひがくすぶり、真昼の光りに阿鼻叫喚の名残が漂つてゐるやうな気がする。〔……〕全体は静かであるが、かすかに動き、ふつくらと浮游してゐるものがある。それに目をとられると、黒い屍が無数の蛆《うじ》に蝕まれて動きだしたかと錯覚されるのに似てゐる。それは風につれて、灰がいたるところから剝がれて漂つてゐるのである。白い灰もあれば黒い灰もある。漂つた灰がまた、崩れた壁に附着して休らうてゐる。

本多はさらにこう考える。

――これこそは今正に、本多の五感に与へられた世界だつた。戦争中、十分な貯へにたよつて、気に入つた仕事しか引受けず、もつぱら余暇を充ててきた輪廻転生の研究が、このとき本多の心には、正にかうした焼趾を顕現させるために企てられたもののやうに思ひなされた。破壊者は彼自身だつたのだ。

見わたすかぎり、焼け爛れたこの末期的な世界は、しかし、それ自体が終りなのではなく、又、はじまりなのでもなかつた。それは一瞬一瞬、平然と更新されてゐる世界だつた。阿頼耶識は何ものにも動ぜず、この赤茶けた廃墟を世界として引受け、次の一瞬には又忽ち捨て去つて、同じやうな、しかし日ごと月ごとにますます破滅の色の深まる世界を受け入れるにちがひない。

このおぞましい唯識解釈は、仏教の教えとしてはまったく転倒しているように見える。しかし、実のところ、第一五章で引用した『方丈記』冒頭の、「行く川の流れは絶えずして、しかももとの水にあらず」という件《くだり》が意味するものと同じ世界観の表現かもしれない。そうだとすれば、たしかにこれも唯識の本質に違いない。だがそれは、バンパインやアジャンタで体験された詩的調和とは、ほど遠いものである。

かつて三島はメキシコのウシュマルとチチェン・イッツァで、セバスチャン・コンプレックスのもっとも眩い局面と、おぞましい虚無を払拭した詩的調和とが、分かちがたく結びつく瞬間を体験した。これを陽画とするなら、その延長上に本多のバンパイン、アジャンタでの体験がある。その一方で、『鏡子の家』で描かれた青木ヶ原樹海での世界消滅体験は、ウシュマル体験の陰画であった。『暁の寺』第一部における空襲後の光景はその延長上にある。

そのいずれの背景にも、唯識の思想が存するのである。

第三巻第二部と第四巻の構想

以上の考察により、三島が唯識の思想的核心と考えた「同時更互因果」の概念が、どのようなものかはおおむね理解できた。しかしいまそれは、陽画と陰画の二面に分裂している。しかも、それがいかなる意味で社会、時代、歴史の全貌を捉える全体小説の基盤となる哲学たりうるのか、それによって現実を超えるどのようなヴィジョンが提示されるのか。その肝心のところが、いまだはっきりしない。

川端がノーベル賞を受賞したことによる打撃を三島は何とか乗り越えたが、実のところ、右の問題についてはまだ手探りのところがあった。『豊饒の海』全篇の結末の方向性も、まだ固まっていなかった。

事実を先に言うなら、結末の大筋が最終的に確定するのは一九七〇年三月から四月にかけてで、三島はそれまでは、「『豊饒の海』を書きながら〔……〕終りのはうを、不確定の未来に委ねておいた」のである（『小説とは何か』）。これは、「終結部を脳裡に描きながら〔……〕書き進めることが多かつた」三島にとって異例のことだった。

ちょうど『暁の寺』第二部起筆直前、具体的には一九六九年二月から四月頃と推定されるが、三島は第三巻後半と第四巻の大まかなプランを、はじめて書き記している。

⟁本多が狂熱に与《くみ》しなかつたのハ　むしろ保身、自己防ヱィのためである　第二巻で、狂熱の結果を余すところなく見（第一巻で感情の結果を）　彼は人生で、デモーニッシュなも

のをすべて避け　政治の狂熱も排する。理性と法秩序さへ、しかし奥底でハ　信じてゐない。第三巻の南方行でも追放の原因とならぬ。ヒューマニズムは、あとで身をかばつてもらふため。サディズムは自己破壊につながることを知る。第三巻後半で、王女が、日本でひどい目にあひ、法律上の相談に来るが共感せぬ。彼女は故国へかへり熱帯潰瘍で死ぬ。彼は見舞にゆき　そのすさまじい死に附合ふ。
（しらべる　バンコックで病人を見る　コプラ）

第四巻——昭四十八年。

本多はすでに老境。その身辺に、いろ〳〵一、二、三巻の主人公らしき人物出没せるも、それらはすでに使命を終りたるものにて、贋物也。四巻を通じ、主人公を探索すれども見つからず。つひに七十八歳で死せんとすとき、十八歳の少年現はれ、[*10]宛然《さながら》、天使の如く、永遠の青春に輝けり。（今までの主人公が解脱にいたつて、消失し、輪廻をのがれしとは考へられず。第三巻女主人公は悲惨なる死を遂げし也）

この少年のしるしを見て、本多はいたくよろこび、自己の解脱の契機をつかむ。

思へば、この少年、この第一巻よりの少年はアラヤ識の権化、アラヤ識そのもの、本多の種子《しゆうじ》たるアラヤ識なりし也。

本多死なんとして解脱に入る時、光明の空へ船出せんとする少年の姿、窓ごしに見ゆ。

（バルタザールの死）　（『決定版 全集』14）

右はそれぞれ一枚の原稿用紙に書かれたもので、その内容については（「バルタザールの死」とは何かということも含め）、あらためて検討する必要があるが、一読してすぐわかるのは、『豊饒の海』の結末が現行のそれとはまったく異なり、本多が真の転生者に導かれて幸福な死を迎えるというものだったことである。先にも触れたように、三島は第三巻『暁の寺』の擱筆後、最終巻の内容と結末を、完全に逆転したのだった。

考えてみれば、三島に残された人生の時間は、あと一年半ほどである。『豊饒の海』の結末を大きく変更することを三島が決意するまでには、一年ほどの時間がある。いったいなぜ三島は結末を逆転したのか。その結果、三島はどのような位置に立つことになったのか。

残る二章で、これらの問いに向き合ってゆこう。

＊1　村松前掲書。

＊2　山本舜勝『自衛隊「影の部隊」――三島由紀夫を殺した真実の告白』（講談社、二〇〇一年六月）。引用は、同書のオリジナル原稿を活字化した私家版『我が生涯と三島由紀夫』（二〇一七年一一月）に拠る。

＊3　前掲『オーラルヒストリー　伊藤圭一』上巻。

＊4　Edward George Seidensticker 前掲書。

＊5　なお、「真夏の死」を含む複数の三島作品は、*Death in Midsummer and Other Stories* として一九六六年にニューディレクションズ社から刊行され、一九六七年にチュニジアで開催されたフォルメンタール国際文学賞で、二度目の次席となった（受賞はゴンブローヴィッチ『コスモス』）。

＊6　三島は「わが友ヒットラー」（劇団浪曼劇場、一九六九年一月一八―三一日、紀伊國屋ホール）において、ヒトラーに粛清されたエルンスト・レームに託して、裏切られ、果ては殺害されるにもかかわらず、信ずると決めたものを盲目に信じ続けることの美学を描いた。そこには、祖国防衛隊構想に行き詰まり、しかし転じて楯の会を結成した三島自身の歩みが重ねられているが、このタイトル自体が、ユダヤ人社会にとっては、とうてい受け入れがたいものであった。なお、一九六八年四月、三島は松浦竹夫、堂本正樹らとともに、劇団ＮＬＴを脱退し劇団浪曼劇場を結成したが、「わが友ヒットラー」はその第一回公演であった。

＊7　三島が参照している著書の詳細については井上前掲書（『三島由紀夫　幻の遺作を読む――もう一つの「豊饒の海」』）を参照。

＊8　三性説とは、存在のあり方を、遍計所執性《へんげしょしゅうしょう》（実体のごとく妄想されたもの）、依他起性《えたきしょう》（縁起によって生じたもの）、円成実性《えんじょうじつしょう》（真実なるもの）の三つに分ける考え方である。

＊9　先に引用した「「豊饒の海」について」において、「私の求めてゐるものは唯識論にあり、なかんづく無着の摂大乗論にある」という表現は、厳密に言えば適切ではないことになる。

＊10　この少年の着想は、一九六八年一二月、堂本正樹の紹介で三島に会った狩野晃一に触発されたものである。狩野はこのときまだ高校生であった。三島没後は松永尚三の筆名で小説、戯曲などを発表している。その筆名の由来について、永遠に三島を大切にするという意味ではないかと私が問う

と、彼は笑って否定した。なお、狩野のイメージは、『天人五衰』の主人公・透にも反映していて、三島は小説のなかで君の名前を使ったよと言って、第三節の最後から二番目の段落を狩野に示したという。そこには「晃々たる月夜」という表記がある。透の造形には春日井建、森田必勝も部分的に反映している。

第一九章　「先生はいつ死ぬんですか」――『暁の寺』第二部

『暁の寺』第二部の時代背景

第二部（『新潮』一九六九年六月―七〇年四月）の内容を確認することから始めよう。それは戦後、サンフランシスコ講和条約発効の年にあたる一九五二年（昭和二七）の話である。一八歳になったタイのジン・ジャン姫が留学のため来日するが、彼女はかつて本多と会ったことも、自分が日本人の生まれ変わりだと主張していたことも、何も覚えていない。

何を考えているのかわからぬこの美少女に、五八歳になった本多は我ながら不可解だと思う恋慕の情を抱き、名高い弁護士事務所を代表する立場でありながら、ジン・ジャンを付け回す。そんな恋が実るわけがない。策を弄した本多は御殿場に建てた別荘でパーティーを催し、客の一人として招いたジン・ジャンの寝室を、ひそかにしつらえた覗き穴から覗き見る。ところが、穴の向こうでジン・ジャンは慶子という別荘の隣人の中年婦人とレズビアン行為に耽っていた。その腋（脇）に転生の印である黒子があることをわが目で確かめた本多は、自分の恋の絶対的な不可能と人生の無意味を思い知る。その直後、暁闇の時刻に別荘は焼失するのである。

第一部に続いて本多繁邦が主人公の役割を果たすが、彼は『春の雪』における美貌の若者・清顕や、『奔馬』における右翼青年・勲のような明確な輪郭をもったキャラクターとは言えず、ストーリー展開も曖昧に見える。しかし、『暁の寺』第二部は、三島にとっては作家として、いや人間としての命運を分ける重要作品であった。これを誤りなく読むために、必要な事柄を確認しておきたい。まずは、作品世界の時代背景である。

一九五二年はサンフランシスコ講和条約、日米安全保障条約が発効し、それに先立ち日米行政協定が調印された年であるが、五月の血のメーデー事件、六月の吹田事件（朝鮮戦争の即時休戦などを求めるデモ隊と警官隊が衝突）、七月の大須事件など、いわゆる騒擾事件が頻発したことも忘れてはならない。そして『暁の寺』においては、五月の血のメーデー事件（第三十四節、『新潮』一九六九年一一月）、六月の破防法粉砕デモ（第三十七節、『新潮』一九七〇年一月）が作中に描き込まれている。

私の考えによれば、この場面を執筆する三島の脳裏には、『仮面の告白』の刊行と同年（一九四九年）に起きた下山事件、三鷹事件、松川事件や、その背景にある国鉄労働組合による人員整理反対闘争などの出来事があった。同時に、『暁の寺』執筆と並行して起こり、三島自身が視察、取材している国際反戦デー（一九六八、六九年の一〇月二一日）、沖縄デー（四月二八日）[*1]の状況も重なり合っていたと思う。

つまり、『暁の寺』第二部には、作品世界における一九五二年の時空間がいわば蝶番《ちょうつがい》となって、

『仮面の告白』が書かれ発表された終戦後の時空間と、今まさに『暁の寺』が書かれている同時代の時空間という二つの世界が映し込まれているわけである。

では、実際にその場面は、どのように描かれているのだろうか。

それは陰惨なアイロニーに溢れている。

まず、血のメーデー事件だが、実はデモ隊と警官隊が衝突した事件そのものについてはわずかに触れられるだけで、記述の中心は翌日の本多の体験である。騒擾に言い知れぬ不安を覚えた本多は、家にじっとしていられなくなり外出して本屋に入り、そこで緊縛された女性の見すぼらしいヌードのグラビアページを凝視する青年を見出す。そして、「ズボンの右ポケットに手を入れてゐる青年の、そのズボンの中の手がはげしく機械的に動いてゐるのをありありと見た」。死傷者も出た騒擾はすでに終わり、街にはもはや怒号も暴力もない。そこに残されたのは、人前で自慰行為に耽る若者とそれを見る初老の男のみなのだった。

六月の破防法反対の騒乱についても、直接的な描写は、実はあまり多くない。この場面でおもに記されるのは、頽廃的な性的幻想を抱くドイツ文学者の今西と、その愛人で息子を戦争で失った椿原夫人の関係である。二人は、かつて勲を愛し、いまは歌壇で活躍する鬼頭槙子の眼前で男女の関係を結ぶ倣いになっていたが、この日は槙子の目を盗んで、自堕落で実りのない性交を行うために渋谷の旅館を訪れる際に、騒乱に巻き込まれたのだ。今西はその騒ぎの最中に脱ぎ捨てられた黒いブラジャーを拾う。

三島はなぜ、こんな陳腐で醜悪な場面を描くのだろう。それは、戦後日本の欺瞞の構図を抉り出し告発しようとする行為は必ず挫折に終わること、そして、かつて三島がメキシコのチチェン・イッツァやベナレスで垣間見たセバスチャン・コンプレックスのもっとも眩い局面も、強度を失って惨めで哀れな性癖に陥ってしまうことを言うためだ。その光景は、一九六〇年代の前半、麻薬的な陶酔に逃げ込んだ三島が、自身の行く先に見たものでもあった。

では、『暁の寺』第二部を執筆しているこの時点においても、同じ事態が繰り返されてしまうのか。

それこそ、いま三島が抗いながら『暁の寺』を書き進め、『暁の寺』を書き進めながら抗っている事態なのだった。

三島は唯識の「同時更互因果」という概念が、空襲下の時空間のみならず、広く社会、時代、歴史のあり方を捉える包括的な哲学たりうることを、そしてその哲学に基づいて生み出される『豊饒の海』が、いま見たような哀れで惨めな事態を否定し乗り越えるヴィジョンを提示しうることを、みずからのペンによって証明しなければならない。

三島vs芥正彦

ちょうど『暁の寺』第二部を書き始めた頃、その試金石となる格好の場が三島にもたらされた。一九六九年五月一三日、東大全学共闘会議駒場共闘焚祭《ふんさい》委員会主催で行われた討論会である。今年（二〇二〇年）三月、『三島由紀夫vs東大全共闘 50年目の真実』として豊島圭介監督によってドキュメンタリー映画化された、あの討論会だ。

この企画自体は、同年の一月一九日、全共闘が占拠していた東京大学安田講堂が機動隊によって包囲、封鎖解除されたため、いわば後退戦を余儀なくされた東大全共闘側が、事態の巻き返しを図る一環として三島に呼び掛けたものである。そこに参加した学生の一人で、すでに演劇家として活躍していた芥正彦との応酬は、後に述べる理由により、三島にとって意義ある経験となった。

三島　〔……〕解放区というものは、一定の物にぶつかった瞬間に、その空間に発生するものであると考えていいですか？

芥　いいです。

三島　いいですね。その空間、あるいは歪められた空間か、つくられた空間か知らんが、その空間が一定時間持続する。

芥　空間には時間もなければ関係もないわけですから、歪められるとかも……。だから、本来の形が出てきたということで、それをさっき彼は、自然に戻ったと、おそらく幼稚な言葉で言ったんじゃないかと思う。（赤ん坊を抱きながら応答）

三島　なるほど。そうするとだね、それが持続するしないということはね、それの本質的な問題ではないわけ？

芥　時間がないんだから、持続っていう概念自体おかしいんじゃないですか。

三島　そうするとだね、それが三分間しか持続しなくても、あるいは一週間、あるいは十日間持続しても、その間に本質的な差は、全然次元としての差すらないですか？

芥　だって、それは比較すること自体がおかしいわけですよ。

三島　それの？　つまり次元が違うから？

芥　例えばあなたの作品と、この現実のずっと何万年というのを比べろといったって、これはナンセンスでしょう、おそらく。

三島　ところがだね、俺の作品は、（引用者注・現在と）何万年という時間の持続との間にある、一つの持続なんだ。[*2]

全討論中、この部分がもっとも興味深かったということを、三島は『討論　三島由紀夫vs.東大全共闘』に付された長い後書き（「砂漠の住民への論理的弔辞——討論を終へて」）で述べているが、そこにさらに次のように付け加えている。

> 私はまづ私の立場を述べたが、私は過去を一つの連続性として、歴史として、伝統としてとらへ、そして現在を過去の最終的な成果としてとらへ、現在の一瞬への全力的な投入がそのまま過去の歴史と伝統との最終的な成果を保証するものだと考へる者である。〔……〕私の仕事も行動もすべて、「葉隠」ではないが、朝起きたときに今日を死ぬ日と心にきめるといふところに成立してゐる。したがつて現在は死のための最終的な成果であるがゆゑに未来は存在しない。未来は存在しないから、未来への過程としての自己も存在しない。

三島は討論において、「俺の作品は〔……〕一つの持続なんだ」と言っている。が、右の引用を踏まえるならば、それは死を賭けた一瞬一瞬の営為（創作行為を含む）の結果については、いままた死を賭けて現在の瞬間を生きることによってはじめて、ひとつの「持続」として捉え返すことができる、という決断の問題であって、アプリオリに自分の存在ないし作品が、持続的に存在すると言っているわけではない。

そうだとすれば、これは、存在（世界）は刹那ごとに滅するが、それにもかかわらず（もしくはそれゆえにこそ）存在（世界）が現存するという唯識の「同時更互因果」という考えの、ひとつのヴァリエーションではないだろうか。

それが意味するのは、『暁の寺』第一部で探究した唯識の考え方が、終戦直前の空襲下で三島が見出した世界観と等価なものであるばかりでなく、一九六〇年代の日本においてどこまで有効でありうるかを、三島はいま、芥との討論を通じて確かめようとしている、ということである。討論が意義ある経験であるのは、何といってもこの点においてであった。

もしアプリオリに存在するものがあるとすれば、三島の考えでは、「何万年という時間の持続」がこれにあたるであろう。そして私の考えによれば、それは、三島が小説を書くことによって捉え、闘い、乗り越えようとする社会、時代、歴史の全貌に照応する。

二〇一五年一一月、かつて三島と東大全共闘の討論会が行われたのと同じ駒場九〇〇番教室で開催された「国際三島由紀夫シンポジウム二〇一五」に芥正彦を招いた私は、壇上での公開質問の場で、この討論についての現時点での考えを芥に問うた。その返答の一部を紹介しよう。

〔……〕三島さんの言う持続や時間はみな、権力の持続というものが前もって準備されている時間で、戦争の持続なのです。ですから、せっかく我々がつくった美しい聖なる空間を、権力の持続という形で権力と対抗させたら、これは負けるに決まってるんだから、そんなもの最初から念頭に置かない。我々は物質の輝きとともに空間の聖性を己が生命を通してつくる。三島さんは捏造を正当化する時間の持続で文学をつくる。[*3]

私は、今回のドキュメンタリー映画公開の際にも芥に電話をしてみた。芥は、元の動画をあんなふうにバラバラに編集してしまい、こんなことなら協力しなければよかったと言いながらも、上機嫌であった。ところが、私が三島の考えを受け継ぎ発展させたいという意味のことを言ったせいか、君は三島という何もないところに、何かあると錯覚してるだけだ、と急に怒り出して、電話を切られてしまった。三島との討論でも、芥は急に、退屈だから俺帰るわ、と言って話の途中で壇上から去るが、あれと同じことをやられてしまったのである。

半世紀前から変わらない芥の首尾一貫したスタイルは見事なものだ。だが、このスタイルでは、三島という存在ないし作品と、それが対峙した「何万年という時間の持続」との緊張関係は問われないままである。三島は「何万年という時間の持続」と同一化しようとしたのではなく、これと闘ったのだが、芥はそれを見ようとしない。私が「受け継ぎ発展させたい」という言葉で言おうとしたのは、その闘い方には学ぶべきことがあるし、三島のやり方に不備があるなら、私たちはそれを補うこともできるということなのである。

　このことについては、もう一度芥と話してみるつもりだが、いまは、この討論会以降、三島にとって作品内の現実と作品外の現実はどのような関係のあり方を結ぶのか、その経緯を辿ってゆくことにしよう。

森田必勝

　その過程において大きな役割を果たした存在。それは森田必勝である。先述のように、三島が森田とはじめて会ったのは、一九六八年三月の自衛隊体験入隊の時であった。翌六九年二月には、森田は創立以来関わっていた日本学生同盟から、自派を率いて脱退する。楯の会の活動に専念するためであった。

　森田は一九四五年七月、三重県四日市に生まれたが、先述のように両親を早くに亡くした。その後、兄の森田治に支えられて、カトリック系の私立男子校・海星中学、海星高校で学び、二浪の後、早稲田大学教育学部に進む。

　森田は明朗で一本気な青年のように見えるが、決してそれだけの青年ではない。日記をみてみよう[*4]。

　今朝、起きてみたらどこもかしこも厚い氷で固まっていた。

今のぼくの心は氷のようだ。何か妙な衝動　寂しいような、慕いたいような、恋したいような何とも言えない気持だ。

（一九六一年一月一日）

自分で自分を苦しめる、野獣のカラーを破ろうとしても、仲間にとめられる野獣、ウォーと一声うなっても、うるさい、だまっていろと言われる野獣、一たび暴れると、とどまる所を知らず、あの人にも、この人にも手を出す野獣、でもみんなに野獣として扱われない野獣がこのおれだ。——現在の心境

（同五月三日）

死にたくないが、死についてすごくあこがれる。このままポッと死んでしまったところで悲しむ者はいないし、遠いのじゃなくて漠然と憧れる。

（一九六二年一〇月一九日）

森田は言い知れぬ闇のようなものを抱えていたが、楯の会に専念するようになると、三島との接点が増していった。東大全共闘との討論会においても、実は森田はボディーガードのように三島から離れずに行動している。その後の楯の会の動きを、関連する社会、政治状況とあわせて整理しておこう。

一九六九年七月　山本舜勝が陸上自衛隊調査学校副校長に就任。陸上自衛隊富士学校の滝ヶ原分屯地に、楯の会会員を引率して第四回の体験入隊。七月二六日から八

月二三日まで。このころから、『論争ジャーナル』の編集・刊行に関わっていた楯の会の主要メンバー中辻和彦、万代潔らと三島との間の齟齬《そご》が次第に表面化する。背景に、財政難に陥った『論争ジャーナル』を支援した三島への返金が困難になったことと、中辻らが三島の意に反し田中清玄から資金援助を受けたことがある。

八月下旬　体験入隊後に、中辻和彦、万代潔ら『論争ジャーナル』系の会員数名が、楯の会を退会。このころ三島は持丸博（『論争ジャーナル』副編集長、楯の会初代学生長）に対しては、楯の会の仕事に専念してくれれば生活を保証すると提案したが、持丸はこれを断った。

以後は、日にちも入れて記載する。

一〇月一二日　楯の会の月例会で持丸博が退会の挨拶をする。持丸に代わり森田必勝が学生長となり、これを機に『論争ジャーナル』編集部内にあった楯の会事務局は、森田宅に移転する。なお、森田は新宿区十二社《じゅうにそう》の小林荘で同じ楯の会の田中健一と共同生活をしており、そこに集まったグループを十二社グループと呼ぶ。

一〇月二一日　国際反戦デー。三島は夕方から新宿へ出かけ、楯の会会員とともに、極左勢力が簡単に鎮圧されてゆく状況を確認。自衛隊が治安出動するような事態にはほど遠いことを再認識して失望する。

一〇月二五日　荻窪の料亭・桃山で蓮田善明の二五回忌。

一〇月三一日　楯の会の幹部を自宅に呼んだ三島は、「一〇・二一国際反戦デーも不発に終わり過激派学生に対する治安活動もなくなった。楯の会はどうすべきか」と問う。これに対し森田は、「楯の会と自衛隊で国会を包囲し、憲法改正を発議させたらどうか」と答える。三島は、「武器の問題のほか、国会の会期中は難しい」と応じる。

一一月三日　午後三時から国立劇場屋上で、陸上自衛隊富士学校前校長・碇井準三元陸将を観閲者に迎え、楯の会結成一周年記念パレードを挙行。その後、同劇場二階大食堂でパーティー。藤原岩市、三輪良雄が祝辞を述べる。

一一月五日　歌舞伎「椿説《ちんせつ》弓張月」を国立劇場開場三周年記念公演として国立劇場大劇場で初演（二七日まで）。山梨県大菩薩峠で軍事訓練中の赤軍派五三名逮捕。

一一月二一日　ワシントンで行われた佐藤栄作首相と米国ニクソン大統領の会談終了。日米安保条約の堅持、一九七二年の沖縄返還が表明される。

一一月二八日　「最終的計画案」を伺いたいとの趣旨で山本舜勝を自宅に招いて討議。山本は楯の会の訓練をさらに体系化し長期的構想のもとに推進するという抽象的な提案しかできず、三島の反応は冷たかった。

一二月八日　四日間の日程で、軍事事情視察のため韓国を旅行。ロンドン出身の日本文学研究者で『金閣寺』を英訳したアイヴァン・モリスが同行する。

一二月二二日　陸上自衛隊習志野駐屯地にて楯の会一二月例会。当日は習志野空挺団にて一一メートルの降下訓練を行う。訓練後、三島は憲法改正の緊急性を説く。これに基づき、体験入隊の一期生で早稲田大学法学部の阿部勉を班長とする憲法改正草案研究会が組織され、毎週水曜日夜、三時間討論を行うこととなった。

一二月二七日　衆議院総選挙で自民党二八八議席獲得の圧勝。

右の年譜からは、楯の会内部の混乱が見て取れる。山本舜勝が調査学校副校長になったことも、楯の会にとって打撃となった。情報教育課長時代と異なり、調査学校副校長となると、山本は立場上、楯の会と密接な関係を結ぶことが難しくなる。この人事は、それまで三島との付き合いを大目に見てきた自衛隊が、両者を引き離そうと舵を切ったものであろう。楯の会結成一周年記念パレードは自衛隊関係者も参加して盛大に行われたが、それは見かけにすぎず、実際には、楯の会の存在意義自体が根底から疑われる事態に至っていた。

他方、新左翼の学生たちも行き場を失って、以後、内ゲバやテロに追い込まれてゆく。新左翼運動が暴発するのを封じ込めることに成功した佐藤内閣も、実のところ、アメリカの極東戦略に一段と深く組み込まれていった。こうして、戦後、占領期以来の欺瞞の構図は、ますます崩しがたいものとなってしまったのである。
そうしたなか、持丸に代わって、森田が二代目の学生長となったのだった。
これは何を意味するのであろうか。

「同時更互因果」の時空間

先の年譜を見ると、こう思わざるをえない。『仮面の告白』が書かれた終戦後、『暁の寺』の作品世界における一九五二年と同様に、いま『暁の寺』が書かれつつある同時代においてもやはり、この国において何か行動を起こそうとする者は、必ず欺瞞の構図に呑み込まれて頽廃と挫折、存在の拠り所となるべき価値観の崩壊と自己否定を強いられるのだと。いったいどうすればよいのであろう。その場限りの憂さ晴らしなら、できるかもしれない。人前で自慰に耽るとか、実りのない性交を行うとか。しかし、そんなことを続けても、「暴流」に翻弄された果てに、虚無の底に沈むだけだ。

だから、危機を乗り越えるには根本的な発想の転換が必要なのである。ここで三島が思いついたのは、私の考えによれば、こういうことではなかったか。

すなわち、私たちが直面する挫折と頽廃、価値観の崩壊と自己否定という事態を、単にそのようなものとして受け止めるのではなく、「同時更互因果」という考えにおける、一瞬ごとの断絶、破滅として捉え直すのだ。三島はすでに、戦争末期、空襲下の世界観のなかに「同時更互因果」と同型の構造を見出していた。それが、一九六〇年代の日本においてどこまで有効でありうるかについて、芥との討論を通じて確かめようともしていた。

いまこれを、戦後日本において、私たちが常に経験している事態とみなす。さらに進んで、私たちを取り巻く近代日本の時空間そのものが、たえず一瞬一瞬切断されていると解釈する。いわば、そう覚悟するのである。

その一方で、「同時更互因果」という考え方は、一瞬ごとの断絶にもかかわらず、いやむしろ、その断絶ゆえにこそ、そこに連続性が芽生え、生の一貫性が保証されるという時間論をも内包するのであった。

三島が、この一貫性、連続性を確認するために必要な存在。森田はその役割を担っていた。簡単に言い直せば、この時期森田の存在がなければ、楯の会は分裂、崩壊していた（ちなみに、憲法を改正することには、戦後日本をがんじがらめにしている欺瞞の構図を抉り出すという意味があるが、森田が関わることのなかった憲法改正草案研究会は、楯の会内部において補完的な組織でしかない）。

しかし、この時点での三島には、「同時更互因果」という概念に基づいて『暁の寺』の作品世界を生み出したとしても、時代を乗り越えるいかなるヴィジョンを提示できるのか、前章の最後に示した原稿用紙の構想メモ以上の確かな見通しはなかった。そもそも、『暁の寺』には、森田に相当するキャラクターが存在しない。

ただ、私の考えでは、このとき三島にはひとつの期待があったと思う。新左翼学生の運動が騒動、そして内乱へと広がることへの期待である。内乱になれば、自衛隊の治安出動は避けられない。

その直前の瞬間に、楯の会が参入し、混乱のなかで、三島が負傷する、いや殺害されること。それは「同時更互因果」の世界観における時間論の具現化でもあった。なぜなら、斬り死にした三島は個体としては死ぬのだが、そのことによって一瞬ごとに命を懸けた死者たちの列に加わることができるからだ。それはもちろんセバスチャン・コンプレックスの体現でもあるが、それ以上に、三島自身が、二・二六事件で処刑された将校たちや、特攻隊で死んだ兵士たちの系譜に連なるということ、そしてそれに続く者たちが現れることが重要であった。その最大のチャンスは、一〇月二一日の国際反戦デーであった。

消えたジン・ジャンと「椿説弓張月」

そのとき、連載中の『暁の寺』はどのような局面に差しかかっていたのだろう。『新潮』一九六九年一二月の第三十六節、同七〇年一月の第三十七節がそれにあたる。

三十六節は本多が御殿場の別荘にジン・ジャンを呼び出し慶子の甥に襲わせようとする（本多はその後で彼女と関係を持つことを考えた）。だが、抵抗したジン・ジャンが失踪する場面、三十七節は先にも触れた破防法粉砕デモの日に今西と椿原夫人が密会する場面だが、その二人の寝物語で、失踪したジン・ジャンのその後の顛末が、夫人の口から語られる。ジン・ジャンは隣家の慶子の別荘に逃げ込んだのだった。ちなみに、慶子はその後ジン・ジャンの同性愛の相手となる女性である。

もし、三島がこのとき本当に斬り死にしていたなら、『暁の寺』は完結せず、三十六節で中断していたことになる。その末尾は次のようで、場面は本多がジン・ジャンの部屋に朝食を運んだところである。

> ジン・ジャンの部屋をノックする。答がない。本多は一旦盆を床に置いて、合鍵をあてて廻した。何かに支へられてゐる扉はあけるのに難渋した。
> 　本多は朝の光りに充ちた室内を見廻した。ジン・ジャンはゐなかつた。

もし、遺稿としてこれを読むなら、読者は一瞬、錯覚にとらわれるのではないか。いなくなったのはジン・ジャンではなく、三島由紀夫その人ではなかったかと。ここに不思議な転移が生じる。すなわち、読者の読書体験において、清顕—勲—ジン・ジャンと続いた輪廻の系譜の列に、作者の三島自身もつながるという奇怪な瞬間が生じるのだ。むろんこれは錯覚だが、そういう錯覚が生まれるような状況を、一九六九年秋の段階で三島は期待していた。

このとき幻の遺作になっていたかもしれない作品がもうひとつある。一九五八年発表の「むすめごのみ帯取池」以来一一年ぶりとなる新作歌舞伎「椿説《ちんせつ》弓張月」（一九六九年一一月五—二七日、国立劇場大劇場、執筆は一九六九年五月二八日—九月一日）だ。

これは、保元の乱に敗れ大島に流された後、漂泊を重ねて琉球に渡ったとされる源為朝の伝説的生涯を描く曲亭馬琴の読本《よみほん》を原作とするもので、国立劇場開場三周年記念公演として、八世松本幸四郎（白鸚）が為朝を演じた。

華々しい戦果から見放され挫折を重ねながらも崇徳上皇への忠義を貫く為朝は、やはり三島が「英霊の声」で詠った特攻隊の兵士、二・二六事件の青年将校たちと同じ系譜上の存在である。同時に、『文化防衛論』や、「『日本文学小史』の内」として『群像』（一九六九年八月）に発表された「『古事記』と『万葉集』」で触れられている速須佐之男命、倭建命にまで遡る、ゾルレンとしての文化概念であるところの天皇像の具現化でもあった。

ここで見逃せないのは、下の巻の舞台が琉球であることだ。その地で為朝は逆臣・利勇を討つが、この筋立ては、当時進行していた沖縄返還交渉と明らかに並行している。一九七二年の沖縄返還が表明された佐藤＝ニクソン共同声明は、「椿説弓張月」公演中の一一月二一日であった。

祖国防衛隊構想を練っていた三島と、佐藤栄作首相の密使として沖縄返還交渉にあたった若泉敬に接点があったことは、本書一七章で触れた通りである。若泉は沖縄問題についての信念を持っていたので、「核抜き、本土並み」とされていながら、その実、核持ち込みを容認する密約に関わったことに自責の念を抱き、後に青酸カリ自殺した。

三島にもまた信念があった。それは、為朝が琉球を去り、亡き崇徳上皇のもとへ帰ってゆく「椿説弓張月」の幕切れの場面に示されている。最期の「檄」において、三島は問うている。「沖縄返還とは何か？」。ニクソン大統領が沖縄返還に同意したのは、あくまでも安保条約延長の見返りとしてであった。アメリカ軍基地を沖縄に集中するという点でも、日米両政府の思惑が一致した。

だが、それは違うだろう、間違っているだろう。見返りとしての返還など日本にとっても沖縄にとっても害でしかないというのが「椿説弓張月」に込められた三島の政治的メッセージである。
このことは、当時もいまもほとんど顧みられないが、もし三島が斬り死にした後で「椿説弓張月」が上演されたならば、私たちは知らぬふりをできたであろうか。その場合には状況が騒然として、佐藤首相の訪米も実現していなかったかもしれない。

実に実に実に不快

しかし、一〇・二一の国際反戦デーで極左勢力は簡単に鎮圧され、自衛隊が治安出動するような事態にはほど遠かった。三島は『暁の寺』を書き続けなければならない。

『暁の寺』は全四十五節あり、一〇・二一以降に書かれたのは第三十七節以下である。三十七節については先述したが、その後の概略は、御殿場の別荘でパーティーを催した本多が、慶子の助けを借りて、再びジン・ジャンを招くというもので、その晩本多は、ジン・ジャンと慶子がレズビアン行為に耽っているのを覗き見てしまう。そして別荘は焼失し、帰国したジン・ジャンはコブラに噛まれ、先立つ転生者である清顕、勲と同じように二〇歳で亡くなる――。こうして『暁の寺』を脱稿した三島は、一九七〇年二月二〇日、新潮社の編集者・小島千加子（本名・喜久江）に原稿を渡したのだった。

『暁の寺』脱稿直後、三島は連載中の『小説とは何か』に次の文章を寄せている（『波』一九七〇年五＝六月）。その内容は、ただならぬものであった。

つい数日前、私はここ五年ほど継続中の長篇「豊饒の海」の第三巻「暁の寺」を脱稿した。これで全巻を終つたわけでなく、さらに難物の最終巻を控へてゐるが、一区切がついて、いはば行軍の小休止と謂つたところだ。路ばたの草むらに足を投げ出して、煙草を一服、水筒の水で口を湿らしてゐるところを想像してもらへばよい。人から見れば、いかにも快い休息と見えるであらう。しかし私は実に実に実に不快だつたのである。

こう語り始めた三島は、執筆途中の段階においては未決定のまま浮遊していた作品世界の現実と作品外の現実という二種の現実が、『暁の寺』脱稿とともに確定してしまったとして、次のように続ける。少し長くなるが、まとまった形で引用しよう。

何を大袈裟なと言はれるだらうが、人は自分の感覚的真実を否定することはできない。すなはち、「暁の寺」の完成によつて、それまで浮遊してゐた二種の現実は確定せられ、一つの作品世界が完結し閉ぢられると共に、それまでの作品外の現実はすべてこの瞬間に紙屑になつたのである。私は本当のところ、それを紙屑にしたくなかつた。それは私にとつての貴重な現実であり人生であつた筈だ。しかしこの第三巻に携はつてゐた一年八ヶ月は、小休止と共に、二種の現実の対立・緊張の関係を失ひ、一方は作品に、一方は紙屑になつたのだつた。それは私の自由でもなければ、私の選択でもない。作品の完成といふものはさういふものである。それがオートマティックに、一方の現実を「廃棄」させるのであり、それは作品が残るために必須の残酷な手続である。

私はこの第三巻の終結部が嵐のやうに襲つて来たとき、ほとんど信じることができなかつた。それが完結することがないかもしれない、といふ現実のはうへ、私は賭けてゐたからである。この完結は、狐につままれたやうな出来事だつた。「何を大袈裟な」と人々の言ふ声が再びきこえる。作家の精神生活といふものは世界大に大袈裟なものである。

浮遊してゐたものが確定され、一つの作品のなかに閉ぢ込められる、といふときの一種痛ましい経験については、作家はどんなに大袈裟に語つても、まだ十分でないと感じるにちがひない。

しかしまだ一巻が残つてゐる。最終巻が残つてゐる。「この小説がすんだら」といふ言葉は、今の私にとつて最大のタブーだ。この小説が終つたあとの世界を、私は考へることができないからであり、その世界を想像することがイヤでもあり怖ろしいのである。そこでこそ決定的に、この浮遊する二種の現実が袂を分ち、一方が廃棄され、一方が作品の中へ閉ぢ込められるとしたら、私の自由はどうなるのであらうか。〔……〕私の不快はこの怖ろしい予感から生れたものであつた。作品外の現実が私を強引に拉致してくれない限り、（そのための準備は十分にしてあるのに）、私はいつかは深い絶望に陥ることであらう。


ここで三島は、『暁の寺』脱稿時の思いを、作品創作に関わる一般的事態として語っている。たしかに、作品を生み出すとき作品外の現実が廃棄されるということ、いや、そもそも言葉を発するとき存在が抹殺されるということは、避けようがないのであり、それは本質的に、ブランショが「文学と死への権利」において鋭く指摘したのと同じ問題である（第一〇章参照）。ただ、このことと、戦後日本の直面する困難さが深く絡み合っている点に、事態のただならぬ性格が現われている。しかも三島はそれを、彼個人を侵す制御不能の虚無として体験しているのだ。

三島は『暁の寺』について、「それが完結することがないかもしれない、といふ現実のはうへ、私は賭けてゐた」と言うが、具体的に言い直せば、一〇・二一の国際反戦デーで三島が斬り死にし、『暁の寺』が中断するような事態が待ち望まれた、ということにほかならない。しかし、事はそうは運ばず、国際反戦デーは制圧されて終わった。結果として『暁の寺』では、その幕切れにおいてジン・ジャンが転生者であることが確かめられるが、それは本多にとって深い絶望と、何が起こっても自分は傍観者にすぎないという無力感をもたらすものでしかなかった。そこにはバンパインにおける眩い陶酔、ベナレスにおける喜悦、アジャンタにおける畏怖は、微塵も認められなかったのである。

『夜明け前』と『暁の寺』

いまも述べたように、『暁の寺』を脱稿した三島は、虚無を彼個人の問題として体験してしまっている。しかし『豊饒の海』にはもともと、それを近代という時代それ自体のニヒリズムとして問う仕掛けが施されていた。『豊饒の海』の巻頭に置かれた「得利寺附近の戦死者の弔祭」の写真は、その象徴である。

実は、『暁の寺』にも類似の仕掛けが用意されている。それは、得利寺附近の戦闘の時点（一九〇四年）よりも、『奔馬』における神風連の乱（一八七六年）よりも、さらに時を遡る。鍵は『暁の寺』第二部において、本多が御殿場に別荘を持つに至った経緯に隠されている。優秀な弁護士だが、決して素封家というわけではなかった本多は、いったいいかにして戦後、財をなして広大な別荘を得るに至ったのか。それは、彼がある行政訴訟を担当していたからだった。

これは史実なのだが、一八七一年（明治四）の廃藩置県、一八七三年の地租改正によって、多くの私有地や入会地が、半ば強制的に国有地に移管された。その土地を元の所有者に戻すために一八九九年になってようやく「国有土地森林原野下戻法」ができたが、下戻の申請者には所有事実の立証責任が課せられた。福島県三春地方のある村でもその申請があり行政訴訟となったが、『豊饒の海』では、喫緊の案件ではないため事態は進展しないまま、本多が訴訟代理人を引き継ぐという設定になっている。『暁の寺』第一部の最後で、空襲直後の渋谷を本多が訪れたのは、この訴訟の仕事のためであった。

その膠着《こうちゃく》状態を破ったのは、太平洋戦争の敗戦と、その結果として一九四七年に施行された日本国憲法だった。新憲法によって係争中の行政訴訟事件の審理は東京高等裁判所へ委ねられたのである。この事件に楽々と勝った本多は、莫大な成功報酬、すなわち返還された山林の三分の一の売却代金にあたる三億六〇〇〇万円の金を得る。そして、その一部を使って、アメリカ占領軍の富士演習地に近い掘り出し物の土地を購入し、別荘を建てたのだった。

では、いったい本多はこの別荘で何をするのだろう。それは、壁に覗き穴をしつらえて、ジン・ジャンのレズビアン行為を覗くという愚行であった。そのあげく、別荘は無残に焼失する。

ここで読者は、このエピソードが、島崎藤村が『夜明け前』で投げかけた問いを引き継ぐものであることに留意しなければならない。

『夜明け前』は、平田派の国学に心酔し、庄屋（戸長）として村人と村の将来のために心を砕いた青山半蔵が、結局のところ維新以降の時代の変化に裏切られ、座敷牢のなかから見えない敵に向かって糞を投げつけ、ついには狂死する話である。その半蔵の人生を狂わせた最初の出来事こそ「山林事件」だった。

半蔵は誰もが自由に山林を使うことのできる古代のような時代を夢見たが、山林が国有化して筑摩県の管理下に置かれると、一切の伐採が禁じられてしまった。そこで政府に対して抗議運動を行うと、庄屋の職を解かれてしまうのである。これは木曽の話だが、維新後には土地の国有化に伴うトラブルが日本全国で起こっており、その意味するところを、日本の近代化というものが本質的に抱え込んでいた矛盾と歪みとして根底から問い直そうとした小説こそ、島崎藤村の『夜明け前』であった。

一九三五年に完結した『夜明け前』には、この件が、その後どんな歴史を辿ることになるかは描かれていない。一九四三年八月に亡くなった藤村は、事の顛末を見届けることはなかった。対して三島は、国有地となった山林がやがて村の所有に復したとしても、めぐりめぐって本多の愚行を生み出すに至ることをあからさまに描いている。三島の目には、戦後日本人が虚無の袋小路に追い込まれる宿命の種が、すでに明治初期の段階において蒔かれていたことが、よく見えていたのだ。

見えていたが、どう対処すべきか、答えを見出しかねている。あるいは、こう言うべきかもしれない。狡猾な時代は、みずからを蝕む虚無を、人間個人の問題としてすべて三島ひとりに押しつけてしまったのだと。

独楽

『春の雪』以来毎月連載を続けていた『豊饒の海』は、ここではじめて二ヵ月の休載を余儀なくされた。三島は作家として、いや人間存在として危機に瀕する。

一方、多くの読者は、高度経済成長下の生活に追われていわば思考停止を強いられ、三島が何をやろうとしているか、三島は何に苦しんでいるか、それは自分たちの生といかに関わっているか、理解しようとしなかった。いや、理解できなかったであろう。唯識の思想が展開されても、その意味を測りかね、無視を決め込む読者、文壇人が多かったのである。

しかし、そうしたなかで、人間のもっとも本質的な部分が了解される類まれな瞬間がないわけではない。一例を紹介して本章を終えよう。

「独楽《こま》」と題するエッセイがある（『辺境』一九七〇年九月）。それによれば、ある春の日、未知の男子高校生が三島家を訪れて三時間も塀外に立ち続け、外出間際の三島と五分だけの面会を許された。しかし、少年は黙ったままだった。三島は「君のしたい質問がいくつかあつたら、その中で一番ききたい質問を一つだけしてごらん」と促すが、それでも少年は黙っている。

「質問は何もないのか」

と私はややもてあましながら、もう一度時計を見た。

「あります」

「ぢや、一番ききたいことを一つだけきいたらどうだ」

少年は黙つてゐた。目尻にやや力が入つたかと見る間に、その目が私をあからさまに直視した。

「一番ききたいことはね、……先生はいつ死ぬんですか」

この質問は私の肺腑を刺した。

私が何か滑稽なしどろもどろの返答をしたことは言ふまでもない。その返答で少年が満足したとも思へないが、この返答をきいてから、少年の態度は俄《には》かに楽になつた。

この出来事を綴った三島は、「少年といふものは独楽なのだ」と語る。独楽は回ることでようやく立ち上がるが、「巧く行けば、澄む」。そして、「独楽が澄んだときほど、物事が怖ろしい正確さに達するときはない」。これがこの文章のタイトルの由来である。

三島はそれ以上のことを述べていない。ただ、「あの質問をしたとき、少年はたしかにそこにゐたのだが、多分少年の独楽は澄んでゐたから、少年はそこにゐなかつたことも確かだつた。今した質問を、次の瞬間には、少年は忘れてしまつてゐたかもしれない」と言うばかりである。けれどもこの少年が、そのときの三島の存在の核心を、「怖ろしい正確さ」で射貫いたのは間違いない。

この意味で、「独楽」というエッセイが極めて重要なものだと考えた私は『決定版 三島由紀夫全集』四二巻の年譜にその旨を記載した。だが、残念ながら、少年が三島家を訪れた日は不明であった。

ところが、『全集』の年譜を刊行した後、新潮社の編集部に差出人不明の手紙があり、読むと、その未知の男子高校生は自分だという。手紙には、「私が三島由紀夫先生にお会い致しましたのは、昭和45年1月5日です」としたうえで、次のように記されていた。

> 邸内では当初の予定を越え、一五分余りお話を伺うことが出来ました。私を「値踏み」するための口頭試問の後、質問を許され、最初に例の質問もいたしましたが、それは先生に絶対死んでほしくないとの願いをこめたものでした。また、お答えは「滑稽なしどろもどろの返答」などではなく、明瞭なものでした。(内心は、はかりかねますが……)
>
> ともかく私は先生がその年に死ぬことはないと安心し、「態度は俄かに楽に」なり、思いつく限り多くの事を尋ねました。

未知の差出人は、この出来事について、「それが、三島先生の一日だとするとやはり……と考え（一生発言しないつもりでしたが）、編集委員の先生方には知って戴きたく、ご一報申し上げる次第です」と書いていた。

右の手紙の内容を、あえて疑う理由はない。死を望み、しかし死の機会を失った当時の三島の状況を魔的な力で察知し、たとえ一瞬であっても、その核心に迫る者もいたのである。

＊1　この日は一九五二年のサンフランシスコ講和条約発効によって沖縄が日本から分離された日。一九六九年には社共主催で中央集会が開かれ、参加を拒否された反日共系全学連各派は、都内各所でゲリラ活動を行って機動隊と衝突した。三島は山本舜勝とともにデモを視察。

＊2　『討論　三島由紀夫vs.東大全共闘』（新潮社、一九六九年六月）。ただし、ここでの引用は同書の本文を討論会の記録映像に基づいて再校訂したものを収めた芥正彦「原爆／天皇　そして三島由紀夫と東大全共闘」（前掲『混沌と抗戦——三島由紀夫と日本、そして世界』）に依拠した。

＊3　芥前掲「原爆／天皇　そして三島由紀夫と東大全共闘」。

＊4　森田必勝『わが思想と行動』（新装版、日新報道、二〇〇二年一一月）。

第二〇章　『豊饒の海』のヴィジョン――『天人五衰』

五回目の体験入隊と「第四巻 plan」ノート

『暁の寺』擱筆後の三島は、その生涯において、もっとも危うい精神状態にあったと思う。事実、『豊饒の海』の連載も、一九七〇年（昭和四五）の五月、六月は休載となった。

しかし三島は二つの計画を同時に立てることによって、自分を追い詰めた時代の攻撃を跳ね返したのである。それは、斬り死にによる死の機会が与えられないのであれば、みずから命を絶つという自刃の計画であり、同時に『豊饒の海』を世界の文学史上類例のない作品として完結させる執筆計画であった。

結果として三島は死ぬ。しかしそのことによって、虚無の底を潜り抜けて『豊饒の海』は私たちにあるヴィジョンをもたらしてくれるのである。それはどのようなヴィジョンであろうか。

しかし、その前に、そもそも三島はどのようにして、この二つの計画を生み出すに至ったのか。その過程を、振り返ることにしよう。

『暁の寺』最終回の原稿を編集者に渡してから一〇日ほど経て、三島は三月一日から二八日まで陸上自衛隊富士学校の滝ヶ原分屯地で楯の会会員を引率して五回目の体験入隊を行っている。実際に三島自身が入隊をしたのは、最初と最後の一週間ずつであったが、その間三島は、『豊饒の海』の最終巻をどのような内容にすべきか、徹底的に検討することになった。この時点では、まだ一一月に自決するとは考えていない。

三島が一枚の原稿用紙に『豊饒の海』第四巻の大まかなプランをはじめて書き記したのは、『暁の寺』第二部起筆直前の頃である。先に紹介したように、その段階では全巻の結末はハッピーエンドだった。だが、ひと口にハッピーエンドと言っても、具体的にどのように筋を展開するのか。三島は体験入隊中に、いくつかのプランを案出した。それは三月から四月にかけて書かれた「第四巻 plan」と題する創作ノートに記されている（『決定版 全集』14。『三島由紀夫研究』14、二〇一四年五月）。

このノートの概略を見ておこう。実は「第四巻 plan」は、表題を裏切る不思議な構成によって成り立っている。

というのも、表紙の裏面は自衛官についてのメモ、ノートの一、二ページには体験入隊参加者についてのメモが書き込まれ、入隊初日にあたる三月一日の日付も、そこに記されているのだ。そして、第四巻のプランそのものについては、ノート末から巻頭に遡る形で一七ページ（途中余白ページを除く）にわたって検討されている。ただし、その途中にも、三月一日から四日までの日誌のようなメモが一ページ挿入され、また第四巻の構想に続くページでは、清水港や港の船舶監視業務に関する取材メモが、やはり巻頭に遡る形で一〇ページ続く。そしてその部分の冒頭には、四月二一日という日付も記載されているのである。

こう述べるだけではわかりにくいので表にしてみよう。ABC……の呼称は、ノートの冒頭から内容に応じて便宜的に区分した指標で、実際の執筆順序はAEDCBである。また、第四巻プランについては、入隊日誌の前後で①②の二つに分けることにした。

	内容	ページ数	日付記載	記述方向
A	自衛官についてのメモ	1（表紙裏）	なし	前→後
	体験入隊参加者についてのメモ	2	3月1日	
B	清水港、船舶監視業務に関する取材	10	4月21日	後→前
C	第四巻プラン②	4	なし	後→前
D	体験入隊日誌	1	3月1日〜4日	—
E	第四巻プラン①	13	なし	後→前

「第四巻 plan」ノートの成立に関しては、次のような推測が成り立つ。すなわち、三島は体験入隊の際にこのノートを携行した。はじめそれは、楯の会や体験入隊のことを記述するためのノートだったのかもしれない。あるいは、もともと第四巻の構想を検討するためのノートだったが、つい別の内容を書き込んでしまったのかもしれない。いずれにしろ三島は、いったん体験入隊に

関するメモAを記した後、第四巻のプランE、Cを、ノートの末尾から書き始めるのである。体験入隊中、個室に戻った後で、三島はこれを書き継いだのであろうか。

一方、清水港や船舶監視業務に関する取材Bは、除隊後三週間以上経ってから書かれたものである。実際に発表された『天人五衰』では、冒頭において安永透という少年が、船舶監視会社の清水港事務所に勤務する通信士として設定されているが、Bがそのための取材であるのは疑えない。ただし、『天人五衰』というタイトルが決まったのは、雑誌『新潮』への第四巻初回入稿締め切り直前（一九七〇年五月二〇日頃）であった。

E（プラン①）とC（プラン②）

では、「第四巻 plan」ノートに記されたE（プラン①）の内容を見てみよう。

新聞の人探し欄を利用し応募者に懸賞金を出したり私立探偵に調べさせるなどの方法を用いて、本多はジン・ジャンに続く転生者を探す。「何を探してをられる？」と問いただす手紙を聡子から受け取った本多は、聡子を訪問する。その後、本多は不治の病に倒れ、転生の候補者たちに書かせた手記を病床で読むが、彼らはいずれも贋の転生者である。やがて本多は、若い電工（電気工事技術者）が転落死するのを見て、その電工の死に導かれるようにして臨終を迎え大団円となる。

これがEの段階における基本的な筋立てである。電工の登場は唐突だが、一枚の原稿用紙に書かれた筋立て案（第一八章参照）における「十八歳の少年」に相当する人物とみなしてよいであろう。

この筋立てを案出する過程で、三島はいくつかの論点に関して立ち入った検討を重ねている。

その一つは、贋の転生者たちを、どのような人物として設定するかという問題である。自衛隊員か、港で働く人間か、詩人か、小市民的な青年か、都会の人間か、地方出身者か、あるいは狂女か……。

港で働く人間であれば、密輸か北朝鮮のスパイにからむドラマチックな事件に巻き込まれるように設定するか。また、作中に贋の転生者を何人登場させるかということも問われる。五人か三人か二人か。そして彼らは互いに関係し合うのか否か。

さらに、彼らは単に懸賞金目当てのエゴイストたちなのか、財産狙いで本多を殺そうとする犯罪少年にするか、それとも悲劇的な生き方を求めながらも、悲劇というものの成り立たない現代において挫折を強いられた者なのか。また、彼らは「幸福」な者たちなのか、彼らの「幸福」とはいかなるものなのか……。このように三島は、贋の転生者の人物設定に関して、複数の可能性を書き出して比較検討している。そのうち数名は、『鏡子の家』や「詩を書く少年」など三島の自作中の登場人物に結びつけられている。

第二に、個々の話題をどのように配列するかという作品構成についても、三島はいろいろな角度から検討している。贋の転生者たちの物語を直列的に描くか並列的（同時進行的）に描くか。本多が贋の転生者たちに書かせた手記を作中作として、その前後にプロローグとエピローグを付すという形で第四巻全体を構成したらどうであろうか。また、聡子との面会の場面は、プロローグの場面で描くか、エピローグに置くべきか。

実際に三島がノートに書き記した具体案を紹介しよう。冒頭に、「三部」とあるが、これは転生の候補者を、たとえば海か港に関係する職業につく青年、都会に暮らす狂女、田園に暮らす詩人の三人とした場合、その三人の手記を、第四巻作中における三部作とみなして言ったものである。

△三部とも「私」で書く。私小説。私の人称で、第一は行動的、第二は心理的、第三は詩的。
◎一年間に起つたことを、（死ぬべき年迄）手記で書かす。その代り金やる。
三人とも十九歳。しかし三人とも死なぬ。本多はその時病床にあり　読んでゐる。
（病床につく前　聡子訪問――回想として出る）
最後に電工の死。
→時期は、生れかはりが二十歳に達した時期に設定し、回想で遡らせる。第四巻は回想ではじまり回想で終り、最後の時点で、アラヤ識の姿。第四巻はじまる時、本多すでに病床にあり、聡子とも会つた後也。第四巻はじめ、聡子と会ふ章。そのあとすぐ病気になる。
「老人病の研究。」
ここではじまり、手記を読んでゐるところで、（募集時に時間遡及し）三人の手記交互にあらはる。

ここでは、一枚の原稿用紙に書かれた筋立て案の内容が、ある程度具体化されている。だが、これを書き記してから程なくして、三島はせっかく考えたプランをご破算にしてしまった。そして、ノートに次のように書き込むのである。

> ◎もっと大きな、ドラマティックな展開　神と悪魔の大闘争のやうなものがないと、四巻のラストとしての重みがない。この重味のため、大対立が必要。この大対立は、本多と若者の対立ではなく、別なところの、愛と死、政治と運命の大対立であるべきだ。そこでは、行動者と記述者、存在と行為、肉体と精神等の人間の最重要の対立あるべきなり。〔……〕
> 第一 第二 第三 が単なるお話の羅列で全体的必然性なし。

こうしてE（プラン①）は行き詰まってしまう。それを象徴するかのように、「第四巻 plan」ノートには、ここで唐突に三月一日から四日までの日誌のようなメモが挿入される。その後、三島は気を取り直したのか、C（プラン②）を検討するが、それは実際に『天人五衰』が起筆されるに先立って検討された作品構想としては最後のものとなった。

このプランでは、「第一 第二 第三 が単なるお話の羅列で全体的必然性なし」という自己批判を踏まえて、三人の手記による三部作という構成は破棄され、かわりに、悪魔のような贋転生者の少年と本多老人との対決という筋立てが柱となる。しかし、やがて少年は自殺に失敗し、本多は病に倒れてしまう。

ところが、その後聡子と再会した本多は、真の転生者である若い電工に導かれて、幸福な死という解脱を迎えるのである。注目すべきは、ノート余白に、毎月五〇枚ずつ書くと一六回で計八〇〇枚、連載期間は一年四ヵ月になることを示す計算メモが記されていることだ。この事実は、三月のこの時点においては、およそ八ヵ月後の死の計画が、いまだ決定していなかったことを示している。

「バルダサールの死」と『失われた時を求めて』

このCプランは、第一八章の最後に紹介した一枚の原稿用紙に記された構想の最終発展形である。原稿用紙には、「本多死なんとして解脱に入る時、光明の空へ船出せんとする少年の姿、窓ごしに見ゆ」と記されていたが、若い電工はその「少年」に相当する人物である。

ちなみに、構想の末尾に書かれた「バルタザールの死」は誤表記で、正しくは一八九四年一〇月という擱筆日記載のあるプルーストの初期短篇小説「ド・シルヴァニイ子爵　バルダサール・シルヴァンドの死」のことである。

当時二三歳だったプルーストはこの作品で、インドに向かう船を窓越しに眺め、未知の世界へと向かう船乗りたちの渇望に思いを馳せつつ、村の鐘の音に誘われるように蘇ってきた過去のさまざまな記憶に包まれて幸福な臨終を迎えるバルダサールを描いた。三島は早くからこの作品に親しみ、一九四五年三月には「マルセル・プルウスト氏作バルダサアル・シルヴァンドの死」という文章も書いている（『決定版 全集』36）。三島はそこに本多の死を重ね合わせようとしたのだった。

ここで忘れてならないのは、鐘の音が過去を想起させるというエピソードは、『失われた時を求めて』において紅茶とマドレーヌの味や、ゲルマント大公夫人邸のナプキンが、語り手に過去を想起させ、ついには彼を存在回復へと導くというエピソードの原型だということである。三島は記憶をめぐるこのプルースト的なヴィジョンに唯識の解脱論[*1]を接合することで、本多を幸福な臨終へと導こうとしたのである。

さらに、プルーストのこの初期短篇においてはいまだ萌芽の形でしかないが、やがて『失われた時を求めて』において本格的に展開し、三島にも影響を与えることになる重要な要素がある。それは小説において広く時代と社会を捉えるということだ。つまり、『失われた時を求めて』は、単に、記憶による存在の回復や、（それと実は同じことだが）未来志向と過去志向の合致によって現在が生きられるという時間構造（第四章参照）を示すだけの作品ではない。プルーストはここで一九世紀末から二〇世紀初頭のパリの華やかな社交界を描きつつ、市民社会の人間模様、没落貴族と新興ブルジョワとの抗争、ユダヤ人問題や政治社会状況などを、バラバラの断片ではなく時代の全体像として浮かび上がらせてみせたのである。それは、バルザックが『人間喜劇』において、革命後（特に復古王政期から七月王政期）のフランス社会を、無秩序としてではなく、有機的に結びついているからこそダイナミックに変動する社会として描いたことに倣ったものだ。

そしてこのことは、三島が『豊饒の海』において目指そうとしたものは何だったのかということについて、再確認を促すだろう。

『豊饒の海』もまた、表向きの筋こそ大正初年以降の生まれ変わりの話であるが、その実そこでは、明治期以降の日本の近代の歩みが、そして現に『豊饒の海』を日々書き継いでいる戦後の高度成長期の時空間そのものが描かれているのだ。『豊饒の海』が全体小説だと言えるのは、この意味においてである。

ジャック・デュボアとバルガス＝リョサ

ここで議論をさらに深めるために、全体小説とは何かということについて、もう一度考えておく必要があるだろう。

先に、ロビン・ウィリアム・フィディアンの論文を引いて、私たちはいまだ厳格な全体小説の定義を手にしていないということを述べたが、そうしたなかで、注目すべき論を展開している者がいる。フランスの文学研究者、社会学者であるジャック・デュボアである。彼はこう言う。

> もちろん、厳密な意味での全体小説は存在しない。全体小説という観念を与える小説があるにすぎない。これまでに述べてきたいくつかの際立った特徴は否応なくそうした観念を呼び起こすことだろう。情報の累積、エクリチュールの拡張、巨大な建造物、外見上の完結性。しかし、全体性の効果が完全な形で達成されるためには、特異な要因がそのすべてをひとつの円環の中に閉ざす働きをしなければならない。小説世界が十分な密度と内容を備え、それ自体において閉じたものとなり、これによって自律性を確保するかのように見えなければならないのである。『ボヴァリー夫人』は、緻密に計算された小説でありすぎるがゆえに、他

> の諸小説のように拡張的なものとはなりえない。しかし、すべての部分がきわめて綿密に呼応しあい、ひとつの「小さな全体世界」のイメージをきわめて強固に作りだしているので、その自足性の感覚を与えることができるのである。（『現実を語る小説家たち――バルザックからシムノンまで』鈴木智之訳、法政大学出版局、二〇〇五年一二月。原著は二〇〇〇年刊）

デュボアの論は、まことに優れた考察であって、この論点に立つことによって、バルザック、プルースト、あるいはジョイス以降の世界小説史のなかで『豊饒の海』をどのように位置づけ、これといかに向き合うべきかという方向性が、より明確に見えてくる。

ここで重要なのは、全体小説というと、その小説の中に世界の全体が描き込まれているように思われるかもしれないが、考えてみれば、それは原理的に不可能だ、ということである。しかし、読者に「全体性の効果」effet de totalité を体験するように促すことはできるだろう。この意味で、全体小説とは何らかの実体であるというよりも、実は読者の読み方の問題なのだ。

ただし、そうした効果が生じるためには条件が必要で、それは、何か「特異な要因」élément particulier によって作品が統合されていることだという。この「要因」とは、単に個々の要素のことではない。むしろ、世界の構成原理を指す。体系的、包括的な世界観ないし哲学と言ってもよいだろう。古代ギリシアで土、水、火、空気を「四元素」four elements と呼ぶとき、それは単に個々の要素を意味するのではなく、それらの要素によって宇宙が構成されているという世界観、哲学を意味するのと同じである。

言葉を補ってもう少し具体的に見てゆくと、バルザックの場合なら、それは博物学や生物学の知見を敷衍《ふえん》した、ある原質から派生した複数の典型的（類型的）な人間と生活によって社会が有機的に組み立てられているといった世界観であるが、それは同時に、登場人物や各々のエピソードが人間の情熱と欲望によって有機的に絡み合っている『人間喜劇』の作品世界の構成原理でもあった。

プルーストであれば、静態的な時空を超越した宇宙論的世界観と呼ぶべきものだが、それはちょうど無意志的記憶によって超時間的な至福の体験が引き起こされるという焦点に向かって組み立てられた作品構造に対応している。

このような世界観、哲学に裏づけられた作品だからこそ、読者はこれを読んで、時代と世界の全体を思い描くことができるようになる、というのがデュボアの考え方である。ちなみに、この議論は詩と小説との違いを考えるうえでも重要な論点を提供している[*2]。

また、デュボアより早く、マリオ・バルガス＝リョサが当代における全体小説の典型と考えた『百年の孤独』の作者ガルシア・マルケスを論じた著書には、次の有名な一節がある（*García Márquez: Historia de un Deicidio*, Barcelona, Barral Editores, 1971）。

> 小説を書くということ。それは、現実に対する、神に対する、そしてそれこそが現実であるところの神の創造物に対する叛逆行為である。それは実際の現実を正し、変革し、撤廃し、小説家の創造した虚構の現実によって置き換えようとする試みなのだ。小説家は異議申し立

> て人であり、架空の人生を生み、言葉の世界を生み出す。それは彼らが、人生と世界を、それがもともとそうあるままのものとしては（あるいは、それらがそうであると、彼らが信じているままのかたちでは）受け入れないからなのである。小説家の仕事の根底にあるのは生に満足できないという思いである。すべての小説は、秘かな神殺しであり、現実の象徴的暗殺なのだ。（著者訳）

バルガス＝リョサとデュボアの考え方を結びつけると、次のように言うことができる。小説家は「特異な要因」によって作品を生み出すが、それは「神殺し」によって新たなヴィジョンを読者に提示することでもあるのだと。

全体小説としてのC（プラン②）

以上を踏まえて考えるとき、もしC（プラン②）の段階で『豊饒の海』を全体小説という観点から見るならば、どういうことを指摘できるであろうか。

このプランにおいては、贋転生者の少年が自殺未遂し、本多が病に倒れるという設定を通じて、戦後日本は欺瞞の構図によってがんじがらめになり、価値観は相次いで崩壊し、生の意味はもはやどこにも見出せなくなっていることが示される。いや、それは戦後日本に限った話ではなく、そもそも近代という時代それ自体が内包する闇なのであった。

重要なのは、ここで三島が『暁の寺』第二部で試行したように、このような事態を、唯識の

「同時更互因果」という考えにおける、一瞬ごとの断絶、破滅として捉え直そうとしたことである。つまり、「同時更互因果」をデュボアの言う「特異な要因」とみなし、これに従って作品を構成する。同時に、その観点から社会、時代、歴史を解釈し、その全貌を表現しようとしたわけである。

その一方で、「同時更互因果」の概念に従うならば、一瞬ごとの断絶、破滅にもかかわらず、いやむしろ、それゆえにこそ、そこに連続性が芽生え、生の一貫性が保証されるはずだ。本多が最後に真の転生者の導きにより、幸福な死という解脱を迎えるという筋は、この原理を体現したものである。その結果、人前での自慰行為や今西と椿原夫人の密会に代表されるような醜悪な現実の日本を超える救済のヴィジョンが、読者にもたらされるであろう。この意味において、『豊饒の海』はまさしく全体小説の名にふさわしいものである。

――もし、このような作品創作に成功するならば、『暁の寺』においては分裂していた「同時更互因果」の二面性は融合し、他に例のない詩的結晶が顕現する可能性もあったかもしれない。これは、『失われた時を求めて』の延長上に位置づけられる方法と言えよう。

しかし、三月末までに三島はこのプランを破棄し、『豊饒の海』の結末案を、まったく新しいものに変えてしまった。

なぜだろうか。

『暁の寺』の脱稿時、三島は底なしの虚無に押し潰されたが、その虚無は三島ひとりの問題ではなく、時代を蝕む虚無であり、むしろ時代そのものですらあった。私たちは欺瞞の構図に呑み込まれて不都合な現実から目を背け、目先の豊かさだけを追求して走り続けた結果、生の場所それ自体を喪失したのである。そんな現実が救済され、詩的調和がもたらされるなど絵空事にすぎない。プルーストが拠り所とした記憶には、もう生を回復する力などありはしないのだ。

そうだとすれば、ありもしない救済のヴィジョンではなく、むしろこのおぞましい虚無と絶望それ自体を徹底的に描き出すべきではないか。

それは時代に負けることを意味しない。反対に、時代の正体を臆せずに暴く作業である。

『天人五衰』の内容

新たに構想し直された『豊饒の海』第四巻は、『天人五衰』と題された。天人五衰とは、天人にすら寿命があり、その死の直前に五つの兆しが現われることをいう。

発表された『天人五衰』（『新潮』一九七〇年七月—七一年一月）の内容を見ておこう。これは先立つ三巻とは異なり、発表時における近未来小説となっている。

一九七〇年、七六歳の本多は、港湾通信士の少年・安永透を新たな転生者と考えて養子に迎える。それは、今度こそ本多が、単なる傍観者であることを超えて転生者と関わろうとするためだが、選ばれし人である彼ら転生者を、自分と同じ凡庸な水準に貶《おとし》めるためでもあった。だが透は贋の転生者で、本多の額を暖炉の火掻き棒で殴るなど養父を邪慳に扱う。おまけに本多は、ジン・ジャンの同性愛行為を覗く以前から夜の公園で他人の情事を盗み見る奇癖に囚われていたことを週刊誌で暴かれ、名誉も体面も失ってしまった。

本多が清顕、勲、ジン・ジャンと続く転生者に連なる者として自分を養子に迎えた事情を知った透は、過去の転生者と同様に二〇歳で死のうとしてメタノールによる服毒自殺を試みるが、失敗し、失明する。一九七五年、透は二一歳になっても生き続け、逆に自身の死期が迫ったのを知った本多は、清顕のかつての恋人で、今は月修寺門跡（住職）となった聡子をおよそ六〇年ぶりに訪ねる。

ところが、本多の語る輪廻転生の話に対して、それはすべて夢物語なのではないかと聡子は答え、「松枝清顕さんといふ方は、お名をきいたこともありません。そんなお方は、もともとあらしやらなかつたのと違ひますか？　何やら本多さんが、あるやうに思うてあらしやつて、実ははじめから、どこにもをられなんだ、といふことではありませんか？　お話をかうして伺つてゐますとな、どうもそのやうに思はれてなりません」と言うのだった。

本多は衝撃のあまりみずからの存在がみるみる消え去ってゆく思いに襲われる。

> 「しかしもし、清顕君がはじめからゐなかつたとすれば」と本多は雲霧の中をさまよふ心地がして、今ここで門跡と会つてゐることも半ば夢のやうに思はれてきて、あたかも漆の盆の上に吐きかけた息の曇りがみるみる消え去つてゆくやうに失はれてゆく自分を呼びさまさうと思はず叫んだ。「それなら、勲もゐなかつたことになる。ジン・ジャンもゐなかつたことになる。……その上、ひよつとしたら、この私ですらも……」
> 門跡の目ははじめてやや強く本多を見据ゑた。

「それも心々《こころごころ》ですさかい」

『天人五衰』の末尾、本多は門跡の案内で庭に出る。

　これと云つて奇巧のない、閑雅な、明るくひらいた御庭である。数珠を繰るやうな蟬の声がここを領してゐる。

　そのほかには何一つ音とてなく、寂寞《じゃくまく》を極めてゐる。この庭には何もない。記憶もなければ何もないところへ、自分は来てしまつたと本多は思つた。

　庭は夏の日ざかりの日を浴びてしんとしてゐる。……

右が『豊饒の海』全巻の結末である。

ここには「同時更互因果」の原理も、唯識の解脱論も何もない。「同時更互因果」の二面性のうちの陰画の表現のようにも見えるが、実はそれですらない。

というのも、その陰画において存在（世界）は一瞬ごとに滅びるのだが、『天人五衰』の結末においてすべてはすでに永遠に滅びているからである。ただ、この世のすべてのものは実在しない、あらゆるものは心（識）が作り出した幻にすぎず、その心すら存在しないと説く唯識の基本的な考え方を借りて、虚無の極北が形象化されているだけである。

それは、一人の人間を蝕む虚無であるよりも、三島の見るところ、戦後日本の、そして近代という時代そのものの実景であった。

三島は一九七〇年七月二二日、月修寺のモデルとなった奈良・円照寺を取材した。その後、『天人五衰』の結末部分を書き上げて、八月一一日に滞在先の下田東急ホテルでドナルド・キーンに示したことが知られている。[*3] しかし、結末の方向は、『天人五衰』の第一回原稿を新潮社に渡した五月には、ほぼ固まっていたと考えられる。

コカ・コーラ、アウシュヴィッツ、ウシュマル

しかし、『豊饒の海』が完結した一九七〇年の日本は、すでに終局に至っていたとはいえ、いまだ高度経済成長期であった。そのため、三島の訴えは読者の心には届かなかったのである。ところが、バブル崩壊、東日本大震災と原発事故を経験した私たちは、次第に気づき始める。三島は二一世紀の私たちがどのような場所にいるのか、すでに見通していたのではないかと。いや、三島が見抜いたのは、日本だけの話ではない。次は、『天人五衰』の末尾、月修寺門跡の聡子を六〇年ぶりに訪ねるために、本多が京都から奈良までハイヤーで赴く車窓風景である。

醍醐あたりから、新建材と青い釉薬瓦《くすりがはら》の屋根々々、テレヴィジョン・アンテナ、高圧線と小鳥、コカ・コーラの広告、駐車場つきのスナックの店などの、日本中どこでも見られる新規で落莫《らくばく》とした風景がひろがつた。そそり立つ荒地野菊が空を刺してゐる崖つぷちに、自動車の捨場があつて、青と黒と黄の三台が不安定に積み重ねられ、ボディの塗装をどぎつく日

に灼かれてゐるのが、瓦礫の間に見えた。本多は、ふだん自動車が決して示さないそんなはしたない累積の姿態に、子供のころ読んだ冒険物語の、象が死にに来る象牙の堆積した沼の話を思ひ出した。自動車も亦《また》、死期を覚るとそのやうに、墓場へおのがじし集まつてくるのかもしれないが、いかにも明るくて、無恥で、人目にあらはなところが、自動車らしかつた。

『春の雪』の清顕が雪中の道を歩んだその先に幻視した「金無垢の像」は、もはや消え失せた。そこにあるのは無人の町並みと車の残骸のみである。それこそが、日本の近代化が行き着いた果ての光景だと三島は考えたが、私はアウシュヴィッツを訪れたとき、この描写を思い出した。私がそこを訪れたのは二〇一五年だが、驚いたのは、収容所そのものよりも、その近郊にショッピングモールや映画館があり、ケンタッキーやカルフールの大きな看板が立ち並んでいたことである。人影は少ない。私はガス室と焼却炉が一瞬のうちに消え去り、すべてが貧寒なテーマパークでの出来事であるかのような錯覚に襲われた。そのとき、右に引用した奈良に向かう車窓風景がオーバーラップしたのである。

そして、二〇一六年、ウシュマルの遺跡でも、私は同様の体験に襲われた。遺跡の高台から地平線の彼方を見渡し、生きたまま心臓を抉り取ったというチチェン・イッツァの人間犠牲の儀式に思いを馳せていた私は、遺跡入り口の駐車場に次々にやって来るツアー客のリムジンバスを見て、暗然たる思いにとらわれたのである。そしていま、COVID‐19の影響で、その駐車場は空っぽになったと聞く。三島はそこまで見通していたのではあるまいか。

『文芸文化』への回帰

もちろん三島は予言者ではないので、二一世紀の世界が正確に見えていたわけではないだろう。だが、『豊饒の海』という作品は、私たちがそのように解釈しうる奥行きを備えている。こういうものを書くのは、生者の容易にできることではない。現世から離れた視点に立たなければ為しがたいことである。事実、現行の『天人五衰』の作品構想は、死の決意とともに三島にもたらされたのだった。それは、一九七〇年の三月から四月にかけてのことである。

三島は四月末、三月に刊行されたばかりの小高根二郎『蓮田善明とその死』を携えて山本舜勝宅を訪問し、「私の今日は、この本によって定まりました」と言ったという。死を決意したこの時機に、蓮田善明が三島に与えた影響は決定的である。そのことは、『群像』（一九七〇年六月）に発表された「「懐風藻」と「古今和歌集」――「日本文学小史」の内」に歴然と現われている。

三島が『懐風藻』から取り上げたのは、父・天武天皇が崩御した後、叛図を抱いた疑いで捕えられ二四歳で自害した大津皇子の漢詩であるが、ここで三島は蓮田善明の評論「青春の詩宗――大津皇子論」（『文芸文化』5、一九三八年一一月）に導かれるようにして、自説を展開した。ちなみに、蓮田は「大津皇子論」の発表と前後して、一〇月一七日に最初の召集の通知を受けている。

この蓮田の評論は、「此の詩人は今日死ぬことが自分の文化であると知つてゐるかの如くである」という一節でよく知られている。蓮田はこうも言う。

予は、かゝる時代の人は若くして死なねばならないのではないかと思ふ。新しい時代を表明するためには若くして死ぬ――我々の明治の若い詩人たちを想ひたい。それは世代の戦ひである。かういふ若い死によつて新しい世代は斃れるのでなく却つて新しい時代をその墓標の上に立てるのである。

この観点に立つなら、三島の死も森田の死も、大津皇子の死と同じ意味を持つであろう。それは、速須佐之男命、倭建命から為朝、そして二・二六事件の青年将校へと続く系譜に、三島、森田が連なることを意味する。三島は「懐風藻」と「古今和歌集」のなかにそうはっきり記しているわけではないが、この思いは行間に滲み出ている。

たとえば、次の一文はどうだ。

〔……〕ひとたび叛心を抱いた者の胸を吹き抜ける風のものさびしさは、千三百年後の今日のわれわれの胸にも直ちに通ふのだ。この凄涼たる風がひとたび胸中に起つた以上、人は最終的実行を以てしか、つひにこれを癒やす術を知らぬ。

ついで三島は『古今和歌集』を取り上げるが、その際には蓮田の「詩と批評――古今和歌集について」に再び依拠して、こう書いている。

> この（引用者注・『古今和歌集』仮名序のこと）冒頭の一節には、古今和歌集の文化意志が凝結してゐる。花に啼く鶯、水に棲む蛙にまで言及されることは、歌道上の汎神論の提示であり、単なる擬人化ではなくて、古今集における夥しい自然の擬人化は、かうした汎神論を通じて「みやび」の形成に参与し、たとへば、梅ですら、歌を通じて官位を賜はることになるのである。
>
> 全自然（歌の対象であると同時に主体）に対する厳密な再点検が、古今集編纂に際して、行はれたとしか考へやうがない。それは地上の「王土」の再点検であると共に、その王土と正確に照応し重複して存在すべき、詩の、精神の、知的王土の領域の確定であつた。地名も、名も、花も、鶯も、蛙も、あらゆる物名《もののな》が、このきびしい点検によつて、あるべき場所に置かれた。無限へ向つて飛翔しようとするバロック的衝動は抑へられ、事物は事物の秩序のなかに整然と配列されることによつてのみ、「あめつちをうごか」す能力を得ると考へられたのである。これは力による領略ではなくて、詩的秩序による無秩序の領略であつた。

この議論は、清水文雄の広島大学退官記念として書かれた「古今集と新古今集」の「みやび」論を、より深めたものである。ここで注意すべきは、官位を賜るべき物象と官位を授ける主体との関係が、染汚法と阿頼耶識との関係と等価の構造を持っていることだ。では、官位を授ける主体とは何であろう。それこそは「文化概念としての天皇」である。

もし、その天皇が固有の実体として永続するとみなすなら、それは三島の考えではない。三島の立場から言えば、「文化概念としての天皇」はその都度死ぬことによって、時間的連続性が保証されるのである。その連続性とは、速須佐之男命、倭建命から為朝、そして三島、森田にまで続く系譜と別のものではない。

　そうすると、「文化概念としての天皇」は、その都度、都度に、物象に官位を与えることによって空間に秩序を与えるという意味では「時間の軸と空間の軸の交はる一点に存在する」と言うことができ、その系譜が続くことによって文化の体系が受け継がれるという意味では、「時間的連続性と空間的連続性の座標軸」と規定されることにもなる。ちなみに、「時間の軸と空間の軸の交はる一点に存在する（傍点原文）」というのは、『暁の寺』において「世界の一切を顕現させてゐる阿頼耶識」について言われていることであり、「時間的連続性と空間的連続性の座標軸」というのは、『文化防衛論』において与えられた「文化概念としての天皇」の定義であった。

　ここに至って、重要なことが明らかになる。つまるところ、三島にとって唯識の思想と天皇とは、同じものを指すことになるのだ。三島がはじめ唯識の思想に触れたのは、輪廻転生を説明する理論としてであった。やがて三島は、存在（世界）は刹那ごとに滅するが、それにもかかわらず（もしくはそれゆえにこそ）存在（世界）が現存する「同時更互因果」という考え方に唯識の本質を探り当て、それが戦争末期の空襲下の世界観と同型であることを、いや、それどころかそれが近代日本の常態であることを読み取ろうとした。だが、そこから視野は一段と先に進み、それは「文化概念としての天皇」という見方と重なり合ったのである。

　蓮田に導かれて死を決意することと、『豊饒の海』の最終構想が固まることは、まさしく同時であった。それは、三島が、三島個人にとってのセバスチャン・コンプレックスを形象化することを超えて「文化概念としての天皇」の系譜に連なることであり、三島自身を襲う虚無を形象化することを超えて、時代という虚無そのものの形象化を果たすことだった。そしてそれは三島が、終戦直前期にそこから離れようとした『文芸文化』の世界に、一段深い次元において回帰することを意味したのである。

　そのとき三島は、あえて憲法改正ということも謳った。「二・二六事件と私」では、憲法よりも天皇御自身の「人間宣言」のほうが問題だとしていたので、力点の置き所が変わったことになる。

　先述のように、一九六九年の一〇・二一国際反戦デーの後の楯の会の会議で森田は憲法改正を訴え、その時点では三島は森田案に消極的だったことが、三島裁判における小賀正義の発言からわかっている。これと直接関係ないが、「第四巻 plan」ノートのAの部分に、見逃せない記述がある。三島は、楯の会会員・加地邦雄の言葉として、「森田さん今にも死にさうな」と記しているのだ。一〇・二一以降、社会を蝕む欺瞞の構図がますます崩しがたいものになってしまったことに、森田は三島以上に絶望していたのかもしれない。その森田が唱える憲法改正の訴えを、蹶起計画を立てた時点で三島は自説として受け入れたと見てよいと思う。

　ただ私は、憲法改正それ自体が三島の目的だったとは考えていない。憲法は戦後日本をがんじがらめにする欺瞞の構図に組み込まれてしまっている。そのことに目をつぶり、ただ単に憲法を守ろうとしても否定しようとしても弊害しか生まない。結局欺瞞を重ねて、取り返しのつかない事態に陥るだけだし、現にそうなっている。まずはその事実を直視すること。三島は何よりも、そう言いたかったのだと私は受け止めている。

蹶起

蹶起に至るまでの経緯を、確認しよう。まず四月であるが、上旬に三島は、楯の会の小賀正義（神奈川大学学生）と小川正洋（明治学院大学学生）に、それぞれ別に蹶起への参加を求めている。この段階で、すでに三島と森田の間では、年内に何事かを起こすということが確定していた。

その一方で、四月一一日、三島は少尉になったばかりの西村繁樹ら自衛官を自宅に招いている。[*4]西村は一九六八年、防衛大学校四学年の夏季訓練で陸上自衛隊富士学校の滝ヶ原分屯地を訪れた際、学生らを引率して第二回目の体験入隊を行っていた三島とはじめて出会った人物である。一九七〇年四月の時点の三島には、自衛官との連携の可能性を探る思いもあったのであろう。事実、五月中旬、三島は森田、小賀、小川を自宅に招き、楯の会と自衛隊がともに武装蜂起して国会に入り、憲法改正を訴える方法がもっともよい旨を漏らしていた。[*5]

しかし、その直後と思われるが、西村が三島宅に電話して面談の予約を取ろうとしたとき、三島はこれを断ったのだった。そして、六月一三日、ホテルオークラに三島、森田、小賀、小川が集合した際、三島は、自衛隊は期待できないから自分たちだけで実行する、その方法として、自衛隊の弾薬庫を占拠してこれを爆破すると脅すか、東部方面総監を拘束するかして自衛隊員を集合させ、自分たちの主張を訴え、蹶起する者があれば、ともに国会を占拠して憲法改正を議決させることを提案した。討議の結果、一一月の楯の会結成二周年記念パレードを総監に観閲してもらい、その際、総監拘束を実行する案を検討することになった。

ついで、六月二一日と七月五日、四人は山の上ホテルで策を練り、市ヶ谷駐屯地内のヘリポートを借用して、総監ではなく、そこから近い部屋にいる三二連隊長を拘束すること、決行は一一月例会の日とすることが相談された。

こうして計画が進む間に、こんなこともあった。七月一三日、吉兆で保利茂官房長官の招きによる会があり、三島は村松剛、木村俊夫官房副長官、安岡正篤らとともに出席したのである。保利が三島に接触したのは、自民党内に一九七一年の東京都知事選に三島を推す動きがあり、三島の考えを内々に確かめるためであった。三島にはもちろんそういう気持ちはなかったが、このころ三島は保利と数回懇談し、憲法改正の必要性や自衛隊の官僚主義的堕落を批判する言葉を述べている（「武士道と軍国主義」、「正規軍と不正規軍」はその内容を口述したもの。『決定版 全集』36）。

九月になると、計画は具体化し、森田、小賀の誘いにより、古賀浩靖も蹶起に参加。三島は、自衛隊員のなかにわれわれと行動をともにする者は出ないだろうが、いずれにしても自分は死ななければならないと述べ、決行日は一一月二五日とされた。

そして、九月二九日、三島は銀座の第二浜作に高橋睦郎を招き、その場で森田に生い立ちを語らせ、高橋には、森田のことを記憶しておいて欲しいと頼んでいる。蹶起の準備が十分整ったので、森田の記念碑を残しておきたいという思いが、三島にはあったのだ。[*6]

その後の主な出来事は以下のようである。

一〇月一九日　三島、森田ら五名は東條会館で楯の会の制服を着用して記念撮影。

一一月三日　三島は六本木のサウナ・ミスティで、小賀、小川、古賀の三名に、ともに自決するのではなく、逮捕されて法廷で楯の会の精神を明らかにするという任務を与える。

一一月一二日　池袋の東武百貨店で「三島由紀夫展」開催（一七日まで）。

一一月一九日　新宿・伊勢丹会館の後楽園サウナ新宿で打ち合わせ。要求が通らない場合は連隊長を殺してもよいかという森田の問いに対し、連隊長は無傷で返さなければならないと三島は答える。

一一月二一日　三二連隊長が決行当日不在であることが判明し、拘束の相手は東部方面総監に変更された。

一一月二三日　翌日にかけて、パレスホテル五一九号室において蹶起の予行演習が行われる。

一一月二四日　夜は、新橋の料亭・末げんで別れの宴。

そして、一一月二五日である。この日を擱筆日として記入した『天人五衰』最終回の原稿が家政婦から新潮社の小島千加子に手渡されるよう手はずを整えた後、三島は軍刀用にこしらえた日本刀（関孫六）、鎧通し、檄文などを携えて、森田ら四名とともに小賀の運転する自動車で三島宅を出発した。

一一時頃、三島は市ヶ谷の陸上自衛隊東部方面総監部二階の総監室に入り、益田《ました》兼利総監に森田ら四名を紹介する。そして、隙を見て五人で総監を拘束して総監室にバリケードを築き、事態に気づいて総監を救助しようとした陸将補・山崎皎《あきら》（幕僚副長）らに対し、総監室から出ないと総監を殺すと脅迫して、日本刀などにより八名に傷害を与えた。三島は演説を行うので自衛官を集めるよう要求し、正午に自衛官約八〇〇名が集められる。

総監室前のバルコニーで三島は演説を開始するが、野次を飛ばすなど自衛官の反応は冷ややかで、ヘリコプターの騒音などもあったため、一〇分ほどで演説を終えて総監室に戻り、バルコニーに向かうように正座して割腹した。そして、森田が三太刀介錯を試みたが果たさず、古賀が一太刀振るって頸部を首の皮一枚残すという古式に則《のっと》って切断、最後に小賀が鎧通しで首の皮を胴体から切り離した。ついで、三島と隣り合って森田も切腹し、古賀が一太刀で介錯した。

文芸の「同時更互因果」

こうして私たちの前に『豊饒の海』全四巻が差し出されている。それは二一世紀の私たちを襲う虚無の極北を、半世紀も前に形象化している。私たちを取り巻く世界はすでに無であり、灰燼《かいじん》に帰した世界をまるごと捉えているという意味で、『豊饒の海』を全体小説と呼んでもよいし、三島はこういう形で時代の「暴流」を乗り越えたと言ってもよい。

とはいえ、いくつかの疑念が残る。三島は作品の完成と自身の死を重ね合わせることで、時代という虚無を形象化するとともに、みずから「文化概念としての天皇」の系譜に連なろうとしたのであった。しかし、『豊饒の海』の結末が虚無の極北だとすれば、そこでは「同時更互因果」の原理も否定されてしまうのではないか。結局のところ三島は全体小説の試みに失敗し、時代の「暴流」に呑み込まれて果てたのではあるまいか。「文化概念としての天皇」の系譜に連なるという企図も、ただの茶番に終わったのではないか。

いや、そんなことはない。

ここで私はある読解を示したいと思う。これは、必ずしも三島自身が意図したものではないかもしれない。しかし、三島の立場をもっとも望ましいかたちで受け止め発展させる一つの方法だと考える。その際、全体小説とは何らかの実体であるというよりも、実は読者の読み方の問題である、という考え方を思い起こそう。つまり、私たちの読み方次第で、『豊饒の海』の世界は、虚無の底から蘇るのである。

私が提起したいのは「同時更互因果」という世界観、およびその時間論を、新しい角度から捉え直すことである。それは、一瞬ごとの断絶にもかかわらず、いやむしろ、その断絶ゆえにこそ、そこに連続性が芽生え、生の一貫性が保証されるという見方であった。もっと端的に言えば、いま死ぬことによって、いま生きるという見方である。私はこれを、文芸作品の問題として考えようと思う。

どういうことか。

『春の雪』を論じた時に少し丁寧に触れたが、三島は筋立てを考えるうえで、森鷗外、与謝野晶子、伊藤左千夫など過去の文芸作品を参照している。それも、単に引用するのではなく、むしろその趣意をアイロニカルに反転した。言い換えれば、三島は過去の文芸作品をいったん死なせ、そのうえで、新たな命を芽生えさせている。私はこのような事態を、文芸の「同時更互因果」と呼んでみようと思うのである。

『源氏物語』と『おくのほそ道』

この営みが、もっとも顕著に認められるのは、『豊饒の海』全巻の結末で、本多老人が門跡の聡子に導かれて月修寺の庭に出る場面である。もう一度読んでみよう。

> これと云つて奇巧のない、閑雅な、明るくひらいた御庭である。数珠を繰るやうな蟬の声がここを領してゐる。
> そのほかには何一つ音とてなく、寂寞を極めてゐる。この庭には何もない。記憶もなければ何もないところへ、自分は来てしまつたと本多は思つた。
> 庭は夏の日ざかりの日を浴びてしんとしてゐる。……

この結末は、C（プラン②）に示されたプルースト的ヴィジョンを否定するものであるが、その際、三島が下敷きにした文芸作品がある。それは、『源氏物語』の最終巻である「夢浮橋」である。

すでに述べたように、『豊饒の海』は平安時代後期の作『浜松中納言物語』を典拠とするが、これは転生譚であるということと、主人公の中納言と大姫との関係が清顕―聡子の関係に重なるという点に関するものである。これに対して、『天人五衰』結末の場面は、「夢浮橋」の以下の部分に基づいている。

　昔のこと思ひ出づれど、さらにおぼゆることもなく、あやしう、いかなりける夢にかとのみ心も得ずなん。すこし静まりてや、この御文なども見知らるることもあらむ。今日は、なほ、持て参りたまひね。所違へにもあらむに、いとかたはらいたかるべし

これは、薫の愛人でありながら匂宮とも関係を持ったことに懊悩して出奔、入水するが死にきれず出家した浮舟が、その居場所を知った薫からの手紙を見て、妹尼（浮舟を助けた横《よ》川《かわ》の僧都の妹）に語る言葉である。前後の文脈を補って訳せば、以下のようであろう。

　昔のことを思い出そうとしても、まるで何も心に思い浮かびません。浮舟を失ったのは夢のような出来事だったと手紙にありますが、いったいどんな夢のことか、まったく心当たりもないのです。多少とも気持ちが落ち着きましたら、このお手紙のことも合点がゆくのかもしれませんが、今日のところは、やはりこのままお持ち帰り頂きましょう。もしや人違いでもありましたら、まことに具合の悪いことでございます

一千年近くの時を隔てて、『源氏物語』と『豊饒の海』の末尾が照応しているのは一読して明らかである。

しかし、両者の間には大きな違いがある。「夢浮橋」では、「さらにおぼゆることもなく」といっても、浮舟は本当にすべてを忘却してしまったわけではなく、むしろこれは当惑、困惑した心理を描く類型表現である。

ところが、『天人五衰』において聡子が、「松枝清顕さんといふ方は、お名をきいたこともありません。そんなお方は、もともとあらしやらなかつたのと違ひますか？」と問う場面は、事情がまったく異なる。聡子は、そもそも清顕という人間の存在それ自体を否定し、『豊饒の海』という作品世界それ自体を否定してしまうのだ。

そうだとすれば、『天人五衰』の結末は「夢浮橋」を下敷きにしているが、三島は単純にそれに依拠しているわけではない。むしろ、『源氏物語』の世界を踏まえながらもこれをいったん否定し、しかしそこから直ちに飛翔して、新たな作品世界を生み出したと言うべきである。これを読者の側から言えば、『天人五衰』を読む者の心のなかで『源氏物語』の世界が呼び起こされるや否やたちまち死に絶え、それと同時に新たな世界が立ちあがる、ということだ。その立ちあがった世界は、いま私たちがいるのは、近代という時代の行き着く果てである虚無の極北にほかならないと、私たちに告げるのである。私はここに、文芸作品における「同時更互因果」の例を認めたい。

『天人五衰』の結末部分に関わる日本の古典文芸は『源氏物語』だけではない。「数珠を繰るやうな蟬の声がここを領してゐる。そのほかには何一つ音とてなく、寂寞《じゃくまく》を極めてゐる」という部分は、芭蕉の『おくのほそ道』の以下の一節を踏まえている。平泉を経由して山形に入り、貞観二年（八六〇）、清和天皇の勅願によって慈覚大師・円仁が開山したとされる立石寺《りっしゃくじ》を訪れた場面である。

山形領に立石《りふしやく》寺と云《いふ》山寺有《あり》。慈覚大師の開基にして、殊《ことに》清閑の地也。一見すべきよし、人ミのすゝむるに仍《より》て、尾花沢よりとつて返し、其間《そのあひ》七里計《ばかり》なり。日いまだ暮ず。麓の坊に宿かり置て、山上の堂に登ル。岩に巌を重て山とし、松栢《しやうはく》年ふり、土石《どせき》老て、苔なめらかに、岩上の院ミ扉を閉て、物の音きこえず。岸をめぐり岩ヲ這て、仏閣を拝し、佳景寂寞《かけいじやくまく》として、こゝろすミ行《ゆく》のミ覚ゆ。

閑《しづか》さや岩にしみ入蟬の声

（『新編日本古典文学全集』71、小学館、一九九七年九月）

閑さや……の句の背景には、芭蕉の若き主君であった蟬吟を悼む思いがあったと言われる。しかし、「佳景寂寞として、こゝろすミ行のミ覚ゆ」と言うとき、そこには哀悼の厳しさが心の平安に転ずる霊的な奇蹟がある。ところが、「寂寞」を極めた月修寺の庭は、あたかも点描画法の一点一点のように粉々に解体し、そのまま蒸発してしまう。ここでも、古典文芸の世界がいったん否定され、そのことによって、底なしの虚無そのものが誤りなく形象化されるのだ。

虚無を形象化することに何の意味があるのかと問う人がいるかもしれない。それは絶望に絶望を重ねるだけではないのか。そういう問いには、こう答えたい。私たちは根深く巧妙に入り組んだ欺瞞の構図にがんじがらめにされ、自分たちが、いまどこにいて、どのような状態にあるのか、自分でわからなくなっている。豊かな文芸の伝統の力を借りながら、私たちの居場所を正確に指し示すこと、そしてその形象を正確に読み取ること。それこそ、私たちに必要な作業であり、同時に創造的な営みなのではないか。なぜなら、こうしてはじめて、物事をやり直すスタート地点に立てるからだ。

「金砂子を撒いたやう」な金閣炎上、月修寺へと向かう清顕の目に映る「小さな金無垢の像」、また『豊饒の海』第四巻の初期構想における「光明の空へ船出せんとする少年」といった明確な美的ヴィジョンは、もう私たちには許されていない。しかし、このスタート地点に立てるということそのものが、すでに時代を超えるひとつのヴィジョンなのであり、その先に、個人を蝕む虚無、時代そのものであるような虚無を超えた、宇宙的始原としての虚無が現われ出るかもしれない。

私は『豊饒の海』を「同時更互因果」という概念に基づく全体小説と呼びたいが、それはこの小説が、現代の読者にそのような読解を促すというところまで含んだうえで、そう言うのである。

三島文学の「亭午」

シカゴ大学のマイケル・K・ボーダッシュに教えられたのだが、三島の自決直後の一一月二七日、ＣＩＡは秘密レポートを記していた。二〇〇三年八月に公開されたそのレポートは、「三島由紀夫が壮絶な自決を遂げた。日本の右翼勢力は小規模だが、彼らにとって三島は戦後最初の殉教者となるだろう」としたうえで、次のように記している。[7]

日本軍国主義の復活を恐れる声がアジアで高まってきたので、政府はあらゆる方法を用いて、三島のドラマチックな行為の意味を小さく見せようと努めているようだ。佐藤首相は三島の自殺について、「気が狂ったとしか思えない」とただちに非難し、メディアもこの見方を支持したように見えた。小規模だが何をするか予測できないさまざまな極右勢力に対して、政府はより警戒を強める予定だ。それらの右翼勢力は、三島の自殺に影響を受けて暴力的行為を行う可能性もあるが、日本の極右勢力の政治的影響力は限定的なので、今後予測される主な脅威は、限定的なテロ行為か自殺行為に留まると思われる。（著者訳）

日本の動静は、こういうかたちで常にリサーチされている。[8] それが、あまりに「的確」であることに、啞然とするほどだ。三島が投げかける問題を、戦後日本社会が決して真剣には受け止めないだろうと、アメリカは見透かしているからである。

しかし、このリサーチがあえて語らず、また語ろうとしない領域に、どれほど大きな問題が横たわっているか、それとどのように向き合い、闘ってゆくべきか。私が三島の生涯を辿りながら考え続けてきたのは、いわばそういうことであった。文学は人に魚を与えるのではない。魚の獲り方を教えるものだ。しかし、お前が獲っているのは魚ではないぞ、この池にはもう魚はいないんだぞ、と目を開かせてくれるのも文学である。私たちが耳を傾けさえすれば、『豊饒の海』はそのような姿を示し、私たちがその先の領野へと足を踏み出すことを促してくれるだろう。

本書で述べてきたように、時代はいつも「暴流」となって、三島の行く手を阻み、三島を消し去ろうとした。三島は翻弄され、何度も溺れかけている。しかし最後には、みずから「暴流」となって時代に打ち克ったと私は考える。

私は、三島文学において真に世界文学の名にふさわしい最初の作品は『金閣寺』だと言い（第一〇章）、また『金閣寺』の時期を三島文学の「亭午」と呼んだ（第一一章）。

しかし、本書の締めくくりとして、次のように言いたいと思う。

『豊饒の海』こそが三島文学における最高の世界文学であり、本当の意味での三島文学の「亭午」は、私たちが『豊饒の海』を読んでいる、まさに今この瞬間であると。

＊1　唯識の解脱論を法相宗の立場で説明する一つの仕方は、一切の迷いの原因としての阿頼耶識を悟りの拠り所へと転ずること（転依《てんね》）をもって、人は解脱へと向かうというものである。

＊2　「情報の累積、エクリチュールの拡張、巨大な建造物、外見上の完結性」のうち前三者は、詩ではなくまさしく小説（長篇小説）を特徴づける要因である。これに関連して、三島からの来簡に関して、高橋睦郎は私との対談（「詩を書く少年の孤独と栄光」、高橋前掲書『在りし、在らまほしかりし三島由紀夫』所収）で次のように語っている。

僕がとても落ち込んでいた時期に三島さんがくれた手紙があるんですが、その中に、「詩と短篇は空中に全体が浮かんでいる球体だか空中楼閣である。それで全体が見える」というようなところがあります。「長篇小説は土の上に建てた、ある意味では無様な建築物である」とも。詩は素晴らしいものなんだから、もっと自信を持ちなさいというような手紙だったんですが、一番最後に「土建屋小頭　三島由紀夫」と書いてあった。

＊3　ドナルド・キーン「下田の一夜」（『三島由紀夫全集』19付録、新潮社、一九七三年八月）。

＊4　西村前掲書。

＊5　伊達宗克『裁判記録「三島由紀夫事件」』（講談社、一九七二年五月）。NHK社会部記者の伊達は、『宴のあと』のプライバシー裁判の取材で三島と出会って以来親交を重ね、自決当日には、『サンデー毎日』の徳岡孝夫とともに、三島によって市ヶ谷会館に呼び出された。

＊6　この日三島は高橋に、「この二十五歳の森田を誰かに記憶して欲しいといろんな奴を考えたけど、お前しかいないようだ、だから今日は森田が生まれてこの方の生い立ちを洗いざらい話してもらう」と言って、森田に語らせたという（高橋前掲「詩を書く少年の孤独と栄光」）。高橋にその日のことを聞くと、自分は酔ってしまって覚えていないというが、高橋の近著『深きより二十七の聲』（思潮社）の栞に記された「伝統という冥界下り」には、森田の霊との対話が記録されている。

＊7　*Central Intelligence Bulletin*, 27 November 1970. CIAの機密指定文書だったが、二〇〇三年八月二一日に解除された。

＊8　ライシャワーがネイスンに三島評伝を書かせた背景に、CIAないしアメリカ政府の意向が伏在していた可能性も否定できない。ライシャワーはその意向に従うかに見せて、秘かにこれを裏切ろうとしたとも考えられる。

おわりに

「日常性」とは何だろうか。昨日と同じように今日がやってきて、そして明日となる――。もしそれが「日常性」だとするならば、そんな「日常性」には、いま、一面に亀裂が走っている。いや、「日常性」への不信は、急に始まったことではない。阪神・淡路大震災と地下鉄サリン事件（一九九五年）、九・一一同時多発テロ（二〇〇一年）、東日本大震災と原発事故（二〇一一年）、パリ同時多発テロ（二〇一五年）。パリのテロは、ちょうど東大の駒場で開催された「国際三島由紀夫シンポジウム二〇一五」の初日、その開会準備をしていたときに起きた。その影響で、シンポジウム三日目の登壇者だったラカン派の精神分析家エリック・ロランさんが、来日できなくなった。一瞬のうちに常識が崩壊する事態に、私たちは繰り返し直面してきたのである。

しかし、いま振り返ると、戦後の日本において長い間、私たちは「日常性」を信じることが許されていた、しかも、その「日常性」がより望ましくより幸せな方向に発展してゆくという希望を共有することさえできたのである。

むろん三島は、それが錯覚であると気づいていたのだった。

三島没後五〇年を機に本を作りましょうと声をかけてくれたのは平凡社の名編集者・松井純さんである。評伝をまとめたいと言うと、ぜひやりましょう、と即答してくれた。とにかく書きたいことを何でも書いてください、後で集中して絞り込みましょう。松井さんとは、高橋睦郎先生の『在りし、在らまほしかりし三島由紀夫』で解説を書かせていただいて以来の付き合いだ。

　昨年の暮れからは、松井さんと私は三島本人が構成を考えたにもかかわらず幻に終わった作品集を、三島の自筆目次案に忠実に従って編集する仕事に没頭していた（『夜告げ鳥』、第六章参照）。早朝に原稿を返すと、夕方にはゲラを出してくれる。今年一月末、『夜告げ鳥』を無事刊行し、私は一時ストップしていた本書の仕事に戻った。急な用件があって、松井さんと電話で話したのは二月一〇日である。その後メールを出したが返信がない。奥さまの千依さんから連絡をいただいて、言葉を失った。松井さんは一一日に急逝されたのだった。

　そのときのことを思い返すと、息苦しく胸が痛む。私は本書で繰り返し、すべては一瞬ごとに断絶し滅すると書いた。それが本当に意味するのはどういうことか。井上さん、ちゃんと答えられますか。松井さんは私にそう問い続けている。

　断絶ゆえに、そこに連続性が芽生え、生の一貫性が保証される。私はそうも書いた。本書がそのような連続性、一貫性を体現しえているか、まったく自信はない。いつか松井さんに聞いてみたいと思っている。もちろん、三島由紀夫にも。

ともかく私は本書を書き上げることができたが、その作業が私ひとりでは不可能だったことは確かである。ＣＯＶＩＤ－19の世界的流行というたいへんな事態のなかにあって、松井さんを失って呆然とする私（そのような人は、私以外にもたくさんいた）を支え、編集の仕事を引き継ぎ、本書のために私とともに苦しんでくれた平凡社の金澤智之さんの存在がなければ、この評伝は完成しなかった。金澤さんに、心からのお礼を申しあげたい。また、多くの貴重な情報をご教示くださった三島研究家の犬塚潔さんに感謝する。カバーの三島写真も犬塚さんのご提供である。

最後に、執筆に取りかかると、異次元に入りこんで視野が狭くなりがちな私に着想を与え、その都度自分の居場所を検証するように導いてくれた家族への謝意を記して筆を擱きたい。

二〇二〇年八月

著者

主要参考文献（記載は本書での掲出順を原則とする）

『決定版 三島由紀夫全集』1〜42・補巻・別巻（新潮社、二〇〇〇年一一月‐〇六年四月）

John Nathan, *Mishima: A Biography*, Boston, Little, Brown, 1974.（『新版・三島由紀夫——ある評伝』野口武彦訳、新潮社、二〇〇〇年八月）

村松剛『三島由紀夫の世界』（新潮社、一九九〇年九月）

猪瀬直樹『ペルソナ 三島由紀夫伝』（文藝春秋、一九九五年一一月）

Naoki Inose and Hiroaki Sato, *Persona: A Biography of Yukio Mishima*, Berkeley, Stone Bridge Press, 2012.

島崎博・三島瑤子編『定本三島由紀夫書誌』（薔薇十字社、一九七二年一月）

井上隆史『三島由紀夫 幻の遺作を読む——もう一つの「豊饒の海」』（光文社、二〇一〇年一一月）

井上隆史ほか編『混沌と抗戦 三島由紀夫と日本、そして世界』（水声社、二〇一六年一一月）

I

奥野健男『三島由紀夫伝説』（新潮社、一九九三年二月）

『東京市四谷区地籍図』（内山模型製図社、一九三二年八月）

『新宿区史 史料編』（新宿区役所、一九五六年三月）

『有栖川宮総記』（高松宮、一九四〇年一二月）

平岡梓『伜・三島由紀夫』（文藝春秋、一九七二年五月）
山崎謙編『衆議院議員列伝』（衆議院議員列伝発行所、一九〇一年三月）
高原操『極北日本 樺太踏査日録』（政教社、一九一二年一二月）
原奎一郎編『原敬日記』4（福村出版、一九八一年九月）
坊城俊民『焔の幻影——回想 三島由紀夫』（角川書店、一九七一年一一月）
澁澤龍彦『三島由紀夫おぼえがき』（立風書房、一九八三年一二月）
澤正宏『西脇順三郎のモダニズム——「ギリシア的抒情詩」全篇を読む』（双文社出版、二〇〇二年九月）
『三島由紀夫展』図録（毎日新聞社、一九七九年一月）
持丸博・佐藤松男『証言 三島由紀夫・福田恆存 たった一度の対決』（文藝春秋、二〇一〇年一〇月）
マルセル・プルースト『心の間歇』（井上究一郎訳、弘文堂書房、一九四〇年一月）
マルセル・プルウスト『失はれし時を索めて』1（五来達訳、三笠書房、一九三七年五月）
復刻版『文芸文化』（雄松堂書店、一九七一年六月）
西法太郎『死の貌——三島由紀夫の真実』（論創社、二〇一七年一二月）
清水文雄『随想集 河の音』（王朝文学の会、一九六七年三月）
小高根二郎『蓮田善明とその死』（筑摩書房、一九七〇年三月）
東季彦『マンモスの牙』（図書出版社、一九七五年三月）
林富士馬・富士正晴『苛烈な夢——伊東静雄の詩の世界と生涯』（社会思想社、一九七二年四月）
小島千加子『三島由紀夫と檀一雄』（構想社、一九八〇年五月）
麻生良方『恋と詩を求めて』（根っこ文庫太陽社、一九六六年七月）
『蓮田善明全集』（島津書房、一九八九年四月）
松本健一『蓮田善明 日本伝説』（河出書房新社、一九九〇年一一月）

井口時男『蓮田善明 戦争と文学』（論創社、二〇一九年一月）
桜井毅『出版の意気地——桜井均と桜井書店の昭和』（西田書店、二〇〇五年八月）
竹之内静雄『先知先哲』（新潮社、一九九二年六月）
山口邦子『戦中戦後の出版と桜井書店——作家からの手紙・企業整備・ＧＨＱ検閲』（慧文社、二〇〇七年五月）
復刻版『序曲』（日本近代文学館、一九八一年五月）
中条省平編・監修『続・三島由紀夫が死んだ日』（実業之日本社、二〇〇五年一一月）
矢代静一『旗手たちの青春——あの頃の加藤道夫・三島由紀夫・芥川比呂志』（新潮社、一九八五年二月）
望月衛『性と生活』（理想社、一九四九年三月）

Ⅱ

本多秋五『物語 戦後文学史』（新潮社、一九六六年三月）
木村徳三『文芸編集者 その跫音』（ＴＢＳブリタニカ、一九八二年六月）
Stuart Gilbert, *James Joyce's Ulysses: A Study*, London, Faber, 1930.
Frank Budgen, *James Joyce and the Making of Ulysses with a Portrait of James Joyce and Four Drawings to Ulysses by the Author*, New York, Harrison Smith and Robert Haas, 1934.
堂本正樹『回想 回転扉の三島由紀夫』（文藝春秋、二〇〇五年一一月）
福島次郎『三島由紀夫——剣と寒紅』（文藝春秋、一九九八年三月）
室謙二『天皇とマッカーサーのどちらが偉い？——日本が自由であったころの回想』（岩波書店、二〇一一年五月）
江藤淳『閉された言語空間——占領軍の検閲と戦後日本』（文藝春秋、一九八九年八月）
山本武利『ＧＨＱの検閲・諜報・宣伝工作』（岩波書店、二〇一三年七月）

賀茂道子『ウォー・ギルト・プログラム――GHQ情報教育政策の実像』（法政大学出版局、二〇一八年八月）
齋藤襄治『日米文化のはざまに生きて――齋藤襄治論稿集』（海文堂出版、二〇〇四年一二月）
Donald Richie, *The Japan Journals 1947-2004*, Berkeley, Stone Bridge Press, 2004.
Takeshi Matsuda, *Soft Power and Its Perils: U.S. Cultural Policy in Early Postwar Japan and Permanent Dependency*, Stanford University Press and Woodrow Wilson Center Press, 2007.
宮下規久朗・井上隆史『三島由紀夫の愛した美術』（新潮社、二〇一〇年一〇月）
川島勝『三島由紀夫』（文藝春秋、一九九六年二月）
中村哲郎『歌舞伎の近代』（岩波書店、二〇〇六年六月）
岩下尚史『見出された恋――「金閣寺」への船出』（雄山閣、二〇〇八年四月）
岩下尚史『ヒタメン――三島由紀夫が女に逢う時…』（雄山閣、二〇一一年一二月）
松澤和宏『『ボヴァリー夫人』を読む――恋愛・金銭・デモクラシー』（岩波書店、二〇〇四年一〇月）
Maurice Blanchot, *La part du feu*, Paris, Gallimard, 1949.
Jean-Paul Sartre, *L'imaginaire: psychologie phénoménologique de l'imagination*, Paris, Gallimard, 1940.
田中美代子『三島由紀夫 神の影法師』（新潮社、二〇〇六年一〇月）
吉田満『戦中派の死生観』（文藝春秋、一九八〇年二月）
湯浅あつ子『ロイと鏡子』（中央公論社、一九八四年三月）
友清歓真『霊学筌蹄』（天行居、一九二一年八月）
江藤淳『落葉の掃き寄せ』（文藝春秋、一九八一年一一月）
Edward George Seidensticker, *Tokyo Central: A Memoir*, Seattle, University of Washington Press, 2002.（『流れゆく日々――サイデンステッカー自伝』安西徹雄訳、時事通信社、二〇〇四年七月）
『川端康成 三島由紀夫 往復書簡』（新潮社、一九九七年一二月）

ドナルド・キーン『思い出の作家たち――谷崎・川端・三島・安部・司馬』（松宮史朗訳、新潮社、二〇〇五年一一月）
井出孫六『その時この人がいた――昭和史を彩る異色の肖像37』（毎日新聞社、一九八七年二月）
戌井市郎『芝居の道――文学座とともに六十年』（芸団協出版部、一九九九年五月）
西谷啓治『ニヒリズム』（弘文堂、一九四九年一一月）
ヘルムート・ティーリケ『ニヒリズム――成立・本質・克服』（志波一富訳、筑摩書房、一九五四年一月）
渡辺二郎『ハイデッガーの実存思想』（勁草書房、一九六二年三月）
マルティン・ハイデッガー『ヘルダーリンの詩の解明』（改訂版、手塚富雄他訳、理想社、一九六二年六月）

III

Samuel Beckett et al., *Our Exagmination Round His Factification for Incamination of Work in Progress*, Paris, Shakespeare, 1929.
John D. Caputo ed., *Deconstruction in a Nutshell: A Conversation with Jacques Derrida*, New York, Fordham University Press, 1997.
Hermann Broch, *James Joyce und die Gegenwart: Rede zu Joyce's 50. Geburtstag*, Wien, Reichner, 1936.
井上隆史『三島由紀夫「豊饒の海」vs 野間宏「青年の環」――戦後文学と全体小説』（新典社、二〇一五年一一月）
『日本古典文学大系』77（岩波書店、一九六四年五月）
宇井伯寿『摂大乗論研究』（岩波書店、一九三五年七月）
深浦正文『輪廻転生の主体――何が生死に輪廻するか 何が浄土に往生するか』（永田文昌堂、一九五三年四月）
樋口麗陽『新しき女の裏面』（池村松陽堂・岡村盛花堂、一九一三年六月）
斎藤唯信『仏教学概論』（森江書店、一九〇七年四月）

高橋睦郎『在りし、在らまほしかりし三島由紀夫』（平凡社、二〇一六年一一月）
軍人会館事業部編『日露戦役回顧写真帖』（東京日日新聞社・大阪毎日新聞社、一九三五年三月）
荒木精之『誠忠神風連』（第一芸文社、一九四三年九月）
荒木精之編『神風連烈士遺文集』（第一出版協会、一九四四年一月）
福本日南『清教徒神風連』（実業之日本社、一九一六年九月）
西村繁樹『三島由紀夫と最後に会った青年将校』（並木書房、二〇一九年一〇月）
安芸遼介『改訂版・菊は咲くか――三島由紀夫とそして自衛隊の若き士官たち』（私家版、一九九七年六月）
田中清玄・大須賀瑞夫『田中清玄自伝』（文藝春秋、一九九三年九月）。
『オーラル ヒストリー　伊藤圭一』上巻（政策研究大学院大学、二〇〇三年九月）
宮崎正弘『三島由紀夫『以後』――日本が「日本でなくなる日」』（並木書房、一九九九年一〇月）
山本舜勝『自衛隊「影の部隊」――三島由紀夫を殺した真実の告白』（講談社、二〇〇一年六月）
山本舜勝『我が生涯と三島由紀夫』（私家版、二〇一七年一一月）
井筒俊彦『神秘哲学――ギリシアの部』（哲学修道院、一九四九年九月）
上田義文『仏教における業の思想』（あそか書林、一九五七年三月）
森田必勝『わが思想と行動』（新装版、日新報道、二〇〇二年一一月）
Jacques Dubois, *Les romanciers du réel: De Balzac à Simenon*, Paris, Seuil. 2000.（『現実を語る小説家たち――バルザックからシムノンまで』鈴木智之訳、法政大学出版局、二〇〇五年一二月）
Mario Vargas Llosa, *García Márquez: Historia de un Deicidio*, Barcelona, Barral Editores, 1971.
小高根二郎『蓮田善明とその死』（筑摩書房、一九七〇年三月）
伊達宗克『裁判記録「三島由紀夫事件」』（講談社、一九七二年五月）

井上隆史（いのうえ　たかし）
一九六三年生まれ。東京大学文学部卒業、同大学院博士課程中退。現在、白百合女子大学文学部教授。著書に『三島由紀夫　虚無の光と闇』（試論社）、『豊饒なる仮面　三島由紀夫』（新典社）、『三島由紀夫　幻の遺作を読む――もう一つの『豊饒の海』』（光文社新書）、『「もう一つの日本」を求めて――三島由紀夫『豊饒の海』を読み直す』（現代書館）、『決定版　三島由紀夫全集第42巻　年譜・書誌』（共著、新潮社）などがある。

暴《ぼ》流《る》の人　三島由紀夫

二〇二〇年十月二十一日　初版第一刷発行
二〇二一年二月二十二日　初版第二刷発行

著者　井上隆史
発行者　下中美都
発行所　株式会社平凡社
〒一〇一-〇〇五一　東京都千代田区神田神保町三-二九
電話　〇三-三二三〇-六五八〇〔編集〕
〇三-三二三〇-六五七三〔営業〕
振替　〇〇一八〇-〇-二九六三九
平凡社ホームページ　https://www.heibonsha.co.jp/

印刷・製本　図書印刷株式会社
DTP　平凡社制作

ISBN978-4-582-83844-2　C0091　NDC分類番号910.268
四六判（19.4cm）　総ページ544